青岛出版集团 | 青岛出版社

第二十一章　掐断根源

来到镇长的府邸，她双手合十，对守着门口的护卫说道：“阿弥陀佛，麻烦通传一下，就说天龙导师前来拜访。”

守门的护卫原本见是一个小和尚想赶走的，但听小和尚自称天龙导师，再见其站在那里身上散发出来的气质很是与众不同，这才道：“你跟我进来吧。”

说完，护卫带着小和尚往里面走去，到了里面，对一名老者低语了一句：“管家，这小和尚说是天龙学院的导师，找镇长有事。”

管家看了那小和尚一眼，道：“身份确定了吗？现在是非常时期，怎么能随随便便将人带进来？再说天龙导师身份尊贵，又怎么可能来到这里？这明明就是个小和尚，说什么天龙导师，我看你是糊涂了！”

护卫被训得不敢抬头，没有吭声。

唐宁则微微一笑，取出一块玉牌来，道：“我确实是天龙导师没错，这是我的导师玉牌。”

闻言，管家有些怀疑地看了一眼，却没有接过去，而是道：“给我我也看不出来真假，毕竟天龙学院对我们来说相当于传说，那里的导师更是传说中的人物。一般人应该不敢冒充天龙导师的身份，只是你明明是个小和尚……”

“既然这样，那带我见你们镇长就行了。他是一镇之长，自然会知道我是真是假。”唐宁开口说道。

见此，管家道：“那随我来吧。我们家老爷正和城里的富商商量这次山洪和鼠疫

的事情。”

此时大厅中，镇长正与镇上一些富贵人家的主事人议论着这次的事情。镇长对其中一位挺着个富贵肚的中年男子说道：“林老爷，你是镇上商会的会长，如今山洪暴发，百姓颗粒无收，你们商会更应该将粮食的价格控制好，怎么能因此坐地起价，让灾民叫苦连天呢？！”

“镇长，这事说得容易，你可知正是因为山洪暴发，进货时粮食的价格都上涨了，所以我们卖的价格才会往上涨，这也是没办法的事情。比起这事，镇长，镇里那些染了重病的人，什么时候烧死？若是让他们把鼠疫传开，到时候死的人只会更多。现在疫情刚开始，应该将病源掐断，才能让镇上的众人安心啊。”

镇长听了，微愣，道：“谁说要烧死了？这疫情刚出现，怎么可能轻易就将他们烧死？那可都是人命，活生生的人，我已经让大夫们给他们诊断、医治了，也将他们隔离起来了，不会传染给旁人的。”镇长见这些人一个个只想着自己，不由得眉头微皱。

“老爷，天龙学院的导师来了。”管家进到里面，禀报道。

这话一出，厅中的众人皆是一怔，连忙站起身来，不约而同地朝厅门口望去。

天龙学院的导师？是他们所想的天龙学院吗？那所顶尖学院的导师怎么会来到这里，还到镇长这里来了？一时间，那些富商心里迅速打起小九九来，似乎在盘算着什么。

镇长心中更是错愕——他不认识什么天龙学院的导师啊。怎么到他这里来了？

镇长连忙迎上前去，问：“在哪儿？快请进来。”

外面，唐宁也隐隐听到里面的谈话，此时迈步走了进去，见主位上之人迎了上来，便双手合十行了个佛礼：“阿弥陀佛。”

见进来的是一名小和尚，不仅镇长愣住了，左右两旁站着的那些富商也愣住了，低声议论着。

“不是说天龙学院的导师来了吗？怎么是个和尚？”

“还是个十几岁的小和尚，打哪儿冒出来的？”

“该不会是冒充天龙导师吧？这小和尚不要命啦，连凡人之地顶尖学院的导师也敢冒充？这胆子也是太肥了。”

比起他们的窃窃私语，镇长则不着痕迹地打量着眼前的小和尚，见他年约十五岁，面容精致清俊，左耳上一枚紫色的耳钉更衬托得他神秘、出色，一袭青衣简单而洁净，腰间斜挂着一根圆竹。乍看之下，镇长觉得，此人就算不是天龙导师，单单这身气度也绝非寻常和尚。

于是镇长拱手一礼，道：“在下曾元宏，是这镇上的镇长，不知小师父是？”

唐宁只是随意地看了一眼里面的那些人，便将目光落在面前之人身上，道："我是天龙学院的导师，唐师。"

"小师父，你看起来就是一位佛门弟子，却说自己是天龙导师，可有凭证？毕竟这身份可不是随便就能冒认的。"一名中年富商说道，看着小和尚的目光带着毫不掩饰的打量。

唐宁看了那人一眼后，目光依旧落在镇长身上，道："镇长可识此物？"导师玉牌从她手中出现在众人面前。

镇长一见那玉牌，目光一缩，双手接过看了一下，见上面确实显示了天龙导师的身份，连忙双手托着玉牌归还。

"确实是天龙导师无疑，唐师请。"镇长微侧身，请唐宁坐上座。

唐宁将玉牌收了起来，走到上座坐下。

镇长也在主位坐下，这才看向小和尚，想到他天龙导师的身份，不禁有些拘束，顿了一下才问："唐师，不知来此可是有什么事？"他们这小小的地方，没想到迎来一尊大神，让镇长心中也生出一丝惶恐。

"我是路过这里，在镇上的客栈落脚，今天过来也是为了那些得了病的百姓。"唐宁看着镇长道，"我略懂医术，也许可以帮忙看看。"

闻言，镇长目光一亮，惊喜地站了起来，朝唐宁拱手道："若是如此，那真是多谢唐师了。"天龙导师的本事自然非寻常人可比，若有天龙导师帮忙，也许那些得了鼠疫的百姓就有救了。

"有唐师帮忙，这场疫情自然是可以转好的，这样一来我们就放心了。"一位富商说道，脸上露出笑容来。

唐宁目光一闪，看着他们几人道："我不仅略懂医术，也略懂相面之术，适才观几位的面相，却是不太妙啊！"

一听这话，几名富商一怔，忙问："什么不太妙？唐师此言何意？"

"人有三衰六旺，有时气运不佳，难免灾难上门，最近的天运诸位也见到了，又是山洪暴发，庄稼颗粒无收，又是许多人染上鼠疫，性命堪忧。在这等天灾面前，可不是有钱便可保平安的，更何况几位的气色也明显不佳，是大祸即将来临的预兆。"

"什么？！"其中一人大惊，猛地站了起来，"唐师说我们大祸将至？这……这怎么可能？"

其他人则脸色有些难看，却没说话，只是看着那面上不喜不怒的小和尚，目光微闪，似在思忖什么。

唐宁轻轻地摇了摇头，双手合十，敛下眼眸，道："阿弥陀佛，三天之内，轻者家破，重者人亡。"

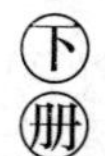

听小和尚直言断定，几人脸色都不好看。这时，另一名富商问：“唐师是说，三天之内，我们几家必定遭祸，轻者家破，重者人亡吗？”

“不错。”唐宁点头应道。

“好！那我倒要看看，三天之内是否真会出现唐师所言的情况？”那名富商站了起来，冷哼一声，朝镇长敷衍地拱了拱手，便转身离去。

“呵呵，镇长、唐师，我们就先告辞了。”其他人也陆续皮笑肉不笑地拱手告辞。对于唐师所说，他们还是有些不信的，就算唐师真是天龙导师，但也不可能说他们三天之内必有祸事临门，他们就真的三天之内有祸事临门。

看到他们都离开了，镇长不由得看向旁边坐着的小和尚，不明所以地问：“唐师先前为何说出那样的话？”

唐宁眉眼一弯，露出一抹笑容来，微侧过头，看向镇长道：“镇长以为我只是吓唬他们吗？”

闻言，镇长一愣，问：“难道还是真的？”

唐宁站了起来，道：“镇长到时候就知道了。走吧，我们先去看一下那些病患。”

“好。”镇长亲自带路，同时一路上将镇里的情况都跟唐宁说了一下。

到了地方后，站在大门前，镇长道：“其实这里原来是一处神庙，只是渐渐地没人来了，荒废了下来，所以这次疫情，我便将人都安置在这里了。”

说话间，有老者拿了烧着的艾草朝他们走了过来。

“因里面有病气，所以大夫说进出的人都用艾草熏一下比较好。”镇长说道，张开双手由着那老者拿着冒着烟的艾草在他身上四处熏了一遍。

唐宁点了下头，也由着那老者拿着艾草在她周身熏了一遍，这才跟着镇长往里面走去。

她一靠近大门，便听见里面隐隐传来哀号声和哭声，有的人哭喊着想要回家，也有的人似乎很是痛苦地在哀号。

走过前院，来到后面，唐宁便见那后面的大通铺上躺着不少人，而在通铺外面则有几名药童在熬药，走进去才看到里面有一名五十多岁的大夫在帮他们看诊。

“这是何大夫，镇上的其他大夫都不愿过来，所以这里只有他一位大夫。”镇长说道，又向何大夫问道：“何大夫，情况怎么样？”

何大夫转身见是镇长和一个小和尚，走了过来，看了小和尚一眼后，对镇长道：“我让药童熬着药了，先喝喝看吧。”

“这位是天龙学院的导师，唐师。他懂医术，说过来看看。”镇长介绍道。

一听是天龙导师，何大夫微怔了一下，连忙拱手道：“见过唐师。”纵使何大夫没怎么出过远门，却也知道天龙导师非寻常人可比。

“何大夫。”唐宁回以一礼，笑道，“何大夫冒着生命危险前来为他们医治，足见医者仁心，令人敬佩。”

听了这话，何大夫露出一抹笑容，道：“我也只是做了一个医者该做的，只是……”何大夫摇了摇头，叹道，“不见有起色。”

“我来看看。”唐宁说着走了过去，见除了一些人在哀号，还有一些人已经昏迷。她走到其中一名昏迷的人身边，问，“他们可都是被毒鼠咬伤的？这一个的伤口在哪里？伤口可有处理？”

“这一个的伤口在小腿处，我早上刚帮他清理过伤口，上了药，只是中午时他就昏迷了，到现在也没醒来。”何大夫说道，掀开被子，露出那人包扎了的小腿。

唐宁把了下那人的脉，眉头微拧，解开包扎看了一下伤口。

唐宁还未出声，一旁的何大夫已经惊呼起来：“咝！怎么会这样？他的伤口怎么成这样了？明明我已经清理过伤口。”

只见被毒鼠咬到的伤口就两个牙印在那里，但现在伤口周围泛着红肿，而在这红肿中还有一条条紫黑色的纹路以伤口为中心往四周蔓延，像是一张蜘蛛罩在小腿，隐隐还有扩散的迹象。

“不应该啊？！就算那老鼠有毒，伤口也不应该是这样啊？！”何大夫喃喃地说道，显然对这情况有些弄不明白，不知道是哪里出了差错。

“情况越发严重了。”镇长脸色凝重地说道，见唐师抓起那人的手看了看，又掀开那人身上的被子，再扯开那人的衣服，也不知在看什么，便问道：“唐师，怎么了？可是有其他什么发现？”

“事情很严重。”唐宁深呼出一口气，对两人道，“你们上前来看看。”

两人相视一眼，走上前去，见唐师抓着昏迷那人的手腕示意他们看，他们也不知究竟要看什么，看了看那手腕也没看出个所以然来。

“唐师，他的手腕有什么问题吗？”何大夫不由得问道。

唐宁沉默了一下，这才道：“不是手腕，是他的手指甲。”

两人听唐师这么一说，又去看那昏迷之人的手指甲，只见那人的手指甲微微泛着黑色，而且长得似乎有些长。

“手指甲泛黑，有些长，似乎是不太对劲。”何大夫说道，脸上带着沉思，也不知这究竟是怎么一回事。

“不止，你们再看他的胸口。”唐宁示意道，自己则退到一旁。

“这人的胸口怎么还长着白毛？”何大夫说道，仿佛想到什么一般，脸色猛地一变，又迅速去看其他病人。这一圈看下来，手都不由自主地颤抖着，脸上浮现出惊惧的神色。

“唐……唐师……”何大夫连声音都颤抖起来，他从医几十年还是头一回遇到这样的情况，一时间心中慌乱，竟不知该如何是好。

镇长见那些没昏迷的人都看着他们这边，似乎在等着听他们说什么一般，当下便道：“我们去外面说。”话音一落，他便迈步走了出去。

唐宁和何大夫两人跟着走了出去，脸色都有些凝重，何大夫是从没见过这种症状，却被隐隐的猜测而惊到，唐宁却是因为自身修为尽失，也不知什么时候能恢复过来，若真出个什么事，还真担心把自己给赔进去了。

到了前院，镇长这才问：“唐师，他们这情况到底是怎么回事？”

“可是病变？”何大夫忙询问道。

唐宁微拧眉头，道：“我怀疑咬伤他们的毒鼠本身就带有妖邪之气，所以他们被咬伤之后伤口才会恶化，身体也因此而发生变异。如果我猜得没错，这些昏迷之人会变异成鼠人，到时只怕会四处杀人，无法控制。”

一听这话，镇长心头一沉，问：“有没有办法抑制？若是变异了，那他们还有机会恢复正常吗？”

唐宁想了想，道：“这样吧，我先想办法祛除他们体内的妖邪之气，阻止他们因妖邪之气而引动病情导致变异。但镇长还需组织人员，找出源头，才是真正的解决之法。我相信这背后定有人在控制，一定要将那人找出来，否则这事情不会停止。”

闻言，镇长迟疑了下，道：“只是如今毫无头绪，应该如何找出这人呢？”

“鼠源。”唐宁目光微动，沉声道，“先找到鼠源之地，取桃木点火烧毁，方可尽除妖邪之气。”

镇长眼睛一亮，道：“好！我知道该怎么做了！我马上去安排！”说完，他便转身离去。

见镇长大步离去，何大夫看向唐师，忙问道：“唐师，那我们这里要怎么做？若是让外面的人知道了里面这些人的情况，只怕他们都会喊着将这些人全都烧死，以绝后患。”

闻言，唐宁大步往里面走去，来到熬着药的药童那里，拆开其中一个药包翻看着，问：“何大夫，这几个药锅里熬的都是这药吗？”

快步跟进来的何大夫连忙应道：“对，都是这药，这是消肿解毒去火的药。只是早上已经熬了一回给他们吃了，但没有效。唐师，你看用不用倒了这药重新开药方？”

“不用，这药对他们的症状，只要再加一些祛除妖邪之气的东西，自能药到病除。”她开口说道，想了想，目光落在腰间的圆竹上，莫名地笑了——这里不就有现成的驱妖辟邪之物吗？

她取下腰间的圆竹，在手中把玩着，伸手摸了一圈之后，便取出匕首刮了一些竹屑放进药锅里，还用大铁勺搅拌了一下。

“这样就行了，再熬一会儿，给他们一人倒一碗喝下。”唐宁说道，将圆竹别回腰间。

一旁的何大夫见了，不禁有些傻眼，问：“唐师，这……这竹屑还能这么用吗？”

“我这可不是一般的竹子。”唐宁一笑，道，“放心吧！这药肯定管用的。”万年观音竹的竹屑入了药都没用，那什么还有用？

何大夫听唐师这么说，虽然心下带着怀疑，却也没再开口，而是亲自看着火，直到药熬好了，让药童把药端去给病人喝。

傍晚时分，正如唐宁所料，加入了万年观音竹竹屑的药解了病人身上的妖邪之气，那妖邪之气一从身上消失，病人身上那些变异的症状也随之消失，再加上解毒去火的汤药，渐渐地，一个个没再哀号，身上的热也退了，红斑消失，情况逐渐好转。

何大夫再次查看了病人的情况后，脸上带着惊喜之色走了出来，朝唐宁拱了拱手，道：“唐师，老夫真是对你心服口服啊！没想到只加了一味药，这病情竟真的好转了，真是奇迹啊！”

唐宁笑了笑，道：“这世间有很多药物，尤其是一些珍稀的灵药更是有着神效，正好我这竹子是辟邪之物，才能有这样的效果。”

“我马上让人去通知镇长，这可是好消息，明天便让镇长贴出告示，让那些病人都到这里来喝一碗药以防万一。”说完，何大夫便匆匆往外走去。

唐宁往里面走去，见一些没睡着的人正睁着眼睛想事情。

见唐宁进来，那些人居然都坐了起来。

“唐师，我们的病真的能好吗？”

“唐师，我们是不是不用死了？”

“唐师，我还能回家吗？”

听了他们的话，唐宁双手合十，道：“阿弥陀佛，你们不用担心，静心养病，症状轻的明天就可以回家了。”

闻言，他们一个个欢喜不已，更有人喜极而泣，道：“我还以为活不了了，没想到还能回家……”

他们知道还能回家，一个个放下心来，这才躺下休息，想着早点儿将病养好，好回家。

唐宁见他们一个个躺下休息，这才转身离开，跟何大夫说了一声后，便先回客

栈，吃了饭、沐浴过后，躺在床上休息，想着这事。

从那些病人身上的妖邪之气来看，也许制造这起鼠疫的并不是人，而是妖物，这也更说得通，为何可以控制那些老鼠来引起这场鼠疫。

如果这场鼠疫没有得到控制的话，最终这地方，甚至这座小镇周围的村落，皆会在不久后成为荒村废镇，这里出现的也不可能再是人，而是变异了的鼠人，也就是失去意识、沦为老鼠一般的变异人类，那情况简直无法想象。

而此时，在镇外的一座村落，镇长带人捣毁了一个巨大的鼠窝，将那拳头大、眼睛血红的毒鼠尽数在火焰之中烧死。

听着那些老鼠吱吱乱叫，看着它们一双双血红的眼睛在火焰之中更显诡异，周围的护卫心中不由得有些发麻。这些老鼠的牙竟那样尖利，爪子也全都亮了出来，如同一把把锋利的小刀一般，让人见了真的是毛骨悚然。

若是被这些老鼠咬到可真不太妙，也幸好，他们找了一整天终于捣毁了这么一个巨大的鼠窝，将这些毒鼠尽数烧毁。就是不知其他地方是否还会有鼠窝?

当镇长正带着人四处寻找、捣毁鼠窝时，也有一些凶狠之人正凑在一起商量着什么。这些人想要趁乱捞上一笔，因此便将目光瞄准了镇上那些富得流油的富商。

他们趁着夜色混进了城，又因城中人人自危，多数躲着没有出门，倒是让这些趁火打劫的人方便行事了。

各家忙着各事，因此当一伙儿凶狠之人趁着夜色潜入城中的一户富商家杀人放火、抢掠财物时，也根本没人知道。直到火焰烧起，才惊醒了一众睡梦中的人。

那富商家被抢掠、放火烧了一空，还死了不少人一事一经传开，镇上的其他富商脸色皆是大变，无一不想起唐师的话。一时间，他们一个个都睡不着觉了，好不容易熬到天亮，当下便往镇长的府邸奔去。

镇长一大早正准备出门，就被堵在了家里，无奈地看着他们道："唐师真不在我家。"

"那唐师在哪儿？镇长，昨夜老王家出的事你也知道了，那些歹徒穷凶极恶，可不能放过他们啊！若是不将他们抓起来，还不知得死多少人？！"

"抓到了这些人一定得杀了！"

"镇长，你一定要派人将这些人找出来啊！"

镇长叹了一声，道："最近镇上的事情诸位也知道，虽然我也想抓，但有时也是有心无力。这样吧，你们先多加些护院守着，这事我会派人着手查办的。"

虽听镇长这么说，众人仍不放心，其中一人忍不住问："镇长，唐师呢？唐师在哪儿？我们想去拜访他。"

“对对对，我们想去拜访一下唐师，还请镇长代为引见。”其他人也连忙拱手说道。

闻言，镇长道：“我正要去唐师那里，你们既然想见唐师，那就跟我来吧。”说完，他便迈步往外走去。

几人一听，当即快步跟上。

他们来到客栈，由小二引着上了二楼，就见唐宁的房间开着房门，青衣小和尚正坐在房里吃早膳。他们一喜，连忙走上前去。

“唐师。”几人不约而同地唤道，然而当目光落在桌上的青菜瘦肉粥上时，不由得呆了呆——怎么是荤的？唐师不是和尚吗？

一楼大堂的其他客人则微微侧目，看了一眼那些走上二楼去拜访小和尚的人，有些摸不着头脑——怎么镇长和镇上的那些富商都来了？这个被称为唐师的小和尚是什么人啊？

“唐师。”镇长拱手行了一礼后，道，“听何大夫说，那些患者已经好了很多，症状较轻的已经让他们回家去了。昨夜也捣毁了一个巨鼠窝。而且已经贴了告示，让得了病的到神庙那边喝药了。”

闻言，唐宁点了下头，对他道：“镇长，请坐。”

她拭了拭嘴角，唤来小二将桌上的东西撤了，这才看向那站着的几人。

“镇长来找我是为了疫情的事情，不知几位又是为了什么？”她开口问道，给镇长倒了杯茶水。

几人一听，面上微热，相视一眼后，道：“唐师，我们是来请唐师救命的。昨夜王家死了不少人，我们……我们……”他们心里慌啊！

听了这话，唐宁缓声道：“天灾人祸面前，谁也不能独善其身。如果几位不想落得跟王家一样的下场，及时行善十分有必要，镇上的粮价就算不能减，也不能暴涨赚这不义之财。现在时候还早，周围的百姓家中也尚有粮食，若是一朝粮食吃完，价格又太贵无力购买，灾情严重，很有可能会让他们变成暴民进而抢掠杀人。”她的手指在桌面上轻轻地敲了敲，发出叩叩叩带着节奏的声音。

那几名富商心中微惊，想深一层，觉得这种事情也确实是会发生的。

“多谢唐师指点，我们知道了。”他们拱手说道，行了一礼后，退了出去。

见他们离开，镇长不由得露出一抹笑容，看向唐师道：“多亏了唐师，这样一来便解决了镇子的一大困难。”

唐宁笑了笑，道：“这些富商平时多赚不义之财，也是心虚发慌才会害怕。”说完，她看向镇长问，“你们昨夜去捣毁鼠窝时，有没有遇到什么奇怪的人或事？”

听唐师问起这事，镇长想了想，道：“倒是有一事，我听下面的人说，邻近的村

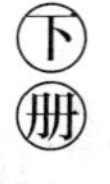

落好像有不少人失去了踪影，到现在也没找到。”

闻言，唐宁心中一沉，沉思了一会儿，道：“镇长，这两天你让镇上得病的人都到神庙那里去喝药，只要一入夜，皆不要出门。另外，再派些护卫在镇中巡视。”

镇长一怔，问：“唐师是担心那些不见了的人会成为变异鼠人？”

唐宁苦笑道：“这可不是担心，而是我觉得一定会。”她可没觉得这件事会这么简单结束，镇上的疫情是压制住了，但源头没有灭掉，这事就结束不了。

听唐师说得严重，镇长也不敢大意，回去后便着手安排加强了镇上的巡视，还交代下去，让镇上的百姓入夜便不要出门。

只是这样一来，也是弄得镇上人心惶惶。

在这种紧张的气氛中过了两天，也没有事情发生，倒是镇上的疫情好转，那些人都各自回家了。

对于镇长会下天黑后不要出门的命令，渐渐地，镇上的人也知道是因为唐师说这几天会出事。

只是两天下来没什么事情发生，观望的人都有些待不住——镇上大部分的人是要做生意的，夜市的生意更是好，这一两天不让开夜市也就罢了，若是长久下去，他们吃什么、喝什么？

于是这一天傍晚，镇上有的人便没有关门，而是继续开着商铺卖东西，也有一些小贩到大街上摆起了摊，有一些人见没什么事，也跟着出了门，尤其是一些孩子，见大街上有小贩摆摊吆喝，便趁着家中大人不注意，偷偷跑出家门。

另一边，来到天龙学院的墨烨等到天色渐暗，也没看见洞府那里想见的那人走出来，倒是又等了一会儿，竟见一名十岁左右的小女孩儿手里挽着食盒哼着小曲朝这边走来。

是她？上回在符箓商行里一直盯着小和尚的那小女孩儿？她怎么到这里来了？墨烨眉头微拧，脸色有些沉，尤其是看到这小女孩儿穿着一身粉色衣裙，扎着两条辫子，上面还别着几朵小花时，眉头皱得更紧了。

这小女孩儿来这里干什么？怎么那小子明明是个和尚，身边还有这么多女人？

好吧！星瞳也就罢了，这小女孩儿也就十岁上下，认真说起来也就是个孩子，但也是个女的，那小子怎么就不知道避嫌？

“哑哑！”拍着翅膀跟在后面回来的小黑察觉墨烨身上让人想忽视都难的气息，当下便张嘴叫了两声，黑溜溜的眼睛一转，落在一棵大树后。

“夜王来了，夜王来了！”它扯开嗓子喊道。

原本并不想露面的墨烨不得不走了出来。

他才走出来，洞府里面的寒知和星瞳也许是听到了小黑的叫声，也出了洞府。

“见过夜王。”两人一看见他，微微一愣，却还是朝他行了一礼。

“嘻嘻，我见过你的。”沈星玥笑嘻嘻地说道，看着那负手走来的黑袍男子。

墨烨淡淡地扫了沈星玥一眼，直接忽视了，目光掠过洞府之后，落在寒知身上，问：“你家主子呢？”

“我家主子下山去了，不在洞府中。”寒知如实说道，并没有隐瞒。

墨烨一听小和尚不在洞府里，脸色又黑了几分，问：“下山了？又去天龙城？什么时候下山的？几时回来？”声音一顿，他皱着眉头看了一眼一旁正眨着眼睛看着他的小女孩儿，问，“还有，她怎么在这里？”

寒知听他一连问了好几个问题，而且看着星玥的目光带着毫不掩饰的不喜与排斥，心中不由得微讶，面上却不显，说道：“我家主子已经下山好几天了，只说去办事，具体去了哪里也没告诉我们。不过她说了，近期不会回学院，等到学院的年假过后再回来。”

寒知又看向一旁有些委屈的沈星玥，对墨烨道：“星玥是主子答应留下的，就住在洞府里，与星瞳同住，来这里也有些时日了。”

也许是因为同为男人，寒知隐隐感觉到夜王对他家主子似乎关心过头了。而且不是说回去了吗，怎么又回来找主子了？还有，他似乎很排斥有异性接近主子，这种情况……

“你家主子虽说只是半个和尚，但也是佛门中人，他生性洒脱随意，不拘这些小节，但你们这些身边的人，就应该帮他注意一些分寸。”墨烨沉声说道，看了一眼那垂着头的小女孩儿，道，“一个佛门中人身边跟着护卫也就罢了，若是身边跟着女人，让外面的人怎么看他？”

听了这话，寒知想着，也许是自己想多了，夜王这话本意也是为了主子好，毕竟在自己和星瞳眼里，主子是女的，但在其他人眼中，主子是男的，还是个小和尚，所以夜王再怎么样也不可能对主子动其他的心思。

想到这儿，寒知道：“夜王放心，星玥年纪还小，不会有人说什么的。”

放心？他有什么不放心的？墨烨瞥了一旁的沈星玥一眼，也没再多说什么。

知道想见的人不在这里，他也没兴趣留下，当下便道：“本王是出来办事顺便过来的，既然他已经下山了，也不用跟他提起我来过。”话音一落，他便转身离去。

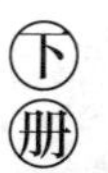

沈星玥看到墨烨走了，这才小声道：“瞳姐姐，这个夜王好凶啊！”

闻言，星瞳浅浅地一笑，道：“他对主子挺好的，对其他人似乎经常是黑着一张

脸。”星瞳看向渐暗的天色，道，“也不知主子现在走到哪儿了，在做什么呢？”

“我知道，一定是在吃饭！不知唐唐有没有想我呢？我可是天天想着他呢！”沈星玥笑嘻嘻地说道，一转眼就把墨烨抛到脑后去了。

听了这话，寒知和星瞳皆是一笑，就连落在桌面上的小黑也哈哈哈地笑起来……

比起他们这边的轻松开怀，唐宁此时笑不出来了。

她站在神庙里面，看着乱窜攀爬在庙墙周围、拳头般大小、眼睛血红的灰色老鼠，忍不住看向一旁面色大变的镇长，吐槽道：“镇长，你不是说捣毁鼠窝了吗？怎么还会有这么多老鼠？这一只只的还这么肥壮。”

“吱吱吱……”

听着老鼠吱吱的叫声，镇长脸色凝重地道：“我是真的捣毁了鼠窝，但没想到还有这么多。”

那些成年人拳头大小的老鼠，一只只很是肥壮，全都有着一双血红色的诡异眼睛，顺着墙或墙边的大树攀爬，一只只迅速占领了神庙周围的墙和屋顶，仿佛要将他们困死在里面。

那吱吱的叫声，以及爬得极快的速度，还有灰色的皮毛和血红的诡异眼睛，无不让神庙里的人毛骨悚然。

这明显不是一般的老鼠，而是被妖化的老鼠，那些老鼠亮出来的黑色长爪，莫名地让人感觉到一股恐惧。

尤其是这镇上的人，哪怕是护卫或镇长，都只有炼气级别的修为，连一名灵师也找不出来。

这些护卫以前都没碰见过这种情况，如今被成群的肥壮妖鼠围着，哪怕那些妖鼠无法靠近他们，只是在墙那里四处钻爬，想找口子进来，这一幕仍叫护卫眼中露出几分惧意与紧张。

“唐师，这阵法能撑多久？这些妖鼠应该进不来吧？”一名护卫忍不住问道。

“挡住这些老鼠是没问题的，但能不能挡住其他的，可就不好说了。”

她因灵力修为尽失，设不了结界，也布不了阵法，这神庙的阵法还是她教镇长布下的，但镇长毕竟只是炼气期的修为，挡住这些妖鼠是没问题的，但若是还有其他的，只怕……

“啊！”

“救命啊……”

外面隐隐传出凄厉的惨叫声和求救声。

听着那声音，很多人不敢出门，而是一个个关紧了门，拿着扁担或刀颤抖着守在门后。

外面大街上跑着求救的是那些不听劝告出来摆摊做生意的人，而在后面追着他们的，不是那些有着一双血红眼睛的老鼠，而是披散着头发，脸上长着灰白的毛，手上留着黑长的指甲，如同老鼠般四肢着地在地上猛蹿的变异鼠人。

他们的神志已经不清，一双双红色的眼睛泛着妖光，那张牙舞爪、扑地猛蹿、疾步爬行的模样，让那些尖叫着逃命的人吓得脸都白了。

突然，一个变异鼠人猛扑上前，泛着寒光的指甲如同利刃一般划过一名小贩的背。刹那间，惨叫声响起，鲜血涌出，那名小贩倒向地面，挣扎了几下想要爬起，却被后面扑上来的变异鼠人咬破了脖子上的血管。后面追上来的其他变异鼠人闻到鲜血的味道，围上前去争着吸血，更有的用锋利的鼠爪划开那人的肚皮……

“啊！救命，救命啊……谁来救救我……”前面跑着的一名男子在回头看到那名小贩的死状后，吓得双腿一软，在狂奔中直接扑跪下去，又哭又喊，连滚带爬地往前。

他惊恐地回头看去，见到后面的变异鼠人盯上了他，朝他这边蹿来之时，吓得浑身颤抖，想要站起来逃命，却因极度恐惧而无法站起。

“不……不要吃我，不要吃我……我还不想死，我不想死……救命，谁来救救我……啊！”他求救的声音在一声凄厉的惨叫后终止。

大街上鲜血洒了一地，人形鼠态的变异鼠人如同夜间出没的老鼠一般，趴在地上嗅着，似乎在寻找着什么。

而大街上还有一些人因拍不开两旁房屋的门，寻不到藏身的地方，在哭喊着求救，其中更有孩子无助而惊慌的声音。

神庙处，见小和尚要出去，镇长不禁拉住了小和尚，低呼：“唐师，你这是要做什么？”

也是因为唐师教他布阵他才知道，原来唐师在路上出了意外，一身修为尽失，现在就跟个无法修炼的普通人一样，因此见唐师听见呼救声想出去时，他才会忍不住拉住唐师。

“躲避不是解决问题的办法，你听到外面的呼救声了吗？还是得出去救人。”唐宁沉声说道，看着前面的那扇门，一颗心沉了沉。

听了唐师的话，镇长心中惭愧，道：“我带人出去救，你留下！”

“我跟你们一起去救人。”

“可是你……”镇长迟疑地道——唐师现在这情况只怕自保都难啊！

唐宁抽回被拉住的手，道：“镇长，我灵力无法动用，但武技还在，甚至不见得比你弱。行了，走吧，救人就要快！”话音一落，她率先往外走去。

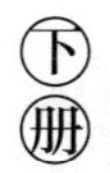

见此，镇长当即对身后的护卫道：“带上兵器！全部跟我去救人！”

“是！”护卫哪怕心中有恐惧，但也清楚，躲在这里不是办法，只有出去将威胁消灭才能真正安全。

“呜呜，爹、娘，呜呜，我害怕……”

“呜呜……爹……爹你在哪儿？”

听到大街上传来孩子的哭喊声，有的人家在喊了几声见自家孩子不在时，脸色大变，尤其是听到自家孩子声音的，更是顾不得危险，提着菜刀就跑出来找孩子。

“小宝？小宝？你在哪儿？你在哪儿啊？”

“小宝，快回来，娘在这里，你在哪儿？小宝……”

一对夫妇跑出来找孩子，汉子手里提着菜刀，一脸焦急之色，妇人哭得一塌糊涂，跟在汉子身后，边抹泪边喊着，四处找着。

临近神庙的大街上，几名逃命般奔跑着的小贩见身后追来那人不像人、鬼不像鬼的东西，吓得双腿发软，却仍咬着牙跑着，无奈后面那东西的速度太快，几个纵蹿攀爬间，已经离他们只有两三米。那猛蹿扑来的身影，以及那狰狞恐怖的嘴脸，吓得他们尖叫连连。

“快！把前面的孩子丢过去，把那孩子丢到后面去挡一挡！快啊！”一名高瘦的小贩喊道，咬着牙朝那哭喊着的六七岁大的孩子跑去。

人性的丑陋在生死关头暴露无遗，这一刻他只想着自己能活命就好，根本无暇去管其他。而旁边跑着的其他人，听到他的话后没有阻止，而是无声地默许了。

“呜……不要，我不要被吃掉……不要抓我……爹、娘，快来救小宝啊……”一名七八岁的小男孩儿吓得大哭。

然而下一刻，一双大手便从后面揪住了小男孩儿的衣服……

“啊……不要抓我，不要抓我……”小男孩儿哭喊着，衣服被揪住，双脚离地，整个人被提了起来，紧接着就被扔向后面那些追来的变异鼠人。

砰！

“呜……”小男孩儿砸落在地上，双手紧抱着头，落地时一滚，向一旁滚了过去。身上的疼痛在惊恐中被遗忘，小男孩儿爬了起来，边哭边跑，可因被那么一扔，与后面追来的变异鼠人的距离就显得极近了，尤其是其中一个变异鼠人猛地一蹿，朝小男孩儿扑去时，更是险些抓到小男孩儿。

“爹……娘……”那极近的距离吓得小男孩儿跑不动了，跌坐在地上，一边往后移，一边惊恐地看着那朝自己袭来的变异鼠人。

听到声音跑来的那对夫妇看到这一幕时，惊得声音都颤抖了：“小……小宝！快跑啊！”

夫妇二人拼命地往前跑去，想去救他们的儿子，但离得较远。眼见那变异鼠人扑上前朝儿子咬去，惊得他们大喊：“小宝！”

在那一刻，一道身影旋风般从他们身边掠过，以极快的速度掠上前，抢在那变异鼠人扑咬上去前将孩子抱起救走了。

“快把孩子带回去。”唐宁将孩子递给那对夫妇，让他们快点儿回去。

“多谢多谢，多谢恩人……”夫妇二人连忙道谢，将孩子背起，迅速往回跑去。

“唐师！”镇长等人从后面赶了过来，到唐师身边时，见唐师已经救了个孩子，不禁问，“唐师，你的速度怎么这么快？”

唐宁拿出一张符箓，道：“我用了疾风符。”好在她的圆竹空间里还剩下不少前段时间画的符，没想到还派上用场了。

她看着大街上朝这边袭来的变异鼠人，对镇长道：“这些已经是行尸走肉的妖类了，只能将他们全杀了。”话音刚落，唐宁便取出匕首反握在手中，看到那变异鼠人朝她扑来，当即便迎了上去。

“动手！把这些变异鼠人全杀了！”镇长喝道，提着大刀也朝前袭去，加入战斗。

唐宁虽然灵力修为没了，但近身搏斗的战斗力还在，再加上身上贴了疾风符，更是加快了她的速度，只见她手中的匕首挟带着凌厉的杀机朝那变异鼠人袭去。

而那变异鼠人的速度也极快，迅速避开致命的攻击，同时亮出黑爪朝唐宁抓去，那一双血红的眼睛透着妖性，咧开的嘴发出吱吱的叫声，也不知是不是先前才撕咬了那小贩的缘故，变异鼠人的脸上还沾着血迹和碎肉，看起来血腥无比。

唐宁手中的匕首削过那变异鼠人的指甲。泛黑的指甲被削落在地上的同时，那变异鼠人嘴里发出一声吼叫，整个儿扑咬上来。

唐宁脚步移动，掠到那变异鼠人身后，手中的匕首扬起，直接刺入变异鼠人的后背心脏处，匕首穿透而过，临拔出时她还转动了下，以确保这一击足可令那变异鼠人毙命。

“吱！”一声鼠叫从那变异鼠人口中传出，黑色妖气也嗞嗞地从伤口处冒出……

随着黑色妖气冒出并消散在空气中，那变异鼠人身体颤抖了一下，整个儿倒向地面，身体迅速干枯下去，就仿佛被抽掉了一身的精气血一般，只剩下一副包着皮的骨头架子，看起来十分诡异。

“嗞！怎么会这样？”镇长倒抽了一口气，被那死去的变异鼠人的模样吓到了。

“他们早就死了，控制他们的就是妖气，只要他们身上出现致命的伤口，妖气外泄，自然也就成了这副模样。”唐宁开口说道。

前方又扑来几名变异鼠人，未等唐宁出手，一旁的护卫便迎了上去。

“那边又出来几十个！”镇长看到前方又爬蹿而来的几十个变异鼠人，心中一沉，道，“竟有这么多！”

比起这边只有几个变异鼠人，那边的几十个变异鼠人爬蹿而出时，脚下竟还爬着一只只肥壮的妖鼠，那密密麻麻的妖鼠看起来约莫几百只，朝这边蹿来，那数量还真的让人忍不住心生怯意。

“这……这也太多了吧？我们才这么些人，只怕是撑不住啊！”一名护卫砍杀了一个变异鼠人之后，看到这情景，惊了一下。

“撑不住也得撑！”镇长喝道，握紧了手中的大刀，见那些肥壮的妖鼠已经来到他们脚下，当下拿刀挥砍着。

唐宁对老鼠还真是没什么好感，一个是当初重生时面对的就是一群老鼠，一个是老鼠真的很恶心，那粗硬的灰色鼠毛，还有那种踩在脚底又软又温热还会动的感觉，实在是令人恶心不已。

因此看到那些血色眼睛的妖鼠蹿向她脚下时，她二话不说，直接掏出一张火符砸了出去。

呼！砰！火焰呼的一声蹿起，猛地在那些妖鼠间炸开。

几十只肥壮的妖鼠吱吱叫着被炸飞出去，有的甚至被烧焦，死在地上，散发出一阵阵恶臭。

镇长等人见唐师仿佛符箓不要钱一样一个劲儿地往外扔，甚至他们还没怎么出手，就已经烧死了一大片妖鼠，不禁有些傻眼。

“唐……唐师，那个，就算你有不少符箓，但也省着点儿用吧！”这样一扔就是几十张，看得他都心疼死了，那可都是钱啊！

唐宁一脸淡定地道：“无妨，这些都是前段时间练手的，全是低阶的。”看到那些蹿上来的妖鼠不是死了就是不敢再靠近，她随手把一沓符箓塞给镇长，道：“你们上，拿着用吧！”

说话间她退后来到后方一处漆黑的巷子处。她隐隐感觉到里面像是有什么，只是当她往里看时，却只见漆黑一片，什么气息也没有。

难道只是错觉？她觉得不太可能。

下一刻，不远处的房屋里传出巨大的响声，紧接着尖叫声响起：“啊！救……”

声音刚响起便消失了，因此没人看见一头巨大的鼠妖张大口将一名男子生吞了。

黑暗中，那只鼠妖嚼着嘴里的食物，传出骨头咔嚓的声音，丝丝鲜血从鼠妖的嘴角流出，滴落在地面上。

那双血红的眼睛，以及周身弥漫着的浓重妖气，皆带着诡异阴寒的气息，尤其是那张巨大的鼠口在吞食了那名男子之后，在妖气的浮动之下隐隐有一张人脸在浮现。

“呕！”一声干呕，那鼠妖嘴一张，吐出一堆嚼碎了的混杂着头发以及碎衣的骨头。仿佛嗅到了什么气味一样，它抬起头看去，鼠尾一摆，甩开了挡路的东西，下一刻，身影一蹿又消失在黑暗中。

唐宁踹开房门，当外面的光线射进来时，便看到那地上恶心的一堆呕吐物，以及空气间弥漫着的血腥味。

她皱了皱眉，目光朝周围看了一圈，迅速往里面走去，顺着痕迹追上去。

她有种感觉，这就是幕后的那只妖物了！只要灭了这妖物，其他的也就不是什么问题了。

那鼠妖知道后面有人追，在出了那房屋后便直接往大街上蹿去。到了宽阔没有阻挡的大街上，原本蹿爬着的鼠妖便停了下来，竟似在等着后面的人追上来一样。

鼠妖强大的妖气弥漫在那里，唐宁就算还没走近，也知道它在那里等着她，对于一个控制着妖鼠又抓走村民导致今晚杀戮出现的妖类，她绝对有理由相信，这是一只已经开了灵智的妖物。

她从黑暗中走了出来，当那只巨大的鼠妖跃入眼帘时，目光不由得一缩。

那是一头三四百斤的巨大鼠妖，它不似其他妖鼠四脚着地趴在地上，而是直起了身子蹲坐着，亮出了尖锐而锋利的爪子，一双血红的眼睛更是泛着嗜血的光芒，脸上隐隐变幻着人面，透着诡异与阴寒。

“是你在坏我的好事？！”鼠妖阴森而强大的妖力传出，如同一块无形的巨石朝唐宁笼罩下去。

没有灵力气息护体，当那强大的妖力袭来之际，唐宁只感觉一股巨大的力量从头顶压下来，体内血气骤涨，一口鲜血吐了出来：“噗！”

她整个人跌坐在地上，脸色顿时煞白。没有灵力护体，就连与小黑契约获得的上古威压气息也被隐藏在体内深处，此时的她如同毫无修为的凡人，无法承受这强大的妖力。

“呵！竟是个毫无修为的普通人！”看到对方承受不住妖力的威压，那鼠妖发出轻蔑的声音，“区区凡人，竟也敢管我的闲事？！找死！”

阴寒嗜血的话音一落，只见它前爪一挥，一股凌厉的风刃咻的一声袭出，朝跌坐在地上的小和尚袭去。

唐宁见那风刃袭来，当即就势一滚避开了它的攻击，只听砰砰的声音响起，地面被那风刃划出了四道深深的痕迹。

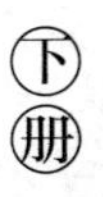

她看了一眼那痕迹，就见那头巨大的鼠妖吱地叫了一声后朝她扑来，数百斤的巨大身体挟带着浓郁的妖气以及骇人的杀机。

她当即取出两张符箓相叠朝那鼠妖扔去，只听呼的一声，疾风带着火焰迅速燃起，蹿上那鼠妖的皮毛。火焰一烧起，焦煳味弥漫，那鼠妖原本要去攻击小和尚的爪子改为拍向自己身上的火焰。直到将那火焰扑灭，看着被烧焦的一大片皮毛，它身上的妖气更是汹涌，杀气四溢而出，怒道："找死！"

它巨爪拍下，发出砰砰砰的巨响，强大的妖力击下，在地面上印下一个个爪印。

唐宁有些狼狈地闪避着，因那股强大的妖力弥漫在周围，导致她头都有些疼，更是感觉喘不过气来。

她一个闪避不及，身影被爪风拍飞出去，直接甩出了十几米远。

"噗！咯咯！"又是一口鲜血喷出，感觉口鼻之间都是鲜血，呛得她猛咳了几声。这就是她从一开始就担心的事情，若这背后之物实力不是太强还好，可偏偏是只妖力极强还开了灵智的鼠妖，还真是让现在的她有些束手无策。她空有武技在身，但那头鼠妖的威压、妖力极强，不是现在的她靠近得了的。

"唐师！"

"唐师！"

因听到这边的动静，担心唐师会出事，镇长带着十几名护卫赶了过来，见唐师倒在大街上，身上的青衣染上了点点鲜血，嘴角和鼻孔也溢出鲜血，那样子吓了他们一跳。

镇长快步上前想将唐师扶起来，哪知根本不待他靠近，一股强大的风力挟带着妖力袭来，生生将他击飞出去。

"啊！"

砰！

"噗！"

惊呼声中，镇长被击飞出去，连同后面跟着跑过去的十几名护卫也被波及，无一幸免地摔出十几米外，一个个口吐鲜血，体内血气骤乱。

"我数百年的妖力，又岂是你们这等无知蝼蚁可匹敌的？真是不自量力！"阴寒嗜血的声音传出，那鼠妖走上前，每一步都带着强大的妖力，在地面上印下脚印，浮动的妖力更是震得地面微微晃动着。

被笼罩着的镇长等十几人，因进入它的妖力范围，身上全被黑色的妖力笼罩。

也许是因为其他人皆被它的妖力笼罩，鼠妖这才注意到，那小和尚身上依旧干干净净，不见沾染半分妖力，而它所弥漫开的妖力更像是害怕什么似的避开了小和尚的身体。

它血红色的嗜血眼睛紧紧地盯着那小和尚，仿佛在研究什么一般。

而这时，镇长和十几名护卫想趁着它不注意从侧面攻击它，未料他们才刚动，又被拍飞出去，其中还有一名护卫被鼠爪抓住，砰的一声拍落在它脚下坚硬的地面上。

鲜血从它爪下渗出，那被一爪拍死的护卫甚至连惨叫的机会都没有便成了肉酱……

看着那鼠妖仿佛故意一般将那护卫拍死在她面前两米左右的地方，看着那鲜血从鼠爪间渗出，染红了地面，她心中升起了熊熊怒火。

“你不是普通人，你究竟是什么人？”那鼠妖盯着小和尚问道。

一个妖气不敢靠近的人类，绝对不是一般的人类！

唐宁坐在地上，并没有起身，吐出了一口鲜血后，对镇长等人道：“这鼠妖有筑基级别的修为，不是你们能对付的，你们退远一点儿，不要过来了。”

“呵！你倒是聪明。”那鼠妖冷笑道，泛着妖光的血色眼睛盯着小和尚，“他们对付不了，难道你就对付得了？”

唐宁没有说话，而是取下腰间的圆竹撑着站了起来，抹了一下自己带着鲜血的脸，幽幽地叹道：“我许久没有这般狼狈，也许久没受过这么重的伤了。”

从打算救那一家子的那一刻起她就知道，他们的劫是过了，但她的劫不知什么时候到来，直到一身修为尽失，就连护身的功德之力和手心的佛印也消失，再也感应不到，就好像从来没拥有过一样。

“也许久没人敢当着我的面这样杀人了。”她的声音转冷，蕴含着一股慑人的寒意，她脸上的神情、周身的气息也在这一刻发生了变化。

不是灵力的涌动，也不是威压的出现，而是一股由她身上自然而然散发出来的冰冷凌厉气息，一股上位者的慑人气息，无关威压，无关灵力，就是那样让人无法忽略，让人感觉到一股致命的危险，以及心中生出一股恐惧。

她沾染了鲜血的精致面容，少了平日里最常见的无害而亲和的笑容，一双清眸在这一刻变得冷冽而冰寒，微勾起的唇角带着一抹不达眼底的笑意，整个人气质一变，就跟换了一个人似的，如开锋的利剑，锋芒毕现。

鼠妖看到那小和尚周身气息骤变，明明还是先前那个人，但身上的气息却仿佛变成了另外一个人，唯一不变的便是身上依旧不见半点儿灵力波动，依旧是个没有修为的凡人。

“杀了又怎么样？这里面的人，我不仅要杀光，还要吃光！”鼠妖眯着一双血色的眼睛盯着前面的小和尚，“就从你开始！”

声音一传出，它扑上前，一张老鼠脸上浮现出一张人的面孔，巨大的鼠嘴一张，

朝那小和尚咬去，准备一口将其吞下。

看着那巨大的鼠嘴大张着朝她咬来，唐宁不闪也不避，只是手握着圆竹站着。

这可急坏了远处的镇长等人，他们大喊："唐师！快逃啊！"

一些紧闭着门户的人家小心翼翼、胆战心惊地透过门缝悄悄地看着外面大街上的一幕，当看到那只巨大的鼠妖张着大嘴朝唐师扑咬而去时，一颗颗心皆提了起来，仿佛要跳出喉咙一般，惊得他们直捂住自己的嘴，不敢发出一点儿声音。

镇长想着，也许唐师会在最后关头用疾风符逃命，可当看到接下来那鼠妖竟轻易地一口将唐师吞进腹中时，他整个人猛地一震，睁大了眼睛，惊呼出声："唐……唐师！"

"阿弥陀佛，我不入地狱，谁入地狱？"

空气中只有这么一句话仿佛带着什么决心一般随着夜风传开，清晰地传入镇长，以及大街两旁房屋里面的百姓耳中。

所有人都怔怔地大睁着眼睛，不敢相信那天龙学院的导师就这样被那鼠妖一口吞了下去。

比起那些人的不愿相信，此时将唐宁一口吞下的鼠妖却仰着头，仿佛有什么卡在了喉咙处一样，它使劲往下咽着。

它试图将那吞下的人吐出在嘴里嚼食，但很快就察觉不太对劲，它体内的妖气在往外逸，从鼻孔中逸出，也从那微张的嘴里逸出，仿佛身体里面有什么可怕的东西存在，更可怕的是，它体内像是有什么东西在搅动着一般，那种感觉真的痛不欲生，让它甚至都蹲坐不了，巨大的身体砰的一声趴在地面上，发出哀号之声："你怎么可能不死！你怎么可能还活着！啊……"

鼠腹里面的唐宁以圆竹撑着身子，同时握着匕首从上一直往下划着。这里漆黑一片，还散发着恶臭，妖气更是比外面浓郁十倍不止。

她在外面无法近身攻击，也只能拼这招险棋让自己被它吞进肚子里，而她能依仗的只有手中的万年观音竹和匕首。

为免在这里面待太久身体承受不了，她几乎是一进来便马上动手，顺着鼠妖吞咽的动作滑下来，寻找妖腹中的妖丹。

找到了！看到那散发着浓郁妖力、泛着血红色光芒的妖丹，唐宁心中一喜，用手中的万年观音竹一下一下地击打着那妖丹。直到那枚泛着血红色的妖丹渐渐地暗了下来，她才伸手将之摘了下来。

"啊！不！你怎么敢！出来！我要弄死你！出来！"鼠妖几乎发狂，然而它的威压在自己的身体内起不到任何作用，它的妖力在身体内受到克制根本不敢靠近那小和尚，它根本拿那在它腹内还没死去的小和尚毫无办法。

直到仿佛有什么东西在身体里燃烧起来，惊得它一双血红的眼睛大睁着："不……"

砰！

那巨大的鼠妖腹腔处猛然炸开一个血洞，里面的内脏随着火焰呼的一声从血洞溅了出来，散落一地。

它不甘的惨叫声渐渐地弱了下去，直到火焰烧了一会儿之后熄灭，鼠妖还在抽搐，一道浑身脏兮兮、血淋淋的身影从那血洞中爬了出来。

镇长等人已经看傻了眼，原本以为唐师被生吞了一定必死无疑，没想到唐师居然将鼠妖的腹腔炸出一个血洞爬了出来。

回过神来后，他们惊喜地大喊着，同时也朝前面跑去。

"唐师！"

"唐师！"

"唐师！"

不仅是镇长和护卫，就连那些原本关着门的百姓，此时也陆续打开门跑了出来，想去扶起那个爬出来后走了两步便摔倒在地的小和尚。

唐宁从那鼠妖腹腔的血洞爬了出来，可走了两步之后，整个人脚步踉跄地摔倒在地。她试图站起来，然而体内之前的伤外加被火符的气流波及受的伤让她口中溢出鲜血来，眼前更是阵阵发黑。她隐隐听见镇长他们在喊她，紧接着眼前一黑，便陷入无边的黑暗，整个人倒在地上昏迷过去。

因此她没有看见，那抽搐了几下的鼠妖死去后，点点光芒如同萤火虫一般飞落到她身上，一点点地没入她的身体。

而与此同时，镇上的其他地方也飞起点点光芒，尽数朝昏迷在地上的唐宁飞去。

这一幕让跑过来想要去扶起唐师的众人震惊地睁大了眼睛，不敢再上前，只是惊愕地看着那点点光芒朝唐师涌去，尽数没入她的身体。

下一刻，一股佛光圣力从唐宁的身上弥漫开来，耀眼的光芒带着神圣的力量在夜空之中浮现，那佛光圣力从天空洒落，如同繁星一般一点点地飘落在小镇上，驱散了整个小镇弥漫的妖邪之气，同时也净化了空气间残留的妖气。

"是……是佛光！是神佛之光！"一位老人颤声说道，颤颤巍巍地朝昏迷在地上的唐师跪拜了下去。

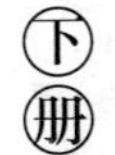

其他人从没见过这等异象，听了那位老人颤抖又激动的话，也跟着跪拜了下去。他们虽没见过这等异象，但也知道刚才唐师身上散发出来的正是佛光，那是得道的神佛才会拥有的佛光圣力，没想到他们居然有机会见到。

“唐师一定是佛祖派来救我们的。”

“对，唐师一定是佛祖派来帮助我们的。”

“若非唐师，我们只怕全都得被鼠妖杀死，唐师是我们的大恩人啊！”

一道道声音传出，众人由衷感激的声音在夜色之中极为清晰，他们激动地看着天空中洒落的光芒，又看向昏迷在地上的唐师，心中又是激动又是感激。

墨烨在天龙学院没见到想见的小和尚，也没在那边停留，因听说这一带发生了山洪，便想过来看看这边的产业，不料还在夜色中飞着，远远地便见某一处的天空中出现一道佛光圣力，他几乎想也没想便往那边赶去。

而在大街上，看到那佛光圣力消失之后，镇长连忙上前将昏迷的唐师扶了起来，道：“快！来个人帮忙把唐师扶回去！”

他一边喊，一边准备将唐师背起来先送回去疗伤，哪知这一刻还扶着的人下一刻被另一个人接了过去。

他抬头一看，不由得一怔，问：“阁下是？”

这人是谁？怎么是个生面孔？这人是什么时候来的？明明刚才这里还没有这人的存在。

墨烨一只手扶着昏迷的小和尚，看了看这周围的战况，又看到怀中之人那一身的血迹和脏污，一双剑眉紧紧地皱了起来。下一刻，只见他一只手捏诀，一道白光闪过，那原本一身脏污的人顿时变得干干净净，就连脸上的血迹也全没了。

百姓还跪拜着低着头，没看到这一幕，但镇长和一些护卫震惊地看着眼前的一幕，颤声喊道：“仙……仙……”

话还没完全说出，他们就见那一袭黑袍、冷着一张脸的男子将唐师打横抱起，转身便踏着清风御剑而去，一眨眼便消失在黑夜中。

镇长怔怔地看着，连阻止的机会都没有，只能眼睁睁地看着唐师被抱走……

墨烨抱着怀里的人在夜色中御风而行，为免夜风让小和尚受凉，他取出披风将小和尚整个儿包了起来。怀中那轻得不能再轻的体重让他眉头紧皱，只感觉怀中之人脆弱又娇小，甚至身体还软绵绵的。

先前看到那佛光圣力，他便知道定是小和尚在那里，没想到小和尚被伤得这么重，一身的血迹更是让他心惊。

以小和尚的实力和心智，怎么会被区区一只妖物伤成这样？难道是小和尚这段时间忙着其他的，没有修炼，导致实力后退了？

他抱着人在天空中飞行了约莫半个小时，来到一座城中的一处院落处。

院落中的护卫一看到他，心头微讶，当即单膝跪了下去：“叩见主子！”这么晚了，主子怎么还过来？还有他怀里抱着的是什么？怎么看着像是个人？

什么人能有这么大的本事让主子抱着？难道是女人？一时间，这些护卫不由得好奇起来。

墨烨抱着人进了房间，轻手轻脚地将人放在床上，掀开包裹着小和尚的披风，看着小和尚苍白的脸色，以及不省人事的模样，取出一枚丹药来，捏开小和尚的嘴，抬高小和尚的下巴，直接将丹药塞入小和尚口中，让丹药顺着喉咙滑下去。

掌心凝聚灵力气息朝小和尚笼罩而下，只见一层白光将小和尚整个人包裹住，他开始用仙法为小和尚治疗身上的伤。

待收回手，他在床边坐下，看着床上昏睡着的人，忍不住伸出手去捏了捏小和尚的脸，道："竟被一只妖物伤成这样，真是没用。"

大手捏着床上小和尚柔软的脸颊，软软的，带着弹性，他明明没舍得用多大力，那精致的小脸仍被他捏红了，倒是让小和尚原本苍白的脸上多了几分血色，看起来好看了不少。

看着那被他捏红了的脸蛋儿，他有些心虚地移开了手和目光，然而想了想，目光又落在小和尚那精致的面容上，看着那脸上被他捏红的痕迹，忍不住又伸出手掌揉了揉。

"我没用多大力，是你太娇嫩了。"他像是自我辩解一般，揉着小和尚粉嫩脸蛋儿的手也不拿开，而是道，"这世上可没多少人能让本君为他揉脸，你是赚到了。"

唐宁此时昏睡着，要是她知道墨烨居然趁着她昏迷对她的脸又揉又捏，还一副她赚到了的语气，估计会气得站起来跟他理论。

不过她怎么也想不到，平日里总端着一副尊贵模样的夜王，竟会有这种不为人知的嗜好，更不会想到自己就是那个被占了便宜还被嫌弃的人。

次日清晨，当唐宁恢复意识醒过来时，还没睁开眼睛便感觉到体内的灵力气息恢复了，就连体内的另一股力量——功德之力似乎也比之前雄厚了不少。

躺在床上的她咧着嘴笑了，可就在这时，一道声音传入她耳中。

"看起来心情不错？"

听着这并不陌生的声音，唐宁睁开眼睛转头看去，看到那一袭黑袍站在床边的人时，不由得睁大了眼睛，一脸错愕，问："你怎么在这儿？"

"我怎么就不能在这儿了？"他负手走到一旁坐下，道，"倒是你，不是挺厉害的吗？怎么就弄得这么狼狈了？"

唐宁低头看了一眼，见自己身上穿着白色里衣，浑身干干净净的，便问："谁帮我换洗的？镇长呢？"

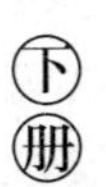

“镇长？”端起茶水的墨烨瞥了小和尚一眼，问，“那个老头儿？你很关心他？这一睁开眼就在找他了，怎么不问问是谁把你带到这里来的？”

“什么老头儿？他才四十几岁，顶多就是中年人，哪里算老了？”唐宁掀开被子取过床头的青色外衣套上，感觉身上的伤好像好得七七八八了，不由得问，“是你给我疗伤的？用的什么药？我这伤好得挺快的啊！”

墨烨瞥了小和尚一眼，低头抿了一口茶水，道：“用了我一枚上品内丹，可是不便宜，你想拿什么还呢？”

“嘻嘻，你堂堂夜王，哪里会差这么点儿钱？”

喝着茶水的墨烨见小和尚笑眯眯地盘膝在床边坐下，还将套在脚上的白色袜子给取下来，露出了一双白玉般的脚来。然而让他险些把嘴里的茶水喷出来的是，小和尚居然把脚丫子抬起来闻了闻，看得他嘴角一抽，被还没咽下的茶水呛了一下。

“咯咯！”他放下茶杯，无法理解地看着小和尚，“你在干什么？”这世上竟有人会去闻自己的脚丫子？这小子的脑子到底是怎么想的？

唐宁倒是无所谓地放下自己的脚，道：“我只是在想，我不像是洗了澡的样子，但身上怎么这么干净？”她从那鼠妖腹腔的血洞爬出来时，可是一身血淋淋的。

墨烨无奈地道：“难道你不知道有种法术叫净尘术吗？”

“没学过。”她摇了摇头，笑眯眯地看着他，“我还以为你会叫两名婢女侍候我洗个澡呢！”

“呵！”墨烨冷笑着睨了小和尚一眼，道，“真是让你失望了，不仅没有婢女帮你沐浴，就是小厮也没有。”让他找两个婢女给这小子洗澡？怎么可能！

“唉！早知道就把星瞳带出来了，至少身边还有个人侍候着。”她轻叹一声，把玩着自己的一双脚丫子，又问，“对了，这里是哪儿啊？”

某人的目光总是不由自主地瞥向那双白玉般的脚丫子，看着那圆润小巧的脚指头在那里动来动去，他一颗心也跟着痒痒的。

为免自己的目光总是落在小和尚那白玉般的脚上，他露出嫌弃的神情道：“赶紧把袜子穿上！”

唐宁看了他一眼，拉过一旁的被子将脚盖了起来，道：“不穿了，我一会儿要泡个澡。你还没告诉我，这里是哪儿？你怎么在这里？”

墨烨站了起来，道：“这是岩城中我的一处院落，因听说这一带发了山洪，我便顺路过来看看，没想到在那座小镇上碰上了你，便将你带过来了。”

“鼠妖一死，那小镇上应该没事了吧？”她想起那只已经死去的鼠妖，以及那些被妖邪之力控制的人。

听小和尚问起这事，墨烨想起当时看到的佛光圣力，瞥了小和尚一眼，沉声道："嗯，那里已经没事了。"话音一落，他便往外面走去。

"哎，你去干吗啊？"她还有话要问他呢！

墨烨停下脚步，回头看了小和尚一眼，目光微闪，似笑非笑地问："你不是要沐浴吗？难道要留我下来观看？"

第二十二章　毫无诚意

唐宁一呆，眨着一双无辜的眼睛道："我只是想说，顺便让人给我准备点儿吃的。"说完，她笑眯眯地看着他，道，"谢了啊！"

墨烨收回目光，迈步走了出去，低沉的声音轻飘飘地传出："谢得毫无诚意。"

闻言，唐宁摸了摸鼻子，讪讪地笑了——诚意？他想要什么诚意？

不多时，两名护卫给唐宁提了热水进来。两人临出去时还不忘偷偷打量了唐宁一下。

她挑了挑眉，回以一个笑容，就见两人连忙低下头退了出去。

关上房门后，她便脱了衣服舒服地泡澡。就算他说什么用净尘术帮她弄干净了身上的污秽，但没有用水泡洗一下她还是觉得不舒服。

泡了个澡后，她顺便洗了个头，由于没有头发，倒是省去了不少麻烦。出了浴桶，她拭干身上的水迹，重新取出一套衣服换上，整理了一下，这才神清气爽地走出房门。

虽然吃了些苦头，也经历了凶险，但一身实力修为能恢复，而且体内的功德之力还更加雄厚了，她便觉得吃这些苦是值得的。

来到外面的桌边坐下，见桌上皆是肉菜时，她不由得笑了起来，伸手就往他的肩膀上拍了拍，道："还是夜王懂我。"

瞧着小和尚一副哥俩儿好的模样，还在他的肩膀上拍了两下，墨烨淡淡地扫了小和尚一眼，道："不要动手动脚的，没个规矩。"

"是是是。"她拿起筷子夹了块肉给他，道，"吃饭。"

墨烨看了看面前碗里的肉，默默地拿起筷子夹起吃着。吃着饭两人倒也没怎么说话，直到饭后上了茶水，他才问道："你这是要去哪儿？怎么身边连个人也不带？就算不带人，你那只乌鸦怎么也不带上？"

唐宁笑眯眯地道："我这趟出来也是为了办事，至于办什么事，嘻嘻，这个不能告诉你。"她抿了一口茶水后，又道，"寒知他们的实力太弱了，我便将他们都留下在学院修炼，这可是个难得的机会。"

"那个小丫头又是怎么回事？"话问出口，墨烨才察觉自己说漏了嘴，不由得默默地端起茶水。

"小丫头？"唐宁微讶，眨了眨眼睛好奇地看着他，"你去学院找我了？还见到星玥了？"说完，她神色古怪地看着他，道，"你不是说你过来是办事的吗？怎么还特意跑学院去了？"

"是办事，顺便过去看你，不想你没在学院里面，倒是看到那个小丫头在你洞府那里待着。"墨烨默默地喝了一杯茶水之后，看向小和尚，道，"听寒知说你下山也有些天了，我本想到这边查看下山洪后的受灾情况，没想到会在那座小镇看到你。"

"我是路过那里，然后就遇到那事，所以才弄成那样。"她无奈地耸了耸肩，又笑眯眯地道，"好在佛祖保佑，最后逢凶化吉了。"

"我会在这边停留两天，处理这边的事情，你呢？是在这里再休息两天，还是有其他打算？"墨烨拿起水壶又添了一杯茶水，目光没去看小和尚，就好像很随意地询问道。

"我身上的伤也好得差不多了，这还得多谢你的丹药。"她眉眼带笑地看着他，道，"所以我就不留下来打扰你了，我明天就起程。"

墨烨这才看了小和尚一眼，应了一声："嗯。"

"吃饱也不能总坐着，我去城里逛逛，你忙你的吧，不用陪我了！"她站起来说道，也不给他说话的机会，便挥了挥手，往外走去，"我出去啦！"

墨烨看着那道没心没肺地跑了的青色身影，一张俊脸顿时变得有些难看——他还没说他可以陪着出去，小和尚就跑得不见人影了。

唐宁来到大街上转悠着，买了一些东西放进圆竹空间里，又逛了下城中的药行，经过一家玉器店时，脚步顿了一下，便走了进去。

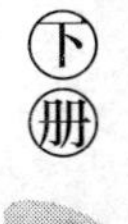

上回刻的平安符用玉器来刻最好，她想看看有没有合适的玉器，买一些放着，要刻时就不用特意去找了。

里面的掌柜见进来的是个小和尚，不由得愣了一下，却也笑着开口道："小师父

可是要买玉器？”

“阿弥陀佛，我先随便看看。”她笑眯眯地双手合十行了个佛礼，便在柜台处仔细看着。

掌柜见状笑了起来，正想上前招呼，看看小和尚需要些什么样的玉器，就见有几位穿着锦衣的贵公子进来，便连忙上前招呼。

唐宁大致看了一下，这里面的玉器多数是玉质较好的，价格相对来说也较贵，成本太高，不太适合她拿来刻平安符，但她想着刻一个，回去后送给她父亲当礼物的，却是可以的。

只不过玉器这种东西，用在男人身上最多的就是玉佩了，所以看了一圈后她便准备买两枚玉佩。

为什么是两枚呢？因为一枚她是准备送给她爹的，另一枚则准备刻上一个平安符后，送给那个嫌弃她谢得毫无诚意的夜王。

毕竟他用内丹为她治疗是事实，一枚让她这么快便恢复过来的丹药绝对不是凡品，他既然拿她当真朋友对待，对她也舍得，她自然也不是小气之人，要送谢礼也得挑上一份配得上他身份的东西。

当一枚翡翠玉佩和一枚白玉平安扣跃入眼帘时，她眼睛一亮，当即唤了一声：“掌柜。”

掌柜正招呼那几名锦衣公子，听到小和尚唤自己，便对几人道：“几位公子且看着，若有看中的便唤小的一声。”说完，掌柜走向小和尚那边，笑着问：“小师父，可是有看中的？”

唐宁一笑，道：“掌柜，我要这两枚。”她的手指在柜台上指了指。

掌柜看到小和尚所指的那两枚玉器时，目光微闪了一下，将之取了出来，放在托盘上，赞道：“小师父眼光真好，这两枚玉器是昨天刚到的新货，而且都是独此一份的，是有名的老工匠亲手打磨、雕刻，水头也是极好的。”掌柜拿起那枚翡翠玉佩，道，“这块玉料是老坑玉石，水头极佳，正面雕刻着一尊栩栩如生的观音像，背后则雕刻着‘平安’二字。”

这边掌柜介绍着那两件玉器，那边的几名锦衣公子听了，也不由得移步过来，在一旁听着。

掌柜说得起兴，拿起另一枚对小和尚道：“至于这一枚圆形的白玉平安扣，则是白玉中少见的极品羊脂白玉，它体如凝脂，质地温润，是可遇不可求之极品。这细腻温润的质感就连雕刻的老工匠都舍不得在上面雕刻图纹，只要简单地配上挂绳，便是一件既可拿在手心把玩，也可佩戴于腰间彰显身份的珍品。”

“我要了！”一旁的几名锦衣男子中的一人开口说道，又看着掌柜道，“这两枚我都要了！”

掌柜愣了一下，看向那锦衣男子，道：“公子，这是这位小师父先说要的，所以只能卖给他，除非他不要，我才能卖给你，这是我们玉器行的规矩。”

闻言，那锦衣男子看向小和尚，道：“这等东西可不是你一个小和尚买得起的吧？你知道怎么做了吗？”

唐宁拿着那两枚玉器在手中把玩，越看越觉得很是适合送给她爹和夜王，于是便看向掌柜，笑着问：“掌柜，这两件多少钱？”

掌柜看了下小和尚后，道：“小师父，这枚翡翠正好是一万金币，而这枚白玉的则是两万九千九百金币，如果你真要买的话，我可以再给你打个折，两件玉器收你三万九千五百金币，你看怎么样？”

“可以，我买了。”唐宁笑眯眯地说道，“掌柜，你再送我两个漂亮的盒子，我是用来送人的。”

掌柜被小和尚豪爽的做派惊了一下，立即反应过来，道：“盒子有，我挑两个最好看的送你。”

一旁的几名锦衣男子听了，也是怔了一下，打量着那小和尚，心下有些诧异——现在的和尚都这么有钱吗？几万金币的东西眼睛都不眨一下就买了？

其中一名锦衣男子沉着脸道：“小和尚，你可听清楚了，那可不是银币，而是三万九千五百金币！”

“不劳施主费心，我知道。”唐宁笑眯眯地说道，看到掌柜拿了两个小礼盒过来，便走向掌柜，道：“掌柜，结账。”

看着那小和尚跟着掌柜进了里面的柜台结账，几名锦衣公子脸色各异。其中一人若有所思地道：“佛门清修的和尚不都是两袖清风的吗？怎么一出手就是几万金币眼都不眨一下？”

“我看这小和尚气度不凡，不似一般的和尚。”另一人说道。

“多一事不如少一事，既然那两件玉器被他买了，我们就去别处看看吧。”另一名锦衣公子说道，看向那脸色微沉的锦衣男子，道：“你本意是挑寿礼的，也不一定非得买玉器，我们再陪你看看其他的吧。”

那脸色微沉的锦衣男子道：“那两件东西确实是少见的珍品，我想问问那小和尚转不转让给我。”

旁边的三人听了这话，不由得相视一眼，暗暗摇头——若是那小和尚愿意让，也就不会去结账了，既然不愿意让，那在这里等也是一样的，除非他想逼人家让给他，但那样事情就不太好看了。

唐宁结了账出来，也没去看还站在那里的几名锦衣男子，便迈步往外走去。

东西买齐了，明天就要离开，在离开之前她就得先将送给墨烨的平安符雕刻好。

然而她到了外面，走了一段距离后就被拦住了。

“小和尚，把那两枚玉器让给我，我可以给你一个更高的价格。”那锦衣男子说道，挡在小和尚面前。

唐宁微勾唇角，弯起一抹弧度，看着面前的锦衣男子道：“施主，我劝你做事三思而后行，多动动脑子总不会有错的。”

那锦衣男子听小和尚这么说，脸色一沉，道：“你可知我是什么人了！”

听了这话，唐宁忍不住笑了起来，也学着他问：“那你可知我是什么人？”

“你可仔细想清楚了！我可是你得罪不起的！”那锦衣男子黑沉着脸说道。

唐宁笑眯眯地道：“你也仔细想清楚了，我也是你得罪不起的。”现在的人都喜欢拿身份说话吗？尤其是这身份还只是家族、父辈所给，所以他们到底在得意、骄傲些什么呢？

“你！”

唐宁也不跟他多说，见他挡在前面，便往一旁移了几步准备离开。

哪知那锦衣男子也跟着移了几步挡住她的去路，见此，她不由得笑了起来，道：“虽然我是佛门弟子，但我顶多算半个和尚，脾气也不太好，所以你最好赶紧让开，要不然我可是要打人的。”

“呵！是吗？那你来打啊！”那锦衣男子冷笑道，一脸不以为然。

哪知就在他的话音落下之时，一根圆竹已经击落在他身上，那极快的速度让他连闪避都来不及便生生挨了一下。

“嗞，啊！”锦衣男子倒抽了一口冷气，痛呼着，整个人猛地跳开了，怒视着那手里拿着圆竹的小和尚，“你敢打我？！”

唐宁笑眯眯地问：“不是你让我打的吗？”

看着那脸色涨红、一脸愤怒的锦衣男子，唐宁把玩着手里的圆竹，笑得一脸愉悦，道：“看在你这么诚心求打的分儿上，我自然是得让你如愿的，要不再来几下？”

那锦衣男子一听，握掌成拳，怒道：“我让你打！打啊！”话音一落，他一个箭步上前，挟带着暗劲的拳头朝小和尚的脸挥去。

可哪知，他挥出的拳头还没击中小和尚，手背就被小和尚手中的圆竹啪的一声打了一下。

“嗞！”明明看小和尚只是轻轻地抬手打了一下，却痛得他倒抽了一口冷气，握着拳头的手也因吃疼而猛地收回直甩着。

“嗞！嗞！”真是疼啊！疼得他直跳脚，猛甩了好几下后，一看手背，只见一条约莫两指宽的粗粗红痕在手背上浮现出来，从手背延伸到手臂处，火辣辣的，痛得他眼泪都在眼眶里打转。

“很疼吗？我这小胳膊小手的，也用不上多大力，虽然打人也挺累的，不过你一直喊着让我打你，我也不能不成全你啊！”唐宁一脸无奈地说道，话音落下之时，手中的圆竹再度击出，挟带着暗劲的圆竹击落的地方不是背后就是小腿，而最多的则是臀部。

“嗞！啊！别……嗞！啊……”

一旁的另外三名锦衣男子看着同伴被那小和尚手中的圆竹打得毫无还手之力，在那里又蹦又跳地痛呼着，不由得面面相觑。

同伴的实力他们清楚，总不能是真被打得毫无还手之力吧？但眼下他还真的连还手的机会也没有，只能证明这小和尚的实力在他之上，所以他只有挨打的份儿。

不过好在小和尚似乎也只是逗着他玩，看起来那圆竹击落力道并不大，也并没有往他身上致命的地方攻击。虽然他们的同伴又是抽气又是痛呼的，但他们觉得，应该也不是很疼吧？

虽然对方没有下狠手，但他们几人是一起出来的，他们也不能在一旁干看着，相视了一眼后，三人便快步走上前。

“小师父，小师父，别打了，别打了。”几人上前将两人隔开，同时也护着同伴后退，朝小和尚拱了拱手，道，“这事是他做得不太厚道，我们代他道歉，小师父是佛门中人，更是应该慈悲为怀，也就不要与他一般计较了。”

唐宁瞥了他们一眼，勾了勾唇角，道：“他家长辈不打他，他总得到外面被别人打，我打他一顿，他若能改还好，若是不能改，以后还有罪受的。”

她把玩着手里的圆竹，瞥了那被她打得缩到后面的人一眼，笑了笑，便迈步离开。

几人听了小和尚的话，目光微闪，又回头看了身边脸色难看的同伴一眼，问：“没事吧？”

“没事？那小和尚下手可狠了！”那锦衣男子咬着牙说道，拉起衣袖给他们看。

几人看到他手上的竹痕时，不由得沉默了下，看起来虽不致命，但打得确实还挺重的。

“我说了这人看着就不像一般的和尚，不能招惹，你偏不信，现在吃亏了吧？”旁边的一名锦衣男子说道，摇了摇头，一脸无奈。

“我非找他算账不可！”被打的那锦衣男子咬着牙说道。

“你打不过他，还是算了吧。”另一人说道，又问，“你还买不买寿礼了？”

“不买了！我要找人弄他！”那锦衣男子轻碰了下自己的臀部，痛得嗞了一声，

道，“我先回去擦药，走了！”说完，他也不理会几人，便自己一瘸一拐地先离去了。

看着他不听劝地离去，三人相视一眼，其中一人道：“我有种直觉，他若是不收手还去找那小和尚的麻烦，估计会栽得很惨。”

闻言，另一人道：“先回去找人打听一下那小和尚的来历吧！”

“嗯。”几人应道，这才相继离去。

另一边，听说小和尚回来了的墨烨，放下手头的事情便过来了，哪知见到的却是房门紧闭，外面还有两名护卫守在门口。

“主子。”两名护卫一见到他，当即行了一礼。

“他回来了？怎么关着门？在里面做什么？”墨烨负手问道，微皱着眉头看着那紧闭的房门。

“回主子，唐师刚回来不久，他特意交代不要打扰他，只说他有事要做。”两名护卫恭敬地禀报道。其实唐师说的不要让人打扰他，这个人除了他们家主子也没旁人了。

闻言，墨烨又看了那紧闭着的房门一眼，转身来到院中的桌边坐下，道：“去把书房桌面上的资料拿过来。”

“是。”其中一名护卫应道，便快步离开，往书房走去。

也许是不想又见不到小和尚，墨烨直接把要处理的事情拿到这院子里来做，一边等着小和尚忙完出来。

至于唐宁，此时正在房间里专心地给墨烨刻画平安符。她想着，墨烨待她还是不错的，她却没有什么好东西给他，其他的东西估计他也不缺，但他命中有一死劫，那劫就是她也没办法帮到他，只能给他刻上这么一个平安符送给他，希望到时候多多少少能起到一点儿作用吧。

因为他本身就不是一般人，一般的平安符对他来说作用不大，而唯一能起到作用的，估计就是她的功德之力了，所以在刻这个平安符时，她在那枚白玉平安扣中注入的功德之力是极为雄厚的。

“呼！总算是刻好了。”她轻呼出一口气，看着手中那枚巴掌大的白玉平安扣，触感细腻温润，拿在手里把玩让人觉得很是舒服，再看那色泽，灵力隐现，光泽迷人，真是越看越是喜欢。

抬手拭了拭额头渗出的汗水，她站起来时头一晕，整个人一晃，又跌坐下去。

她揉了揉太阳穴，喃喃地道：“我还是去睡一觉缓一缓吧。”于是她将平安扣收了起来，往里间的床走去。

也许是消耗的精神力和灵力以及功德之力太多，她躺下去没多久便睡着了。

她并不知道，此时墨烨还在外面的院中等着她呢！

两名护卫见自家主子处理完事务就在那里一直干等，也不知喝了多少杯茶了，天色渐渐地暗了下去，那紧闭的房门一直没有打开，甚至天黑了里面也没点灯。

其中一名护卫见自家主子晚饭都还没吃，便走上前，试探地问："主子，可要先吃点儿东西？"

"不必。"墨烨顿了一下，看了一眼黑漆漆的房间，又道，"去一品楼订一桌酒菜过来吧。"

"是。"那名护卫应道，正准备去安排，便听他的话又传来。

"等一下。"手指在桌面上轻轻地敲着，墨烨看着那漆黑的房间道，"我记得一品楼有一道招牌菜是烤乳鸽？"

那名护卫愣了一下，想了想，应道："是有这么一道菜，属下让他们加上。"

墨烨手指敲着桌子，缓声道："让那里的大厨过来这里现烤。"

"是。"那名护卫连忙应道，往外走去，迅速去安排。

唐宁这一觉睡得很是舒服，睡醒时想着应该是半夜了，就懒得再起床了，想直接一觉睡到明天早上。

然而，当一阵烤肉的香味若有若无地钻入她的鼻息之间时，她闭着眼睛动了动鼻子闻了闻，肚子也适时地发出咕咕的叫声。

下一刻，她整个人便从床上跃了起来，道："好香！"

睡得有几分迷糊的她揉了揉眼睛，见房间里黑漆漆的，也没点灯，倒是外面的光线还挺亮堂的，便下了床点起灯，揉了揉脸颊，这才往外走去。

当那漆黑的房间里的灯亮起来时，在外面坐着、把玩着酒杯喝着小酒的墨烨微勾唇角，一派悠哉地喝酒、赏月，十分惬意。

"好香啊！"唐宁开了门走出来，看到外面那一桌酒菜，以及一旁还有人在现烤乳鸽，眼睛顿时一亮，"这么晚了还有东西吃啊？我还想着就一觉睡到天亮得了。"

一旁的护卫听到这话，不由得嘴角一抽，悄悄地看了自家主子一眼——敢情这小和尚不让人打扰，就是为了在里面睡觉？亏他家主子在这里等了这么久！

"明天你不是要走了吗？我这个做主人的自然得好酒好菜地款待你，为你饯行。"墨烨听小和尚说是在里面睡觉，也不在意。

入了夜也没点灯，他就知道小和尚估计是睡着了，而想让小和尚自己出来，一桌好酒菜就可以了，毕竟这位可是个不守清规戒律的酒肉和尚。

听了他的话，唐宁笑眯眯地看了他一眼，小手握拳朝他的手臂击了一下，笑道："你这个朋友还真是够意思！"

闻言，墨烨扯了扯嘴角。

朋友？瞥了一眼小和尚那看到酒肉便放光的双眼，他把玩着手中的酒杯，心中不禁暗忖：什么时候要是这小子能对他露出这等垂涎的表情……

喀！这似乎是不太可能的事情。

“这个送你。”唐宁摸出一个漂亮的小盒子递上前，笑眯眯地道，“这谢礼可是诚意十足的。”

墨烨听到小和尚说是送给自己的，心头一跳，一丝欢喜、一丝期待，还有一丝惊喜充斥在心头。虽然心中欢喜，但他脸上神色如初，黑瞳瞥了小和尚一眼后伸手接过，低沉的声音带着磁性从口中传出：“你这一毛不拔的人，居然会舍得送我东西？”

接过盒子后，他并没有急着打开，而是拿着盒子在手中轻转着。

唐宁听了，笑了起来，狡黠地道：“我哪里一毛不拔了？明明就是没毛可拔！我为了给你挑这谢礼，可是花了不少钱呢！你赶紧打开看看。”

闻言，墨烨这才将盒子打开，见里面是一枚白玉平安扣时，目光微闪，拿起来看着，见上面还刻有符纹，便朝小和尚看去，问：“这上面的东西是你刻的？”

“对啊！回来后我就在房间里刻这个，费了我不少精力才刻好。这是一个平安符，里面还有我注入的佛光圣力，这可是有钱也买不到的好东西！怎么样，我这谢礼够有诚意了吧？”她笑眯眯地说道。

听了小和尚的话，墨烨把玩着手中那温润细腻的平安扣，敛下的眼眸中闪过一抹幽光，好看的唇角微微勾了起来，道：“嗯，这谢礼尚可。”

“只是尚可？”唐宁挑了挑眉，看着收到礼物明显很开心的男人，突然间一个念头闪过脑海，她脱口而出问道，“该不会是你从没收过别人送的礼物吧？”

墨烨瞥了小和尚一眼，不紧不慢地道：“本君可不是什么人送的东西都收的。”

闻言，唐宁笑了起来，道：“我懂，我懂。”这家伙总是一副高高在上的天神模样，估计也没几个人敢送他东西。

见他拿着那枚白玉平安扣在手里把玩，唐宁便道：“你倒是把它系到腰上呀！你总是穿着黑袍，这白玉倒也配你。”

墨烨低头看了一眼自己的黑袍，取下腰间的一枚玉佩收了起来，将那枚白玉平安扣系了上去，再一看，只见那枚白玉平安扣与黑袍相互衬托，黑白相映，如同黑夜中的一轮明月般出彩，竟是十分完美。

“嗯，我的眼光确实不错，果然很适合你。”唐宁夸他的同时，顺便把自己也夸了。

墨烨听了小和尚的话，心情十分好，但也只是勾唇一笑，然后拿起筷子给小和尚夹了一块烤乳鸽，道：“尝尝看。”

“好。”唐宁应道，不客气地动筷吃着。

这一夜，两人边吃边聊，竟是到了深夜才各自回房休息。

到了次日的中午，唐宁睡到自然醒后，便去跟墨烨辞行。

“那我就先走了，以后有机会见。”唐宁说道。

“嗯，自己保重，不要再弄得那样狼狈了。”墨烨开口说道。

闻言，唐宁笑眯眯地点了点头，道：“好，那我走啦！”说完，她转身离去。

墨烨看着小和尚离开，并没有去送，直到那道身影消失在视线之中，才收回目光，视线落在腰间的白玉平安扣上。

唐宁出了门便直接往城门走去。

出了城门后不久，她停下脚步，看着前面的人笑了起来。

“你这是又送上门来找打？”唐宁戏谑地看着前面的锦衣男子，又瞥了眼他身边跟着的十几人，道，“自己打不过我，还找来这么多帮手啊？”

“哼！小和尚，知道怕了吗？本公子今天就让你知道得罪我的后果！”锦衣男子看着那小和尚，挥手喝道，“给我打！狠狠地打！”

她看着那些人朝她走来，眉眼一弯，身上敛着的实力修为不再隐藏，将灵师的威压释放出来。

那一刻，那十几人皆僵在原地，满脸错愕地瞪大了眼睛——不是说只是一个普通的小和尚吗？怎么还是位灵师？！

“你们想死吗？”唐宁笑眯眯地问道。

“不，不。”他们颤声说道，猛地摇头，双腿有些发软。

这可是灵师啊！他们就是再来十几人也打不过一个灵师啊！

“给你们一个活命的机会。”唐宁说道，看向一旁呆住的锦衣男子，道，“给我打，狠狠地打，别弄死了就行。”

锦衣男子听到这话，再看那十几个虎背熊腰的汉子朝他看来，一惊，后退了一步，当即喝道：“你们敢！”

“我们原本也不敢，但打你总好过打那一位吧？”其中一人说道，朝身边的人看了一眼。

下一刻，十几人便一拥而上，挥着拳头朝那锦衣男子揍去。

另一边，昨天跟那锦衣男子一起的另外三名男子，此时聚在其中一人家里喝茶。当听到下人来禀报，说他父亲让他们到厅里去时，那男子便与两位友人一同前往。

“父亲，找我们有什么事吗？”男子诧异地询问道。

中年男子脸上带着严肃，看了三人一眼后，目光落在自己的儿子身上，问：“你

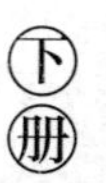

昨天不是让人打听一个小和尚吗？下面的人刚来禀报，说那是天龙学院的导师唐师。你是在哪儿遇见他的？怎么不将人请到家里来？”

三名男子一听到这话，皆是愣了一下，其中一人道：“天龙学院的导师唐师？那小和尚？”

“不错，你们让人打听的那小和尚是不是十五岁左右的年纪，长得很是精致出色，一袭青衣，腰间还带着一根圆竹？”中年男子看着他们道，“这正是天龙学院的导师唐师，据闻此人本事不小，前段时间在寒山寺出现过，前几天还救了一座小镇的人，解决了他们那边出现的疫情，灭杀了一只成了精的鼠妖，那小镇上的百姓为了感谢他，为他募捐了钱造了一尊金身放在神庙里供奉着。”说完，中年男子看向呆住的三人，心中隐隐有些不好的预感，忙问：“你们该不会得罪他了吧？”

“坏……坏了！”三人惊慌地相视了一眼，连声音都带着一丝颤抖，几乎是想也不想便拔腿往外跑去——他们是没得罪那唐师，但昨天挨打的那个人可是带着人去找小和尚的麻烦了！

当找到城外，看到十几名汉子正殴打着那人时，他们当即大喝道：“住手！你们在干什么？！”

那十几名汉子听了，回头看了一眼，又见那小和尚早已不知什么时候走了，连忙四散而去。

三名锦衣男子快步上前，当看到地上的那人不是唐师时，不由得松了口气。

“快，把他背回城里去。”三人将那鼻青脸肿的人扶了起来，带回城里。

被打一顿还是小事，要是连命也丢了，那可就真的想哭都没地方哭了。

至于已经离去的唐师，独自一人走着，因这一趟是回家，所以她格外小心，并没有直接往想去的方向走，而是绕了一大圈确定身后没有人跟着时，这才往回家的方向走。

她防的就是墨烨，因为他本身就不太好糊弄，再加上两人也算认识有一段时间了，若是让他知道她所去的方向，估计以他的敏锐，定会察觉出什么来，所以她才绕了一大圈，直到确定身后没人跟着才放心。

然而她不知道的是，墨烨因担心小和尚的伤还没完全恢复，又为他雕刻平安符消耗了不少的灵力气息和精神力，身边又没个人跟着，担心小和尚这一路还会遇到危险，于是便悄悄地跟在小和尚身后守护。

墨烨见小和尚放着大路不走，竟绕了一大圈之后又绕回去，心中怪异，不禁暗自思忖起来，也没想出个所以然来。

知道小和尚不想有人跟着，所以这一路他极其小心，默默地跟在小和尚身边守护了好几天，小和尚也没有察觉。

让他意外的是，在接下来的两天，小和尚竟用那圆竹御风而行，这一点倒是让他没想到，在他看来，小和尚那竹子也不是飞行法器，怎么可以飞行了？

而更让他诧异的是，他守护了小和尚一路，最后却见小和尚来到两人当初遇见的那一处城镇，就在他以为小和尚会在这里停留时，小和尚却在城里买了不少东西之后便上了山，往山上的寺庙走去。

再一次来到这座寺庙，唐宁心中感慨万分。当时她是为了活命逃进了这里，还害得这座寺庙无端受灾，遭受大火焚烧，如今再来，看着这座已经重建的寺庙，她的眉眼一弯，露出一抹笑意来。

她当初化缘遇到墨烨，一句"与佛结缘"，他倒是真将这寺庙重建了。不过看这里香客较少，从她上来就没见到几个人，可见这里还是比较冷清的。

进了寺中，她便看到在大殿处坐着念经的方丈。见到他，她便想起那一天他将圣天钵塞进她手里的一幕。

她这一趟过来，其实也是想知道圣天钵的来历，只是不知方丈是否知道？

"阿弥陀佛，方丈，别来无恙。"她双手合十，朝方丈行了个佛礼。

听到声音，方丈停下了敲木鱼和念经的动作，睁开眼睛看向来人，当看到是一名眉眼带笑、模样精致出色的小和尚时，不由得微怔。

"阿弥陀佛，小师父是？"他应该没见过这小和尚吧？听这小和尚一声"别来无恙"，却又似是故人？

唐宁微微一笑，道："方丈曾赠我一钵，让我自行下山去。"

经唐宁一提，方丈这才想起，当初寺院被烧，只剩下一个空架子，当所有人都垂泪伤神之际，有一个被烟熏黑了脸的小和尚给他抱来了一罐子清水，清水里面放着十几片金叶子。

他记得，当看到清水中的十几片金叶子时，他怔了片刻，暗自清点了院中弟子，却发现一个不少。

后来寺院得以重建，他才知道原来一切皆是因为当初那个小和尚。

只是他没想到，今天还会再见到那个小和尚。

他站了起来，双手合十行了个佛礼，道："阿弥陀佛，善哉善哉，老衲一直想当面道谢，没想到今天方有机会。"他看着面前眉眼精致的小和尚，慈祥地笑道，"小师父竟也是我佛门中人，真是大善，老衲在此多谢小师父当日解我寺院困境之恩。"

"方丈言重了，这本就是我应该做的。"唐宁说道，"其实今日来，我是有一事相询。"

"小师父请讲。"

唐宁将那钵的事情大致讲了一下，问："方丈可知这圣天钵的来源？"

方丈轻轻摇了摇头，道：“阿弥陀佛，老衲不知，不过那等圣物能落到小师父手中，也证明小师父是有缘之人，佛家讲究缘法，小师父因缘所得，又何必深究其来源呢？”

两人在殿中聊了一会儿，唐宁告辞离开。

方丈亲自相送，目送唐宁离开后才转回大殿之中继续念经。

远处的墨烨看着小和尚并没有在寺院中停留，而是下了山，继续远远地跟着，心下暗忖：若小和尚只是来这座寺院，又为何要隐瞒行踪？接下来小和尚又准备去哪里？

接下来唐宁自然是打算回家了，不过在回家之前，她得找个地方换回女装，以女儿身唐家大小姐唐宁的身份回去才行。

所以在下了山之后，她便绕了一段路，直到傍晚时分，天色暗下来之时，往小树林后面一条清澈的小溪走去。

她神识外放，在周围扫视了一番，确定没有人在这一带后，才俯身在溪边先洗了把脸。

不远处，墨烨看着那在溪边停留的人，眉头微拧，越发想不明白：小和尚到底想干什么？怎么绕了一大圈之后却跑到这荒无人烟的小树林后面的溪边来了？

他原本只是因担心小和尚而悄然守护着，却不想越是跟着，越觉得小和尚身上仿佛笼罩着一层神秘的面纱，让人看不太真切——小和尚到底在隐藏些什么不可告人的秘密？

夜色下，溪边的人洗了脸后，便将身上的青衣脱下。

他目光微闪，暗忖：难道是要在这里沐浴？

然而下一刻，他却见小和尚从圆竹空间中取出一套水蓝色的纱裙来。

纱裙？墨烨微拧眉头，在看到小和尚将那衣裙往身上穿去时，一双黑瞳猛地一缩，俊脸上浮现出错愕与震惊的神色……

并不知墨烨正在暗处震惊地看着的唐宁，取出裙子后便往身上一套，腰带还没系，就弯腰换靴子，再从圆竹空间中拿出假发往头上一戴，稍微移正之后，这才将腰间的圆竹收入乾坤袋里。

“穿裙子就是麻烦。”她一边嘀咕，一边将裙子整理好，同时把腰带一束，将纤纤的腰肢勾勒了出来。

伸手往胸前一摸，平平的胸口让她愣了一下，她一拍脑袋，道：“差点忘了。”她微低头，将左耳上的那枚紫色耳钉取了下来。

随着这耳钉取下来，她原本平平的胸前竟微微有了一些起伏，整个面容也在那一刻发生了微妙的变化，少了少年的阳刚之气，多了女子的柔美温婉，明明还是那个人，但看着生生变成了另外一个人。

暗处，将小和尚的一举一动皆看在眼里的墨烨心尖轻轻地颤着，震惊与错愕夹带着不可置信充斥在心头，黑瞳紧紧地盯着那抹纤纤倩影，大气也不敢喘一下，生怕自己一个气息外泄被小和尚察觉。

只是谁来告诉他，为什么小光头会变成一个长发飘飘、身段玲珑的倾城美人？

哪怕看到小和尚在这里换装，他仍不敢相信，这个灵动绝美、如天上仙子偷偷溜下凡间、在溪边整理衣裙和墨发的少女，竟就是那个顶着一颗光头、说是半个佛门弟子却又不守佛门清规戒律的小和尚……

而他在此之前还一直以为自己是个断袖！可现在，他断袖的对象又是个女人？

他感觉命运跟他开了个玩笑，让他的一颗心忽起忽落。想到这段时间得知自己竟爱上了一个男人，而这个男人还是个小和尚时的那种恐慌，再到后来他渐渐地接受了自己是断袖一事，却又因担心被小和尚知道，从而远离、嫌弃、厌恶他的那种患得患失、心虚逃避以及忍受着单相思之苦，再到现在看到，这个让他的心境发生这么大变化的人，不是男人，竟是个女人，他那种复杂的心情真的无法用言语来表达。

难怪她下山说去办事，却不说去办什么事，就连身边的人也不带，下了山后还一直担心有人跟着她因此一直绕路，原来她是担心她女子的身份被人知道。

看着那张完美地展现了女子柔美的面容，他的目光微闪——她这女子的装扮和面容，其实他是见过的，唐家的少主，也是唐家的大小姐，唐宁。

这才是她的真实身份。

当初他因见两人的容貌有几分相似，心中有所怀疑，一再试探，却见无论是言行还是举止，小和尚和唐家大小姐唐宁都判若两人。

而让他打消怀疑两人是同一人的主要原因，其实还是小和尚的光头。

这世间，别说是女子了，就是男子，除非是佛门中人，否则不可能有人将头发剃掉，更何况她还是唐家大小姐，又怎么可能将自己的一头青丝尽剃，以和尚形象示人？

却不想，最不可能的事情在小和尚身上往往是最有可能发生的。

小和尚不按常理行事也不是一两回了，只是他怎么也没想到，她的这个身份藏得这样深，还把他也骗过去了。

如今知道了小和尚原来是女子，他心中除了震惊与不可思议，竟没有什么欢喜和惊喜，因为在那一瞬间，他想到了以前从没想过的很多事情，也有了更多的顾忌。

看着她出了树林，往城中的方向走去，他便也远远地跟着。

只见她穿上女装后，言行举止以及周身的气质都如同世家小姐，少了几分随意，多了几分优雅。

唐宁在城中找了家客栈住下，直到次日清晨，才让小二帮忙雇了辆马车，坐着马车出了城。

墨烨从暗处走了出来，看着马车离去的方向，知道她是回家去。

知道了她的真实身份，自然也知道了她的家在哪里，因此他没有再暗中跟在她身后，而是转身离开，往皇城而去。

两天后，一辆马车在唐家大门前停下。

车夫喊道："小姐，唐家到了。"

"好。"马车里的她轻声应道，挑开帘子看到唐家大门就在眼前，微微一笑，下了马车后取了钱给那车夫，这才往前走去。

唐家大门前的护卫一看到从马车上下来的人，不由得睁大了眼睛，道："小……小姐？"

其中一人更是在看到是大小姐回来了后，便迅速往府里跑去禀报："家主，大小姐回来了！"

护卫的声音在府里传开，下人也相互传着，没一会儿，整个府里的人都知道他们家大小姐回来了。

唐啸正和族老以及唐家的主事商量事情，一听护卫的禀报，猛地站了起来，脸上溢开惊喜的笑意。

"宁儿回来了？"话音一落，他也顾不得厅中还坐着的众人了，当下便快步往外走去，脸上露出大大的笑容。

厅中的众人听说是唐宁回来了，一时间个个目光微闪——唐宁啊！唐家的大小姐，也是他们唐家的少主，偏偏一身修为尽失，唉！

唐宁进了府里，下人纷纷屈膝行礼，口中恭敬地唤道："大小姐。"

她摆了摆手让他们起来，往里面走去时，就见她爹爹已经大步走了出来。

"哈哈哈哈，宁儿，你怎么回来也不提前来个信告诉爹爹一声？好让爹爹派人去接你啊！"唐啸朗声笑道，来到她身边上下打量着，点了点头，满意地道，"不错，长高了不少，好，好啊！"

唐宁朝他行了一礼，笑着道："爹爹，这段时间家中一切可好？"

"都好，都好，家里一切都好，你不用担心。"唐啸笑着说道，见她身边只有自己，却不见寒知的身影，不由得问，"寒知呢？怎么没跟在你身边？"

闻言，唐宁笑道："这事我们回头再说。"话音一落，她看向那边走出来的族老众人。

"见过大小姐。"一些主事朝唐宁行了一礼后，对唐啸道："家主，那我们就先回去了。"

"好，你们先回去吧。"唐啸点头说道。

"既然大小姐正好回来，我们也有些事要跟大小姐说一下，不知现在可方便？"一位族老说道，目光落在唐宁身上。

唐宁看向他们几人，应道："当然，几位族老厅里请。"说完，她与爹爹一同往厅里走去。

几位族老在左右两旁坐下，看着与家主一起坐在上座的唐宁，目光微闪。

"几位族老有什么想跟我说的？"唐宁看着他们问道，端坐在上位，姿态优雅，落落大方。

"我们听闻大小姐离家时，就是不太赞同的，如今大小姐修为尽失，又无法再重新修炼，就应该留在家中，免得在外遇到什么危险，让家主担心。"三长老开口说道，看着唐宁的目光满是不赞同。

另一位长老点了点头，道："不错，虽然你现在只是一介普通人，但也是可以为家族做些事情的，与其去外面让家族里的人担心，倒不如在家族里学着管理产业，也可以帮帮你父亲。"

"其实有一事我想说很久了。"二长老看向家主和唐宁，顿了下，道，"本来大小姐今天刚回来，我不应该在这时说的，但我还是希望你们可以认真地想一下唐家的未来，以及下一代的接班人。虽然家主正值壮年，再执掌个几十年也不成问题，但仍得为我们唐家的未来打算和着想，为我们唐家培养下一代的接班人。至于大小姐……我觉得她依旧是唐家大小姐，但这唐家少主一位，还是得再挑出色的人来继任。"

"几位长老，宁儿刚回来，有必要跟她说这事吗？"唐啸面露不悦，显然很不喜欢他们又拿这事来说。

大长老抚着胡子叹道："这已经是个老话题了，毕竟就这事已经说很多回了，以前是没当着大小姐的面，今天当着大小姐的面，也希望你们能慎重考虑一下，我们也不是针对大小姐，只是尽我们作为唐家长老的职责，为唐家的未来考虑而已。"

唐宁一边听他们说话，一边端起茶水抿了一口。这几位长老除了拿这件事来说，估计也没有其他什么事可对她说的了。

从上回二房想要夺权一事她便看出，这几位长老对外是一致的，但对内又有分歧，几乎可以说他们虽拥戴她爹爹这位家主，但毕竟他们在唐家也是有分脉的，有时牵扯利益，还是会闹得不太好看。

他们一再拿她少主的身份来说事，其实也就是希望失去修为成为普通人的她可以为其他人让路。

区区唐家少主一位，她还真没放在眼里，但要扶谁上位，也不是他们说了算的。

她放下茶杯，看向他们询问道："听几位长老的语气，莫不是已经有了更好的

人选？”

唐啸担心她说什么不该说的话，做什么不该做的决定，当下便出声提醒：“宁儿！”

唐家大小姐的身份跟唐家少主的身份差得可不是一星半点儿，这傻丫头到底知不知道？

而几位长老听到她的话，却是一喜，当即道：“大小姐若是答应退让少主一位，我们自然能挑选出一位更适合的唐家子弟。”

“这样啊。”她轻声呢喃，似乎在考虑。

见此，唐啸当下便道：“宁儿，你这一路回来估计也累了，要不先去休息一下？”

“没关系，我先把这事处理了再说。”唐宁露出一抹甜笑，看向爹爹的目光带着安抚，这才看向几位正期待地看着她的长老，笑道：“几位长老，我倒是有个主意，就不知你们觉得如何？”

几人听了，相视一眼，道：“大小姐请说。”

她不紧不慢地道：“唐家的子弟，无论是嫡系还是旁系，只要在二十岁之前达到灵师级别的修为，我便让出少主之位。”

听到这话的几位长老却皱着眉，并没有急着应下来，更没有欢喜的神色。二十岁之前达到灵师级别？这不是易事啊！要知道，多少人终其一生都突破不了炼气九阶从而成为灵师，就更别说要在二十岁之前突破成为灵师了。

“大小姐，你如果不想让出少主之位便明说，何必这样拐个大弯呢？你明明知道这根本不可能办到，就算是天龙学院那等顶尖学院里面的学子，有多少年满二十也无法突破成为灵师的，更何况是我们唐家的子弟呢？”四长老不满地说道。

“别说是我们唐家了，就是其他家族，估计也没有人能办到。”另一位长老也说道，耷拉着眼皮，也没去看唐宁。

唐啸听了，这才放下心来，心中很是满意——很好，看来宁儿也没傻到把唐家少主之位拱手让出去。

哪知，下一刻听到他女儿的话时，他错愕地瞪大了眼睛。

唐宁笑了笑，看着那几位长老道：“如果我在二十岁之前没达到灵师，不管唐家子弟中有没有人能在二十岁之前成为灵师的，我都会让出少主之位。”

一听这话，几位长老也错愕地睁大了眼睛——她这是傻了吧？就她现在这样，还二十岁之前达到灵师？她要是还能修炼就该偷笑了。

然而他们想了一下，又觉得她的这个提议还是不错的，这样一来他们就可以确定一件事，那就是少主之位她是必须让出来的，而且什么时候让出来也有了一个明确的时间。

想到这一点，他们生怕她反悔一般，当即应道："好！就这么说定了！"

倒是唐啸，一时间看着自家女儿若有所思。

唐宁眉眼一弯，一丝狡黠之色在眼底飞快地掠过。

她看着那几位一脸欢喜的族老，有些忍俊不禁。

实在不是她有心给他们挖坑，而是他们总是拿这事来说，也真的挺烦人的，既然他们一直想换少主，那她就给他们个盼头儿，免得他们时不时就拿这事来烦她。

她站了起来，道："那这事就这么说定了。如果没有其他的事情，我就先回去休息了。"

"好。"几位长老眉开眼笑地点头应道。

唐宁上前挽着爹爹的胳膊道："爹爹，我还有点儿事要跟你说一下，到我院里去吧。"

"好。"唐啸应道，见他们已经把事情决定下来了，也不再多说，便与她一同出了大厅。

唐啸出了大厅，脚步微顿，看向一旁的护卫，交代道："青知，你去交代一声，让厨房做几道小姐喜欢吃的菜，一会儿送到院子里来。"

"是。"青知应了一声，在看到他们离开后，便唤来一名婢女，交代了一声，这才快步跟上前面的两人。

父女俩一边走，一边聊天，到了唐宁的院子后，来到房中坐下。这时唐啸才问："宁儿，你怎么就许了他们那样一个承诺呢？你可知你这是拱手将少主之位让出去啊！"

唐宁在桌边坐下，笑道："爹爹，这样他们就不会总是拿这事来烦我们了呀！"

"可是你应该知道，大小姐的身份和少主的身份是不一样的，只要你一天是唐家少主，就算你无法修炼，唐家上下也无人敢对你不敬，甚至你的一句话、一个决定，都可以起到绝对的影响，但若你只是唐家大小姐，家族中的很多事情你是无法参与的。"唐啸微拧眉头，想不明白她怎么就做了那样一个决定。

见他神情带着担忧，言语焦急，唐宁心头涌过一股暖流。她站起来走到房边，看了院子一眼，道："从今天开始，我这里不用暗卫守着，你们退下吧。"

院子里静悄悄的，没动静，只有守在房门外的青知微讶地看向唐宁。

"我的话没听见？"唐宁声音微提。

下一刻，便听四道声音应了一声"是"，而后似有什么掠过，从头到尾皆没人现身。

"青知。"唐宁唤了一声，看向一旁的护卫。

“属下在。”青知当即抱拳低头应道。

“去院外守着，不要让人进来。”

“是！”青知恭敬地道，话音一落便转身往外走去，没有迟疑，只是忠诚地执行命令。

唐宁看了青知一眼，这才转身回到房中，随手关上了房门，便见爹爹微讶地看着她。

“宁儿，你怎么知道这里有暗卫守着？”唐啸有些诧异地问道，毕竟她刚回来，他也没告诉她，那她是怎么知道的？

唐宁笑了起来，道：“爹爹，其实我有件事要跟你说。”

“什么事？”唐啸疑惑地问，想到她连青知都叫到院外去守着，神情不由得严肃起来。

唐宁想了想，有些不知该怎么开口，于是习惯性地想要去摸自己的光头，哪知碰到的是头发。

见她一脸纠结，似乎在发呆，唐啸忍不住担心地问：“宁儿，是不是你在外面遇到什么麻烦了？”想到这一趟寒知并没有跟着她一起回来，他便脑补着，忙问：“莫不是你们真的在外面遇到了什么危险？寒知为了保护你死了，所以这一趟才没有跟你回来？”

唐宁听了一呆，连忙道：“没有，我没有遇到什么麻烦，寒知也没死，我只是在想，这事要怎么跟你说。”

她要怎么跟他说，其实她现在顶着一颗小光头呢？

听了她的话，他心里一松，笑道：“没关系，咱们父女俩怎么说都行，你慢慢说，爹爹听着呢！”他一边说，一边摆了两个杯子倒着水。

唐宁想了想，抬手便布了个隔音结界，见爹爹察觉灵力波动，错愕地看来，她一咬牙，伸手把头上戴着的假发给取了下来。

哐！水壶从唐啸手中脱落，他整个人猛地站了起来，震惊又无法置信地看着顶着一颗光头的女儿，连刚才那股灵力波动所带来的错愕都被他抛到脑后了。

他暴怒地瞪着一双虎目，怒声喝道：“寒知呢？临行前我是怎么跟他说的？我告诉他，你要是少一根头发我都要唯他是问，可现在……”

看着他漂亮的女儿如今一根头发也没有，顶着一颗小光头出现在他面前，他眼睛忍不住红了起来，双手握着她的肩膀，看着她那泛着亮光的脑袋，哽咽地道：“你这段时间到底在外面遇到了什么事，怎么连头发都没了？都是爹爹不好，爹爹应该再多派些人保护你的。”

“爹爹，你先坐下听我说。”唐宁看着受了刺激一副要哭出来模样的父亲，连忙扶着他坐下，帮他顺着起伏的胸口，道，“爹爹，你别急，先别急，你听我说，这事跟寒知没……”

看着女儿贴心地帮他顺着气，唐啸缓了一会儿，一抬头，看到她那小光头时，又是气急地道：“你别替寒知说话了！就是他没有保护好你！如果他有保护好你，怎么会让你的头发全没了？难怪那小子不敢回来，原来是怕我拿他是问！”他看着自家女儿，红着眼睛摸着她光秃秃的小脑袋，难过地道，“你说你多漂亮的一个孩子，现在没了头发可怎么办呢？这就是要长出来，也得长很多年啊！”说着，他似乎想到什么一样，拿起她放在桌上的假发，道，“来来来，赶紧戴上，别让人瞧见了。”他担心外人看到他女儿没了头发，会对她指指点点。

唐宁见状，便由着他将假发往她头上戴好，看着他一副紧张又难过、自责的样子，为了转移他的注意力，她将身上隐藏着的实力修为尽数释放了出来，道：“爹爹，你看看我的修为。”

“修为？什么修……”原本还处于难过、自责中的唐啸声音一顿，脸上浮现出震惊又惊喜的神色，“你能修炼了？不对！你怎么会是灵师五阶？！”

他因太过震惊，连声音都有些变了，话音一出，才惊觉自己的声音太大了，猛地看向外面，却在这时想起刚才的灵力波动，这才注意到这房间里已经被布下结界。

“这……这怎么会……”他难以置信地看向自家女儿，不敢相信这是真的。

“爹爹，其实我想跟你说的就是这事，我的实力恢复了，而且比以前还强。”唐宁笑眯眯地说道，按着他坐下，道，“你先坐下，我慢慢跟你说。”

唐啸昏沉沉地被按坐回椅子上，仍不敢相信地看着自家笑意盈盈的女儿，问：“这到底是怎么一回事？你的实力修为是怎么恢复的？你什么时候成为灵师五阶强者的？还有你的头发，怎么会全剃了？”

唐宁也在桌边坐下，道：“其实当初我从小黑屋里逃出来时，为了躲避追杀我的杀手，逃到了一座寺院之中，在寺院里面才避过了杀劫。因为当时我的修为尽废，又被折磨了许久，根本没有能力与他们搏斗，为了隐藏起来不被那些杀手找到，所以在那寺院里我自己剃成了光头，穿上了和尚的衣服，混迹在僧人中，才得以活下来。”

听到这话，唐啸心头一颤——她说得轻飘飘，简单的几句话便将当时的情况说明白了，可他知道，若不是极为凶险又穷途末路的情况下，她一个女孩子家，又怎么可能拿起剃刀将一头青丝剃落？

“因为逃进寺院而躲过一劫，还因此得了佛家机缘，认识了一个老和尚，我的实力修为也是在那时恢复的。所以我上回回家时，其实修为就已经恢复了，那个七杀阁就是我灭的，只是我不知该怎么跟你说，所以就一直没说。”

唐啸听得呆愣，若不是听她亲口这么说，真的无法相信这一切竟是真的。

“那你这一次出门又是去哪儿？寒知怎么没跟你一起回来？当初那个小丫头是不是也是你的人？”唐啸又问道。

“那个小丫头是我在外面救的，她天生异瞳，我为她取名星瞳。她现在和寒知在天龙学院里面。”唐宁说道，端起水润了润喉。

唐啸错愕地问：“天龙学院？那可是凡人之地最顶尖的所在，他们去那里干什么？”

“爹爹，我现在在外面还有一个身份。”她笑眯眯地看着他道，“我除了这半个佛门弟子的身份，还是天龙学院的导师唐师。”

“什么？！”唐啸惊呼，感觉今天一颗心真的被吓得够呛，这一波一波的惊喜连着惊吓到现在还没完，现在她又说她还是天龙学院的导师！

“我是天龙学院的导师呀！他们都叫我唐师。”她笑眯眯地说道，“这一趟回来，我把寒知和星瞳留在学院里修炼了，等到明年开春，我还是要再回学院去的，所以并不能在家里久留。因此我也不想让人知道我唐师的身份，以及我的实力修为恢复一事。”

“等等，让我缓缓，先让我缓缓，理一下。”他深吸了口气，又一连喝了两杯水，站了起来，在房中负手走来走去。

“你的头发是为了躲避追杀混入寺院中而剃，已经失去的实力修为是因为得了佛门机缘才得以恢复，可以重新修炼，你还认识了一个仙人之地的老和尚，又因老和尚的关系，你又去了天龙学院当导师，所以你在外面不是唐家大小姐唐宁，而是一个佛门弟子，又是天龙导师唐师。”他看向自家女儿，问，“爹爹说得对吧？”

“嗯，差不多就是这样。”唐宁点了点头。

“呼！”他在椅子上坐下，呼出一大口气来，不可思议地看着她，喃喃地道，“我们唐家祖坟上一定是冒青烟了……”

十四五岁的年纪，实力达到灵师五阶，还是凡人之地顶尖的学院天龙学院的导师，要知道，一个家族里面要是有人能成为天龙学院的学子，那已经是让人羡慕不已的事情了，就更别说他女儿还是天龙导师了。

“好好好，好啊！好！”他忍不住笑了起来，脸上扬起大大的笑容，那是打心底的愉悦与惊喜，激动得他忍不住想要告诉所有人，他唐啸的女儿是天龙学院的导师！他唐啸的女儿才十五岁，就已经达到灵师五阶的实力修为！

唐宁看到他开心地笑了起来，眉眼一弯，脸上也溢开盈盈的笑容，问：“爹爹，开心吗？”

“开心，爹爹当然开心了，哈哈哈哈！我唐啸的女儿果然是好样的！”他眉眼带笑，脸上尽是欣喜、激动之色。

“爹爹，以后我出门你就不用为我担心了，我在外面很好，也没几个人能伤到我。”她笑眯眯地说道。

唐啸点了点头，笑道：“好好，以后呀，你想去哪儿爹爹都不管你，不会不让你去了。知道你有能力保护自己，爹爹就放心了！”声音一顿，他看着她问，“宁儿，你当真不打算让外面的人知道你能修炼的事吗？”

“嗯，不说，我觉得这样挺好的，他们的注意力不会有太多落在我身上，这样更方便我在外面行事。不仅不对外说，就是唐家的人，我希望只有爹爹知晓，其他人都不要让他们知道。”唐宁看着他道，“唐家看着像是抱成一团的，其实底下各分脉还是分得很清楚的，若不能一心拥护家主为唐家着想，而是私心太重的话，往后很有可能还会发生当初像二房那样的事情，所以我们还得藏一手。”

闻言，唐啸欣慰地点了点头，道：“你是成长了不少啊！你说的这些爹爹知道，放心吧，爹爹知道怎么做的。只是你这小和尚还打算当多久？”

唐宁一弯眉眼，道：“爹爹，我与佛家有缘，身具佛光圣力，在外我以佛门弟子身份行走有着诸多方便，而且我也渐渐习惯了小和尚的身份，我觉得还挺好的。”

唐啸一听，却又忍不住担心地道：“你该不会有遁入空门的想法吧？”他女儿要是扮小和尚上瘾了，以后想遁入空门怎么办？

“嘻嘻，不会。”她笑了起来，道，“我对佛法有兴趣，但我对遁入空门没兴趣，我清楚地知道自己想要的是什么，在做的是什么，爹爹不用担心，我喜欢小和尚的身份，一则是因为在外行走有着很多方便，二则是我身具佛光圣力，得了佛家机缘，与佛有缘也是事实。”

唐啸听了，这才放下心来，想起她是天龙导师，迟疑了下，问：“你既然是天龙导师，那你在学院里没有见到凌云吗？他没认出你？”

“见是见到了，不过他认不出我的。”她笑盈盈地说道，手一翻，一枚紫色的耳钉出现在白嫩的掌心之中，“爹爹你看，这是老和尚从仙人之地给我弄来的宝贝，戴上它，我的容貌会有一些变化，而且能很好地掩盖我女子的身份。别说是南宫凌云了，就是金丹修为的强者也看不出我是女子。”

唐啸见那耳钉小小一枚，在她掌心中泛着紫色的灵动光芒，这才点了点头，道：“好好收着，可别弄丢了。”

“嗯，我知道。”她将耳钉收了起来，肚子却在这时发出咕咕的叫声。

两人听得皆是一愣。

唐啸笑了起来，道：“好了，先到外面吃饭吧。厨房的饭菜应该也做好了。”

“好。”唐宁应道，挥手间撤了隔音结界，与他一同出了房间。

守在院外的青知见他们出来了，便让下人去交代一声。

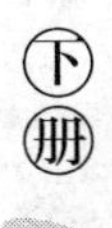

不多时，五菜一汤便摆上了桌。

“来，多吃点儿肉，这些都是你喜欢吃的。”他给她夹了肉，又舀了一碗汤。

父女两人在院中吃着，虽然只是简单的几道菜，但这一顿饭吃得唐啸满心欢喜，一直悬挂在心中的大石头终于放了下来。

与此同时，皇城那边，墨烨却是一遍遍地看着唐宁的资料。这些资料以前他就让他们搜集过，他也看过了，如今再看，再一想到小和尚就是那唐家大小姐唐宁，他的心情也变得不一样了。

唐家的大小姐唐宁与那南宫家的少主南宫凌云自小便是青梅竹马，两人更是许过嫁娶的诺言，不过依墨烨看，那南宫凌云应该还不知道天龙导师唐师就是他的小青梅吧？

那唐宁对南宫凌云有意吗？应该是有意的吧？要不然怎么会说长大后要嫁给他的话呢？想到这儿，墨烨的心微揪了一下。

当以为她是男子时，他不敢让她知道他的心意，当知道她是女子时，他依旧不敢让她知道他的心意，因为他是天咒之子，注定活不过而立之年。既然无法一生陪伴她，给她幸福，那他只能在有生之年默默地守护着她，看着她幸福便足够了。

从知道她是女子之后，他便已经想到了以后，所以才做出了这个决定。

院中，黑风与暗一两人静静地守着，看着没有动静的房间，面面相觑。

“要不，你送点儿茶水什么的进去？”黑风看向暗一建议道。

暗一瞥了黑风一眼，道：“你怎么不送进去？”

“我……我这不是不敢吗？”黑风讪讪地笑道。主子从回来后就一直阴阳怪气的，黑风可不敢去主子面前晃。

“你都不敢了，我自然也不敢。”暗一凉凉地说道。

黑风一听，当即道：“不是，你上回胆子不是挺大的吗？那样的话你都敢对主子说，怎么现在就㞞了？”

“我就是㞞了，你要是没㞞你去。”

房门打开，墨烨走了出来，见两人在院中斗嘴，目光从两人身上扫过，问：“你们很闲？”

“主子。”两人见他出来，连忙规规矩矩地站好。

“让青云城那边的人关注一下城中各世家的动静。”他负手交代了一声，目光微动，道，“尤其是唐家和南宫家。”

两人听了微怔，也没有多问，当即应道：“是。”

话音一落，黑风便转身出去交代了。

青云城，唐家。

唐宁一只手托着下巴，看着坐在石桌边的父亲，道："爹爹，你最近怎么样？家族里面的事情忙不忙？"

"差不多吧。这两天已经把事情都处理好了。怎么，你想去哪里散心？要爹爹陪你去？"唐啸笑了笑，想了一下，道，"我们在城郊有一处庄园，种着一些果树什么的，你要是想去玩，爹爹就陪你去。"

听了这话，唐宁摇了摇头，道："不是，我不是想去玩，我只是想着，你要是最近不忙的话，也许可以闭关修炼一下，突破灵师巅峰级别，冲击筑基了，毕竟也只有踏入筑基修为，才能真正算是修仙之人。"

"筑基哪有那么容易？"唐啸笑了起来，道，"你可知有的人终其一生也无法摸索到筑基的门槛，放眼这凡人之地，也只有那几个顶尖的世家才有筑基老祖坐镇，就是我们老祖，也是在一百二十九岁时才成功筑基，成为筑基修士的。"

闻言，唐宁笑眯眯地道："但爹爹不同呀！爹爹已经是灵师巅峰强者，只差一步就可筑基了。"

"可这一步，是天与地的距离啊！"唐啸摇了摇头，笑了起来，"你呀，还是太年轻了，不懂这筑基若是没有筑基丹是很难成功的。当年我们老祖也是偶得一枚筑基丹才能成功筑基。但这筑基丹就是在仙人之地也是稀罕之物，更何况在我们这凡人之地？曾有一位灵师巅峰修士寿元将尽，可他没有筑基丹，为了生机他选择一拼，结果第一道天雷劈落之时，他就死了。从古至今，没有筑基丹的人都是无法筑基成功的，仙凡两隔，这一步的差别就是天与地啊！"

听了他的话，唐宁眨了眨眼睛，道："筑基丹我是没有，不过我用九十九种灵药提炼了可助进阶突破的灵液，这灵液还是照着藏书楼里的一张筑基丹方提炼的。爹爹，你可敢一试？"

唐啸微愕，道："你提炼的？药这东西可不是开玩笑的，一个弄不好可是会出大事的。"

不怪他错愕，因为她以前可没接触过这一类的事情，突然告诉他是她提炼的药液，如何不让他惊讶？

见他脸上有着迟疑和担心，唐宁这才想到，只有她才清楚自己对医药有多熟悉，知道自己所掌握的有多少。

她对自己提炼的药液有信心，是因为她上一世本就是隐世药门的至尊。她熟读古今典籍，精通奇门遁甲，卜卦、相面无一不精，药门藏书阁里不仅有着远古流传下来的武技身法，更有着符箓、丹方，她所精通、所掌握的一切，哪怕是在这个世界，

也是无人可以相提并论的。

更何况如今在这里她有灵力气息为辅，更是可以让以前做不到、力所不能及的事情做出来。这药液的方子是藏书楼里的一张筑基丹方，她因不会炼丹，所以便将之提炼出来，也是试了很久才配制成功的，其珍贵程度，就连寒知他们她都没舍得让他们试用。

想到这儿，她狡黠地一笑，道："爹爹，在青云城这边唐师的名号你们可能还没听说过，但在天龙城那里，唐师炼制的一瓶药可是被卖到天价，还有市无价呢。"

第二十三章　有市无价

“什么？”唐啸微愣，见她的神情不似说笑，不禁道，“可是你才去那里没多久，怎么会……”她去天龙学院当导师才没多久，怎么可能在这么短的时间里精通医药之术？

“爹爹，有的东西不是靠时间的长短来说的，有时得看机缘。”

闻言，唐啸一怔——确实，修仙之人最难得的就是机缘了，她何尝不是因得了机缘才得以在这么短的时间里有现在的实力修为？

“宁儿，素来只听说有筑基丹，未曾听说过有筑基的灵液，你说的这灵液当真可以助修士冲击筑基吗？”

“爹爹，你看。”她拿出一个透明的小瓶，走到他面前轻轻晃着里面泛着灵力光芒的绿色灵液，道，“筑基丹除非是极品的才没有残留有害的药渣，但我这灵液经过提炼，是纯净的，没有一点儿有害物质，我觉得堪比极品筑基丹。”

听了这话，唐啸接过那药液看了看，握在手中，道：“好，爹爹相信你！”

既然她都这么说了，那他试上一试又何妨？就算真的失败了他也不用担心，因为她已经可以撑起整个家族了。

他看着面前的她，道：“等明天安排好族里的事，爹爹就去后山闭关。”

“爹爹，这灵液一事，不要跟任何人提起。你放心闭关，家族里的事情我会看着的。”她开口说道，让他放心，不必挂牵家族的事情。

“好。”唐啸露出笑容来，站起身拍了拍她的肩膀，“有你在，爹爹很放心。”

父女俩在院中聊了一会儿，唐啸离去，而唐宁则往软榻上一躺，舒服地眯了眯眼睛。

次日，安排好族里各事的唐啸便到后山闭关去了。对于他的闭关修炼，并没有在府里引起多大的注意，众人还是该干什么干什么，一切依旧。

日子一天天地过去，平静中倒也没生出什么事端来。唐宁在院中除了修炼，偶尔也练练符箓之术之类的。

一晃半个月的时间过去，这一天清晨，一道惊雷轰隆一声从天空中击落在唐家的后山处。平地一声惊雷，几乎是整个青云城的人都感觉到那一道天雷的威力之大。

“怎么回事？怎么突然打雷了？”

“怎么回事啊？这一大清早的怎么打雷了呀？”

“咦？你们看唐家头顶的那片天空，居然乌云遍布！刚才那道雷好像只落在他们家那里。”

“哟！那是天雷！可不是一般的雷！走！快去看看是怎么一回事？！”

青云城大街上的百姓议论着，一些修士却在看到天雷后脸上浮现出惊愕的神情，忍不住好奇地朝唐家大门前走去。

城中世家的家主，以及族中的长老，在听到那突然落下的一道天雷时也是怔了一下。

“这怎么好像是筑基天雷？”一位长老连忙跑了出来，提气一跃到了屋顶上，眺望过去，视线落在那天空中出现异象的地方时，不禁怔怔地道，“那是唐家所在的位置，难道是唐家有人要筑基了？”

“这是筑基天雷！唐家有人要筑基了？会是谁？”

“去看看！”

城中那些世家的家主纷纷赶往唐家，一些小家族的人也从青云城中各方朝唐家走去。

筑基啊！这可不是随便就能遇到的！尤其是他们这凡人之地，无论是什么样的家族，若是出了一位筑基强者，那其势力、地位都是水涨船高的。

与此同时，唐家的众人在听到那天雷声时也是愣了一下，有些不知到底发生了什么事。尤其是一些较年轻的，看到他们唐家上方的天空笼罩着一大片乌云，上面涌动着强大的气流以及威压时，吓了一跳。

还是族中的长老看到这异象，惊愕过后，激动地喊道：“不用慌！大家不用慌！这是筑基天雷！定是我唐家有人在冲击筑基修为！这是好事，天大的好事啊！若是冲击成功，我唐家将继老祖宗之后再诞生一位筑基强者！”

众人一听，顿时惊喜不已，家族再诞生一位筑基强者，这是何等的荣耀？无论是对他们，还是对家族，都是天大的好事！

比起他们还在欢喜，另一边的唐宁已经来到后山的洞府处。看着天空中出现的那股威压以及乌云，她目光微闪。

“大小姐！”守在那里的青知见到她过来，连忙上前抱拳行礼，有些担心地道，“大小姐，家主在洞府里面，刚才一道天雷朝洞府劈了下来，这……这会不会有事啊？”

唐宁看着前方，开口道：“这是筑基天雷，一共有三道。放心吧！我爹爹他不会有事的。”眼睛微眯，她抛了一枚令牌给他，声音冷静得出奇，“这天雷定会引来城中各方的人，你马上到前面去，调动府里的护卫严守府门，闭门谢客，再将暗卫调出十名到后山来守着。未经我许可，谁也不准踏入后山半步！违令者杀无赦！”

“是！”青知接过令牌后应了一声，迅速离开，来到府中，蕴含着灵力气息的声音传开：“传少主令！”

府中的众人还在激动、欢喜之中，就听那蕴含着灵力气息的声音带着冷冽传来，一时间都静了下来，仔细地听接下来的话语。

“速调十名暗卫前往后山护法！唐家上下闭门谢客！未经少主允许，不得踏入后山半步！违令者杀无赦！”

“得令！”声音在青知的话音落下后恭敬地传出。

下一刻，便有十名暗卫迅速赶往后山，同时，其他人在青知的安排下守住唐家上下。

几位长老回过神来，想起了在后山修炼的家主，当即就想往后山去，却被青知拦下。

“你干什么？我们去后山看看家主！快让开！”一位长老冲拦下他们的青知喝道。

青知将手中的令牌往前一亮，沉声道：“少主有令，未经允可，不得踏入后山半步，违令者杀无赦！”

几人一怔，道：“我们几个也不能去后山？”

“不能！”

“你！”

“青知，你可知事情的严重性？家主冲击筑基修为并非一时半刻能完成，若是有人趁此机会破坏他进阶，潜入后山想要对他不利，单单大小姐和十名暗卫在那里，可是起不到什么作用的！”

青知面色如常，道：“我只听命令行事，几位长老不要为难我。”

几人见状，也只能无奈地返回。

而在后山，唐宁守在那里。

十名暗卫现身，朝她恭敬地行了一礼，道："属下叩见少主！"

唐宁看了他们一眼，便道："两人一组，分散守在十米之外。"

"是！"十名暗卫应了一声，以两人为一组迅速分散。

唐宁看着天空上的那片乌云，目光微动。一道天雷之后那天雷便没再落下，而是酝酿着，上面的气流以及威压不时地翻腾，给人一种极强的压迫感。

这便是筑基时的天雷，这天雷可淬炼筋骨，让修炼者脱凡步入真正的修仙大道，只要筑基成功，不仅修为提升，一举跃为这凡人之地的顶尖强者，就连寿元也将增至两百年。

她不知道爹爹这次进阶会持续多久，因此来到一块大石头上，盘膝坐了下来，闭目养神。

青知在安排好前面的事情后，也回到后山守着。

无论是明处的青知，还是暗处的十名暗卫，守在这里感受着家主进阶时的那股气息，心情都是激动的。

如果家主能够成功，他们唐家将有一位筑基强者在府中坐镇！他们想想便激动不已。

来到唐家的众人想要进去，却谁也进不去，只能在外面干等着。

南宫家家主想着他家与唐家交情匪浅，他应该是能进去的，哪知一样被拒在门外。

因进不去，众位家主相视了一眼，便各自往回走去。他们本意是进去看看的，若是能到进阶的地方看看，也许将来他们有机会筑基的话，对他们会有帮助，然而进不去，说什么都是多余的。

轰隆！第二道天雷在傍晚时分击落，那声音之响亮，几乎整个青云城的人都听到了。

听着那天雷落下第二道了，一些人的心思也浮动起来。

"已经是第二道天雷了，若是第三道也击落，而且他承受得住，成功进阶了，那就是筑基修士了。"

"这进阶的应该是唐家的家主唐啸吧？听说他前段时间闭关了，没想到居然能冲击筑基修为，不是说他已经停留在灵师巅峰很长时间了吗？"

"许是得了什么造化或机缘吧？要不然怎么可能敢一试筑基？要知道，这一关可是生死关。"

"这筑基可是得有筑基丹的，那等东西他又是怎么弄来的？"

"若是让他筑基成功，他们唐家估计要一跃成为凡人之地顶尖的存在了！你们说，那些顶尖世家的人若是知道了，会不会派人……"说话的人比了一个抹脖子的动作。

其他人听了，神色微动——唐家若威胁到那些顶尖世家的利益，很难说他们不会有这样的行动。

正如城中各方的人所猜想，入夜之后，便有数十人偷偷地潜入唐家的后山，准备阻止唐啸进阶。然而，让他们没想到的是，他们一进后山便迷了路，生生被困在里面，怎么转都转不出来。

后山的洞府处，青知整个人都是紧绷的，看着坐在那里吃着果子的大小姐，忍不住担心地道："大小姐，属下担心入夜后会有人潜进后山对家主不利，我们是不是要再调一些人手过来？"

"不用，看我爹爹这进度，估计天亮之前就可以筑基完成了。"她看了一眼洞府那里，继续吃着手中的果子。

早在爹爹进后山修炼时，她就在这一带布了阵法，就算真有人来，也只会被困在阵法里面出不来。

而且从第二道天雷打响之时，那些人就已经偷偷地潜入后山了。现在不用去理会他们，等到她爹爹筑基之后，再处理那些人也不迟。

比起她的悠哉，其他人却是半分不敢大意，每个暗卫都紧守岗位。

直到清晨，第三道天雷劈落之后，天空中盘旋着的那片乌云终于散去，出现的是一片霞光。

"家主筑基成功了！"担心了一天一夜的青知，看到天空中出现的那片霞光时，忍不住激动地欢呼出声。

就连那十名暗卫也从暗处走出，激动地看着头顶上的那片霞光——他们家主筑基成功了！这将是他们唐家最年轻的筑基修士！

唐宁看着天上出现的那片霞光，也露出笑容来，道："是啊！成功了呢！"她爹爹筑基成功了，她的药液也成功了。

那些被困在阵法里面的人，看到天空中出现的霞光，皆惨白着一张脸——完了！他们完了！唐啸筑基成功，他们还被困在这里，等待着他们的怕只有死路一条了。

天上的霞光散去不久，洞府中的唐啸睁开了眼睛。这一刻，他清楚地感觉到自己与原先的不同。

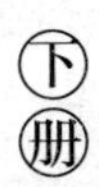

哪怕还没走出洞府，他的神识也能看到洞府外面，甚至是唐家里面的一切，甚至只要他微微凝神，便可听见整个唐家各处的声音，他们在说什么话，以及他们在做什么事，皆逃不过他的神识。

这便是筑基所带来的好处吗？他心中激动，欣喜之情自然而然地汇聚成笑容，素来严肃的脸上露出打心底里涌上的笑意。

他轻呼出一口气后站起身，大步往外走去。

洞府外面，唐家的众人已经大部分聚在这里，恭迎成功筑基的家主出关。当看到大步走出来的唐啸时，中气十足的声音挟带着欢喜与激动之情在后山传开。

“恭喜家主筑基成功！”

“恭喜家主筑基成功！”

“恭喜家主筑基成功！”

响亮的声音蕴含着激动与振奋，中气十足地回荡在后山，声音之大，就连唐家外面守着的人都听见了。

唐啸看着单膝跪地的众人，抬手示意道：“都起来吧。”

“谢家主！”众人恭敬地应道，这才一一站了起来。

众人当中唯一没有跪下的唐宁则走向她父亲，来到他面前，笑道：“恭喜爹爹筑基成功。”

“好，好！”唐啸看着她，千言万语尽在不言中。

“大长老！”

“家主。”大长老连忙上前，如果说以前对唐啸是恭敬，那这一刻便是敬畏了。这么年轻的筑基修士，唐家数百年来也就出了这么一个啊！说不定将来他的成就还不止筑基修士！

一时间，大长老不由得朝唐宁看去——如今有了个筑基修为的爹，她这少主之位就算她愿意退下来，若没有家主的首肯，估计族中上下也没人敢答应，更没人敢接替吧？

“传令下去，让唐家各分支同贺！”唐啸沉声开口道。

“是！”大长老当即应道，先一步退下迅速去安排。

“二长老！”

“家主。”二长老连忙上前一步，等他示下。

“给青云城各方势力下帖，二日后府中设宴款待，我唐啸静待他们到来。”他沉声吩咐道。如今他筑基成功，各方势必好奇探究，与其让他们左右打探，倒不如直接宴请他们，一来让他们知道他唐啸如今已是筑基修士，二来也可壮唐家之威，让他们知道，唐家如今当家坐镇的是筑基修士！

“是！”二长老不敢迟疑，当下迅速退下去安排。

“三长老。”唐啸看向三长老。

“家主。”三长老连忙上前。

“今日我筑基成功，府中上下同乐，给他们每人发双倍的月钱。”

“好。”三长老应了一声。

“宁儿，你先回去，爹爹把后山的事情先处理好。”唐啸看向身边的唐宁说道，示意她先回去。

“好。”唐宁应了一声，先行回前院去了。

“你们都跟我来。”唐啸看向四长老等人，带着他们往那些被困的人走去。

在唐家的人忙着各种事情时，皇城那边的顶尖世家也得知了消息，又一个家族诞生了筑基修士，这对他们来说无疑是一个威胁。

只是他们离那青云城较远，就算有心阻止，也无法在短时间内到那里，所以他们才让就近的一些人动手，不过现在看来，阻止是不成功的，那唐家的家主唐啸已经成功筑基了。

欧阳家中，一些主事的人聚在厅中。

“这唐啸是从哪里得来的筑基丹？要知道，这东西就算是在仙人之地，也绝非寻常人可以得到，他又是怎么得到筑基丹从而突破进阶的呢？”

“现在说这些又有什么用？唐家出了唐啸这个筑基修士，对我们的威胁还是很大的，眼下应当想想该怎么做。”

“这唐啸才几十岁就步入筑基，唐家在他的带领之下，崛起已经是必然的了，若是无法打压下去，那便应当与之交好。”

“交好？那是不可能的！你们忘了？这唐家跟我们有过节。”

经此提醒，他们才想起上回唐家二房争夺权力一事，他们欧阳家其实也是牵扯在内的，虽说事情已经平息，但他们都清楚，这个过节不是那么容易过去的。

“既然这样，那就找机会除掉他！”

“可是他们唐家有夜王护着，若是让夜王知道……”

“那就做得神不知鬼不觉！”一道阴沉的声音传来。

众人朝那声音传来之处看去，见到来人，连忙站了起来，恭敬地行了一礼，道：“见过老祖。”

“既然与我们欧阳家有过节，那就不能让他们成长起来！否则他日就是我们欧阳家的一大劲敌！”老者眼睛一眯，阴沉的声音带着狠厉，“这么多年没有人筑基成功了，我倒要看看这唐啸究竟有何出色之处！”

听到这话，众人一喜，其中一人当即问：“老祖可是要亲自出手？”

“不错。”老者点了下头，走到主位坐下，眯着一双阴沉狠厉的眼睛道，“我最近功法大成，正好去会会这新进的筑基修士！”

闻言，众人大喜，当即起身行礼，道：“恭喜老祖功法大成！有老祖出马，那唐啸小儿定过不了这个年！”

老者抚着胡子，眯着眼睛，道：“既然出手，就要有十足的把握，我明天去拜访

我那老友，请他与我一同前去。”

欧阳家家主一听，问：“老祖，可是袁家那一位老祖？”

“不错。”

两位筑基强者出手，任那唐啸有三头六臂，也定逃不出他们的五指山！

与此同时，夜王府里，墨烨听黑风禀报了传回来的消息时，目光微动——唐啸进阶成为筑基修士，想来应该是她的手笔吧？

黑风见主子回来之后便关注着青云城唐家的消息，于是建议道：“主子，唐家三日后宴请青云城各方势力的主事人，主子要不要也去凑凑热闹？毕竟上回我们还帮过他们，主子若去了，一定会是座上宾。”

因拿不准主子的心思，也不知主子究竟想做什么，黑风也只能这样建议，黑风觉得主子虽然人在皇城，但一颗心是在青云城的。

只是这是因为什么呢？难道是唐师也在青云城？

“退下吧。”墨烨说道，示意黑风退下，对黑风的建议没半分表态。

“是。”黑风应道，退了下去。

墨烨一个人在院中坐着，也不知在想什么，想得有些入神……

而在另一边，天龙学院里，一大早众人便乘坐着飞船由学院的人护送离开，只剩下少数人还在学院里面。

几名导师聚在一起，议论着还在闭关、没有出来的南宫凌云。

“南宫凌云闭关这么久也没出来，也不知他最近的实力修为怎么样了？”严导师忍不住说道。

“他也是撞了大运，下山一趟还能得了机缘，实力一日千里，确实是厉害啊！”

“是啊！只怕开年之后，我们学院里也没有能指导他、当他导师的人了。”赵导师说道，想到自己已经停留了很久不见进展的修为，叹了一声。

“说起来，今早就来拜访院长的那几人是什么人？看着不像是一般人啊。”林导师开口问道。

严导师摇了摇头，道：“这个我们也不知道，据弟子说，那几人进了院长的院子后，院长便将其他人都打发出去了，也不知他们在里面谈什么，更不知那几人是从哪里来的。不过今早我远远地一瞥，觉得这些人的实力都很强，至少在我们之上。”

“哦？难道是仙人之地宗门的人？”

“那就不知道了。”

“严导师，南宫学长出关了！”一名学子跑来通报。

几人一听，皆微讶。

“没想到正说着他，他就出关了，看来也是着急回家，我可是听说，他有个很是要好的青梅竹马，估计是想见小青梅了。”林导师打趣道。

“我去看看，你们几位且坐。”严导师站了起来，匆匆往外走去。

另一边，院长的院子里，院长正招呼着一位中年男子，而在一旁则站着一名十五六岁、容貌出色的红衣少女，以及两名二十来岁的男子。

“这么说，你这一趟过来是为了看看宗门里有没有出挑的学子，想要内定？”院长笑着看向面前的中年男子，摇了摇头，道，“你呀，这么多年了还是这样，岂不知这三年一选是规定，就算你想要收一两名弟子，也不能坏了规矩呀。”

“呵呵呵，我又不是现在要带你的学子走，你担心什么？”中年男子笑了起来，抿了一口茶水，道，“这一趟我是奉宗主之命前来查一些事情的，顺便过来你这里看看有没有什么出挑的学子。”

闻言，院长微讶，笑呵呵地道：“你们仙人之地那边还有事情到凡人之地来调查？那可真是少见啊！”

“那是因为宗主前段时间夜观星象，见星空中出现了一颗异星，此星横空出世，来势汹汹，宗主觉得此乃妖异之象，必定是妖星入世，祸害天下，因此命我等悄然查找，务必在此妖星尚未崛起之时将之扼杀，方能避免其将来为祸苍生。”

听了这话，院长微愣，道：“妖星？你们不在仙人之地查找，怎么跑凡人之地来了？莫不是这妖星在凡人之地？这不太可能吧？”

“据宗主夜观星象所得，这妖星的位置确实是在凡人之地这边，所以才派我们过来查找。”声音一顿，中年男子问，“你是天龙学院的院长，可有听说凡人之地这边最近有什么奇特的事情发生？”

院长摇了摇头，道：“我是半隐退的人了，鲜少外出，对学院外的事情不是很了解，也没有听说过有什么奇人奇事之类的。”说完，院长想了想，又问，“你们说的这妖星是男是女、是老是少？你们说这妖星横空出世，莫不是刚出生的婴儿？”

“这个我们也不知道，就是宗主也无法得知，因此才让我们过来查访。”中年男子说起这个，也是眉头微凝——毫无线索就让他们过来查，这才难查。

“既然这样，你们不妨先在这里住下吧。最近学子都回家了，学院里也清静。”院长说道，站了起来，“你们初来，我带你们四处看看？”

“也好。”中年男子点了下头，跟着站了起来。

院长与中年男子一同往外走去，三个年轻人则跟在后面，却在这时遇见迎面走来的严导师以及南宫凌云。

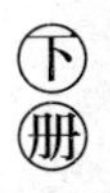

“院长。”严导师看到他，难掩欣喜地唤了一声，同时也拱手朝他和旁边的中年男子行了一礼。

“院长。”南宫凌云也拱手行了一礼，恭敬地唤了一声。

“哦？你出关了？这实力……”目光落在南宫凌云身上时，院长微微惊讶，“灵师巅峰？”

“不错，院长，凌云这次闭关出来，实力已经达到灵师巅峰了！”严导师难掩兴奋地道——这等进阶速度，实在是让人心情激动，尤其这人还是他一直看好的南宫凌云。

院长目露赞赏，点头笑道：“不错，确实是后生可畏啊！”

一旁的中年男子也在打量这年轻人，只见他一身天龙学子的白色衣袍，容貌出色，气质出众，眉宇间蕴含着凌厉慑人的气势，站在几人面前不卑不亢，从挺拔的身姿，以及那自然而然散发出来的贵气，都可以知道这是一个出身贵族、各方面都很出色的年轻人。

“你不是说学子都回家了吗？怎么这里还有一个？莫非藏着不敢让我知道？”中年男子打趣地对院长说道，目光依旧落在那年轻男子身上。

这年轻男子就算是在仙人之地的宗门的弟子当中，也是极为出挑的，这中年男子没想到，来此一趟还能遇到这样一个好苗子。

中年男子后面跟着的红衣少女，此时一双美目也落在那一袭白衣的男子身上，见其举止间尽显贵气，一身气度更是出色，尤其是那容颜更是出众，不由得多看了几眼。

院长听到中年男子的话，笑了起来，道：“呵呵呵，怎么会，这个是刚刚出关的。”

“院长，因为要安排飞行船送他回家，所以过来跟你说一声凌云这一趟闭关的成果。”严导师十分开心，因此才带南宫凌云过来拜见院长。

“嗯，我知道了，既然他要回去了，你就安排一下吧。”见旁边的中年男子一直盯着南宫凌云打量，眼中尽是欣赏之色，院长笑着道：“凌云，这一位是仙人之地紫阳仙宗的成阳尊者，你上前拜见一下。”

闻言，南宫凌云还没反应，旁边的严导师就已经激动地示意道：“凌云，快，快上前拜见成阳尊者。”

“南宫凌云拜见成阳尊者。”南宫凌云上前拱手恭敬地行了一礼。仙人之地的尊者？会不会有可以让人能重新修炼、凝聚灵力的丹药呢？

“好，很好。”中年男子点了点头，目露赞赏，道，“这学院的弟子当中，本尊觉得你与我甚是有缘，想收你为弟子，你可愿意？”

听了这话，南宫凌云微怔，不由得看向院长。

院长听了，愣了一下后便笑了起来，道：“你看你，又乱来了吧？不是说了得等到宗门大选吗？怎么你倒是想先定下了？”

“哈哈哈哈，难得看到一个顺眼的，自然想着收入门下。”成阳尊者笑了起来，看向南宫凌云，道：“就算拜我为师，你也可暂时在学院里修炼，等过段时间我们回宗门了，再带你一起回去，你觉得如何啊？”

“还愣着干什么？这可是天大的好事。”旁边的严导师都急了，连忙示意南宫凌云上前拜师。

“也罢。”院长笑了笑，对南宫凌云道，“紫阳仙宗在仙人之地也是一大仙宗，成阳尊者是元婴强者，更是紫阳仙宗的一峰之主，能被他收入门下的弟子也没几个，你能拜他为师，也是你的造化。”

听到眼前之人竟是元婴强者，南宫凌云心头一震，看着面前的中年男子，当即双膝跪地行了拜师大礼，道：“弟子南宫凌云，拜见师尊。”

“好好好！”成阳尊者满意地笑了，一连说了三个“好”字，足可见对这个弟子的满意以及喜爱。

成阳尊者看着跪拜在面前的弟子，伸手扶了起来，道：“今日你入我成阳尊者座下，便是我座下三弟子，在你之上还有两位师兄，等日后到了宗门，你自会见到。”

“是。”南宫凌云恭敬地应了一声。

“既是拜师，就不能没有见面礼。”成阳尊者笑了笑，取出三样东西来，“这是为师赠你的拜师礼，一枚空间戒指，一把赤霄剑，以及一件飞行法器。”

“凌云多谢师尊。”南宫凌云双手接过那三样东西，知道这三件东西皆非寻常之物，毕竟乾坤袋在凡人之地就已经是少见的宝贝了，就更别说空间戒指这等稀罕之物。

看着那三样宝贝，后面的两名年轻男子目光微闪，眼中闪过一抹羡慕。

成阳尊者对这个弟子有多满意，看其赠送的三样宝贝就知道了，那枚空间戒指和那件飞行法器也就不说了，单单那把赤霄剑，就足够让仙人之地的很多人眼红了，要知道那可是一把在仙器谱上排得上号的宝剑，居然就这么被成阳尊者送给这个新收的弟子了。

“滴血认主之后，这些东西也就可以与你心意相通了。”成阳尊者笑了笑，道，“来，为师给你介绍一下。”成阳尊者微侧过身，看向身后的红衣少女，对南宫凌云道，“这是为师的故友之女，宋红珊。”

“红珊见过凌云师兄。”红衣少女上前行了一礼，一双美目带着笑意与欢喜看着面前的男子。

“宋师妹。”南宫凌云回以一礼。

“孙海见过南宫师兄。”

“李东见过南宫师兄。”

那两人也上前行了一礼，态度恭敬。

见南宫凌云似乎有疑惑，成阳尊者便道：“他们是紫阳仙宗的内门弟子，你是我座下亲传弟子，因此他们唤你一声师兄也是理所当然的。”

闻言，南宫凌云也回了一礼。

南宫凌云本来还想问他师尊可有丹药能让人重新凝聚灵力气息修炼的，不过见眼下这场面似乎不太适合问这个，便先压了下来。

见南宫凌云连师都拜了，院长便笑道："既然这样，凌云，你就先带你师尊他们去休息吧。"

"是。"南宫凌云应道，这才对成阳尊者道："师尊，弟子带你们先去客院休息吧？"

"也好。"收了个亲传弟子，成阳尊者心情正好着，与院长说了几句话后，便跟着南宫凌云离开了。

看着他们离开后，严导师感慨地笑道："凌云的仙缘真的非同常人啊！前段时间才得机缘，今日又因缘际会拜入仙门，还有了一位元婴强者为师父，真是前途不可限量啊！"

"各人有各人的机缘，都是各自的造化。"院长笑了笑，道，"这回连安排飞行船护送也不用了，他自己就可以回去了。"

"院长，这样一来他应该不会在学院里留太久了吧？到时他们就会将他带往仙人之地，此一去可就是真的踏上凌云之路了。"想到这样一个出色的学子要离开学院了，严导师心中竟生出一丝不舍来。

院长笑了笑，转身往院子里走去，道："他本就不属于这里，又能在这里留多久呢？你当导师也这么多年了，来来去去的学子那么多，难道还看不破吗？学院就是学子的摇篮，他们成长了，也就会离开了。"

严导师听了，没有说话，微顿了一下，也没有跟着院长进院子，而是转身离开，准备去跟其他几位导师说一下这事。

原本准备今天离开的南宫凌云，因拜了成阳尊者为师，在学院里又多留了三天。这三天他跟在师尊身边，听师尊的教导和指点，以及讲解仙人之地的一些事情，三天下来对仙人之地也有了一定的了解。

除了那三样拜师礼之外，师尊还教了他一些仙法和一套剑法。

这一天，练完剑后他便往师尊的院落走去，准备拜别，然后归家。

"凌云师兄，尊者正找你呢。"红衣少女跑了过来，看到他便笑着道。

"我也正要去找师尊。"他点了下头，与她一同往院落走去。

"尊者，凌云师兄来了。"红衣少女跑上前，来到成阳尊者身边。

"师尊。"南宫凌云上前行了一礼。

成阳尊者看着面前的这个弟子，越看心中越满意。短短三天的相处时间，让成阳尊者更多地了解了这个弟子更多，尤其是其极佳的天赋和悟性，无论是仙法还是剑法，几乎是一点就会，让他心中欣喜不已。

这个弟子的天赋可是远比他前面两个弟子要出色，假以时日，其成就必定在他之上！

“你是今天要回家了吧？”他询问道。

“是的，弟子打算回家过年，应该会留一段时间，到时候再返回学院这边。”说完，南宫凌云看向成阳尊者，问，“师尊可要随弟子去弟子家中？”

成阳尊者摇了摇头，笑道：“为师这一趟出来还有事要办，就不去了，待日后有机会再说吧。你如今是灵师巅峰的修为，离筑基只差一步，但因你是短时间内提升的实力，根基不稳，目前并不适合筑基，接下来的时间你先打好基础，待到了宗门之后，为师再为你备下筑基丹助你筑基。”

闻言，南宫凌云当即道：“多谢师尊。”

道了谢后，南宫凌云迟疑了一下。

“可是有什么事？”见南宫凌云面露迟疑之色，成阳尊者便询问道。

“师尊，弟子有一事相询。”想到今天就要回去了，南宫凌云还是开口询问道。

“哦？何事？”他饶有兴致地问。

“敢问师尊，仙人之地可有助人重凝灵力修炼的丹药？”南宫凌云心里始终挂牵着宁儿，如今这么好的机会摆在面前，自然是希望可以知道有没有这种丹药。

成阳尊者听到这话，微顿了下，问：“重凝灵力？你所说的是什么样的情况？”

“我有一故友，原本修炼天赋十分出色，可后来不知何故，一身修为一夜之间尽散，到如今也无法再重新凝聚，因此弟子想问师尊，这世间可有丹药能让她重新修炼？”

闻言，成阳尊者摇了摇头，沉声道：“一夜之间修为尽散这种情况，要么是被人断了灵根，要么就是被人坏了经脉，因此一般丹药是无法起到作用的，须知，就算是在仙人之地，若是坏了灵根、经脉的修仙者，也没有一个可以重新修炼的。”他看了南宫凌云一眼，道：“终其一生都只能是一介凡人。”

听了这话，南宫凌云心头一震，如同刀子在心中割着一般，阵阵揪疼，久久说不出一句话来。过了很久，他艰难地问：“师尊，难道就真的没有一点儿办法吗？”

“目前是没听说过，却也不排除一些隐世的仙人有此本事。”也许是见南宫凌云似备受打击，他又多说了一句，“但纵是如此，仙人之地却有一些丹药和仙果是可以为凡人增添寿元、强身健体的。”

南宫凌云心中这才燃起一丝希望，朝他恭恭敬敬地行了一礼，道：“多谢师尊告知弟子这些，凌云已然心中有数。”

见此，成阳尊者这才点了点头，道：“嗯，为师也交代得差不多了，你且自行归

家去吧。”

“是，凌云告退。”南宫凌云拱手行了一礼，这才退了出去。

离开院子后，南宫凌云直接出了学院，乘坐飞行器往青云城飞去。

两天后，南宫凌云直接乘坐飞行器回到青云城中。当飞行器以及换了一身黑袍的南宫凌云从天空掠过时，在城中引起了不小的轰动。

“你们看！那在天上飞的竟是南宫家的少主南宫凌云！”

“嗞！他不是才去天龙学院没多久吗，怎么就能在天上飞行了？”

“他脚下踏着的那个定是仙家的飞行器了！只是这等宝贝只有天龙学院那种顶尖学府有，他自己怎么也有飞行器了？”

“还别说，这南宫家的少主还真的出色，别说是青云城了，估计在天龙学院里也是顶尖的。”

“说起来，南宫家跟唐家的亲事也不知怎的没了后续，你们说，他们两家还会结亲吗？”

“我觉得唐家大小姐唐宁虽有绝色容颜，但无法修炼是个硬伤，南宫家主以及南宫家的族老肯定是不会同意的，若是当个妾，估计是可行的，但唐家主对唐宁这个女儿宝贝得不行，又是断然不可能让掌上明珠为妾的，所以我觉得这两人的亲事悬了。”

城中的众人议论着，觉得青云城世家中的这些八卦坐下来都可以说上一天了。

另一边，因南宫凌云的高调回城，南宫家的人也早早地收到消息，全都出来迎着。当看到气宇轩昂、气势不凡的南宫凌云脚踏飞行器负手而来之时，南宫家上下欣喜若狂、激动不已。

“快看！少主回来了！”

南宫凌云到了家门口时，收起飞行器，朝父亲抱拳行了一礼，道：“父亲，我回来了。”

“好好好，回来就好，回来就好，快进府，快进府。”南宫家家主看到如此出色的儿子，眉宇间尽是骄傲与满意。

“恭迎少主回府！”

“恭迎少主回府！”

“恭迎少主回府！”

出来迎接的众人中气十足地喊着，纷纷朝南宫凌云行礼，自动从中间让出一条路来迎南宫凌云入府。

“嗯。”南宫凌云应了一声，与父亲等人一同往府中走去，路上问道：“父亲，家中近来一切可好？”

“家里一切都好，倒是你，怎么才去了学院没多久，竟然已经是灵师巅峰修为了？看来这天龙学院贵为凡人之地的顶尖学府，确实是不一样啊！”南宫家家主感慨地说道。儿子这一趟回来，他便注意到儿子身上的气息以及实力的变化，竟已经达到灵师巅峰修为，不得不说，很是让他震惊。

南宫凌云露出一抹笑容，道：“父亲，这次回来，我还有件事要跟你说。”

两人边说边进了大厅，几位族老也跟了进去，其他人则各自散去。

众人坐下后，几位族老看着上座上的南宫凌云，眼中尽是欢喜之色，道：“没想到少主去了天龙学院没多久，就已经进阶灵师巅峰了，这可是我们南宫家数百年来最年轻的灵师巅峰修士啊！”

“不错，少主天赋出众，是少见的修炼天才，将来定会早早筑基，成为筑基修士。”

“真是天佑我南宫家，南宫家大喜啊！”

“家主，少主归家，又有如今这等修为，是否要前往后山禀报在闭关的老祖？我等觉得，老祖若是得知这好消息，一定也会欣喜不已。”

听了他们的建议，南宫家家主想了下，看向一旁的儿子，问：“凌云，你觉得呢？”

南宫凌云点了下头，道：“是得请老祖出来，因为我要说的事也得让老祖知晓。”

见此，南宫家家主便道：“既然这样，你便随我一同去请老祖吧。”

“是。”南宫凌云应道。

南宫凌云便跟着父亲一起往后山走去，前去请老祖出关。

且不说其他的，单单拜了元婴强者为师一事，南宫凌云就得向他们南宫家的老祖详细禀报。

与唐家的老祖不一样，南宫家的老祖并没有去仙人之地，而是在自家后山的洞府中闭关修炼，鲜少理会族中事务，也只在出现关乎南宫家生死存亡的大事时才会出现。

后山中，南宫家家主和南宫凌云以及几位族老站在洞府前，朝那洞府行了一礼，道：“老祖，今有关乎我族的大事相禀，特来请老祖出关。”

蕴含着灵力气息的声音传入洞府之中，洞府中的老者睁开了眼睛，外放的神识看了外面的几人一眼，目光微动，起身往外走去。

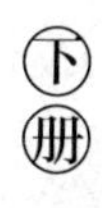

石门被打开，看到里面的人走了出来，他们拱手行了一礼，道：“老祖。”

南宫家老祖目光掠过众人后，看了那几名族老一眼，道：“你们且先退下。”

“是。”几名族老不敢多说，恭敬地退了下去，只留家主南宫杰和南宫凌云站在

那里。

待他们离开后，南宫家老祖把目光落在南宫凌云身上，目光柔和了几分，问："短短数月竟一举突破成为灵师巅峰修士，可是遇到了什么机缘？"

因是自家老祖，南宫凌云也没有隐瞒，道："老祖，孙儿前往天龙学院报到，在考核的时候得天龙导师唐师相助，得以突破成为灵师，而在一个多月前，孙儿跟随唐师外出后独自一人去天龙城中，也得到一桩传承机缘，回学院后闭关修炼，实力突破直到灵师巅峰。"

"好，很好！"南宫家老祖满意地点了点头，脸上露出欣喜之色，"天佑我南宫家！你本就是我族中最出色的子弟，如今有此机缘，仙途无忧。"

"老祖、父亲，其实今天我想跟你们说的是另外一件事。"南宫凌云微微一笑，看着他们道，"就在几日前，我在天龙学院中得导师和院长引见，得以拜仙人之地紫阳仙宗的成阳尊者为师，我师尊他已经是元婴强者，座下连我在内只有三名亲传弟子。"

"什么？！"这一下，连南宫家老祖都震惊得低呼出声，神情激动，"你说你已经拜入仙宗门下？你师尊还是元婴强者？"

"是的，老祖。"南宫凌云点了点头，看着一脸震惊和惊喜的老祖以及父亲，取出师尊给的见面礼，道，"这是师尊给我的三件见面礼。"

看着南宫凌云手上戴着的空间戒指，以及一件飞行器和一把宝剑，两人惊喜不已，老祖道："好好好！这可是天大的喜事，你师尊给你的这三件东西你得仔细收着。"

三人谈了一会儿，这才一同往前院走去。因这天大的喜事，南宫家老祖也不闭关了，直接回院中居住。

而回了院中洗漱之后的南宫凌云，却是顾不得休息，便想去唐家见唐宁。

他特意去糕点铺买了些糕点之类，这才往唐家走去。

南宫家家主则在知道南宫凌云去了唐家后，不由得一叹，来到他们家老祖的院子，道："老祖，凌云这样一颗心系在唐宁身上，也不是个办法啊。既然他无法舍了她，那不如我们找个时间跟唐啸谈谈，让他女儿嫁过来为妾可行吗？"

"枉你与唐啸也算认识多年，又怎么不知他的为人？他视他女儿为掌上明珠，百般宠爱，岂会让他女儿为妾？你还是歇了这心思吧。免得提起这事伤及两家的情分。"南宫家老祖说道，摆了摆手，示意他不要多管。

"可这事难道就不管了吗？凌云现在有着这么好的仙途，我是担心他日后会因唐宁而自毁仙途啊！"儿子这般出色，想娶什么样的女人没有？他是担心儿子一颗心系在唐宁身上，日后真的弄出什么无法收拾的事情来。

南宫家老祖瞥了他一眼，道："你管得了吗？若是你说了他会听，你也不用过来跟我说了。"抿了一口茶水，眯了眯眼，南宫家老祖又道，"凌云这孩子打小就是个有主意的，他决定了的事情，几头牛也拉不回来。如今他已经是灵师巅峰修为，仙途无忧，他应该清楚自己到底在做什么，更清楚他跟唐家那个女娃娃在一起是没什么好结果的。且看着吧，这事到以后肯定是自然而然就散了。"

听了老祖这话，南宫家家主沉默着，过了会儿才道："既然老祖都这么说了，那就这么办吧。"

"儿孙自有儿孙福，你这个当爹的不用事事去管，由着他去吧。倒是唐家跟我们是世交，两家素来交好，你切莫因这事与唐家闹得不愉快。"

"是，我知道的。"南宫家家主应了一声，这才退了出去。

看着南宫家家主离开，南宫家老祖摇了摇头，道："唉！父不如子啊！"也幸好他们南宫家出了南宫凌云这样一个出色的子孙，他也就不用太过担心了。

与此同时，唐啸正在唐宁的院中，道："宁儿，听说凌云回来了，还是自己御器回来的，莫不是他去天龙学院后得了什么大造化？去学院之前，他的修为明明连灵师都不是呀。"

闻言，唐宁笑了起来，道："他啊，是得了些机缘，我回来时就听说他的实力品级提升得很快，还以为他会一直在学院闭关修炼呢。"

"那你跟他……"唐啸迟疑地道，想问问他们两人到底是怎么一回事，又见女儿一脸无所谓，不由得轻叹一声。

"我跟他就是朋友。"唐宁轻笑道，"还别说，他确实很出色，学院里的人也没有几个能与他相比的。且看着吧，他将来在修仙路上一定会走得很远。"

"既然他这般出色，又对你一往情深，你又为何一再拒他于千里之外呢？给他一个机会，也是给你自己一个机会啊！毕竟你们是青梅竹马，情意深厚。"唐啸劝说道。那样出色的一个男子，他是很乐意女儿能与其有所发展的，偏偏这孩子一副无所谓的样子，真是让人着急。

"爹爹，你就别操心了吧。若是有缘，挡都挡不住；若是无缘，也只会成空。"她不甚在意地说道，眯了眯眼，拿过放在一旁的书往脸上一盖，道，"爹爹，我要睡午觉了，你去忙吧。"

"行行行，就知道你不喜欢爹爹一直唠叨这事，爹爹不烦你。"唐啸无奈地说道，见她拿书盖着脸，摇了摇头，道，"想睡也不进屋里去睡，要是着凉了呢？"

"不会，一会儿有太阳呢！"唐宁说道。

"那爹爹就先去忙了，我估计啊，凌云一定会来看你的。"唐啸说道，转身离开。

果然，唐啸出去没多久，就遇见管家带着南宫凌云进来。看到南宫凌云那一刻，唐啸不禁微讶，道："凌云，你已经是灵师巅峰修为了？"

"世伯。"南宫凌云朝唐啸行了一礼，笑道，"前段时间刚进阶的。凌云在此也恭喜世伯成功筑基。"

闻言，唐啸朗声笑了起来，道："哈哈哈哈，好好好，同喜同喜，你年纪轻轻就有此修为，你爹他们定十分欢喜，就是我见了，也很为你开心啊！"

"我已经在家中见过老祖和父亲了，这会儿刚忙完，就想着过来看看宁儿。世伯，宁儿呢？她这段时间一切可还好？"南宫凌云询问道。

"嗯，宁儿一切都好。那丫头正在院中晒太阳呢。你也许久没见到她了，两人坐下好好聊聊。"他笑了笑，让南宫凌云过去找唐宁。

"好。"南宫凌云笑道，"世伯，那我先过去了。"说完，南宫凌云行了一礼，这才往主院走去。

南宫凌云来到院门口，就见院中的树下摆放着一张软榻，软榻上躺着的则是他心心念念的人。

她穿着一袭素净的白色衣裙躺在软榻上，双腿交叠跷起，双手垫在脑袋下面，脸上则盖着一本书，墨发随意地披散在软榻上，还有几缕垂落在软榻边，姿态随意而自然，与以往见惯了的温婉优雅不同，却让他微微失神，移不开目光。

唐宁原本就只是闭目养神，因此从那道目光一直落在她身上时，纵是没人通传，她也知道是南宫凌云来了——除了他，这会儿谁还会用这种带着炽热情意的目光看着她？

她拿掉盖在脸上的书，放下交叠跷起的腿，坐了起来，看着站在院门口处穿着一袭黑色衣袍的南宫凌云，眼中极快地闪过一抹暗光——没想到一段时间不见，他竟从初入灵师直接进阶到灵师巅峰了，这等进阶的速度还真是叫人惊讶。

而且往日总是喜穿紫袍的他，换上黑袍之后，竟比以往多了些沉稳与慑人的气息，单单站在那里，一身气质便十分出色。

不得不说，这一次他身上的变化很大。

"你在看什么？"她一只手托着脸颊，开口问道。

南宫凌云看着她，目光落在她绝美的面容上，缓步走上前，道："我只是在想，你与小时候不太一样。"

闻言，唐宁笑了起来，道："我早就跟你说过，我已经不是当年的唐宁了。"她深深地看了他一眼，道，"不是你所熟悉的那个小青梅了。"

南宫凌云来到桌边，将提着的糕点放在桌上，道："我知道，你已经说过不止一次了。"他解开包着糕点的油纸，将糕点拿到她面前，道，"来，尝尝这桃花酥，是刚出炉的。”

唐宁看了他一眼，闻着那淡淡的桃花香，伸手拿起一块吃了起来。入口的酥脆夹带着桃花的清香，浅浅的甜意让她如同一只小猫般眯了眯眼，两三口便将那块糕点吃完了。

“好吃吗？”他看着她吃得一脸满足的样子，不由得笑了起来，看着她的目光都带着宠溺。

“好吃。”唐宁如实地说道。她本身就喜好美食，对好吃的东西向来是抵抗不住的，而这桃花酥也确实好吃。

“你再尝尝其他口味的，我一样给你拿了几块，你若是喜欢，明天我再给你带一些过来。”他语带宠溺，又示意她试试其他的口味。

两人在院中说着话，却不知道，在暗处，一袭黑袍的墨烨站在院外不远处的一棵大树上，看着院中的两人，黑瞳闪过幽深的光芒，薄唇微抿着，也不知在想什么。

这南宫凌云对她也是一片痴情，也许南宫凌云比他更适合跟她在一起吧？更何况两人有着青梅竹马之情，又曾许诺终身，比起他这个活不过三十岁的天咒之子，也许南宫凌云更能给她幸福。

只是他的心为何撕裂般揪疼着？为何会疼得喘不过气来？为何会失落？为何会感觉一颗心空荡荡的？仿佛遗失了世间最珍贵的宝物……

院中，南宫凌云看着她吃完了几块糕点准备起身，便取出一块手帕递给她，道：“擦一下嘴角，这些给我吧。”说话间，他已经接过她手心里那些酥皮的碎屑。

唐宁还没反应过来，就见手中被他塞了块帕子。而南宫凌云也不待她说话，拿着她吃糕点时掉落的酥皮的碎屑转身走了出去。

她目光微闪，看了下手中那块帕子，想了想，还是用帕子拭了下嘴角，以及沾着碎屑的手指。

南宫凌云回来时，手里还端着一杯茶水，递给唐宁，道：“喝杯热茶吧。我刚让下人泡的。”

她看了他一眼，这才伸手接过，顺便道了一声谢：“多谢。”

几块糕点下去，她嘴里确实有点儿干，此时他端来一杯茶水，让她根本拒绝不了，不过他能这般体贴，倒是让她有些意外。

“宁儿，我有些事想跟你说。”南宫凌云看着她，迟疑了下，觉得有些话还是他亲自告诉她好一些。

唐宁喝了两口茶水后，这才看向他，道：“嗯？什么事？你说。”

他将她手中的茶杯接过去，放到一旁的桌上，搬来了凳子在她身边坐了下来，道：“我这次去天龙学院，得天龙导师唐师相助，得以进阶灵师，而后又得了一道机

缘，实力一举突破进入灵师巅峰，只差一步便可筑基了。”

见她微微歪着脑袋，眨着一双漂亮的眼睛看着他，他忙道：“我是想着，我已经是灵师巅峰修士一事过不多久必定会传开，我不希望你由别人口中得知，因此才亲自告诉你。除此之外，还有一件事就是，我已经拜入仙人之地紫阳仙宗的成阳尊者座下为亲传弟子。”

无论是他的实力提升，还是他拜入仙宗的事情，最后她都是会知道的，他若告诉她，担心她会想太多伤心，毕竟以前的她天赋是那样出色，现在却无法重凝灵力气息，只能当一个普通人；他若不告诉她，日后消息传开她也会知道，他又担心她到时候会多想，以为他是嫌弃她无法修炼之类的。思来想去，他还是决定亲自告诉她这两件事。

“你拜入紫阳仙宗的成阳尊者座下为亲传弟子了？这是好事啊！恭喜你。”她露出笑容来，由衷地道喜。

有的人注定不是池中之物，总会有机会一飞冲天，而南宫凌云便是这样的人。

他会有此仙缘机遇，她一点儿也不意外。

“你无法修炼一事不要担心，我已经问过师尊了，他说一切并非没有可能，只要心中有信念，你一定可以重新修炼的。”

闻言，唐宁道：“我现在这样挺好的，能不能修炼我已经看开了。”

在院外不远处的树上的墨烨，听到南宫凌云的话时，目光微动——看来南宫凌云确实不知道他面前的小青梅就是他在天龙学院中所认识的唐师。

再看唐宁，似乎也并没有要告诉南宫凌云的意思，难道是因为她对南宫凌云无意？还是其他原因？她究竟是怎么想的？

“我这趟回来给你带了些茶叶，你平时可以泡着喝。”他从空间戒指中取出一罐茶叶来，又取出两个小药瓶一并放在一旁，叮嘱道，“这两瓶药丸是对身体有好处的，你一天吃一粒就好。”说完，他站了起来，道，“我就先回去了，听我父亲说世伯明天邀请了城中各个世家的人前来参加宴会，我还得回去准备一份礼物，好贺世伯筑基之喜。”

其实他是知道，她并不乐意与他单独相处太久，尤其是在她已经对他说过两人当年的许诺作罢之后，待他就更是疏离，因此才会在这时开口告辞先回去。

他看着软榻上的她，幽深的目光落在她脸上，温声问：“宁儿，你可以送送我吗？”

唐宁愣了一下，这才点了下头，道：“好。”话音一落，她站了起来，与他一同往外走去。

两人静静地走着，直到走到前院的大门处，唐宁停下脚步来，道：“多谢你的糕点，还有你的礼物。”

他目光微柔，看着她道：“跟我不用太过客气。好了，你回去吧。”说完，他迈步离开。

目送他离开后，唐宁往回走去，来到院子外时，脚步微顿了一下，疑惑地朝周围看了一眼，感觉像是有人在看着她，却又什么也没看见。

藏在暗处的墨烨看到她疑惑地在周围看了看，最后才走进院子，他的黑瞳微闪——她的警惕性和敏锐很是惊人，连灵师巅峰的南宫凌云也没察觉他的存在，她却能感觉到周围有人在看她。

为免继续留下被她发现，他收回了目光，悄然离去。

院中，唐宁看着南宫凌云留下的东西，迟疑了下，这才将那两瓶药打开，倒出一些在掌心处闻了闻，目光不由得微闪。

这确实是一些对身体有好处的药丸，不过也仅仅只是针对凡人，普通人吃了可以强身健体，但对修仙者却是没什么效果的。

虽是如此，但她也知道，这两瓶药怕是他费了不少心思才弄回来的。

她觉得南宫凌云不会就拿一罐平常的茶叶送她，所以这茶叶估计也有什么不寻常之处。想到这儿，她打开茶叶罐，罐子刚开，便闻到里面的茶叶散发着一股青草的清香味，以及一股若有似无的灵力气息。

她取出一些茶叶放在掌心，看了看，心头微动。

“他上哪儿弄来的这一罐灵茶？”她在心中微讶，喃喃低语，目光则看着掌心中的茶叶。

这茶叶直似针，满披白毫，如银似雪，正是灵茶白毫银针。

灵茶本身就极为稀少，就更别说是茶中极品的白毫银针了，须知灵茶以两来卖，一两千金，珍贵非常，而他送她的这一罐里少说也有半斤。

看着手中的灵茶，她心中微微一叹，终是摇了摇头，将东西收入圆竹空间之中。

次日，唐家的宴客，来的都是青云城中有头有脸的人物，每个人都带了贺礼，来贺唐啸筑基之喜。

前院中客似云来，贺喜声不断，处处透着热闹喜乐的气氛。

后院中，唐宁的院子里清幽雅静，她坐在铜镜前整理着头发，看着镜中的少女肤若凝脂，五官精致绝美，眉宇间跃动着一抹灵动与狡黠，随着她唇角微扬盈盈一笑，眉眼弯弯，美眸中笑意点点，那精致绝美的面容在这抹笑容的衬托下更是如初盛开的娇花，清新姣美，灵动耀眼，摄人心魄。

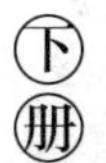

她站了起来，旋身一转，一袭碧绿清新的衣裙随着她的旋转而转动起来，碧绿

的裙摆荡开一圈圈似涌动的水纹般的裙花。

随着荡开的裙花往上看去，纤腰束成，曼妙的身段玲珑有致，腰间一串琉璃配饰散发着流光溢彩的光芒。

再往上看，中间的一缕墨发往后编成了辫子垂落，辫子的尾处系着一根浅青的丝带，其余的墨发皆自然地披散在身后。

随着她这一转动，整个人透着一股飘逸灵动的气息，清新中透着绝美，美得让人移不开眼睛。

“啧啧，我觉得我又变美了，是不是脸逐渐长开了？”看着镜中的自己，她忍不住赞了一声，越看越觉得赏心悦目。

“大小姐，家主请你去前院。”外面传来婢女的声音。

“好，知道了。”唐宁应了一声，上下打量了自己一眼，确定没什么问题了，这才迈步往外走去。

然而步伐一跨，这一步跨得有些大，她不由得微怔了一下，继而笑了笑，稍微缩小了一些步伐。

她许是当小和尚当久了，总有一些习惯没能改过来，像穿男装时的大步而行，到穿女装时的莲步轻移，总是有些不同的，稍不注意就会乱了节奏。

“大小姐。”

“大小姐。”

“大小姐。”

府中的下人看到她，纷纷屈膝行礼，看着她走过去才抬头，一个个眼中带着惊艳之色。

大小姐就算是不能修炼了，仍很让人惊艳，他们想，就是那些仙人之地的仙子，只怕也没有他们家大小姐这般清丽绝尘的容颜与气质吧？

当唐宁来到前院时，见南宫凌云居然在前院帮忙招呼客人。就在她微怔之时，她爹爹来到她身边。

“你看，凌云他一早就过来帮忙招呼客人了。”唐啸笑了起来，示意她看向前方，道，“听说他已经拜入一个叫紫阳仙宗的宗门，成了仙宗里成阳尊者的亲传弟子。”

她看了前面那人一眼，道：“嗯，我知道，他昨天来时跟我说了。”

“凌云是真的出色啊！凡人之地各世家的子弟，估计少有人能与他相比。”唐啸感慨地说道。

闻言，唐宁一双漆黑清澈的漂亮眼睛骨碌碌地盯着她爹爹瞧了瞧，半晌，绝美的脸上露出一抹盈盈的笑意，却什么话也没有说。

当唐宁出现时，前院中的众人便注意到她了，无他，只因她太过出色，哪怕身上毫无灵力气息，已经不能重凝灵力修炼了，身上的光芒仍如骄阳般耀眼，只要她出现，就很难让人不注意到她的存在。

尤其是今天的她因为作为主人家在家中宴客，稍打扮了一番，这让容颜本就绝美的她看起来更是耀眼，几乎让人的目光一落在她身上便觉眼前一亮，心生惊艳。

她就如那星空中最耀眼的一轮明月，风头稳稳地压过了场中其他世家的小姐，让她们心生羡慕的同时又生妒忌和幸灾乐祸——纵有绝美的容颜又如何？不能修炼，那容颜又能保持多久不变？等到数十年后再来看，她们风华正茂，而她已经白发苍苍。

想到这儿，众世家的小姐心中稍平衡了一些，移开了目光不再去看她，反而将藏着爱慕的目光落在南宫凌云身上。

为什么这么优秀出色的南宫家少主要喜欢那唐宁呢？不过她们觉得，这两人是一定不会在一起的，别的不说，她们就不信，南宫凌云这般出色，他的家族会让他娶一个无法修炼的女人为妻！

那穿着一袭碧绿衣裙的人一出现，南宫凌云便在众人中一眼看到了她，他与身边的人说了几句后，便先离开，朝唐宁走了过去。

“世伯。”他唤了唐啸一声，这才看向唐宁，幽深的眼眸带着柔情与宠溺，说：“宁儿，你来啦！”

“你都在这儿帮忙了，我还能不来吗？”唐宁看着他，话中带着几分打趣。

闻言，南宫凌云一笑，道：“我知道今天你们家肯定会很忙，反正我在家也闲着，没什么事，就过来帮忙了。”

“宁儿，你是不知道，他是一大早就过来了，也幸好有他在这里帮忙招呼客人。”唐啸笑了起来，看着站在一起十分养眼的两人，眼中溢着笑意，道，“今天还有不少与你们年纪相当的世家公子和小姐也来了，宁儿，你和凌云一起招呼一下他们吧。”

见她爹爹使劲地想要给两人制造相处的机会，唐宁心下无奈，却也没驳他的意，而是在他走开去招呼客人后，看向南宫凌云，问：“你这么早过来帮忙，你家人没说什么吗？”

“说什么？”南宫凌云幽深的目光落在她脸上，不由得低声笑着问，“你担心我家人会不允许我们在一起吗？”

听了这话，唐宁扯了扯嘴角，道：“你想多了。”声音一落，她便往前面那些世家公子和小姐所在的地方走去。

南宫凌云幽深的眼眸中闪过一抹笑意，便也迈步跟了上去。

两人一个身穿黑袍，沉稳内敛，气势不凡，一个穿着碧绿衣裙，飘逸绝尘，站在一起，这院中确实没有比他们更耀眼的人了。

哪怕各个世家的家主，目光也不由自主地落在那一对璧人身上，目光中带着欣赏——俊男美女往往最能吸引人的目光，更何况这两人站在一起真的很养眼。

“唐家主，唐大小姐和南宫家少主的亲事，你们两家打算什么时候定下啊？我们可是等着喝喜酒的。”一位家主笑着说道，看向前面的唐啸。

“不错，你们看他们两人站在一起，就如同一对璧人一样，确实很般配，什么时候定下亲事，我们准备一份厚礼相贺呀！”

“对对对，我们可是等着喝他们的喜酒的。”

听了他们的话，唐啸哈哈一笑，摆了摆手，道：“我现在是不管他们年轻人了，随缘，一切随缘吧！”

那边，唐宁和南宫凌云招呼着那些世家子弟。其中一些是上回一起去狩猎的人，看到唐宁便都冲她打招呼。

“唐宁，我可是在这里等了好久，你怎么现在才来？不会是睡到现在吧？”一名锦衣少年开口说道，看着她一袭碧绿衣裙的装扮，不由得道，“还别说，你穿这一身还挺好看的。”

唐宁看了那名少年一眼，眉眼一弯，下巴一扬，笑道：“我人长得美，自然是穿什么都好看。”

“真臭美。”那名少年撇了撇嘴，却被她那自恋的模样逗笑了。

南宫凌云见身边的唐宁神采飞扬、灵动狡黠，眼中也不由得浮现出一抹笑意——这样的唐宁，真的很真实、很可爱。

第二十四章　筑基之喜

“唐宁、凌云。”陈家少主朝他们两人微微点了下头，打了声招呼。

两人也朝陈家少主点了下头，打了声招呼，便在他们旁边坐了下来，陪着他们聊天。

而在青云城的某处院落，黑风看着在院中缓步走来走去的主子，也不知他究竟要走到什么时候，这来都来了，怎么就待在这院中不出去了？

难道主子带他们从皇城到这青云城，不是为了去参加那唐家的宴席？若不是，又为什么连夜赶了过来？要知道这青云城中可没什么事情需要主子去操心。

不过，主子为什么总关注唐家的动静呢？这可是以前不曾有过的呀！

“主子，这会儿时间也不早了，我们要不要去唐家凑凑热闹？”暗一开口试探地问道。

缓步在院中走着的墨烨将脚步一顿，瞥了黑风一眼，道：“去凑什么热闹？”

被这么一问，暗一话卡在了喉咙里，一时间竟不知该怎么回答。

是啊！凑什么热闹啊？他们跟唐家的人又不熟，这突然上门似乎有些奇怪吧？不过主子真的不是来唐家的吗？

黑风想了想，不由得疑惑地问：“主子，那咱们来青云城是干什么来了？难道是这里有什么大事情得主子亲自动手处理？”

“得有事情处理才能过来吗？”墨烨瞥了黑风一眼，重重地哼了一声，道，“太闲了吗？去把南宫凌云的资料再给我查仔细些！”

怎么又是南宫凌云？黑风心下诧异，却也不敢多问，只能乖乖地应了一声“是”之后迅速退下。

主子这段时间不是查唐家和唐宁的资料，就是查南宫家和南宫凌云的资料，而且事无大小都得向他禀报，黑风都怀疑主子是不是想对付他们两家了呢！

不过就算主子想对付他们两家，也不用费这么大劲啊！皇城那些世家，主子想灭都不用皱一下眉头，怎么反倒是这两家得一查再查？

唐家这边的宴席是在中午开，因此到了傍晚时分，客人也就走得差不多了，毕竟这一次他们主要是来看唐啸筑基之后状态如何，以及向唐啸打听筑基的一些事情。得到了自己想要的信息，他们自然不会在唐家久留。

作为主人的唐啸将客人都送走之后，见南宫凌云还在，便看了一旁的女儿一眼，笑道：“凌云，若是不急着回去，今晚吃了饭再走吧。”

“不了，世伯。”南宫凌云摇了摇头，看向唐宁，笑道，“这会儿时间还早，我想请宁儿一起去逛逛，可以吗？”

“哈哈哈哈，宁儿，既然凌云这么说了，你就和他一起出去逛逛吧。这会儿时间也还早，你也别整天闷在家里，出去走走也好。”唐啸笑了起来，对两人是乐见其成，因此并没有阻止南宫凌云对女儿展开的追求。

他觉得两人好歹也是青梅竹马，就算后来分开了好几年变生疏了，但只要多一点儿相处的机会，两人一定会渐渐地重新变得熟悉起来。

更何况现在他女儿在外人看来是无法凝聚灵力气息重新修炼的普通人，但南宫凌云也能待她如初，这一点就很难得了。

他相信，若是两人能走到一起，日后南宫凌云一定会待宁儿很好，不会让她受委屈的。

唐宁见她爹爹用一副老父亲的慈爱目光看着他们两人，再见面前的南宫凌云幽深的眸子蕴含着柔情凝视着她，她想了想，点了点头，道：“可以。”

她的一声“可以”，让南宫凌云脸上不由得露出欣喜的笑容来。

唐啸见了，也笑了起来，道：“好好好，你们年轻人好好出去玩吧！”话音落下，他笑了笑，转身离开。

两人出了唐家，却并不是如南宫凌云所说般随便逛逛，而是被他带去看皮影戏了。

“你是早订好的位置？”唐宁见那演皮影戏的院里陆陆续续坐满了人，而他们仍被带往最前面中间的一张桌子，显然是提前预订好的。

“嗯，这皮影戏很有趣，便想带你来看看。”他给她倒了杯茶水，道，“他们没有包厢，只有大堂，所以可能会有点儿吵。”

唐宁点了下头，看了下里面的上百号人以及热闹的气氛，无所谓地道："没关系，这气氛挺好。"

两人边喝茶，边等皮影戏开始，而在青云城的一处地方，欧阳家的老祖与另一位筑基修士带着几十名暗卫，正伺机而动，准备对唐啸下手。

"不过就是一个刚筑基的修士而已，你怎么这般谨慎，带了这么几十号人过来，连我也一并叫过来帮忙？莫不是这个叫唐啸的有什么特殊之处？"一名身材消瘦的老者倒吊着一双阴狠的三角眼，瞥了眼喝着茶的老友。

"呵呵，哪有什么特殊之处？我把你叫过来，也就是想要确保万无一失罢了，毕竟以防万一总是要的。"欧阳家老祖看向那老者，道，"有你在，我相信那唐啸小儿见不着明天的太阳。"

闻言，三角眼老者眯了眯眼，呵呵一笑，问："你想怎么做？总不会是直接到那唐家去吧？"

"那唐啸有个女儿，他视他的那个女儿如掌上明珠。"欧阳家老祖看着那老者道，"只要让人抓了唐啸的女儿，你觉得他是出来呢，还是躲在唐家呢？"

"哦？这么说你是早有准备了？"三角眼老者微讶。

"今天唐家宴客，庆他筑基之喜，我已经让人暗中盯着了。刚才暗卫来报，那唐家大小姐唐宁跟着南宫家的少主一起出门去看皮影戏了。"欧阳家老祖说道，看了那老者一眼，道，"我们也该准备准备了。"

演皮影戏的院子处，皮影戏还没开始，唐宁有些无聊地一只手托着脸颊，看着坐在旁边的南宫凌云问："你到底喜欢我什么呢？"

听了这话，南宫凌云顿了一下，看了她一眼，忍不住笑着问："你想改吗？"

唐宁毫不客气地翻了个白眼儿，轻哼一声，道："我就是我，不一样的烟火，为什么要改？我只是想知道你怎么会这般执着罢了。"

闻言，南宫凌云幽深的目光落在她绝美的面容上，他接着说道："你可知，从那一次你回青云城时，我们在街头相遇那一刻，我便已为你倾心？"

"看上我的颜？"她挑了挑眉，没想到他居然就这样说出来，灵动的美眸中带着几分戏谑，道，"我记得当时你还不知我是你的小青梅啊？不是说许诺过玉兰树长成之日，便是迎娶之时，你怎么就对一个不认识的人动心了？这算不算是见异思迁、贪恋美色？"

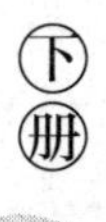

南宫凌云听她这般质问，不由得低笑一声，幽深的眸中带着柔情，道："当时在大街上遇见你时，你确实给人一种眼前一亮的惊艳感，但真正让我在刹那间动心的却是你的有趣、灵动和狡黠，让我不由自主地被你吸引，想要去了解你更多。只是当时想到我确实还有个儿时的许诺，所以在那一刻便掐断了刚冒起的情丝。只是我没想

到，原来你就是当年我许诺过玉兰树长成之日，便是迎娶之时的那个人，所以，对你我是不会放手的。”

他坚定地看着她，伸手将她的手握在手掌中，不让她有缩回手的机会，用低沉的声音深情地道：“宁儿，可否让我牵着你的手，宠你、爱你、护你一生？”

听着他那动人的情话与深情的表白，唐宁有些呆愣地眨了眨眼。哪怕是上一世，因她药门至尊的尊贵身份，也从来没人敢对她说出护她一生的话，一时间她有些没反应过来。

其实上回他也表白过，她也明确地拒绝了，这一次再听到他表白的话，她心头不由得微动。

两人的前因早已种下，纵是儿时与他一同许下诺言的那个人并不是她，但从她成了唐家大小姐唐宁那一刻开始，便也接受了这一切。

他天资出众，拜入仙宗青云直上也没有反悔当初的诺言，反而费尽心思为她寻药，想助她重新修炼，此时他的深情表白让她终于有了一丝动容，不因其他，只为他对前身的这份感情，她能感觉到，他是真的爱他的小青梅。

从当初她回青云城遇到他时她就知道，她与他之间前因早种，必有情感纠缠之果。

纵是她精通卜卦之术，可也卜算不出自己的气运与姻缘。她本打算一切顺其自然，随它发展，却发现她与南宫凌云之间的因果是避无可避的，只怕她与他之间势必会发生些什么。

一双清澈的美眸盯着他看了看，她没有说话，不知在想什么。

南宫凌云一颗心微提，静静地等待着，但手心因紧张微微渗出了一丝汗水，他看着面前的她，生怕她再一次拒绝他。

然而就在这时，戏院里的一个小厮快步走了过来，朝两人行了一礼后，恭敬地道：“唐大小姐，那边有人找你。”

唐宁和南宫凌云看去，只见在戏院一角，站着穿着一身黑色劲装的青知。

见是青知，唐宁觉得可能是她爹爹找她有什么事，便站了起来，对南宫凌云道：“我去一下。”说完，她便往那个角落处走去。

南宫凌云并没有跟过去，想着可能是她爹爹有什么话要让青知交代于她，便在这里坐着，等她回来。

来到那角落处，唐宁看向青知，问：“青知，可是有什么事？”

“大小姐，这里人多眼杂，请到后面来。”青知低声说道，做出请的手势。

唐宁也没多想，便跟着青知往戏院后面无人的地方走去。

然而一踏入后面，看着走在前面的青知，她眸中闪过一抹暗光，步伐停了下来。

“你不是青知，你是谁？”她冷声喝问道，目光盯着那个将青知的神态和言行都模仿得十足像的人。若不是一踏入这无人之处，他的身体稍松懈了，她还真没发觉这个人并不是青知。

听到她的话，那人诧异地看向她，有些意外地道：“唐大小姐倒是生得一双利眼，竟能看出我是假冒的？”

“跟她废什么话？直接把人带走！”从暗处又走出一名老者，是灵师巅峰的修为，但在刚才一身气息尽敛，在走出的那一刻才释放出一身威压来。

唐宁打量了两人一眼后问：“你们是什么人？想做什么？”说着话，她脚步往后退着。

然而就在她转身准备跑回去的时候，那名灵师巅峰修为的老者一个箭步上前，一记手刀朝她的颈部砍了下去。

那记手刀砍落的瞬间，她强压下想要还手的本能，将计就计，闷哼一声倒了下去。

而在大堂里面的南宫凌云，在那一瞬间察觉了一丝灵师巅峰修士外放的气息，目光凌厉地朝后堂那边看去，想到刚才唐宁所去的方向，脸色顿变，猛地站了起来，大步朝那个方向掠去。

“有人来了！带走！”

老者伸手接住昏迷倒下的人，将之丢给那撕下脸上的易容面具的黑衣男子，两人带着唐宁跃出院墙，几个纵跃间便消失在夜色中。

与此同时，快步追出来的南宫凌云没有看到唐宁的身影，只见夜色之中隐隐似有黑影将唐宁掳走，他心中一沉，当即提气追了上去。

另一边，唐家，一记飞镖咻的一声射进唐啸所在的书房。

“什么人？！”暗处的暗卫厉喝一声。

有两道身影追了出去，也有两人迅速进入书房之中。

书房里的唐啸见那钉在墙上的飞镖处有字条，当即将那飞镖取下，打开字条时，一对耳环掉了下来，他一看，脸色不由得顿变，再看那字条上的字，脸色瞬间变得凝重起来。

“家主，对方的实力远在我等之上，属下没追到人。”两名追出去的暗卫回来禀报道。

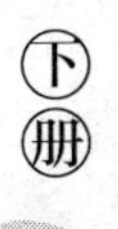

“我知道了，你们退下吧。”他将字条和耳环握在掌心，手紧紧地握成拳，沉声道，“今晚之事不得外传！违令者重罚！”

几名暗卫心下一怔，却仍恭敬地应道：“是！”话音一落，他们退了出去。

究竟出什么事了？那字条上写的是什么？为什么家主的脸色那样凝重，却又没

做任何安排？

他们又哪里知道，不是唐啸闭口不言，而是他担心女儿的安危。

字条上写了他女儿在他们手中，让他独自一人前往，否则就要拿他女儿开刀。若不是手心里的那对耳环，他不会相信他女儿被那些人抓了，因为她已经是灵师五阶的实力，而且南宫凌云也陪在她身边，怎么可能会出事？

但那对耳环确实是她的，若不是她真的被那些人抓了，那耳环断不可能在这里。

能在南宫凌云的身边将宁儿抓走，这些人的实力一定在灵师巅峰以上，甚至极有可能是筑基修士！

他深吸了口气，缓缓地呼出，看了眼外面的天色后，准备了下，便往外面走去。

暗处的暗卫想要跟上，被他吩咐不必跟随，因为若要对付筑基修士，放眼整个唐家也没有谁有那个本事，他们去了也只有送死的份儿，帮不上什么忙。

暗卫们看着他离去，不由得相视一眼，道："家主到底是干什么去？怎么也不让我们跟着？会不会出事啊？"

暗卫们担心着，却也无可奈何，只能在府中等他回来。

另一边，追着黑衣人而去的南宫凌云把人追丢了——那两人就算是掳着唐宁，速度也极快，再加上有夜色的遮掩，他追了一路仍把人追丢了。

"该死！"他低咒一声，看着渐深的夜色，心中更是担忧。

顿了一下，他当即折回往唐家奔去，不料到唐家时，却得知唐啸已经出了门，而且府里的人全不知唐啸去了哪里。

因事情未明，不知情况如何，他也不敢惊动其他人，只能自己再出去寻找。

与此同时，唐宁被带到西郊的小树林处。被扔在地上的她只听一道苍老的声音透着阴沉地问："事情办得怎么样？"

"回老祖，信和东西已经送到唐啸手上了。"另一道声音恭敬地答道。

"好，都给我散到周围去埋伏好，等那唐啸一来，便杀他一个措手不及！"那苍老而阴沉的声音再度说道。

"是！"众人齐声应道，迅速散开，埋伏于周围。

而唐宁听见那些声音，心中盘算起来：那声音听着少说也有几十人，整齐、规律，显然是训练有素的暗卫或杀手，除了那些人，这里还有两道很强的筑基气息，以及一些灵师巅峰的人，这么多人在这里，就算她是灵师五阶的修为，只怕也是双拳难敌四手。

这些人的目标明显是她爹爹，就算她爹爹是筑基修士，也只是刚筑基不久，实力远不敌这两个已经不知筑基多少年的修士，若是战起来，只怕凶多吉少。

正当她思索之时，一记掌风挟带着气流朝她拍来。哪怕是没睁开眼睛，她也在刹那间察觉危险，身体本能地就地一滚，朝一旁避去，同时睁开眼睛看向那朝她拍来掌风的老者。

欧阳家老祖阴沉的目光扫了那翻身坐起的少女一眼，皱着眉头，不悦地看了将少女掳来的两人一眼，问："怎么没有将她击晕？"

那老者和黑衣男子看到并没有昏迷的唐宁时也是愣了一下。那老者道："老祖，先前我已经将她打晕了，应该是刚醒过来的。"

"此女身上毫无灵力气息，身手竟还能这般敏捷。"那三角眼的筑基老者走了过来，盯着唐宁打量。

那名黑衣男子道："老祖有所不知，这唐宁原是青云城中的修炼天才，因唐家内乱被人用药一夜之间散了一身修为，才成了如今不能修炼的普通人。她纵是没有灵力气息在身，一些武技应该还是掌握在身的。"

只不过，空有武技对他们这些有修为的人来说，就如花拳绣腿，起不了什么作用和威胁。

"原来如此。"那三角眼的老者这才恍然地点了点头。

在他们对她评头论足、打量她时，她也不动声色地打量着这几人：两名筑基老者，三名灵师巅峰老者，以及一名灵师八阶的修士。

她的目光落在那两名筑基老者身上，其中一人倒吊着一双三角眼，一脸皱纹，一头灰白的头发，他此时正在打量着她，另一人则已经是筑基七阶的修为，一身筑基气息内敛，但身上仍弥漫着一股阴冷的气息，如同毒蛇一般，让人不寒而栗。

其他几人暂且不说，单单这两个筑基修士就不是容易对付的。虽说她连金丹修士也杀过，不过那也只是因为出其不意，以及有掌心的佛印那股力量相助，但对于眼下这里的这些人，一旦她动手，就必须将他们全部诛杀，不留一个活口，否则她唐师的身份也会随之曝光。

但一个人灭杀这些人，她一时半会儿还真没有十足的把握。

"既然消息已经送给唐啸知道了，那就把她先给我废了！"欧阳家老祖说道，阴狠的目光如毒蛇般盯着唐宁。

听了这话，那黑衣男子盯着容颜绝美、身段姣好的唐宁，露出了一抹意味不明的邪笑，拱手道："老祖，这样一个美人，直接废了太可惜了，不知可否将她交给我？"

"想要逍遥快活回皇城再去寻乐！别忘了今晚是要办正事的！"欧阳家老祖阴狠的目光带着警告地扫了那男子一眼，吩咐道，"把她的手脚给我扭断！倒吊在树上等唐啸过来！"

见此，那男子心头只觉可惜，但老祖这样说了，他也不敢违背，当下便应道：

“是。”他朝唐宁走去，笑道：“唐大小姐，你别怕，也就一会儿的事情。”话音一落，他伸手就朝唐宁的肩膀扣去。

哪知，原本站着没动的唐宁听了他的话，灵动的美眸掠过一抹寒光，道：“那就没办法了。”

话音落下那一刻，她以极快的手法反扣住了那男子的手，步伐一转，手臂一扭，同时抬脚往那男子的膝盖窝踹去，在那男子惊呼一声跪落在地的同时，泛着寒光的匕首已经划过他的脖子。

鲜血在刹那间溅出，男子惊骇地瞪大了眼睛，身体僵直。

至死他都没反应过来，自己怎么就被杀死了？

这一幕发生得极快，快得连那两名筑基修士都没反应过来，就更别说那三名灵师巅峰的修士了。原本在他们看来，这就是一个无法修炼的普通人，就算有武技在身，也只是花拳绣腿，可现在，一个灵师七阶的修士竟瞬间被她夺了性命！

砰！那名黑衣男子僵直的身体就这样被唐宁推倒在地，身体倒在地上时发出的声音终于让震惊的他们缓过神来。

“唐宁！给我杀了她！”欧阳家老祖震怒不已，一身筑基威压在这一刻释放而出，朝前面的唐宁碾压而去。

就在那一瞬间，就在他面前，一个灵师七阶的高手就这样被她杀了！这是挑衅！更是他的耻辱！

然而唐宁在杀了那名灵师七阶修士之后，几乎没有停顿便转身朝林中跑去。以一敌多她没有胜算，而且也不好出手，只有将人引开分散，再一一击杀，方为上上之策！

“老祖，她就交给我了！”一名灵师巅峰的老者说道，身影飞掠而出，抬手间，绑在手臂上的袖箭对准了那前面奔跑的身影。

咻！听到身后袖箭袭来的声音，唐宁继续往前跑着，没有回头，却在那袖箭要射中她的前一刻，踏到石头往前摔去。

“啊！”她惊呼一声，连着在地上滚了数米。

那射出袖箭的老者见状，眉头一皱，暗忖：这也太巧了吧？

但见她脸上尽是惊慌之色，爬起来后像是慌不择路一般朝林中跌跌撞撞地跑去，他又觉得是自己想多了。

一个没有灵力修为的少女，无论是欧阳家老祖，还是那三角眼的筑基修士，都觉得先前她能杀了那黑衣男子，也就是趁其不备，如今是一名灵师巅峰的修士去追杀她，就算她能逃，也逃不出这小树林，更逃不出那名灵师巅峰修士的追杀！

“看到没有？色字头上一把刀！修炼之人太重美色就只有死路一条！”欧阳家老

祖声音阴沉地喝道，像是在对暗处的那些暗卫说的，也像是在对那名已经死去的黑衣男子说的。

若是那名男子警惕一些，也不会死在一个毫无灵力修为的少女手中！

“出来两人！把他拖下去埋了！”欧阳家老祖沉声说道。

“是。”暗处掠出两道黑色身影，将那具尸体拖进了小树林里就地掩埋。

那追着唐宁而去的老者，见前面跌跌撞撞乱跑的少女因跑得太快往前扑了过去，趴在地上半晌也没能起来，他冷哼一声，缓步上前，道：“区区一个普通人，你觉得你逃得出我的手掌心吗？”

唐宁跌坐在地上，双手撑在地上往后挪动着身体，脸上带着惊慌与恐惧，道：“你……你不要过来，不要过来！”

“放心，老夫定会留你一口气，让你看看我们是如何杀了你父亲唐啸的！”话音一落，袖箭也不用了，老者直接一个箭步上前，手掌成爪朝唐宁的喉咙抓去。

“啊！不要过来！”唐宁大声喊道，话音一落，身体猛地一跃而起，一身灵师的气息也在那一刻迸射而出，朝对方袭去，同时握着的匕首随着她一挥手划过一道寒光气刃，以迅雷不及掩耳的速度划向那老者抓过来的手掌。

“咝，啊！”老者没料到这个没有灵力气息的少女下一刻身上竟然迸射出灵师的气息，震惊之时猛地想要缩回手，却仍慢了半分，伸出的手掌生生被那气刃切开，鲜血涌出，痛呼一声。

老者身子猛然后退，另一只手握住受伤的手一看，掌心处一道血口子似一张张开的狰狞大嘴往外吐着鲜血，那伤口之深，竟是手掌险些被她切断。

受伤的手因剧痛而微微颤抖着，哪怕他捂住伤口也止不住血。因手掌的伤，他一身嗜血的杀意升腾而起，灵师巅峰修为的威压如同一座大山尽数朝唐宁压去，怒道：“你竟是一名灵师！”

看来他们的消息有误，这唐家大小姐唐宁不仅没有失去修为，还是一名灵师五阶的修士！这么重要的消息，居然没人查到！

此时的唐宁敛去了先前的惊慌与无措，一双清澈漂亮的灵动眼眸中带着不达眼底的笑意，看着那手掌往下滴着血的老者，冷冷地道：“居然没切断，真是可惜了。”

老者听到她的话，脸色阴沉。

老者还没做出反应，就见唐宁身影一闪朝他袭去，反握在手中的匕首哪怕在夜色中，仍在灵力气息的带动下泛着森寒的锋利光芒，凌厉的杀气在空气中弥漫开来。

老者不敢大意，顾不得受伤的手，一只手从腰间划过，一把长剑握在手中，险险挡下唐宁袭来的攻击。

铿！长剑与匕首相碰，一声清脆的声音传出。

然而不远处的人只是微讶了一下，却没过来——那边涌动着灵师的气息，他们想着应该是那名老者对唐宁动手，唐宁在奋力抵抗吧。

只不过一个无法修炼的普通人，又怎么可能是灵师巅峰修士的对手呢？他们相信不用一会儿，老者拖回来的便会是唐宁的尸体。

他们却不知，此时老者心高气傲，不愿承认自己不是一个小丫头的对手而不喊人来帮忙，在一只手受伤的情况下，被唐宁逼得步步后退，狼狈不已。

咻！狼狈后退的老者身体往后仰去，险险避开对方划向他喉咙的匕首，却仍被那森寒凌厉的气流惊得全身汗毛都竖了起来。

他在后仰避开匕首的瞬间抬手射出袖箭以逼退唐宁，身体踉跄地后退了几步，还没站稳，却惊见唐宁以手中的匕首将他的袖箭挡住，暗劲一拍，竟将那袖箭击了回来。

袖箭咻的一声反袭回来，以迅雷不及掩耳的速度击落在老者的腰腹处，只听他闷哼一声，身体再度后退，脸色也终于大变，将手中的长剑击出，张口就要喊人来帮忙。

这时却见在三米开外的唐宁往一侧闪避，避开长剑的攻击，身影飞掠而起，在一旁的树身上一蹬，凌空翻跃飞出的同时，手中的匕首似一道寒光飞射而出。

“嗯！”一声闷哼，老者张开的嘴还没喊出话来便溢出了血，一把匕首穿透而过，扎在他的喉咙上，他整个人僵在那里，双眼无法置信又带着不甘地大睁着，直到生机断绝，整个人往后倒去，卡在一棵树的树枝上。

唐宁这才走上前，拔下那把扎在他喉咙处的匕首，将匕首上的鲜血在他的衣服上擦拭干净，同时取下他手臂上的袖箭，这才往那些埋伏着的人走去。

在前面等着唐啸到来的欧阳家老祖，见突然间那较远处像是没了声息一般，不由得皱了皱眉，道：“怎么去了那么久？难道连个小丫头片子也杀不了吗？”

“应该快回来了，一个小丫头而已，能出……”三角眼的筑基老者话还没说完，便盯着周围拧起眉来，道，“不对，有很浓重的血腥味！”话音一落，他的身影如鬼魅般掠出，朝林中暗处掠去。

此时唐宁正用袖箭暗中解决了几名暗卫，见袖箭用完了，正准备用匕首再动手时，猛地感觉到一股很强的掌风朝她拍来。

她当即转身挥出匕首，却仍被那掌风逼退数米。

这动静惊动了那些埋伏着的暗卫，几十人当即朝她包围过来。而她也借着夜色看清，袭击她的是那名三角眼的筑基修士。

“你竟杀得了灵师巅峰的修士？”三角眼老者苍老的声音带着一丝不可思议，那双三角眼惊讶地盯着唐宁打量，却依旧没能从她身上察觉半分灵力气息。

唐宁从杀了那灵师巅峰老者潜过来，便敛起一身的修为和气息，要不然也无法悄然无声地干掉了几名暗卫，此时见这筑基老者盯着她打量，也只是握着匕首，没有说话。

周围原本分散埋伏的暗卫此时围住了她，挡去了她的退路，似乎想将她逼到前面去。她觉得这会儿她爹爹应该也快到了，若是两人联手，未尝就不能将这些人尽数诛杀！

三角眼老者盯着她打量了半晌，也没看出她身上有什么特别之处，但正是因为这样，才显得她更是特别，毕竟灵师巅峰的修士可不是什么人都能随便杀了的。

先前她杀了那黑衣男子时，也许他们可以说是那黑衣男子大意轻敌，但那灵师巅峰的老者，活到这把岁数，可不是会轻敌不设防的人，唯一的解释就是，这唐宁身上必有古怪之处。

“看来我们还是小瞧你了。”三角眼老者苍老的声音传出，同时伸手一擒，想要将她擒拿住，哪知面前的人矮身一蹿，竟从他的身侧逃了过去，往前面跑去。

“你们退回原地埋伏着，警惕些，别怎么死的都不知道！”三角眼老者对那些暗卫说道，目光却是盯着往前跑去的唐宁，下一刻，身影一掠，追了上去。

他有心想探她的底，因此一个呼吸间便追上了唐宁，出手狠辣，带着杀意朝她袭去。

他身上筑基修士的气息和威压涌动着，如同大山般朝前面的人压去，却见对她根本没有半分作用。

欧阳家老祖见唐宁居然毫发无伤地又被追了回来，阴狠的眼睛一眯，手掌一转，一道气流在掌心形成，猛然朝她击去。

唐宁本来还不打算在他们面前动用灵力气息，哪知这两个不要脸的老头儿居然前后夹攻她一人，眼见筑基修士的气流威压前后攻击而来，她当下调动体内的灵力气息，脚尖在地上一点，身子飞掠迅速跃离，避出数米之外。

“灵力气息！还是灵师的实力！”见她在那一刻身上涌动着一股灵力气息，还是灵师级别的实力，两名筑基老者眼睛一眯，阴狠毒辣地紧盯着唐宁，“你竟还是可以修炼之人！既然如此，那就更留你不得了！”如此年轻的灵师修士，若是让她成长起来，必是祸害！

因她已经杀了好几人，其中还有一名是灵师巅峰修士，两名筑基老者心中暗自盘算，相视了一眼，微微点了下头，两人同时掠出，蕴含着杀意的气息与威压铺天盖地地朝唐宁袭去。

筑基修士的威压就算是灵师巅峰的修士也抵挡不住，更何况是两名筑基修士同时出手，其周围涌动的气流威压就更不是筑基以下敢随便靠近的了。

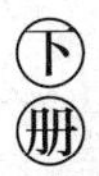

无论是埋伏在暗处的暗卫，还是在一旁的两名灵师巅峰老者，此时都震惊又不可思议地看着那名穿着碧绿衣裙的少女，只见她在两名筑基老祖的攻击下游刃有余，空气中的气流和威压仿佛伤不到她半分，反而让她的身影快若鬼魅，哪怕是两名筑基老祖，竟也无法在一时半刻抓到她，就更别说伤到她了。

也许是因为两人联手也没能将唐宁置于死地，两名筑基老祖气息微浮，有了几分恼怒和难堪，下手也越发凶狠。

三角眼老者手掌凝聚灵力气息拍去之时，眼见在前面的人眨眼间消失无踪，不由得微微失神。

“小心身后！”就在这时，欧阳家老祖目光一缩，疾呼出声提醒。

然而在欧阳家老祖出声提醒之时，唐宁手中的匕首已经朝三角眼老者背后的心脏处扎去，速度极快，却因对方的警惕移闪而偏了约莫一拳的距离。

被锋利的匕首狠狠地刺入身体的那一刻，剧痛之感由匕首所刺之处散开袭遍全身，痛得三角眼老者倒抽了一口冷气，不由自主地痛呼出声：“嘶，啊！”

看到那从背后穿透而过、隐隐在胸口处露出一抹寒光的利器，他汗毛直竖，冷汗直渗而出，一股后怕从脚底蹿起，直达心间。

“老袁！”欧阳家老祖见状，掌风挥扫而出，朝唐宁袭去，这一掌并不是要击中唐宁，而是逼退她，让她拔出那把刺入三角眼老者右胸口处的匕首。

唐宁因要闪避而将匕首拔出，然而在拔出匕首时，握着匕首的手重重地转动了下。

“啊！”只听三角眼老者惨叫一声的同时，匕首被拔出，一道血柱也随之飞溅而出。

因这一击，三角眼老者脸色煞白，身子更是因此而往前倾去，口中溢出了一丝鲜血。他猛然转头，三角眼带着阴寒的杀气盯着唐宁，道：“好狠毒的死丫头！”

“哧！”唐宁嗤笑一声，手中握着滴着血的匕首，看着三角眼老者道，“两个筑基老东西欺负我一个黄毛丫头，被我伤了还骂人？也确实是够不要脸的。”她转动着手中的匕首，微眯的美眸盯着面前的人，清脆的声音挟带着凌厉的杀意，“可惜我这一下扎偏了，要不然直接送你下地狱！”

“你找死！”三角眼老者怒喝一声，正要出手，肩膀却被欧阳家老祖抓住，阻拦了他上前。

“老袁，你这伤不轻，先上药止血，这个臭丫头由我来送她上路！”欧阳家老祖开口说道，声音阴沉，泛着毒辣、狠厉。

“一下杀了不足以泄我心头之愤！我要挑断她的手筋、脚筋，剥了她的一身皮！”三角眼老者阴森森地说道。

“好！那就让她尝尝生不如死的滋味！”欧阳家老祖阴恻恻地说道，身上筑基的灵力涌动，就要朝唐宁袭去。

这时就听一道低沉而威严的怒喝之声传来：“谁敢动我女儿！”

一袭玄色衣袍、虎背熊腰的唐啸提气掠来，低沉而蕴含着筑基威压的声音带着凌厉喝出的同时，凌厉的掌风击出，将那离唐宁较近的筑基修士逼退之时，人已经来到唐宁身边，将她护在了自己身后。

“宁儿，没事吧？他们有没有对你怎么样？”唐啸一边护着她，一边担心地问道，蕴含着威严的凌厉目光却是紧盯着那两名筑基修士，以及一旁的两名灵师巅峰修士，还有从暗处出来将他们团团围住的几十名暗卫。

看着将她护在身后的父亲，唐宁心中涌起一股暖流，眉眼一弯，脸上露出笑容，道：“爹爹，我没事。”

听到她说没事，唐啸提着的心一松，这才盯着那两名筑基老者高声喝问：“你们是什么人？”

“要你们死的人！”欧阳家老祖见唐啸已经来了，苍老的面上露出一抹阴狠，盯着正处中年的唐啸，身上杀意迸射而出，下一刻，一把长剑握在手中，长剑之上浓郁的灵力气息弥漫开之时，身影瞬间掠出。

“宁儿，跟在爹爹身后，爹爹护着你！”唐啸交代道。纵是知道她是灵师五阶修士，但面对筑基修士，唐啸仍不觉得她打得过，因此让她紧跟在他身后，一来他可以为她挡去筑基威压，二来可以护着她。

“爹爹不用担心我，我和你联手对付这老头儿。”唐宁没有躲在他身后，而是与他并肩站着，因为她很清楚，以她父亲刚筑基的实力，根本不是这老头儿的对手，唯有两人联手，方能杀了这老头儿！

“好！”唐啸应了一声，取出腰间的剑迎了上去。

同时，唐宁手中握着匕首也加入战斗。

这时，一旁将伤口简单地止了血的三角眼老者盯着他们父女两人，下一刻也提剑加入战斗。

因此，这场战斗从二对一变成了二对二。

唐啸是刚筑基没多久的，实力根本没有那老头儿强，有唐宁帮忙才压了那老头儿一头，如今对方再加入一名筑基修士，唐啸的战斗力一下便处于下风。

铿！咻！锵！两剑相碰的声音伴随着凌厉的气流声响起，回荡在夜色中。

周围的暗卫没有上前，因为筑基修士之间的战斗，他们上去了也根本帮不上什么忙，守在这里只是为了防止他们逃走。

欧阳家老祖一声大喝，蕴含着强大灵力气息的一剑狠狠地朝唐啸劈了下去，凌

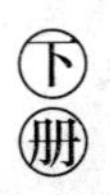

厉的剑罡带动空气中的气流，只听气刃呼啸而过，重重地击向唐啸。

看到那一剑袭来，唐啸凝聚灵力气息，用手中的利剑去挡，只听锵的一声巨响响起，气流也一寸寸地朝他压下。

咔嚓！这细微的声音却让唐啸脸色一变。因对方强大的气流和灵力气息，他这边的气流被压了下来，就连手中的长剑也被对方的利剑压下，他手中的剑承受不住，已经裂开一道细小的痕，在对方的灵力气息和气流的冲击之下，他手中的剑终是锵的一声断开，掉落在地面。

“给我去死！”欧阳家老祖蕴含着强劲威压的声音一出，那一剑所劈下的剑罡也压了下去。

“爹爹！”唐宁听见那边的动作，回头一看时，惊得脸色大变。

“啊！”抵挡对方剑罡的长剑被震断，唐啸整个人被那股劈下的剑罡击飞出去，身体在半空中划过一道弧度后重重地摔落在地面。

砰！

“爹爹！”唐宁惊呼一声，看到那筑基老者提剑再度朝她爹爹砍去时，顾不上跟那三角眼老者交手了，当下迅速退离，飞奔向她爹爹所在的方向。为了阻止那筑基老者一剑将她爹爹砍杀，她把手中的匕首飞射出去，朝那筑基老者的背后袭去。

欧阳家老祖本欲乘势追击，一剑将唐啸砍杀在地，哪知身后蕴含着杀气的利刃袭来，他只好迅速转身用手中的利剑将那袭来的匕首挡开。

锵！飞袭而来的匕首被他手中的剑击飞，可他也因此错过了一剑将唐啸砍杀的机会，再回头看去时，唐宁已经飞奔到唐啸身边，将倒在地上的唐啸扶了起来。

“爹爹，你怎么样？”唐宁担忧地看着唐啸，将脸色苍白的唐啸扶坐起来。

哪知她才将唐啸扶坐起来，唐啸张口便吐出一口鲜血来：“噗！”

“爹爹！”她惊呼，看着嘴里一直往外溢着鲜血的父亲，当下便想从圆竹空间中取出治疗内伤的药来给他服下，哪怕杀机已经逼近。

“臭丫头！今天这里就是你们父女俩的葬身之地！”三角眼老者手中的剑袭上前，锋利的剑尖挟带着阴寒、嗜血的气息直逼手无寸铁的唐宁，意在一招之内取她性命，以报先前的一刺之仇！

“宁儿，快……快逃……”唐啸推着她，想让她快逃，握着断剑想要站起来，然而那一击给他带来的伤非常严重，又吐出一口鲜血后昏了过去。

唐宁看着唐啸口中溢着鲜血昏迷的模样，拳头紧紧地攥了起来，周身的气息在这一刻变得凌厉而冰寒，慑人的威压自她身上弥漫而出，掩盖了身上原有的灵力气息，强大的气流涌动，冰冷的杀气在那一瞬间迸射开来。

她那仿佛窥不见底的幽深目光，不是看着持剑袭来的三角眼老者，而是盯着站在一旁的欧阳家老祖，声音一字一顿地传出："我要你死无葬身之地！"

冰冷的声音传出的那一刻，她的手一动，一根圆竹出现在掌心，似一把利剑一般挡住了三角眼老者袭来的一剑，手一握，锵的一声直接将对方手中的剑敲飞出去。

三角眼老者错愕地瞪大了眼睛，看着被击飞出去的利剑，以及自己被唐宁手中的圆竹敲震得发麻的虎口，还没反应过来，对方手中的圆竹已经挟带着凌厉的暗劲击落在他身上。

啪！

"呲，啊！"那根圆竹啪的一声直接敲落在他的肩膀处，强大的暗劲传入他的身体，刹那间，他只感觉自己手臂处的骨头直接被那一击敲碎了，整个肩膀也因此而倾斜向一边，整条手臂都无力地垂落着，抬不起来。

"休得猖狂！"欧阳家老祖本以为对方手中已无兵器，而且显然已经被逼入绝境，只有等死一条路，哪知她竟又盯着自己口出狂言，又不知从哪里摸出一根圆竹来，还将老袁手中的剑给击飞出去，眼见情势不妙，当即便持剑上前。

此女诡异非常，唯有将之砍杀，他方能安心！

而就在三角眼老者被唐宁的圆竹打碎一边肩膀的骨头时，圆竹以迅雷不及掩耳的速度，挟带着凌厉的杀机从她手中飞出，朝三角眼老者的心脉击去。

砰！圆竹仿佛有生命一般，以闪电般的速度狠狠地击中了三角眼老者的心脉，强大的暗劲撞入三角眼老者的身体，一口心头之血从三角眼老者口中喷出。

"噗！"三角眼老者踉跄地后退着，脸色在刹那间变得苍白如纸，一身冷汗从下往上涌起，身体晃了一下，瞪大着一双惊怒又不甘的眼睛跌坐在地。

唐宁知道，那三角眼老者心脉尽断，必死无疑！此时他一动不动，惊怒地坐在地上，也仅是一口气在撑着。

那边，唐宁又与欧阳家老祖交手了几招，强大的爆发力和致命的攻击力让欧阳家老祖有些抵挡不住。欧阳家老祖不明白，怎么这个灵师五阶的人会有这样的爆发力和战斗力？

"我要你死！"话音落下之时，唐宁手中的圆竹在地上一击，将地上的一截断剑击向欧阳家老祖。

"嗯！"被断剑咻的一声刺入腹部，欧阳家老祖本能地闷哼一声。

一旁的两名灵师巅峰老者和几十名暗卫惊呼出声："老祖！"

可他们无法上前，因为两人战斗的地方强大的筑基威压和杀气太过凌厉，根本不是他们靠近得了的。

"我也留你不得！"欧阳家老祖忍着伤痛挥剑再次袭上前，阴冷的目光中闪过一抹嗜血的暗光，一道金色的细小身影如光线一般蹿出，落在唐宁的肩膀处。

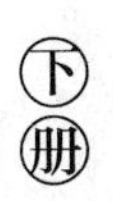

“啊！”肩膀像被什么咬了一下，她本能地痛呼一声，同时手也扣住了肩膀处的那细小东西，低头一看，竟是一条筷子大小的金蛇，她手中用力一掐，生生将那金蛇掐成两段。

可在下一刻，她身子便是一晃，体内的灵力气息迅速流失，眼前发黑，整个人站不稳地跌坐在地，就连手中的圆竹也不知因何咻的一声回到乾坤袋里了。

“哈哈哈哈！臭丫头！谁还救得了你！”欧阳家老祖仰头大笑，恶狠狠地盯着唐宁微变的脸色，看到她连站都站不住地跌坐在地，阴寒的目光中掠过一抹快意，又可惜地看了一眼那被掐成两截的小金蛇，道，“我养了十年的金线蛇就这样被你弄死了，不过没关系，你会为它陪葬的。”

唐宁眼前阵阵发黑，浑身也渐渐地变得无力，当下便从乾坤袋中取出一粒药丸吞下。

却听欧阳家老祖阴冷的声音传来：“呵！我这金线蛇可不是普通的毒蛇，被它咬到会一身灵力气息尽失，它的毒不会让你马上就死，但毒液会慢慢地渗入你的骨血，直至流窜到心脏之处，在此之前，你将全身无力，承受蚀骨之痛，直至陷入昏迷！”

也许是看到唐啸已经重伤昏迷，而唐宁也被他的金线蛇咬到，因此他也不急着杀她，而是想看她无助、恐惧而惊慌的模样。

唐宁体内的灵力气息消失，直到半点儿不留，身体里传来的阵阵蚀骨之痛，以及眼前的阵阵发黑，一一印证了欧阳家老祖的话。

“你说，先废了你哪只手好呢？”欧阳家老祖手中提着剑一步步地走近，盯着跌坐在地上、脸色煞白的唐宁，阴恻恻地笑了。

唐宁抿着唇，没有说话，强撑着让自己不要昏过去。

“那就先废了你的右手吧。”欧阳家老祖阴森森地盯着她的右手，手中的剑一动，正要动手时，就听一道声音传来。

“宁儿！”

听到那声惊呼，唐宁眼皮一跳，朝声音传来之处看去，见竟然是南宫凌云时，当下便喊道：“你来干什么？！快走！”

一个灵师巅峰跑来对付筑基中期的修士？这不是跑来找死吗？这南宫凌云平时看着挺聪明一人，这会儿是脑子进水了不成？！

她哪知，南宫凌云看到她脸色煞白地跌坐在地上，旁边的唐啸更是不知生死，而那筑基老者手持长剑正欲对她动手，一颗心都提了起来，几乎是想都没想便掠了过来。

从唐家离开后他便似无头苍蝇般四处寻找，后来静下心来一想，觉得对方若是将人掳走，要引出唐啸，那势必会往人迹较少的地方而去，因此他将目标锁定西郊一带。

这一路寻过来，还是因为他察觉这边涌动着筑基威压和强大的气流，过来这边一看，竟见这里已经是一片激战过后的场面，唐啸倒在地上不知是生是死，唐宁脸色苍白地跌坐在地上，而在他们面前，筑基老者手持长剑正欲对她出手。

哪怕知道自己不是筑基修士的对手，在这一刻，他也顾不得了。

“找死！”原本准备对唐宁动手的欧阳家老祖将眼睛一眯，手中的利剑转出一道剑花朝南宫凌云袭去。

南宫凌云身影一闪，迅速避开的同时取出赤霄剑全力迎战。

“你不是他的对手，快走！”她喊道，只是声音已经变得无力，额上冷汗也直渗出来，脸色苍白，仿佛随时会倒下一样。

锵！铿！那边两人交手，武器相碰的声音不断。

对方强大的筑基威压让南宫凌云承受着巨大的压力，再加上要运气与对方交战，胸口处血气涌动，没一会儿，一口鲜血便吐了出来：“噗！”

“不自量力！”欧阳家老祖哼了一声，剑气袭出，将他整个人击飞出去。

砰！南宫凌云的身影飞出，重重地砸落在地上，他口中溢着鲜血，脸色也变得极为难看，但手中仍握着剑，强撑着又站了起来，正要再迎上欧阳家老祖时，眼角却瞥见那原先靠坐在树下一动不动的三角眼老者双手握着剑站了起来，仿佛拼尽了最后一口气一般，握着手中的剑朝唐宁的胸口刺去。

“不要！”他惊呼出声，声音中带着一丝颤抖，因为他知道，那老者手中的长剑所指的，是人体致命之处，这一剑下去，她必死无疑！

他想要上前去救她，欧阳家老祖却在这时再度对他出手，阻止他去救唐宁，他只能以手中的赤霄剑挡住欧阳家老祖的攻击，同时将手中的剑袭出，击向欧阳家老祖，试图将欧阳家老祖击退，争取一点儿去救唐宁的机会。

“我要你陪葬！”三角眼老者双手握着剑，不甘与愤怒充斥在心中，哪怕心脉寸断，也要用这最后一口气杀了唐宁，拉着她给自己陪葬！

唐宁没昏死过去已经是在强撑着了，因此看到三角眼老者还憋着一口气提着剑朝她刺来时，纵是她想动，也没力气动了，只能眼睁睁地看着那泛着寒光的利剑狠狠地朝她的心口刺来。

那一刻，她脑海中浮现出一个奇怪的念头：她要是死了，会不会又回到现代去？会不会又能回去当她的药门至尊？

眼前阵阵发黑，意识也在渐渐地涣散，她好像听到南宫凌云在喊她，以为等来的会是一剑刺入身体的剧痛，却不想下一刻整个人就被推倒，而南宫凌云就挡在她前面，为她挡下了那致命的一剑……

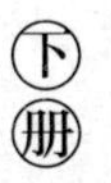

“嗯！”南宫凌云闷哼一声，抬手击出一掌，将三角眼老者拍飞出去。

本就油尽灯枯的三角眼老者受了他这一掌，整个人飞了出去，终是一口气上不来，断了生机，只是至死一双阴狠的三角眼仍死死地盯着唐宁，那双失去生机、神采的眼中仍带着不甘与愤怒，也许是因为三角眼老者从没想过自己会死在这里吧。

原本将近昏迷的唐宁，听到利剑刺入身体的声音，以及南宫凌云的那一声闷哼，已经微合上的眼睛再度睁开，正好看到护着她、替她受了一剑的南宫凌云拔出那把穿透了他腹部的剑，带出了一片血迹，用那把剑挡住了欧阳家老祖砍来的一击。

她心头震动着，心中掀起一阵涟漪，一声轻叹似从口中而出。她缓缓地合上眼睛，陷入无尽的黑暗之中，意识消散之前，脑海中只想着，这南宫凌云莫不是个傻子……

在唐宁昏迷之后，南宫凌云以手中的剑挡着欧阳家老祖的攻击，另一只手捂着流着血的腹部，两招之后被一脚踹飞，摔落在唐宁身边。

眼看欧阳家老祖持剑朝南宫凌云劈去之时，欧阳家老祖却被人一掌击飞出去。

“啊！”欧阳家老祖惊呼一声，身体在半空中划出一道弧度后撞到后面的大树，撞击力道之大，连那棵大树粗壮的树干也被压断。

砰！欧阳家老祖整个人重重地砸落在地面上，陷入地面三寸之深。

欧阳家老祖微张着的嘴溢着鲜血，身体直挺挺地僵在那里，双眼惊恐地看着那前方突然出现的黑色身影，像是要说些什么，然而最后一句话也说不出来，只是抽搐了一下便断了气。

这一变故惊呆了不远处的两名灵师巅峰修士，可当他们看到那个出现在这里、一身黑袍、浑身散发着强大威压和骇人杀气的人时，却连逃跑的勇气也没有，双腿一软，直接瘫跪在地上。

“夜……夜王！”

谁来告诉他们，为什么那神龙见首不见尾的夜王会出现在这里？

南宫凌云一只手捂着腹部的伤口怔怔地回头，看到的便是那穿着一袭低调而奢华黑袍的夜王墨烨，通身散发着强大的威压和骇人的杀气站在他身后，哪怕一身黑袍，在这夜色之中仍叫人无法忽略其的存在，尤其是那枚白玉平安扣，更是如黑夜中的一轮明月挂在其腰间。

“杀！一个不留！”低沉而冰寒的声音自墨烨口中传出，黑瞳在看到脸色苍白、已经昏迷的唐宁时，眼底的杀意更是如骇浪翻滚。

夜色之下，倒在地上的人的一袭碧绿衣裙已经血迹斑斑，那是一道道被气流所划伤的伤口，纵是不深，没有伤及要害，但看到她流血，他心中就有一种想要将伤她之人碎尸万段的冲动。

“是！”整齐而恭敬的声音传出。

便见夜色中有一道道如同鬼魅一般的身影掠过，刀影、剑影之下，杀机四溢，惨叫声不断，周围的那些暗卫，连同那见了墨烨双腿发软瘫跪在地上的两名灵师巅峰的修士，皆死在墨烨的一声命令之下。

鲜血的气味充斥在树林中，一具具尸体凌乱地倒着，浓郁的血腥味令人作呕。

但对这一刻的南宫凌云来说，却是松了一口气，提着的心终于放了下来，他原本以为他们都得死在这里了，没想到竟会在这里遇到夜王墨烨。

“多谢夜……”他感谢的话还没说完，剩余的话就全卡在了喉咙里，一双眼睛错愕地看着那个突然蹲下身，将唐宁扶了起来，却又撕开她肩膀处的衣服，俯身低头的男人。

“你干什么？！”看到墨烨埋首在唐宁的颈间占着她的便宜，南宫凌云怒喝出声，想要上前推开墨烨，却被站在墨烨身后的黑风拦住了。

“呸！”墨烨将毒血吸出吐在地上，深邃的目光冷冷地扫了南宫凌云一眼。

南宫凌云被墨烨那幽寒的目光一扫，只觉一股森寒气息伴随着强大的威压从脚底蹿起，他的愤怒在看到墨烨吐出的毒血后散去，整个人也微微怔住——宁儿中了毒！

但看到墨烨再度低下头埋在宁儿的颈间，吸着她雪白的肩时，他心中仍有一丝不悦与怒意。深吸了口气，他开口道：“夜王是尊贵之躯，若是有个好歹，我和宁儿都承受不起，她的毒，我来帮她吸吧？”说完，他就要上前，却又被黑风按了下去。

“坐下！”黑风虽然心中震惊，但难得见自家主子对一个女人感兴趣，甚至愿意为她吸出毒血来，自然不可能让人去坏他家主子的好事，因此他一只手按在南宫凌云的肩膀上，不让他站起来。

南宫凌云本来就受了伤，腹部的伤口还在流血，被黑风这一按，伤口的血流得更凶了，豆大的冷汗也从额头渗了出来。

他看着夜王一下下地低下头将毒血吸出，心头浮现出一种怪异感，问：“你们怎么会在这里？”

他是为了找宁儿才来到这里的，夜王一行又是为什么来的？还出手帮他们解决了后面的那些人。

怎么来到这里的？黑风听到他的话后，目光微闪了下。

他家主子虽然没去唐家，但让他们一直注意唐家的动静，无论是唐家的宴席，还是宴席后唐大小姐和南宫凌云去逛街、看皮影戏的事情，他们都禀报主子知道了，就是不知主子到底是个什么意思。

毕竟在他们看来，南宫凌云追求唐家大小姐，带她逛街、看皮影戏这种情情爱

爱的东西，也没什么好稀奇的，更何况他们将两人的行踪禀报他家主子后，也不见他家主子开心，反而是一直黑沉着脸，还让他们不用再禀报了。

就是因为这样，他们才错过了唐家大小姐被掳一事，要不是知道了南宫凌云匆匆返回唐家后又在外面四处寻找，唐啸也不在唐家，他们也不知道是那唐大小姐出事了。

他们本以为主子会旁观，谁知他们将这事禀报上去后，主子就调动了青云城暗处的人去寻找，最后竟还亲自出来找了。

不过也幸好他家主子来了，要不然估计那唐家大小姐和南宫凌云这会儿都死了。

想到这儿，黑风瞄了一眼自家主子，见主子吸出唐大小姐肩膀处的毒血后，帮她将衣服整理好，还将人抱了起来。

黑风想，他家主子莫不是开窍了，终于知道喜欢女人了？也好，虽然这唐家大小姐是个不能修炼的，但好歹也是个女人啊！总比主子喜欢唐师那个小光头强吧？

“本王是路过这里，才顺便救你们的。”墨烨低沉的声音透着淡漠，他抱着唐宁，瞥了一眼南宫凌云，黑瞳中掠过一抹暗光，仿佛为了印证他就是顺便帮忙的一样，下一刻便将怀里昏迷的人递了过去，道，“毒已经吸出来了，回去后再找大夫帮她看看。”

已经站起来的南宫凌云看到墨烨将宁儿抱过来递给他，本能地伸出手，然而这一受力，腹部的伤口一痛，鲜血又涌出，闷哼了一声，双手一软，有些抱不住怀中之人，弯下了腰。

墨烨表情冷峻，仿佛没看到一般，只是环视了周围一眼，淡淡地道：“既然事情解决了，我们便走吧。”

黑风也不知主子想干什么，听主子说要走，当下便应了一声：“是！”

看到他们准备离开，南宫凌云额头冒着冷汗，怀里抱着唐宁，腹部还在流血，地上还躺着一个唐啸，就他现在这样也无法将人送回唐家，若是他们走了，他也不知自己会不会因伤重昏倒在这里，于是便唤住了墨烨：“夜王留步。”

“嗯？”墨烨声音微提，回头瞥了他一眼。

“夜王，我有伤在身，只怕无法将唐世伯和宁儿送回家中，不知可否派两人送我们一程？”南宫凌云开口说道，腹部伤口流出的鲜血浸湿了衣服，随着失血过多，他的脸色在夜色之中也显得越发苍白，尤其是还抱着昏迷的唐宁，这伤口就扯得更疼了，抱着唐宁的双手已经在微微颤抖。

黑风听到这话，仿佛想到了什么一般，不由自主地看向自家主子——他家主子该不会是故意把唐大小姐塞进南宫凌云怀里的吧？就南宫凌云这冒着冷汗、脸色苍白还微微颤抖着的模样，别说抱着唐大小姐回唐家了，估计他自己走回去都够呛。

墨烨微微皱了皱眉，似乎是嫌麻烦一般看了他们一眼，微顿了一下，便走上前，将唐宁从南宫凌云怀里接过，同时丢下一句："黑风，带上唐家家主，顺便把他也送回去。"

"是！"黑风应道，上前扛起唐啸，又唤来一人，道："你把南宫家少主送回南宫家去！"

"是！"

"不，我要去唐家。"南宫凌云说道，看向墨烨，"我自己可以走回去。"

闻言，墨烨也没说什么，便抱着唐宁先去唐家。

后面的黑风连忙带着唐啸跟上。

而南宫凌云则在将剑取回后，便跟在他们身后，一同往唐家走去。

因为今天才宴客，再加上唐啸伤得不轻，为免惊动青云城中其他世家和势力的人，墨烨悄然无声地将他们送进了唐家。

看着唐家上下又惊又急地将他们送回房，又请了大夫前去诊治，墨烨目光微闪，悄然离去。

这一夜对唐家来说，是不平静的夜晚，谁也没想到，白天还好好的人，到了晚上竟是昏迷着回来了，就连南宫凌云也伤得不轻。

因南宫凌云担心唐宁而不愿回家，唐家的人便将他安排在客院休养。

次日清晨，南宫凌云便来到唐宁的院中，担心她身体里的毒，便靠坐在床边守着她，却不知不觉地睡了过去。

唐宁睁开眼睛时，看到的便是坐在床边睡着的南宫凌云，看到他的那一刻，昏迷前的一幕也重新回到她的脑海中……

他为她挡了一剑，伤应该是在腹部吧？那一剑穿透而过，他只怕是伤得不轻。

她看着床顶发呆，暗忖：他们是怎么回来的？那些人是逃了，还是死了？以南宫凌云的实力，就算是没受伤，也敌不过那几十名暗卫和两名灵师巅峰修士，更何况当时他受了伤，还有那名筑基欧阳家老祖在。

她抬手为自己把了下脉，体内的毒并没有清除，却也没有侵入心脉，一身的灵力气息也还没恢复，浑身依旧有些无力，但至少意识是清醒的。

也许是因为她被那金线蛇咬到后，取出一枚解毒丸服下了，才没让毒伤及心脉吧！只是一枚解毒丸居然没能将体内的毒清除，那金线蛇的毒还真不是一般厉害。

也许是她抬手的动作让他察觉她动了，原本靠坐在床头睡着的南宫凌云睁开眼睛，果然看到床上的人已经醒了。

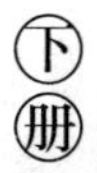

"宁儿，你感觉怎么样？身体还有没有哪里不舒服？"

唐宁看向他，问："我爹呢？"

"你爹伤得不轻，今早我过来时他还没醒，不过你不用担心，大夫说他没有生命

危险，已经开了药在熬了。”南宫凌云说道，安抚着她。

听了他的话，唐宁提着的心这才放了下来，没有生命危险就好，内伤可以慢慢调养，也不急于这一时。

于是她看向坐在床边的人，视线落在他的腹部，目光微闪，问：“你的伤怎么样？”

听到她问起自己的伤，南宫凌云露出一抹笑容来，温声道：“我没事，你不要担心。”

虽然大夫说他伤得不轻，而且流了不少血，让他在床上躺着，但他一想到她就无法在床上安心地躺着，只好过来这边守着她，这样也能安心一些。

“那些人呢？”唐宁询问道。

听她问起这个，南宫凌云顿了一下，道：“是夜王墨烨救了我们，也是他送我们回来的。”

“夜王？”唐宁微讶。

“嗯，他带着人赶夜路经过，碰巧救下我们。”

他并没有告诉她夜王为她吸去毒血一事，更没有告诉她是夜王亲自抱她回来的。

唐宁听了，点了点头——墨烨走夜路也不是一两回了，倒也没什么好惊讶的。

她看了床边的南宫凌云一眼，开口道谢：“谢谢。”不管怎样，他救了她是事实，替她受了一剑也是事实。

“你就这样谢我吗？”南宫凌云幽深的眸子落在她苍白的脸上，眸中溢着柔情，道，“宁儿，虽然我知道在这时说这个不太合适，但我仍想说，你能否给我一个爱你的机会？你可否试着接受我？”

听了这话，躺在床上的唐宁目光微动，想到他为了她连命都不要，甚至以身为她挡剑的一幕，拒绝的话便说不出口。

也许是看出了她有些松动，南宫凌云握着她的手道：“宁儿，我真的很想余生牵着你的手，宠你、爱你、护你一生，你可以给我这个机会吗？”

给他个机会吗？唐宁不禁自问，清眸落在眼前的南宫凌云身上。

他的真心不用怀疑，他的用情也是至深，为了她，他连命都可以豁出去不要，她又有什么理由再拒绝？

前因早已种下，既然必会有此果，她又为何不顺其自然，给他个机会呢？

更何况这几天她的心绪有着一丝不太寻常的波动，像是有一股执念在影响她，她隐隐觉得，这应该是这具身体留下的最后一缕执念了，这执念之强，在他表白和说出这话时，甚至让她有一种想要脱口应承的冲动。

深思之后，她深深地看了他一眼，应道：“好。”有因必有果，她给南宫凌云一个机会，也算是全了原身最后的心愿。

她轻轻的一个“好”字撞入他的心间，让他微呆了片刻，继而狂喜之情在胸膛中激荡开，他脸上露出愉悦又开心的笑容，幽深的眼睛里盛满了欣喜的笑意，整个人笑得就跟个傻子似的。

“宁儿，这一刻我仿佛拥有了整个世界。”他握住了她的手，欢喜之情溢于言表，心中的幸福感以及欣喜之情充斥在胸膛之中，让他情不自禁地俯下身想要去亲吻她的额头。

哪知一只手抵在他的下巴处阻止他再度靠近。

“你要干什么？”唐宁眨着一双疑惑又清澈的漂亮眼睛，看着这个凑上前就想要占她便宜的人。

南宫凌云被她伸出的手掌抵住下巴，也愣了一下，继而低笑，幽深的眸子蕴含着深情，看着她，道：“我想吻你。”

“不行。”她瞪着一双清澈的漂亮眼睛，疾言厉色地拒绝，“谈恋爱就谈恋爱，不能随便占我便宜！”

南宫凌云看她瞪着一双漂亮的眼睛，精致漂亮的脸蛋儿上带着严厉和郑重，那反差突显她现在的样子很可爱，让他忍不住低笑出声，宠溺地应道：“好。”

然而那带着笑意的声音传出时，他却吻向了她抵在他下巴处的手掌心。

唐宁一呆，手掌心冷不防被亲了一下，那痒痒的、温热的感觉让她半晌没回过神来，也许是从没被人这样占过便宜，一张精致绝美的脸蛋儿因恼怒而染上了一抹红色，让她原本苍白的脸色看起来多了一丝血色，整个人也显得越发美丽动人。

见她居然脸红了，南宫凌云不由得愉悦地笑出声来，这一笑，不小心扯动了腹部的伤口，让他倒吸了口冷气，身体也微微一僵。

“伤还没好就回去躺着！我这里不用你守着。”唐宁绷着一张俏脸，要不是看在他替她挡了一剑的分儿上，她绝对得一拳揍过去。

压下心中的恼怒，她道：“先说好，不能随便占我便宜，这次就算了，若有下次，我指不定就一拳往你脸上招呼过去了。”

谈恋爱就谈恋爱嘛！又不是结婚了，随便占便宜像什么话？若是让她爹知道了，不打死他才怪。

听她说要是再占她便宜，她就要一拳往他脸上招呼过来，南宫凌云愣了一下，继而宠溺地笑道：“宁儿，我这不是占你便宜。”这只是情侣之间一些亲昵接触而已。

唐宁瞥了他一眼，道：“就是占我便宜，我也不喜欢。”谈个恋爱就要占便宜了？什么坏毛病？

闻言，南宫凌云低笑道：“好，我听你的。”

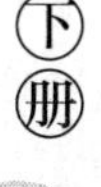

“你从昨夜到现在还没回家？你这伤也不轻，赶紧回家养着，免得一会儿你爹找上门来了。”唐宁说道，示意他赶紧回家去。

“我伤成这样，你就要赶我回去了？”南宫凌云幽幽地看着她，明显一副不想回去的样子。

唐宁古怪地看了他一眼，暗想：南宫凌云原来还有这样一副面孔？估计让学院里的人看到了，也得一脸惊讶。

她压下心绪，道：“让你在客院住下倒也无所谓，只不过你的家人会担心，也不合礼数，你还是先回去吧。毕竟你是南宫家少主，总住在我家也不太好。”

“那我回去养伤，你的身体好些了会来看我吗？”他忍不住问道。

闻言，唐宁看了他腹部的伤一眼，无奈地道：“行，等过两天我就去看你。”

“那你记得喝药，虽说你体内的毒已经解了，但大夫开的解毒汤药你还得再喝一天。”他不放心地交代道，又叮嘱了一些话，这才一只手捂着腹部，往外走去。

唐宁看着他离开，目光微闪了下——她体内的毒并没有完全清除，但藏得很深，尤其是因为这毒，身体里的灵力气息也还没恢复过来，但一般的大夫诊断不出来，就算真的开了解毒的汤药，也只是治标不治本。

她双手扶着床坐了起来，靠在床头处，微微拉下白色的里衣，露出肩膀那一处细小的伤口，眼中闪过一抹深思。

第二十五章　幕后推手

这金线蛇的毒很是厉害，应该是有人帮她吸出来了，不然就算她当时服下了解毒丸，也无法阻止那毒的蔓延。

而能帮她吸出蛇毒的，估计也只有南宫凌云了吧？

压下心头的思绪，她起身穿上了外衣，想要下床时，感觉自己双脚虚软无力，估计想去见她爹爹也难，于是便唤了一声："外面谁在？进来一下。"

院中的两名婢女听到她的声音后，快步走了进来，来到床边朝她行了一礼，道："大小姐。"

她看了两名婢女一眼，便道："扶我一下，我要去主院。"

"是。"两名婢女应道，上前搀扶着她前往主院。

主院那里，除了院里、院外的护卫，房间里还有青知守着。当看到唐宁来到院中时，护卫皆行了一礼，唤了一声："大小姐。"

房中的青知听到声音，打开门出来一看，见是唐宁，也朝她行了一礼，道："大小姐，你身体还没好，怎么过来了？"

唐宁由两名婢女搀扶着进了房间后，挥手示意她们退下。坐在桌边后，她因身体还没好，又走了这一大段路，额头渗出了汗，脸色也有些苍白。

"我爹爹怎么样？"她缓了口气后问道。

"大夫说家主没有性命危险，但伤及五脏，得寻得上好的药来医治，否则只怕会落下毛病。"青知如实禀报道。

闻言，唐宁歇了一下后，起身往里间走去，来到床边坐下，伸手帮她父亲把了下脉。

一旁的青知看着，心里微讶——大小姐难道还会医术？

半晌，唐宁收回了手。她的乾坤袋里倒是有些治疗内伤的药，只是此时她体内灵力气息尽无，乾坤袋也打不开，只能先将自己体内的毒解了，再帮她父亲治疗！

所幸他虽伤及五脏，却不致命。

“青知，准备笔墨。”她吩咐道，朝青知看了一眼。

“是。”青知没有多问，而是迅速准备好笔墨纸砚放在桌上。

“我念，你写。”她坐在床边没动，将一连串的药名念出让青知写下。

“这药你亲自去买，买回来后让人熬成药浴送到我的房间，至于其他的，若旁人问起，你什么也不要说。”她缓声吩咐道。

“是。”青知应道，拿着那张药方迅速地出了房间。

唐宁靠坐在床边闭目养神，脑海里则想着昨夜的那些人到底是什么来历，既然那些人敢对他们唐家出手，那势必就下了要与他们唐家为死敌的决心。

如今那些人皆死了，这对一个家族来说是极为致命的打击，就算昨夜那些人是皇城世家的人，没了这么多拥有不俗战斗力的人员，家族底蕴也要大损，若是消息传出去，估计不用她动手，那个世家的死敌也会趁机弄死他们。

只是会是哪个世家呢？这事她还得再细查一下。

由青知着手安排，熬好了药浴之后，唐宁便先回院中去泡药浴——眼下也只有先将她自己的身体调理好，她才能帮她爹爹调理身体。

青云城的一处别院中，黑风看着有些心不在焉的主子，忍不住问：“主子，你是不是看上那唐家大小姐了？”

一旁的暗一听到黑风居然有胆问出这话，不由得朝黑风看了一眼。不过暗一心里也奇怪：为何主子昨夜要带着他们去救人？

说什么只是路过，明明就是把暗地里的势力都调出来查找那唐家大小姐的下落了，而且还纡尊降贵地帮那唐家大小姐吸出毒血来，更亲自将人抱着送回了唐家，最后却又带着他们悄然无声地离开了。

到底主子在想什么？真的是对那唐家大小姐有意思吗？莫不是见那唐家大小姐长得有几分像唐师，所以才会对她动了心思？但以他们对主子的了解，主子也不是那种人啊！

坐在桌边，手里拿着茶杯在发呆的墨烨仿佛没听见一般，没有回答黑风的话，就连一个眼神也没给黑风。

黑风见状，又道："主子，你要是真看上那唐家大小姐了，咱就把她抢过来吧！免得被南宫凌云那小子占了先机，他现在可是跟只开屏的孔雀一样，整天围着唐家大小姐转，又是登门拜访，又是送礼物什么的，还带她去逛街、看皮影戏，花样多着呢！"

难得主子对女人有点儿意思，黑风想着怎么也得帮主子把人抢回来才行啊！黑风心里盘算着：要怎么帮主子把人抢过来呢？

墨烨淡淡地瞥了黑风一眼，道："让你安排的事情安排好了吗？"

"主子是说那欧阳家与袁家的事吗？已经安排好了，相信不用多久他们两家的死敌就会收到消息。"顿了一下，黑风又道，"主子，若是欧阳家和袁家在皇城消失，那皇城的其他几家世家的势力不就更强大了？这样一来，只怕近来皇城都会不平静了。"

"不平静又如何？对本王有影响吗？"墨烨不甚在意地问道。

黑风沉默了下，想了想，好像确实没什么影响，就算是皇城世家的势力再强大，若是主子要灭他们，也是分分钟的事情。

墨烨把玩着茶杯，黑瞳微闪，问："唐家那边情况怎么样？"

"听暗卫来报，那南宫凌云被他家的人接回去了，唐家那边唐啸还没醒，倒是唐大小姐醒了，看样子应该是没什么大碍。唐家现在封锁了消息，外面的人也不知道他们家出了事。"黑风禀报道。

墨烨听了，没有说话，只是盯着茶杯，不知在想什么。

另一边，唐宁到了主院，进了她爹爹的房间，取出治疗内伤的药丸给他服下，又对一旁的青知道："青知，大夫开的药照常端进来，但是要倒掉，不用给我爹爹喝了。"

她爹爹吃了她的药，就不用再喝其他的药了，更何况那大夫开的药也起不到什么效果，只不过若是不熬药，到时她爹爹的伤还好了，其他人会心生诧异。

"是。"对于大小姐的话，青知没有多问，只有执行。

"你去外面守着吧。别让人进来打扰我。"她交代道，取出银针，准备帮她爹爹用银针活血散瘀，祛除积在胸口处的瘀血。

青知应了一声，便来到门外守着。

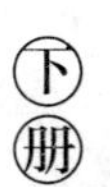

房中，唐宁在帮她爹爹治疗，其间几位长老来了，想要进房间探望，却被青知挡在了门外。

"大小姐在房里陪着家主，吩咐不得打扰。"青知开口说道，挡在门前不让他们进去。

几位长老听了，微微皱眉，道：“大小姐陪着家主就陪着家主，怎么连我们也不能进去了？再说，我们又不是外人，还探望不得了？”

“我只是奉大小姐的命令，几位长老若是想要探望家主，只能等大小姐出来。”青知开口说道，不退让半步。

几人听了这话，相视一眼。大长老问：“大小姐的身体恢复了吗？家主呢，醒过来没有？还有，大小姐要多久才会出来？我们什么时候才能见到家主？”

“大小姐的身体已经渐好，家主还没醒，我不知道大小姐多久才会出来，不过只要她出来了，几位长老自然就能进去见家主了。”青知说道，看了他们几人一眼，又道，“大小姐担心家主的身体，想陪在他身边说说话，几位长老何不晚一点儿再过来？”

闻言，几人默然。这倒说得通了，估计是唐宁看到她父亲为了救她伤成那样自责不已，所以在里面哭了吧？要不然怎么会不让他们进去呢？说到底也是女孩子，脸皮薄，就算要哭也不敢让旁人看到。

想到这儿，大长老道：“既然这样，那家主醒了再让人通知我们，我们到时候再过来探望他吧。至于大小姐，身体刚好就让她多休息一下。”

“青知明白。”青知应道，目送几人离开后，继续静静地守在门外。

傍晚时分，唐啸便醒了。他最担心的还是唐宁，因此在询问了她后来的事情之后，松了一口气。

府里的几位长老知道他醒来的消息，马上赶过来探望，询问了他的身体情况，又让大夫再检查了一遍。

在听到大夫说唐啸的身体渐渐好转时，他们才松了口气——没事就好，唐啸作为家主，可是唐家的顶梁柱，若是真有个好歹，只怕唐家也麻烦了。

“你好好养着，府里的事都不用担心。”大长老对唐啸说道，让他放心养伤。

“我受伤的消息有没有传开？府里怎么样？没出什么事吧？”唐啸仍不放心地问道。

“没事，你不用担心，你受伤的消息是封锁的，外面的人不知道，南宫家那边也打过招呼了。”大长老开口说道，让他不用担心。

“可有查出来那些是什么人？”唐啸询问道。

“暗卫已经在查了，还没有消息。”

听了这话，唐啸点了点头，交代道：“这段时间府里加派些人手巡视，不要出什么事情了。”

“好，我们一会儿就去安排。”

几位长老与他说了一会儿话之后，便先行离开了。

在他们走后，唐宁在床边坐下，道："爹爹，你累了就再睡会儿吧。府里的事情不用担心。"

"府里的事我不担心，不过，凌云的伤怎么样？你说他为你挡了一剑，南宫家的人接他回去时没说什么吗？"唐啸缓声问道。

闻言，唐宁道："他的伤虽重，却不会危及性命，不用担心的。至于南宫家的人，是在他正要出府时接到他的，也没进我们唐家来，所以什么话也没说。"

"他是为了你才受伤的，等过两天你的身体好些了，你就带些补品去看看他吧。免得南宫家的人说我们不懂礼数。"他交代道，让她到时过去探望一下。

"嗯，我知道。"她点了点头。

看着坐在床边的女儿，想到南宫凌云为了救她，明知不是筑基修士的对手还现身，还为她挡了致命的一剑，他便忍不住道："宁儿，你和凌云真的没有可能了吗？爹爹是觉得，他对你是真的很用心，将你看得很重，若是你们能在一起，爹爹相信他一定会护你一生，带给你幸福的。"

听了这话，唐宁眉眼一弯，笑盈盈地道："爹爹，我知道，看在他一片真心又舍命相救的分儿上，我就答应他了，给他个机会，先跟他谈谈恋爱吧。看看是不是真的合适。"

原本以为自家女儿又会岔开话题，或者是让他不要管她和凌云的事情，没想到却听她说已经答应给他个机会了，唐啸一时间不由得呆住了。

为什么他听到女儿答应给南宫凌云一个机会，心里有一种女儿快被抢走的感觉？要是两人相处了觉得合适，要是明年或者什么时候两人就成了亲，那他女儿不就得嫁到南宫家去了？

一想到女儿以后要嫁人，他心中顿生不舍，也顾不得替南宫凌云说话了，而是一脸严肃且正经地道："嗯，你做得不错，就先给他个机会，但还得再仔细考察考察，不能轻易就答应嫁给他，尤其是你现在还小，谈婚论嫁的事情还早着呢！"

唐宁见他一副紧张又严肃的样子，莫名地觉得好笑，却也乖巧地点了点头，道："嗯，我听爹爹的。"

见自家女儿这单纯又懵懂、乖巧的模样，他忍不住又叮嘱道："宁儿，你还得记着，别让他随便就占你便宜了，女孩子要自爱、自重、自持，这样才能得到更多的尊重，才不会被人看轻了。"

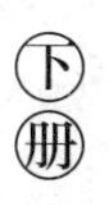

他说得严肃而郑重，唐宁也眨着一双清澈的漂亮眼睛听得认真，还一脸乖巧，十分赞同地点着脑袋，道："嗯，爹爹说得是。"

看着女儿乖巧的模样，他欣慰地露出慈爱的笑容，道："宁儿真乖。"

就算她是灵师五阶的修士，但在他心里也只是一个小女孩儿，就算她已经成为

凡人之地顶尖学院的导师，但在他心里仍认为她有很多事情不懂。

他的女儿才十四五岁，单纯而乖巧，正是少女懵懂又好奇的时候，也没有娘亲在身边教导，所以他这个当爹爹的就只能把当娘亲的那一份责任也担了。

他希望她将来有个好归宿，又不舍得太早将她嫁出去，看到她终于肯给南宫凌云一个机会了，又担心她会被占便宜，这老父亲的心情真的是纠结又矛盾。

唐宁在看过她爹爹之后，便回了自己的院中。进了房间，她盘膝坐在床上，调动体内的灵力气息在身体里运转的同时，隐隐感觉到自己掌心处的那股力量也在流淌。

自回到家中她就有一种感觉，每天醒来时明明她没做什么事，但就是感觉到这股力量一点点地在变强，一点点地凝聚到她的身体里，纵是不明显，却仍能察觉。

“到底是怎么回事？明明我什么也没做，怎么每天醒来时都能感觉到身体里的力量在一点点地变强呢？”她轻声呢喃，不太明白这是怎么一回事。

此时的她又怎么会知道，那是信仰之力，是她帮助过的人供奉她而来的信仰之力……

次日，身体已经基本恢复了，她便让人准备了一些滋补的药材，坐着马车出了门，往南宫家而去。

因父亲担心她的安全，又知道她不便暴露唐师的身份，纵有一身修为，若真有什么事，在有旁人的情况下也不好动手，于是便调了一名女暗卫跟在她身边保护着。

而在南宫家，南宫家家主自从知道儿子为唐宁挡下致命的一剑后，脸色就一直阴沉着，哪怕是将儿子接回家中调养后，脸色也一直不见好转。

此时，他正在南宫家老祖的院子里说着话。

“老祖，我觉得不能放任凌云这样继续下去了，你看凌云，为了唐宁居然连命都不要，他可是灵师巅峰级别的修士，还已经拜入了仙人之地的仙宗，仙路无忧，前途不可限量，可他竟为了一个女人置自己于危险之地，你说还能由着他再这样下去吗？”越说起这事，他心中越是愤怒，他好好的一个儿子，回来时肚子却多了个窟窿，为了唐家的人伤得这么重，唐家却连派个人过来探望也没有，当真是不像话！

此时南宫家老祖也是微微拧眉，脸色凝重，道：“没想到凌云将唐宁看得这样重，甚至为了她连命都可以不要，这对修仙之人来说是大忌啊！”

太重情爱，如何能专心大道？今天凌云以身为唐宁挡剑，难保他朝不会为了她连修仙大道也放弃。他们南宫家难得出了这么好一个苗子，他们对凌云更是寄予厚望，若是因唐宁而毁了，那他们日后也无颜见南宫家的列祖列宗啊！

“这事等凌云的伤好些了，我们再跟他好好谈谈吧。眼下还是让他先安心养好伤要紧。”南宫家老祖叹了一声，颇有些无奈。

“老祖、家主，唐家大小姐来了，此时正在大厅。”管家在院外禀报道。

听了这话，南宫家老祖道：“你去看看吧。该有的礼数还是不能少，毕竟咱们跟唐家是世交。”因担心他对唐宁心生不满，而有什么失礼的态度，南宫家老祖交代了一声。

“老祖放心，我有分寸的。”他应了一声，这才往大厅走去。

厅中，一袭水青色衣裙的唐宁静静地坐着，喝着茶水，身后站着一名劲装着身的黑衣女子。

而在厅中侍候着的婢女，纵是规规矩矩地站着，目光仍不时地落在她身上。

这一位就是唐家的大小姐唐宁，是他们家少主喜欢的人，单单看这模样和身段，还真的是美极了，可惜却是不能修炼的。

“家主。”

“家主。”

外面传来的声音让唐宁放下了手中的茶杯，站了起来。看到进来的人时，她便行了一礼，唤了一声：“南宫世伯。”

南宫家家主看着那亭亭玉立的少女，一袭水青色衣裙，明媚、靓丽中带着几分娇俏，精致绝美的脸上一双美眸清澈而灵动，唇边带着一抹盈盈的笑意，这样一个少女正如含苞待放的娇花般美丽动人，也难怪他那儿子一门心思扑在她身上，甚至为了她连命都不要。

真是红颜祸水。他心中涌起一丝不喜，脸上也没有什么好脸色，只是不咸不淡地道：“你怎么过来了？有什么事吗？”

他的不喜和不悦几乎没怎么掩饰，唐宁倒也不恼，只是道：“世伯，我是来探望凌云的，他因救我而受了伤，我们唐家上下都很感激，今天我身体恢复了一些，便带了些滋补的东西给他补补身体，不知他的伤可有好些？”

闻言，南宫家家主看了她一眼，道：“那一剑是穿透伤，没个十天半个月恢复不了，这会儿还在床上躺着。”说完，他便对外唤了一声：“管家，你带唐大小姐去探望少主。”

“是。”管家进来，对唐宁做出请的手势，道：“唐大小姐，请随老奴来。”

见此，唐宁朝南宫家家主行了一礼后，道：“那我先去看看他。”说完，她便跟着管家往外走去。

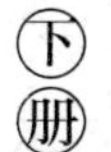

南宫凌云的院中，南宫凌云正在床上躺着，唇角噙着一抹笑意。这两天只要一想到唐宁终于肯给他一个机会了，他便忍不住露出愉悦的笑容来。

他等这一刻已等了许久，终于还是让他等到了。

“公子，唐大小姐来看你了。”小厮快步进来禀报道。

听到这话，床上的南宫凌云惊喜地睁开眼，忙道：“宁儿来了？快扶我起来。”

“起来做什么？躺着就好了。”唐宁走了进来，制止了小厮去扶他起来。

看到进来的人，南宫凌云不由得笑了，道：“宁儿，看到你我真开心。”

唐宁见他一脸傻乐的样子，不由得也笑了起来，道：“看出来了。”

“你的身体好些了吗？你爹的伤怎么样？”南宫凌云问道，伸手拉着她在床边坐了下来。

“嗯，我喝了大夫的药，身体已经没什么大碍了。我爹醒了，不过内伤不轻，得慢慢调养。”目光落在他的腹部，她问，“你的伤怎么样？有没有换药？”

目光带着柔情落在她身上，脸上带着愉悦的笑意，他道：“昨夜刚换的药，已经渐好了，不用担心。”

“我带了伤药过来，帮你换药再包扎一下吧？”

她带了伤药过来，想着那一剑是穿透伤，也不知他的伤口怎么样，便想借着换药的机会看一下。

南宫凌云一怔，继而笑着问：“你会包扎吗？”

唐宁横了他一眼，道：“我的样子像是不会包扎的人吗？”真是开玩笑。

闻言，他低笑了一声，愉悦的笑声自胸膛传出，低低地回荡在屋子里。见她神色带着担心，他便道：“那就麻烦你了。”

“你把他的被子掀开，把衣服解了。”唐宁唤一旁的小厮上前帮忙。

“是。”小厮应了一声，便上前帮忙。

因腹部有伤，南宫凌云身上只穿着一件可敞开的外衣，此时衣袍一解开，便看到腹部缠着的白色绷带。

“怎么还渗着血？”唐宁微微皱眉，看着那白色绷带上的血迹。

“这是穿透伤，就算是用了止血的伤药也还是会渗出一些血迹的，不过已经好多了。”南宫凌云不甚在意地说道。

唐宁看了他一眼，只是对小厮道：“去取一把剪子来。”

小厮麻利地跑开，没多时递上一把剪子。

唐宁没有一圈圈地将缠在他腰间的绷带解开，而是直接用剪刀将绷带剪断，取下绷带后，这才看到那处伤口两天的时间还没收干血水，甚至隐隐渗着血水，不过伤口并不算长，只有半指的长度，但因是穿透伤，就比较麻烦，一个弄不好还会感染。

“打盆清水，再拿些干净的布来。”唐宁交代道，让小厮去准备东西。

“是。”小厮应了一声，迅速退了下去，不多时，将唐宁要的东西准备好放在床边的小桌上。

唐宁净了手之后便先帮南宫凌云清理伤口，将伤口处的血水以及伤药全部清掉。

南宫凌云看着一脸专注的她，眼中不由得浮现出一抹柔情与开心。

她这是担心他呢！看来在她心里并不是完全没有他的！这个认知让他心中很是欢喜，就连她清理伤口时给他造成的疼痛感都被他忽略了，只觉心中一阵甜蜜。

唐宁可不知他心里在想什么，她只是想着，南宫凌云因她而伤，这伤她总得帮他治好，免得真出个什么事，她这一辈子也不会心安。

她帮他清理了伤口后，又用上带来的伤药，再帮他将伤口重新包扎起来，交代道："你这伤得忌口，不要乱吃东西，还得好好养着。我现在帮你换好药包扎好了，今天就不用再换药了，等明天再让人帮你换一下药就好。"说完，她将一瓶药放在一旁，叮嘱道，"用我这个药，这药对外伤恢复比较好。"

听她说了那么多，又交代了那么多，南宫凌云愉悦地一一应了下来："我知道了，我会忌口的。不过，你明天不过来帮我换药了吗？"

闻言，唐宁看了他一眼，道："你这里也有人会帮你换药的。"

"可是宁儿，我希望你能来帮我换药，这样我就能天天见到你了。"他握着她的手说道，蕴含着柔情的目光落在她身上，"看到你，我觉得我的伤都会恢复得快些。宁儿，你若不来，我估计得十天半个月见不到你，正所谓一日不见，如隔三秋，若是思念到了极致，我估计会忍不住去唐家见你，自然就不能安心在家养伤，要是走动扯到伤……"

"行了行了，你别说了。"唐宁阻止了他再说下去，无奈地道，"我明天再来帮你换药，总行了吧？"

听了这话，南宫凌云笑了起来，道："好，那我明天在这里等你过来。"

"药也换好了，那我就先回去了。"她站了起来，准备离开，却又被拉着坐了下去。

"宁儿，你刚来不久就要走了？再坐一会儿，陪我说说话吧。"他拉着她的手不放，不想她这么快就回去。

闻言，唐宁眨了眨眼睛，微微歪着脑袋想了想，问："要说什么？"她是不知该说什么，好像也没什么好说的，一般男女谈恋爱都要说些什么？她没经验啊！

见她一脸懵懂疑惑的模样，仿佛在认真思索要说什么，莫名地让他愉悦地笑了起来。他握着她的手，眸中尽是柔情与宠溺，问："你就不想问问我，在天龙学院里修炼得怎么样？有没有发生什么趣事或危险？"

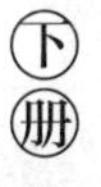

唐宁眨了下眼睛，瞅了他一眼后移开了目光，心下暗忖：他在天龙学院里修炼得怎么样，有没有发生什么趣事或危险，她这个当导师的会不知道？

就算在学院里她没打听过他的事情，但大部分的事情也知道，尤其他还是天龙学子中的第一人，有什么新鲜事和八卦，司徒南笙等人都早早跑来告诉她了，所以她

还真没什么好奇和想问的。

但闲坐着也无聊，更何况她也不知情侣一起相处都得干些什么，说些什么话，于是想了想，便十分配合地带着一丝好奇地问："那你在天龙学院里有什么有趣的事情，或者是遇到过什么危险的事情吗？"

南宫凌云笑了起来，道："嗯，其实有件挺有趣的事，就是天龙学院里的唐师是个小和尚，说起来，这唐师与你还有几分相似，不过言行举止却是不一样的。"

唐宁眼角跳了一下，见他面带笑意地说着，便问："小和尚？跟我有几分相似？"

"嗯，唐师是个不一样的佛门弟子，初见他时我都吓了一跳，与你真的有几分相似，不过后来接触后便发现不一样。"他说道，笑了起来。

"怎么不一样？"她很想知道，在南宫凌云眼中，唐师和唐宁究竟有何不一样之处？

"唐师年纪不大，但一身本事就连我也望尘莫及，他行事洒脱不拘、肆意自在，有男子广阔的胸襟与气魄，他的睿智就连天龙学院的其他导师也盛赞不已。天龙学院里聚集的都是凡人之地顶尖的学子，多数来自世家贵族，这些人眼界高、心性傲，想要得到他们的认可和敬佩非易事，但唐师可以让众多学子对他心生敬意，不敢造次。"声音一顿，他看向唐宁，笑道，"你可以想象，这样一位导师有多么厉害。"

闻言，唐宁十分赞同地点了点头，笑盈盈地道："嗯，听起来确实是很厉害。"好歹她也是当导师的人，不厉害点儿能行吗？

"他年纪轻轻，却已经是灵师级别的修士，因此我最常听到学子在猜测的，就是唐师极有可能是来自仙人之地的佛门弟子。"南宫凌云说道，笑了起来，又道，"他虽五官与你有几分相似，但神态、气度不一样，举手投足之间更没有一点儿女子姿态，更重要的一点是，他是男子，而你是女子。"

唐宁没有说话，只是点了点头，心下暗忖：她若是装成小和尚时还走着小碎步，捏着兰花指，娇声娇气地说话，估计不恶心死别人都得先恶心死自己。

再说，她是谁？她可是唐宁！要是扮男装还能让人看出她是女子来，岂不是白费劲了？

她坐在床边听着他在那里说起在外面遇到的一些趣事，陪着他聊了约莫一个小时，这才离开南宫家往唐家而去。

坐在马车中，她一只手托着腮，想着南宫凌云刚才说的话，漂亮的眼眸中不由得闪过一抹狡黠的笑意。

任他怎么想也不会想到，她就是唐师，唐师就是她。

她这边探望了南宫凌云后回家，而在街边酒楼的二楼处，墨烨看着她坐着的马车缓缓地往唐家而去，一张俊脸没有表情地绷着，黑眸半敛着，也不知在想什么。

一旁的黑风见状，忍不住道："主子，这唐大小姐都跑去南宫家看南宫凌云了，咱真的不把她抢过来吗？再不出手可就失了先机啊！"

"南宫凌云和唐宁不般配吗？"墨烨问道，声音慵懒中带着威严与淡漠。

"这个……"

怎么说呢？黑风觉得，唐家大小姐有颜，可惜是个不能修炼的，南宫凌云那小子倒是出色，就算是皇城的世家子弟也没人比他更出挑了，但怎么也比不过他家天神般的主子，所以那两人还是不怎么般配的。

"回去吧。"见那马车进了唐家，墨烨也没了再坐下去的心思。

他知道南宫凌云和唐宁两人的关系正在发展，但什么也做不了。也许看着她幸福，也是一种幸福吧！

对于一直关注着她的墨烨，唐宁却是半点儿不知，回家后她先去看了下她爹爹，而后又与府中的几位长老聊了一会儿，问了一下这两天府里有没有什么要处理的事情。

在听到他们说都已经安排处理妥当之后，她也没再多问，毕竟几位长老对唐家还算是忠心的，以他们的为人，是不会做出有损家族的事情来的，这一点她还是比较放心的。

聊完正事之后，她对几人道："几位长老，我想再过几天安排一场家族中子弟的切磋较量，看一下家族里小辈的实力如何。"

听了这话，几人相视一眼，心中微讶，道："切磋较量？家族里面的所有子弟吗？"

"嗯，就我们唐家主家这里的子弟，我想在练武场那里安排一场切磋较量，若是有好的苗子，可以作为家族的重点子弟加以培养。"她开口说道。

作为重点子弟加以培养？几位长老听到这话，眼睛不由得一亮，道："既然大小姐这么说，那我们回去后便马上安排。这切磋较量就定在三日后怎么样？"

"可以。"唐宁点了下头，道，"那这事就由你们安排吧。我到时会过去看的。"

一个人的强并不算强，只有整个家族的人都变强了，才算是真正变强，而唐家的小辈就是唐家日后的希望，她想要从切磋较量中挑选出一些较好的苗子加以培养，为唐家培养出新一代的新鲜血液。

几位长老心中兴奋，当下便吩咐下去，然后赶回去跟自家的孙子、孙女说了这事，让他们好好准备，争取到时候能脱颖而出，成为亮眼的存在。

而唐宁交代好事情之后，便将这事抛到脑后了，回房之后取出了药材捣鼓着。

这次被那金线蛇咬到一事，也给了她一个警醒：她配制的解毒丸还不是很全面，

她身体的抗毒能力也还没达到不惧任何毒的程度。

只是在这凡人之地有很多药材无法集齐，她的解毒丸也无法再精进，更无法调制出更厉害的解毒丸来，不过她暗暗将这事记在心里，只待日后前往仙人之地后，有机会收集到那些解毒的圣药，再研制成解毒丸。

次日，唐宁再度来到南宫家，为南宫凌云换药。当解开绷带看到伤口渐渐愈合时，她才放下心来。

血水收干，伤口渐愈，相信不用多久他这伤就能痊愈了。

“宁儿，你带来的这伤药药效非同一般，你看我今天这伤口都好了不少，你这药是从哪里买的？怎么会有如此惊人的药效？”南宫凌云不免好奇地询问道。

闻言，唐宁眨了眨眼，一脸无辜而茫然地道：“你说这药？这是我爹爹给的，是他珍藏的伤药。”

听她说是她父亲珍藏的伤药，他便道：“这伤药的恢复能力很好，很是难得，你这样拿来给我用，你爹爹没说什么吗？”

“不过一瓶药而已，我爹爹能说什么？”她笑了起来，道，“就算是再珍贵的药，也是拿来用的，更何况你是为救我才受的伤，区区一瓶药又算什么呢？！”

她帮他重新上了药后包扎好，道：“这伤我觉得再过两天就好了，你就可以下床走动了。”

南宫凌云听了她的话，眸中一片柔情，道：“宁儿，这两天辛苦你来回跑了。”

“还好，这几天我倒也没什么事，来你这里帮你换药也耽搁不了多久的时间。”她收拾了东西，道，“那没什么事我就先回去了。”

闻言，南宫凌云顿了一下，握着她的手道：“宁儿，你这才来就要走？不陪我说说话吗？”

“又说？”唐宁怪异地看了他一眼，道，“又要说什么？你昨天差不多把你在学院的事情讲完了，今天还说什么？”

他说的那些她都知道啊，听着真的挺无聊的！

南宫凌云见她这样，就知道她心里还没有完全将他当成心仪之人来看待，若是她真的对他动了心，爱上了他，相信她会跟他一样，希望时刻都能见到对方，看到对方的笑颜，珍惜和享受两人相处的时光。

而眼下，虽然她说试着接受他，但其实还没有完全敞开心扉来接受他。

想到这一点，他问：“你这两天在家里都做什么？现在回去不也没事吗？你有没有想去玩的地方？等我的身体恢复了，我带你去。”

听了这话，她道：“这两天在家照顾我爹爹啊！家族里的事情有几位长老打理，倒也不用我费心。至于玩的地方，好像也没有哪里比较感兴趣的。”

见他的神色似乎有些黯然，唐宁想了一下，道：“比起玩的，我更喜欢吃好吃的东西，城里有不少小摊上的东西都挺好吃的，要不等你的身体好了，我带你去？”

闻言，南宫凌云这才笑了起来，应道：“好。”

唐宁陪他聊了一会儿，大部分都是他在问她喜欢些什么、平时有什么兴趣之类的话题。原本他想留她在他家吃饭，不过她还是拒绝了。

出了南宫家的大门，她回头看了一眼，不由得轻呼出一口气来，觉得谈个恋爱还挺累的。不过，不得不说，南宫凌云还真的很健谈，就算她没什么话题可以说，他也总能找到一些有趣的话题。

收回目光，她迈步上了马车，往家中行去。

她顶多再来帮他包扎一天，他的伤就不用她过来包扎处理了，不过他想要出门走动的话，估计还得再多休养几天，而这些天她也正好可以从唐家挑选一些较出色的子弟。

马车中，她闭目养神，想着那夜死去的筑基修士是哪个家族的人，已经派人在查，相信不用多久皇城那边必定会有动静……

死的是筑基修士，就算是皇城的那些家族再怎么想要掩盖，也是掩盖不了的，到时自然能知道究竟是哪个家族的人想要置他们于死地。

接下来的日子里，唐宁又去了南宫家帮南宫凌云换了一次药，顺便告诉他自己在忙府里的事，就不过来了，让他府里的人帮他换药就好。

对此，南宫凌云倒也没再多说什么，只是说等他的伤好了就过去看她。

与此同时，皇城中，欧阳家和袁家两个家族正面临着很大的危机，乌云笼罩在家族上方，两个家族的人都处于惊慌失措和后悔之中。

他们本以为灭掉青云城中的一个唐家是轻而易举的事情，谁能想到随行派去的几十名暗卫全被杀了，就连两位筑基老祖居然也是有去无回。

尤其是想到那一天老祖的人头就那样血淋淋地吊在他们家的大门前时，他们一个个脸色变得苍白和恐惧。

此时，欧阳家的大厅中坐满了人。

“这事是你们欧阳家引起的，现在怎么办？我们袁家折损了一位老祖，人头还被吊在大门前示警，如今皇城中的各方势力都知道了这件事，你们说，现在要如何善后！”袁家家主沉着脸，整个人处于惊怒交加的状态。

没了一位筑基老祖，这对他们家族的打击有多大？一个弄不好，只怕他们家在皇城都待不下去了！

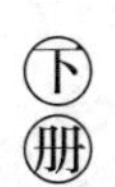

不是说那唐家只是一个二流家族吗？怎么就杀得了那么多强者？难道说唐家背后还有强者护着？

“袁兄，这事的打击对我们欧阳家也是一样的，我们也没料到会是这样的结果，那唐家我们调查过，也确实只是一个二流家族，可谁能想到……”欧阳家家主叹了一声，也不知这事应当怎么说。

然而就在这时，一道惊慌中带着骇然的声音从外面传来：“家主，家主！不好了，出事了！”

一道人影跌跌撞撞地跑了进来，跑到大厅中时，直接双腿一软，扑通一声扑在袁家家主面前，双手抓着他的衣袍道：“家……家主，出事了！出大事了！就在刚刚传来消息，我们袁家各地的势力一夜之间被人灭了！”

“什么？！”袁家家主一惊，猛地站了起来，连一旁的茶水都打翻了，茶杯碎裂，茶水溅了他一脚都没注意到。

“不仅如此，我们袁家的仇敌向我们施压，要我们袁家……”

“说！还有什么话，一并说了！”脸色苍白的袁家家主颤声喝道。

“他们要我们袁家三天之内滚……滚出皇城，还要将我们从八大家族中除名，否则就要……”那人不敢再说下去，只是慌了心神地看着往椅子上跌坐下去的家主。

一旁欧阳家的人听了，一个个脸色凝重。他们身为皇城的顶尖世家贵族，仇敌、对手自是不会少，如今知道他们的老祖死了，家族实力损失严重，仇敌、对手一个个便迫不及待地上来踩一脚。袁家尚且如此，那他们欧阳家呢？

“家主……”一名管事跑了进来，直接瘫在了地上，颤声说道，“家……家主，我们欧阳家……我们欧阳家完了……”

听着这话，欧阳家家主连问都不敢问了，只觉眼前一黑，如同有一座大山压了下来，整个人便倒了下去。

而在青云城中推动着这一切的墨烨，此时的情况也不太好。

“主子，你不是说那天帮唐大小姐吸了毒之后吃了解毒丹吗？前两天还好好的，怎么今天大夫一诊脉，说你体内余毒未清呢？”黑风端着熬好的药进来，放在一旁后，上前道，“主子，我扶你起来把药喝了吧？”

躺在床上脸色略显难看的墨烨皱了皱眉，瞥了一眼那碗黑乎乎还散发着臭味的药，暗哑的声音带着不耐烦，道：“拿出去倒了！”

黑风一听，连忙开口说道：“这是大夫开的，可以去你体内的余毒，而且大夫说了，主子最近心中有郁气，才会让邪气入侵，从而引发了体内的余毒，这药里面大夫加了散郁理气的药材，最是适合主子现在的身体状况了。”

“我的身体我清楚，没什么大碍，休息几天也就好了，把那药拿出去倒了。”墨烨说道，躺在床上动也不动一下，闭上眼睛，道，“出去，不要吵我休息。”

“可是……”

“出去！”墨烨声音微沉，明显带着一丝不悦。

“是。”黑风无奈，只好把药端了出去。

黑风来到外面，见暗一在院中，便走过去道：“怎么办？主子不肯喝药啊！”

暗一看了一眼紧闭的房门，道：“不喝就不喝吧！上回唐师给的解毒丸还有没有？怎么不让主子吃一粒？”

“不知道，都是主子自己收着的。”黑风无奈地说道，“要是不帮那唐家大小姐吸出毒血来，主子也就不会中毒了，也幸好中的毒不深，要不然真不知该怎么办才好。暗一，你说主子最近到底是怎么了？”

闻言，暗一摇了摇头，道：“我也不知道。”主子的心思，他们哪里猜得到。

“你说，我要是去把唐家大小姐扛过来，主子会不会开心一点儿？”黑风开口问道，竟觉得这个念头似乎不错。

暗一看了黑风一眼，道：“我只知道主子会弄死你。”

黑风双肩一垮，道：“这也不行，那也不好，那到底要怎么做才好？”

“看主子怎么做，我们就怎么做。”暗一道。身为下属，他们自当一切皆以主子的意思为准。

“队长，皇城那边传来的消息。”一名暗卫闪身出来，将竹筒里的信件递上前。

暗一接过，道：“我拿进去给主子。”说完，暗一便往里面走去。

房中，墨烨穿着里衣盘膝坐在床上调息，运气将体内残留的一丝余毒以灵力逼出蒸发，随着他一身灵力的运转，额头渗出汗水，原本略显苍白的脸色也因运气催动了血液，隐隐多了几分血色。

暗一进来后，看到他在以灵力逼毒，便静静地守在一旁等着。看到主子头顶冒出一缕缕轻烟，一身里衣更是被汗水浸湿，暗一低声对外面交代了一声，让人准备沐浴的热水。

半晌，墨烨轻呼出一口气来，睁开眼睛，看着暗一缓声问：“有事？”

“主子，皇城送来的消息。”暗一迅速上前，将信件递给他。

墨烨接过后，打开看了一下，大约知道了皇城那边各方势力已经开始对欧阳家和袁家进行打压报复，欧阳家和袁家陷入了重重危机，甚至已经在皇城站不住脚，必须搬离了。

看完消息，他将信件递给暗一道：“我要这两个家族中灵师以上的人修为尽废！永无翻身之日！”

“是！”暗一当即应道，迅速去安排。

那两个家族的筑基老祖已死，若是灵师以上实力的人再被废，那整个家族就再无翻身之日了，这也是断了他们日后打击报复唐家的后路，主子为了唐家，想得还真是长远啊！就是不知唐家到底为何可以得主子这样相助？

入夜之后，唐家的唐啸也收到了暗卫调查的消息，因此让人唤了唐宁过来。

“爹爹。”唐宁进了房间，来到桌边坐下，见他手里拿着东西，神色微凝，便问，“怎么啦？是有什么事吗？”

唐啸看了她一眼，将手中的信件递了过去，道：“宁儿，你看看，这是皇城那边传来的消息。”

唐宁接过，看了一会儿，目光微闪，道：“是皇城的欧阳家和袁家？只是这两家老祖的人头又是谁挂到他们家族的大门前去的？”

她听说当时最后是夜王墨烨路过救了他们，所以顺便帮他们解决了后面的那些人，当夜的那些人可以说无一活口，因此她的修为恢复一事也并没有外泄出去。

只是让她没想到的是，那两个家族的老祖的人头居然还被送回了皇城，挂到了他们两家的大门前，这样的手法，这样雷厉风行的手段，不是南宫凌云做得出来的，她家就更没可能了，那就只剩下——夜王墨烨！

脑海中浮现出这个念头时，她心下有些怪异和不解：墨烨这么做的原因是什么？墨烨为什么要这样帮他们唐家？

“不是南宫家，也不是我们唐家，做这件事的自然就是夜王了。”唐啸说道，神情若有所思。

“只是我们家与夜王是真的没什么往来，唯一可以说有的，就是那一次家族内乱，欧阳家趁机想要对我们下手时，是夜王的人出面解了我们唐家的危机，再算上那一晚夜王恰巧路过救了我们，以及这一次的事情，夜王于我们唐家可是有三次大恩了。”他感慨地道，“素未谋面，却屡次解我们唐家之危难，夜王可算是我们唐家的贵人啊！只可惜他身份尊贵，又神龙见首不见尾，我们想要当面向他道谢也没机会。”

闻言，唐宁笑了起来，清澈的眼眸中尽是笑意，道：“爹爹，墨烨这个人很多时候是看心情做事的，说不定他是想借着这次机会让那两个家族从皇城中消失。”

听她言语中仿佛与夜王很熟悉的样子，唐啸微愣了一下，问：“你还认识他？”

唐宁眼中闪过一丝狡黠的笑意，道：“认识，我们是朋友，不过他认识的只是唐师，知道我是个光头的小和尚，却不知道我是唐家的大小姐。”带着愉悦笑意的声音一顿，她又道，“这次回来时路上出了些状况，我也遇到他了，这人说是住在皇城，不过经常四处去的，而且走夜路多，所以我估计他现在也不在皇城的夜王府里。”

听了她的话，唐啸却有些诧异，看着眉眼溢着愉悦笑意的女儿，不解地问：“他不知道你就是唐家大小姐唐宁？若是不知道的话，他怎么会三番五次地帮我们唐家？而且我听你说起他，怎么感觉你对他很了解似的？”

唐宁很是自信地笑道：“我有老和尚给的耳钉掩饰了真身，所以我的身份他是不可能知道的。至于他几次帮我们唐家……”她耸了耸肩，双手一摊，道，“这一点我也不是很清楚，毕竟这个人也不是那种喜欢多管闲事的人，虽然我跟他接触过不少回了，不过有时还真不知这个人在想什么，他的心思比女人还要难猜。”

唐啸看着面前一脸笑意的女儿，也不知想到了什么，迟疑了下，问：“宁儿，听说这夜王有着天人之姿，气度出众，尊贵无比，你既然跟他是朋友，难道相处中就没有……”

话还没说完，他就见女儿呆了一下之后笑了起来。

“爹爹，我告诉你啊，这是不可能的。”唐宁眼中点点笑意绽开，清脆悦耳的笑声就连外面院子里的青知都听到了。

她并不知道，就在主院中那棵茂盛的大树上，一袭黑袍的墨烨敛尽一身气息，静静地站在那里，透过窗口看着桌边笑得一脸开心、正与她父亲说话的她。

此时的他一颗心也微提了起来，跳得比平时快了几分。

莫名地，他想知道她的答案，心中有着一丝紧张与期待。

“为什么不可能？”唐啸担心女儿会爱而不知，到最后受伤害，所以便追问道。

唐宁声音压低了几分，道：“因为我怀疑这墨烨喜欢的是男人。”

听到这话的墨烨险些脚下一滑从树上摔下来，瞬间想到的便是那一回唐宁去别院时，正好撞见他身边有两个精致清秀的少年在侍候，顿时有种搬起石头砸了自己脚的感觉。

唐啸听到她的话则呆了一下，错愕地睁大了眼睛，有些不可思议地道：“这……这不可能吧？夜王怎么可能会喜欢男子？像他那样尊贵出色的人，怎么可能会有断袖之癖？你……你是不是弄错了？”

“爹爹，你不知道，有一次我去别院时，正好撞见他身边有两个眉眼清秀、面容很精致的少年，穿着的衣服就不是一般下人的衣服，还在旁边侍候着。墨烨看到我去了，赶紧将两人打发下去了，你说若不是心虚，是什么？我估计啊，这里面有猫腻。”她一只手托着脸颊，美眸中带着点点狡黠的笑意，“而且他一个王爷，身边没有女人，清一色男的，所以我觉得，指不定他真的有那方面的兴趣爱好。”

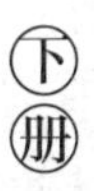

真是见鬼了他才会有那方面的兴趣爱好！墨烨看着那个一脸狡黠笑意的女人，心中百般无奈——当初若不是因为以为她是男的，他又怎么可能会找两个少年来确定自己是不是性取向有问题？

当时墨烨就是生怕她误会，所以赶紧将人打发走了，谁知她还是误会了。

唐啸沉默了一会儿，仍不太相信地道："说他断袖爹爹是不太相信的，也许他只是洁身自好，又没有遇到心仪的女子，所以身边才没有女子。"也许是因为夜王数次救唐家于危难，唐啸本能地倾向夜王，觉得夜王不可能会是有断袖之癖的人。

唐宁听了，目光微闪了下，倒了一杯茶水喝着，脸上的笑意也敛了起来，似有些惋惜地道："这墨烨可以说是天眷之人，但也很可惜，他本是紫微帝星入命，却又偏偏撞上天煞孤星，命中带煞，刑克六亲，注定孤寂。他这种命格极其少见，能不能活得过二十五岁还不好说呢！他有没有心仪之人我不知道，但他现在的命格中就没有姻缘。"

外面的树上，听到她的话，墨烨的黑瞳黯淡下来，薄唇紧抿，心中有一种说不出的感觉。

屋里，父女两人还在聊。

"这些是谁告诉你的？是你说的那位老和尚？"唐啸诧异地看着自家女儿。

唐宁喝水的手一顿，点了点头，道："嗯，是老和尚说的。"反正一两句也说不清，她直接推到老和尚身上就行了。

"难道他这命格就没有破解之术？"唐啸皱着眉问道，"命数这种东西，难道就不会有变数吗？"

唐宁想了想，道："修仙之人本就是逆天而行，所以命数这种东西还真不好说，毕竟想要越过天道改写命数，可不是一般人能做到的。不过我知道墨烨二十五岁之前的死劫应该会有一线生机，至于这线生机在哪儿，我就不知道了。"

一般人的命数还好说，但是墨烨的命数就不好说了，就算是她有心相助，只怕以她之力也帮不上什么忙。

在外面守着的青知听到轻风拂过，院中的大树传来轻微的沙沙声，抬头看去，只见那树叶在夜色下轻轻地摇曳着……

唐宁走了出来，见青知盯着院中的大树，便问了一声："青知，在看什么呢？"

"大小姐。"青知回过神来，朝她行了一礼，道，"没有，就是刚才听到树叶被风吹过的沙沙声，以为有人。"

闻言，唐宁朝院中的那棵大树看去，道："人倒是没有，不过这棵树也太茂盛了，明天让人修剪一下。"

"是！"青知应了一声，看着她离开后，又抬头看了那树一眼，想着明天一早便让人过来修剪。

并不知墨烨来过的唐宁，回到院中便躺下休息了，脑海中则想着欧阳家和袁家的事情。

而在另一边，墨烨的别院中，他却是独自坐到了天明……

几天后，南宫凌云伤养得差不多了，几天没能见到唐宁，便收拾了下准备出门。

“凌云，你这是要去哪儿？”南宫家家主微皱着眉，看着伤才刚好些就想要出门的儿子，道，“你的伤还没完全好，应该在家里多休息休息。”

“父亲，我的伤已经好得差不多了，也在家闷了这么久，便想去唐家见见宁儿。”上回约她看皮影戏，却出了那样的事情，他想着改天再请她去看一次。

南宫家家主看了他一眼，道：“你可知唐宁在这段时间里对唐家进行了大换血？不仅唐家四长老被撤掉了，底下的一些管家和主事也被她换掉了。”

闻言，南宫凌云目光微闪，道：“这是她家族的事情，我并没有问过，因此并不知道，不过我相信宁儿这么做是有原因的。”

听了这话，南宫家家主沉声道：“凌云，你有着别人所无法拥有的仙缘，如今又拜得元婴强者为师，为父希望你可以将更多的心思放在修炼一途上，而不是将所有的心思都用在一个女人身上。”声音一顿，南宫家家主看着他道，“你身为南宫家的少主，肩上扛着的便是壮大南宫家的责任，只有你更上一层，有了更强的实力，我们南宫家才会有更强的地位，才能成为这凡人之地顶尖的存在，你明白吗？”

南宫凌云沉默了一会儿，点头，沉声道：“我明白。”

他知道他肩膀上有着壮大南宫家的责任，更知道他们家族想要成为顶尖强族，在这凡人之地无人敢欺，只有他的实力更进一层，才能让其他家族为之忌惮。

见此，南宫家家主也没再多说，负手转身离开。

南宫凌云顿了一下，还是出了家门，坐着马车往唐家而去。对他来说，好不容易等到唐宁答应给他一次机会，他自然得好好把握，毕竟他能留在家中的时间也不多了。

此时唐宁正坐在房间里的铜镜前，看着铜镜里自己光溜溜的脑袋，呢喃道：“也不知上回涂的药水是不是太多了？到现在也没长过头发，这药效到底会维持多久呢？”

因戴的是假发，她隔个一两天就会将假发取下，让头皮透透气，再重新将假发固定好。

“还是不戴假发舒服啊！”她往椅子上一靠，光秃秃的脑袋往后一仰，再伸手摸了摸，滑溜溜的感觉让她不由得笑了。

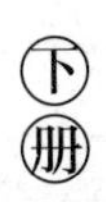

“大小姐，南宫公子来了。”

房间里的唐宁一听到这话，整个人迅速跃了起来，喊道：“南宫凌云来了？让他先在院中坐着，不要让他进来。”说话间，她连忙拿起放在梳妆台上的假发戴上。

已经走进院中的南宫凌云听见她的话，不由得一笑，道：“你慢慢来，我在院中

等你。”他以为她是想换身衣服或者是打扮一下再出来，因此便在院中坐下。

房间里的唐宁将假发戴好，又用药水固定好以防脱落，上下检查了一番之后，见没什么不妥的了，这才轻呼出一口气来。

唐宁打开房门走了出去，见他在院中坐着，便问：“你的伤好了吗？怎么过来了？”

“已经没什么大碍了。整天在家闷着也无聊，便过来你这里坐坐。”目光落在她身上，见她一袭白色衣裙，浑身上下简简单单，没有过多的装饰，给人一种清新干净的感觉，他不由得赞了一声，“宁儿，你穿这身白裙很好看。”

她的衣裙多是素雅简单大方的款式，颜色也有多种，每一种颜色的衣裙穿在她身上，都能给人一种眼前一亮的清新感。

听了他的赞美，唐宁来到桌边坐下，脸上带着盈盈笑意，道：“都是我爹爹让人给我定做的衣服，都挺好看的。”就是没她穿男装来得方便。

“世伯对你一直都很用心。”他又看着她道，“刚刚过来之前我去看过世伯了，他恢复得也不错。”

“嗯，大夫开的药一直在吃，就是得慢慢养着。”唐宁一只手托着脸颊，看着面前的南宫凌云，道，“那晚对我们下手的是皇城欧阳家和袁家的人，这两个家族因他们的老祖都死了，如今遭到仇敌的打压，迁出了皇城，几乎可以说不用我们再出手，便已经有人替我们解决掉麻烦了。”

南宫凌云喝了口茶水，听到她的话，不由得微讶，道：“欧阳家和袁家？这么说这两个家族已经都被解决了？”皇城中的两个顶尖世家，短短的几天就被打压到迁出皇城，迁出皇城之后能不能保住还不一定呢！

“对，这事跟你说一下，也是让你放心，日后他们应该不会再对我们出手了。”

已经败落的家族，自保都成问题，自然不可能再有机会对他们出手了。

闻言，南宫凌云微沉思着，问：“这幕后应该有推手吧？是谁替我们解决了后续的麻烦？”话音一落，他脑海中闪过一个人，当即说道，“莫非是夜王？”

唐宁看了他一眼，点了点头，道：“不是你我两家，那就只能是夜王了。”

听她说起夜王，南宫凌云端起茶水抿了一口，敛下的眼眸微闪，想到当时夜王帮她吸出毒血的一幕，不知为何，心中隐隐有种心爱的人被人惦记着的感觉。

刹那间，他脑海中闪过一个念头，不能让宁儿知道夜王帮她吸出了毒血，不能让她知道是夜王亲自抱她回来的。

“凌云？”唐宁唤了一声，见他没反应，又唤了一声，“凌云？”

南宫凌云回过神来，本能地抬头看向她，问：“怎么啦？”

“我说你怎么了？想什么想得这般入神？”唐宁问道，看着神色有些奇怪的他。

“没有，我只是在想，上回请你去看皮影戏也没看成，不如我们今天再去看一回？”他露出笑容来，道，“这一次应该不会再出什么意外了。”

唐宁想了一下，这才应道：“也行，不过这会儿还早着呢！皮影戏是在晚上开始吧？”

南宫凌云的眸中带着柔情和笑意，他说道：“我们也可以出去逛逛，等到傍晚再过去就好。”他看了下天色，道：“这个时间正好到外面逛一圈之后去吃饭，我知道有一家菜馆的菜做得很好吃，带你去尝尝？”

见他一有机会便想着争取多一点儿两人相处的时光，唐宁不由得笑了起来，既然答应要给他一个机会试着接受他，自然没有拒绝的道理，于是便道：“好，那我让人去跟我爹爹说一声，我们便出门吧。”

“好。”南宫凌云微扬着唇角，好心情怎么也掩饰不住。

“你去跟我爹爹说一声吧！就不用跟着我出门了。”唐宁对一旁的女暗卫说道。

女暗卫迟疑了下，应了一声：“是。”她不跟着大小姐出门，只怕家主会担心大小姐的安危。

另一边，墨烨的别院处，黑风正禀报唐家那边的消息，哪知话说到一半，就听自家主子的声音传来。

“以后不用再向我禀报了，把派出去的人也撤了吧。”墨烨沉声说道，合起桌上的资料，看向黑风，“把这边的事情都安排一下，明天便回皇城。”

听了这话，黑风愣了一下，心中虽有疑惑，但见自家主子从昨夜回来后情绪一直不高，浑身更是散发着一股低沉的气息，也不敢多问，只是恭敬地应了一声：“是。”

墨烨将身体往椅背上一靠，双手交叉握着放在身前，黑瞳闪过一抹暗光，沉声吩咐道：“让下面的人安排，将唐家列入顶尖世家之一。”声音一顿，他又交代道：“事情做得干净一些，不要留下痕迹被唐家知道，也别让皇城那些人查出什么蛛丝马迹来。”

“是！”黑风应道，看向自家主子，迟疑了下，问，“主子，那南宫家呢？”

墨烨微闪着目光，道：“南宫凌云拜了元婴修士为师，家族地位自会水涨船高。”

“是，属下明白了。”黑风应道，这才退了下去，将主子的命令传下去让人去安排。

书房里，墨烨闭上眼睛沉思着。

南宫凌云本身天赋不错，又已经拜入仙宗，仙途自是无忧，日后的成就相信也不会低。虽然南宫凌云各方面看起来已经不错，可他总觉得南宫凌云还配不上她，但这南宫凌云胜在对她有足够的真心，甚至为了她连命都可以不顾，若是她最后跟南宫凌云在一起，他觉得南宫凌云应该是不会负了她的。

既然这样，那他就可以放心地安排好一切后离开了。

另一边，南宫凌云看着身边的唐宁，笑着问："宁儿，你觉得这皮影戏如何？"

"还行吧！"唐宁说道，揉了揉脖子，便准备钻进马车回家去，哪知才一只脚迈上去就被唤住了。

"宁儿。"

唐宁一只脚踩上马车，另一只脚还在地上，听到他的声音便回头看向他："啊？"

南宫凌云笑道："今晚的夜色很不错，不如我们散步回去？"

"散步回去？"唐宁看了他一眼，又看了看夜空，诧异地道，"这大晚上的连一颗星也没有，就连月亮都被云遮住了，哪里有什么夜色？"

听着她这不解风情的话，南宫凌云低笑出声，蕴含着柔情的眸子看着容颜绝美的她，道："你便是这夜空下最美的明月，我看你就够了，又何须再看天上的那一轮？"

这等情话，若是寻常女子听了估计俏脸都要羞红了，然而唐宁眨了眨清澈的漂亮眼睛，盯着他看了一会儿，神情古怪地道："你这情话说得倒是好听。"就是为什么她感觉鸡皮疙瘩都起来了呢？

"这是我的心里话。"他看着一脸懵懂的她，低笑道，"我想跟你有多一点儿的相处时间，所以想和你散步回去，可以吗？"

唐宁想了想，将迈上马车的脚收了回来，随手拍了拍裙摆，道："那好吧。走就走吧。"虽然她是想早点儿回去睡觉的，但既然他都这么说了，那就走走吧。

马车远远地跟着，前面两人则缓步走着。

看着四处无人，南宫凌云不动声色地朝她身边靠近了一些，伸手就要去牵她的手，哪知手还没牵到，手背就挨了一下。

啪！

唐宁本能地便拍了下去，拍下后整个人就呆了一下。

而南宫凌云则是愣在了原地，看着手背上出现的那个红红的手掌印，半晌没能回过神来。

唐宁有些尴尬地道："我不是故意的啊！谁让你没事伸手要抓我的手？我只是本能反应。"

这人边走边朝她靠近她都已经忍了没说什么，他还想伸手过来占她的便宜，她的便宜是那么好占的吗？

回过神来的他无奈地道："宁儿，我只是想牵着你的手。"

"不行！"说话间，她把双手背到身后藏了起来，直接搬出了她爹爹，道，"我爹爹说了，女孩子的手不能让人随便牵。"话音一落，她迈步便往前面走去，也不理会还呆站在后面的南宫凌云。

南宫凌云听了她的话，沉默了下，再看着她往前走去的身影，不由得幽幽地叹了一声，无奈地低喃道："手没牵到，还被当成登徒子打了一下，碰上不解风情的人，真是毫无办法。"

他就不明白了，事情怎么不按照他预想的方向发展呢？这种时不时出人意料的状况是怎么冒出来的？

花前月下谈情说爱他就不奢望了，毕竟要宁儿开窍估计很难，可在这夜色下散步连小手都不给牵一下的情况，又是怎么回事？

已经走出一段路的唐宁回头见他还站在那里，便冲他喊道："你不是要走回去吗？快点儿啊！再磨蹭夜都深了。"

闻言，南宫凌云苦笑了一声，应道："来了。"说完，他迈步往前走去。

然而两人走了一段路后，南宫凌云微愣了一下，停下脚步看着身边的人道："宁儿，你家是往那边。"他的手往唐家的方向指去。

"我知道啊！"眉眼一弯，唐宁笑盈盈地道，"我这不是为了表达一下我刚才打你的歉意嘛！所以准备先送你回家，我自己再回去。"

听了这话，南宫凌云整个人都呆了：还能这样？

南宫凌云好半晌才回过神来，看着神情不似说笑的唐宁，忙道："宁儿，我带你出来的，自然得送你回家，更何况我一个大男人，又岂有让你送的道理？"

"没关系的，送个人而已，哪里分什么男人、女人？更何况你还有伤在身，就这么说定了！我送你回家。"她笑盈盈地说道，迈步便往南宫家的方向走去，道，"这里离你家也较近，送你回去后我便也直接回家了。"

"可……"南宫凌云看着已经朝前走去的唐宁，只感觉一肚子的话都卡在喉咙处了。

半晌，他轻呼出一口气，这才迈步跟上去。

"我家里应该也要准备过年的事情了，我也要帮忙，最近估计没什么时间陪你了，你趁着这段时间好好养伤吧。"唐宁边走边说道。

见他目光复杂地看着她，她眨了眨眼睛，问："怎么啦？"

"我只是想约你出来一趟，你倒是把本应是我做的事情全做了，半点儿不给我表现的机会。"

吃饭时他要去结账，却被告知唐宁已经结过了；看完皮影戏出来，他说个情话，她还能一本正经地眨着一双清澈的眼睛看着他；他想与她月下漫步，她却给他来了一句天上乌云遮月，没有月色可赏；他想牵个小手，又被打了一下；他想送她回家，结果却成了她送他回家。这一天下来，他都有些弄不懂男女交往时到底是怎么样的了，是所有的女子都这样，还是只有她是这样的？

唐宁听了也愣了一下，露出一副认真思考的样子，问："难道谈恋爱不是这样的？"虽然她没谈过恋爱，但好像谈恋爱也就是这样的吧？她应该没做错呀！

见她一脸认真，他竟不知该说什么好，最后只好无奈地道："好了，这个话题就不说了。我也到家门口了，我让人送你回府去。"说完，他看向后面跟着的驾着马车的车夫，道："你送宁儿回唐家，看着她进府再回来。"

"是。"那车夫应道，看向唐家大小姐，道："唐大小姐，请。"

"哎，我都忘了这马车是你家的。"她一拍脑袋，笑了起来，她还以为这是她家的呢！

"无妨，都一样。"南宫凌云说道，"回去后早点儿休息。"

"好，那我走了。"唐宁挥了挥手，便往马车上走去，也没往车厢里坐，直接坐在外面，一双脚还晃荡在一旁，道，"你进去吧。"

南宫凌云看着她随着马车渐行渐远，这才摇了摇头，带着无奈的笑意往府里走去。

第二十六章　皇城贵客

唐宁回到唐家，一进院中，就见她爹爹坐在她的院子里等着她，不由得诧异地唤了一声："爹爹，你还没休息啊？"

"你出门也不带个人，我不太放心，便在这里等你回来。"唐啸说道，看着坐下的女儿，想了想，又问，"今天你跟凌云出去玩了一天，都做了些什么啊？怎么这么晚才回来？"

闻言，唐宁一弯眉眼，笑盈盈地道："其实也没玩什么，就四处逛了逛，又去吃了饭，然后晚上又去看皮影戏，回来时他又不坐马车，说要散步回来，所以我只好把他先送回家去了。"

她三两句话就把今天的事情说了个大概，唐啸听着原也觉得他们今天出去玩得还算正常，然而听到后面说她把南宫凌云送回家去了，不由得顿了一下，以为是自己听错了。

"你说你把凌云送回家，然后再自己回家来？"他微愕地看着自家女儿。

"对啊！不过我忘了马车是他家的了，最后还是坐他家的马车回来的。"唐宁倒了杯水喝着，道，"其实挺无聊的，看皮影戏时我都差点儿睡着，还不如待在家有趣，所以我想着，这几天他要是再来，爹爹就先帮我挡一挡吧。我想抽时间配制一些药物。"

唐啸本想问她打算什么时候告诉南宫凌云她就是唐师的，不过看着女儿这副还没开窍的样子，最后还是没有问出口，只是应道："好，爹爹知道了。"

数天后，青云城的大街上。

一辆辆标示着家族徽章的马车从大街上穿过，每辆马车旁边还有几名护卫骑着马随行。

“宋家？陈家？还有尹家以及公孙家？他们马车上的家族徽章还是本家的徽章，那不就是皇城那几个顶尖世家吗？怎么都到咱们青云城来了？”

“这是又出什么事了吗？要不然皇城这几个顶尖世家的人怎么会到这里来？”

“听说南宫家的少主南宫凌云拜得仙人之地的元婴强者为师，这些世家的人会不会是去南宫家的？”

“不是，你们看，是往唐家的方向去的。”

一辆辆马车在唐家大门前停了下来，马车里的人陆陆续续地走了下来，看着面前大门上的“唐府”两个大字，道：“这便是唐家了。”

“去，递上拜帖。”其中一名中年男子说道，示意护卫上前递拜帖。

其他三家的人也迅速将自己的拜帖递上。

后面，尹家的少主尹千泽、宋家的少主宋一修，以及陈家的少主陈道，还有公孙家的少主公孙徇，四人站在一起正说着话。

他们四人都是天龙学子，其中三个是在唐师手底下听课的，只有公孙徇不是，但好歹也是天龙学子，再加上几人交情还算不错，因此四个家族也有来往。

“南宫凌云就是青云城的，而这唐家的唐大小姐，听说就是他心仪的那个小青梅。”尹千泽说道，负手看着唐家大门，笑道，“我早就好奇，这唐家大小姐究竟是个什么样的人，无法修炼还能让南宫凌云如此倾心？”

“能让南宫凌云念念不忘的，想来必定十分出色。”宋一修温声说道。

“我倒听说，这唐大小姐容貌极为出色，她的美貌在这青云城是公认的。”公孙徇说道，但是对那唐家大小姐并不太感兴趣，而是道，“既然来了，要不要去南宫家和南宫凌云打个招呼？”

一旁的陈道听了，开口说道：“我听说他拜入仙人之地的宗门了，师父还是元婴强者，这趟过来，我父亲说拜访了唐家之后还得去南宫家拜访一下。”

拜入仙宗，师尊还是元婴强者，这南宫家纵然不是顶尖的世家，其家族的地位也会随着南宫凌云而提升，就算是他们几个家族的人，也不会轻易与这样潜力无限的家族对立，因此登门拜访已经是必然的。

在几人聊天时，几位家主也说着话。

过了一会儿，唐家大门便打开，唐啸更是亲自出来相迎。

“诸位远道而来，唐某未能远迎，失礼了，快府里请。”唐啸笑着走了出来，朝他们拱了拱手，请他们入府。

几人也回了一礼，一边往里面走，一边笑道："唐家主多礼了，其实我们早就想过来拜访，只是直到最近方有机会，唐家主别怪我们来迟才好。"

后面跟着的宋一修几人，看着前面的几人边走边聊，便一边跟着，一边不动声色地打量周围。

来到前厅后，四位家主坐在前面，与唐啸互相认识之后，便也让四个小辈上前。

"来来来，你们来见过唐家主。"宋家家主笑着说道。

"宋一修。"

"陈道。"

"公孙徇。"

"尹千泽。"

"见过唐世伯。"几人自报姓名后，朝唐啸拱手行了一礼。

唐啸见了，威严的脸上带着笑容，欣赏的目光落在几人身上，赞道："几位公子真是人中龙凤，气宇轩昂啊！"

与此同时，青知来到唐宁的院中禀报道："大小姐，前厅来了皇城的贵客，家主让大小姐过去一趟。"

正在院中活动手脚的唐宁听了，便问："皇城来的人？什么人？"

"好像是皇城几个顶尖世家的家主以及少主。"青知说道。

闻言，唐宁顿了一下，道："我知道了。"

她查看了下自己身上的衣着，确定没有什么不妥之处，这才跟着青知往前厅走去。

厅中，几位家主正与唐啸聊着，而宋一修几人则静坐着听长辈说话。当听见厅外有人禀报说大小姐来了时，宋一修几人相视了一眼，便笑着朝厅门口望去。

一袭简单的水青色衣裙率先跃入几人的眼底，他们从下往上看，水青色的衣裙随着来人的走动而轻轻地荡开一朵裙花，煞是好看，再往上看，纤腰微束，盈盈不堪一握，腰间垂落的琉璃玉佩闪烁着漂亮的色泽，随着目光往上移动，玲珑的身体曲线也尽入几人的眼底，优美纤长的雪颈，以及那一张绝美动人的脸庞……

看到那一张与唐师竟有着几分相似的脸庞，原本还在欣赏美人的宋一修四人心中一震，目光猛地一缩，险些失态地惊呼出声。

唐师！

不！不是！乍看之下他们被那与唐师有几分相似的容貌惊到了，可细看之下，却发现是不一样的，眼前的少女身材玲珑、娇美动人，而他们的唐师是个男子，还是个光头小和尚！

四人相视一眼，各自暗呼出一口气。真是吓死他们了，他们以为唐师变成女人了。幸好只是人有几分像，眼前的少女是唐家的大小姐，是一个无法重凝灵力修炼的少女，而他们的唐师，那是一个逆天的变态存在。

他们也是魔怔了，才会将眼前之人错认为唐师。

唐宁进来时也看到了他们几人，目光微闪了一下，唇边带着盈盈的笑容走上前，先是朝她父亲行了一礼，唤了一声："爹爹。"

"宁儿来啦。"唐啸笑着朝她点了下头，这才看向厅中的众人，道："诸位，我给你们介绍一下，这是我的女儿，唐宁。"话音一落，他又对唐宁道："宁儿，这是皇城的几位家主，尹家主、陈家主，还有公孙家主以及宋家主，这几位则是他们的公子。"

见此，唐宁笑着朝几位家主行了一礼，道："唐宁见过几位家主。"她又看向宋一修几人，眼中闪过一抹不明的笑意，朝他们行了一记平辈的礼，道："见过几位公子。"

也许是因她那与唐师有几分相似的面容，看到她朝他们行礼，宋一修几人头皮一麻，连忙站了起来，也回以一礼，道："见过唐大小姐。"

要是唐师，无论如何他们也不敢受这一礼，因此看到这面容与唐师有几分相似的唐家大小姐朝他们行礼时，他们心里还是有几分压力的。

这一刻他们不禁佩服起南宫凌云来，据说这可是他的小青梅啊，看到这样一张与唐师相似的面容，难道南宫凌云就没有一点儿怪异感？

几位家主则不动声色地打量了唐宁一眼，见她身上确实没有灵力气息的波动，只是一个无法凝聚灵力修炼的普通人，心中暗叹可惜：这唐家大小姐容貌、气度皆极为出色，就是在皇城之中也是少见的，只可惜无法凝聚灵力气息修炼。

他们曾听说，她原本是这青云城中数一数二的天才，却因唐家内乱，二房夺权，被下了药才会失了一身的灵力气息，以至于后来无法重新凝聚修炼。

压下心头的思绪，尹家家主笑道："唐家主真是好福气啊！令千金的容貌、气度，就算是皇城中也少有世家千金可相比。"

其他三位家主也是一番客气的盛赞。

而后四位家主又取出东西来，对唐宁道："第一次见面，一点儿小小的见面礼，希望世侄女会喜欢。"

唐宁见他们都准备了见面礼，便也收了下来，道谢道："多谢几位世伯。"既然人家都唤她世侄女了，她自然也得唤对方一声世伯。

唐啸见了，笑容满面——旁人看重他女儿，他心中更是欢喜。

"家主，南宫少主来了。"管家进来禀报道。

“哦？凌云来了？那就让他进来吧！”唐啸说道，笑了笑，对几位家主道：“南宫家的少主南宫凌云也是天龙学院的学子，我估计是听说几位公子来了，所以才会在这时过来。”

“南宫少主我们也听说过，今年才进的天龙学院，却是天龙学院里的第一人，其天赋是百年难得一见啊！”宋家家主笑着说道，看向厅外。

对这南宫凌云，他们早就想见见了。

宋一修几人听说南宫凌云来了，不由得相视一眼，露出一抹笑意来。

就见外面一道身影由远及近地朝厅中走来。

南宫凌云见到宋一修几人，微微点了下头，道：“我听说是皇城的世家公子来了，没想到还真是你们。”

“许久不见。”宋一修朝他点了下头，目光落在他身上时微闪了下，道，“听说你的实力提升了不少，没想到还真的是直接进入灵师巅峰，果然不简单啊！”

尹千泽看着进来的南宫凌云道：“你这进阶的速度也太快了吧？怎么做到的？”

“果然是南宫凌云啊！天龙学院的第一人不是白叫的。”陈道笑着说道，目光也落在他的身上。

公孙徇则朝他拱了拱手，客气地道：“许久不见，别来无恙啊！”

“呵呵呵，凌云，先来见过几位家主。”唐啸招手唤道，为他介绍了几人。

南宫凌云先向唐啸行了一礼，又朝唐宁微点了下头，露出一抹笑意，这才拱手向几位家主行了一礼，道：“南宫凌云见过几位家主。”

“好好好，南宫公子真是百闻不如一见啊！”公孙家家主笑着说道，看着南宫凌云的目光带着欣赏——南宫凌云年纪轻轻，气度确实不凡。

“我与陈道几人皆是同院学子，如今他们来到青云城，我理当尽一尽地主之谊，所以想请他们几位去城中游玩一番，不知可否？”南宫凌云开口询问道。

“呵呵呵，自然可以。”他们笑了笑，看向自家的儿子。

“宁儿，你也跟我们一起去吧？”南宫凌云看向唐宁。

闻言，唐宁看了他一眼，又看了看宋一修几人。

唐宁还没说话，就听尹家家主的声音传来：“世侄女也一起去玩吧！你们都是年轻人，在一起也比较有话说，一起聚聚也好。”

“不错，一起去吧！”宋家家主也说道。

见此，唐啸便笑道：“宁儿，既然这样，你就跟他们一起去吧！也好尽一尽地主之谊。”

听了这话，唐宁便应道：“好。”她朝几位家主行了一礼，笑道：“那我就先失陪了。”说完，她与南宫凌云一起带着宋一修几人往外走去。

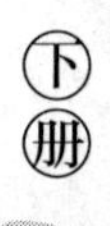

因唐宁是女子，所以她自己坐了一辆马车，而南宫凌云几人分别坐了两辆马车。

与南宫凌云乘坐同一辆马车的是宋一修和尹千泽。见那唐大小姐没在这儿，尹千泽便直接问："你没觉得你这小青梅与唐师有几分相似吗？"

"乍看之下有点儿相似，但仔细看，便会发现他们两人不一样。"南宫凌云笑着说道，"再说，唐师是男子，又是天龙学院的导师，而宁儿只是一名小小的女子，还无法凝聚灵力修炼，这当中的区别有多大你们不会不知道。"

"话是这么说没错，不过刚才第一眼看到你那小青梅时，还真的吓了我们一跳。"尹千泽说道，见他提起唐宁时眼中带着柔情，不由得问，"你家族的人同意你们两人的亲事了？"

虽然说那唐宁长得极好，但南宫凌云也确实出色，只不过，一个无法修炼只能是一介凡人，一个却已拜入仙宗仙路平坦，南宫凌云的家族会同意两人的亲事？

闻言，南宫凌云一笑，道："若是将来我和宁儿成亲了，定会送喜帖请你们来喝喜酒，至于现在，说再多也无用。"

听了这话，宋一修和尹千泽皆看着他，其中一人应道："好，若是将来你和你的小青梅真成亲了，我们必定前来送礼，喝你一杯喜酒。"

话虽如此说，他们心下却是不看好的——一个大家世族岂会让家族的少主娶一个普通女子为妻？这两人想要成亲，难啊！

"对了，你们怎么来了？是特意来拜访唐世伯的？"南宫凌云询问道。

"我们是来拜访唐家，也要去你们南宫家拜访的，唐家是因为已经被列入顶尖世家的行列，所以我们才会过来给唐家主道喜，至于你们家，你现在可是风云人物，就算没出青云城，皇城中人也多数知道你南宫凌云的名声，那可是响当当的天才人物。"宋一修戏谑地看着他，道，"据我所知，可是有不少家族、势力的人想跟你们南宫家结亲呢！估计再过一段时间你家的大门槛都会被人踩平了。"

闻言，南宫凌云哂然一笑，道："我家的门槛会不会被人踩平我不知道，毕竟我是心有所属的，不过你们几个也到了适婚的年纪，相信你们家长辈已经在帮你们物色了。"顿了一下，他问："你们说唐家列入了顶尖家族？据我所知，要列入顶尖家族似乎需要各方面的因素，就算是唐世伯已经筑基，可单凭这一点，应该还不足以让唐家进入顶尖家族这一行列才是啊？莫不是这里面有什么别的原因？"

"这个我们就不知道了。"两人微微摇头，表示并不清楚。

见此，南宫凌云微微沉思着。对于他们带来的这个消息，他心中有些惊讶，毕竟他很清楚，以唐家的底蕴，根本还不足以跃进顶尖家族，除非背后有人……

想到这儿，他心中莫名地一跳，夜王墨烨顿时跃入了脑海。

不！他是疯了才会想到夜王墨烨身上去。

前面的马车到了酒楼前已经停了下来，陈道和公孙徇也下了马车。见中间那辆马车里的唐宁也走了下来，两人便走上前去与她闲聊了几句。

后面南宫凌云几人坐的马车也跟着到来，下了马车后，他们走向唐宁几人。

南宫凌云道："我们进去聊吧。已经在上面订好位置了。"

"好。"众人应道，便一起往二楼走去。

他们在临窗处的桌边坐下，又上了一桌酒菜，几人边吃边聊。

尹千泽放下筷子，看向南宫凌云，问："你既然已经拜入仙宗，那接下来有什么打算？是去仙人之地，还是继续留在学院里？"

陈道几人听到这话，也看向南宫凌云。就他现在的实力，去不去学院应该也没什么区别了。

"我还会在学院这边修炼，等到日后再去仙人之地。"南宫凌云说道，看向他们问，"我出关时就听说唐师去云游了，你们也不知他去了何处吗？"

一旁的唐宁听了这话，目光闪了闪，神色自若地夹了一块肉吃着。

"吃点儿青菜。"南宫凌云见她只顾夹肉，青菜却没怎么吃，便用公筷给她夹了一筷子青菜，温声道，"荤素搭配对身体更好。"

闻言，唐宁朝他看了一眼，对也朝她看来的宋一修几人道："你们也夹些菜吃啊！别光顾着聊天了。"

"好。"几人笑着应道，看了南宫凌云一眼，笑了笑，也夹了一些菜吃着。

这唐大小姐虽说不能修炼，但性格极好，话不多，人也安静，他们在聊天时，她也不插话，只是静静地听着，不得不说，这样的女子安静乖巧得让人心生好感。

他们又哪里知道，唐宁对于他们的聊天话题是没什么兴趣的，不是谈家族就是谈学院，再就是谈唐师，她人都坐在他们面前了，他们还能在她面前说起不知唐师去哪里云游了之类的话题。所以更多时候她只能让自己安静地当个听众，毕竟她总不能告诉他们：我就在这里，在你们面前呢！

他们聊了一会儿，宋一修对她道："唐大小姐，我们还要恭喜你，唐家进了凡人之地的顶尖世家行列。"

"嗯？"唐宁微讶，"成了顶尖世家？"以她家现在的底蕴，应该还不足以成为顶尖世家呀！

"不错，我们这次来也是为了向你们道贺的，相信不用多久这个消息便会传开，一级世家的徽章也会送过来。"宋一修说道。

唐宁听了，点了点头。她知道被评为顶尖的一级世家是会有徽章，并要向各地公布的，也正是因为这样，若非底蕴很雄厚的家族，根本进不了顶尖世家的行列，所以听说他们唐家被列入顶尖家族时，她心中才会惊讶。

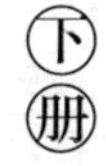

在唐家，唐啸也从几位家主那里得知了这个消息，微讶道："以我唐家的底蕴还不足以进入顶尖的一级世家的行列，可几位带来的这个消息……"

"呵呵呵，唐兄，消息不会有错，公会那里已经传了消息给我们，相信不用多久，顶尖的一级世家的徽章也会送过来。"尹家家主笑了起来，道，"唐兄也别自谦了，唐家在你的带领下，相信会越来越好、越来越强大，成为顶尖的一级世家也是迟早的事情。"

"不错。"宋家家主也点了点头。

"承诸位吉言，唐某在此多谢了。"唐啸笑了起来，道，"你们远道而来，这一次一定要在这里多住些日子，好让我们尽一尽地主之谊。"

几人相视一眼，笑道："不瞒唐兄，这次除了来唐家，我们还准备去南宫家拜访一下，又年关将近，所以这一趟不会久留，不过日后若有机会，我们一定再来叨扰。"

见此，唐啸也没有多留，与他们客套一会儿，便亲自送他们出了门。

看着他们离开，唐啸负手往回走去，对身边的青知交代道："等宁儿回来了，你让她到主院里来一下。"

"是。"青知应道，跟着唐啸一起回了主院。

另一边，唐宁在和南宫凌云几人吃完饭，便和南宫凌云一起带着几人在城中四处逛了逛，游玩了一番，直到傍晚时分几人去了南宫家时，她才坐着马车回了家。

"大小姐，家主让你过去一趟。"青知得知她回来，便来外面迎着。

"好。"她也正有事情要跟她爹爹说呢。

主院中，唐啸屏退了其他人，只留下青知在院中守着，直接对她道："宁儿，听那几位家主说，我们唐家列入了顶尖的一级世家的行列。"

唐宁点了下头，道："嗯，我今天跟他们在外面吃饭也听他们提起了，但我觉得以我们唐家的底蕴应该还不足以被列入顶尖家族，这当中是不是有人推了一把？"

听了她这话，唐啸顿了一下，问："你莫非有猜测的对象？"

目光微闪，唐宁道："如果真有人推了我们一把，我觉得最大的可能是夜王墨烨，但又觉得不太可能。"

墨烨是什么人？他怎么可能会做这种事情？可若不是墨烨，她想不出来还会有谁将他们唐家推进一级世家的行列。

"这事我们心里有个数就好，我想日子久了总归能看出来的。"唐啸说道，顿了一下，又问，"今天来的那几位世家公子说是天龙学子，可都是你见过的？"

闻言，唐宁笑了起来，道："他们啊？有三个是在我手底下上课的，另外一个则不是，这几人的品性在世家公子中还算不错，在学院里也算听话。"想到今天几人的表现，眉眼一弯，她笑盈盈地道："他们估计是见我的面容与唐师有几分相似，所以在我面前也不敢太过放肆，比在学院里都规矩了一些。"

父女两人聊了一会儿后，唐宁便回了自己的院子。

那几个家族的人并没有在青云城停留太久。他们离开后，往唐家跑得最多的依旧是南宫凌云。他费尽心思地为她寻来各种新奇的东西，又经常带她吃城中各处的美食，带她去踏青赏景、野外游玩，可以说是天天变着花样讨唐宁的欢心。

日子一天天地过去，大年初一这一天，他早早地到唐家给唐啸他们拜了年之后，便带着唐宁坐着马车出了门。

因昨夜守岁熬到很晚才睡，今天又早早地起来了，这会儿唐宁靠坐在马车里，随着马车的微晃困意再度袭来，连连打着哈欠，眼睛都半眯着，问："这一大早的，你要带我去哪儿啊？"

南宫凌云见她一脸睡意，迷迷糊糊的样子跟没睡醒的小猫似的，宠溺地笑道："你困就先眯一会儿，等到了我再叫你。"

唐宁听了，便应了一声："嗯，那我就先眯一会儿，到了你再喊我。"说完，她便靠着马车睡了。

也许是路不太平，马车也微微晃动着，这一摇一晃间让人睡意更浓，再加上唐宁原本就没睡够，因此从原本的打算小眯一会儿，到最后竟睡熟了。

南宫凌云见她的脑袋抵着马车，随着马车轻轻晃动，脑袋也轻轻地撞着车板，于是便起身坐到她旁边，伸手轻轻地搂着她的肩膀，借着马车的晃动让她的脑袋自然地落在他的肩膀处。

他看着靠在肩膀处的脑袋，目光微柔，看着她精致而绝美的小脸，看着她乖巧得让人心生怜意的睡颜，一时间心头升起一股柔情，情不自禁地在她发间落下一吻。

他们出门早，因此抵达目的地时也不过辰时中。马车停下来时，南宫凌云轻轻地唤了她一声："宁儿，醒醒，我们到了。"

"嗯？"唐宁睡了一路，听到声音睁开眼睛时，才看到自己是靠在南宫凌云怀里，脑袋枕着他的肩膀，怔了一下，赶紧退出他的怀抱，一脸迷糊地问："我怎么睡到你怀里去了？"

她明明是靠着马车的，怎么靠到他的肩膀上去了？

"不说这个了，我们到了，先下车吧。"南宫凌云笑道，弯着腰先下了马车。

见他先下了马车，唐宁整理了下头发，这才一只手微提着裙摆弯着腰出了车厢，正要下车时，见他的手伸了过来。

她顿了一下，抬眸看了他一眼，这才伸出手握住他的手迈步下了马车。

南宫凌云顺势将她的手握入掌心，牵着她下了马车后，对她道："我们去上面吧。"

唐宁朝上山的路看去，见每隔一段都有人，有的是成双成对的，有的是几名少女结伴而来的，说说笑笑，空气中隐隐有笑声传开。

她跟着南宫凌云往山上走去，问道："这是什么地方？"

"到上面你就知道了。"南宫凌云说道，没告诉她，牵着她的手往上走去。

唐宁看着自己被他牵着的手，试了几次也没能抽回来，便也由着他牵着。

到了上面视野便开阔起来，跃入眼帘的便是一片桃花林，穿过桃花林后，是一棵七八米粗、枝叶很茂盛的大树，翠绿的枝叶间系着一根根许愿红绸，绿叶与红绸相映衬，在微风中轻轻摇曳，形成了一道极为好看的风景线。

唐宁抬头看着那树上的风景，眉眼不由得一弯，道："这许愿红绸挂在绿叶间还真的挺好看的。"

因茂盛的树枝伸展开，又有一些树枝因被系上许愿红绸而被微微往下压低了几分，人站在树下，只要稍微踮起脚，再伸手拉住在微风中摇曳的红绸，便可看到上面许下的心愿。

于是她就拿起面前的红绸看了看，见上面写着的心愿是可以遇到一个如意郎君之类的，再看了几个，见也都差不多，不由得笑了起来。

"你该不会是带我来拜月老的吧？"她好笑地看向一旁的南宫凌云。

南宫凌云负手看着树上飘着的红绸，笑道："这是许愿树，再往里一点儿便是月老庙了，听说这里求姻缘很灵。"他看向她，道，"我们去求一签吧？"

闻言，唐宁笑了起来，道："还是不要求的好。"

"为什么？"他询问道。

唐宁看向他，笑道："求姻缘的多数是还没有对象的，我们现在不是谈着吗？已经没有这个必要了。不过这红绸挂在树上还挺好看的，倒是可以买两条红绸挂一挂，你觉得呢？"

听了这话，他深深地看了她一眼，道："好。"

于是，两人便往卖红绸的地方走去，买了两条许愿的红绸，提笔在上面写下了心愿。

唐宁放下笔，看着红绸上面的字，目光闪了闪，将红绸拿起便走到树下，将红绸往树上抛去，借着系在红绸两端的小小铜钱将红绸缠在了树枝上，红绸随着轻风摇摆着……

南宫凌云在红绸上写好心愿之后，微顿了一下，朝树下的唐宁看了一眼，便往庙里走去，不多时便走了出来，将一根打开的签文包好之后，用红绸的一端绑着，走到唐宁身边，问："宁儿，你那一条红绸系在哪儿？"

"在那儿。"唐宁伸手指向自己缠上去的那条红绸，看向他道，"那一条就是我的。"

顺着她手指的方向看着，南宫凌云点了下头，提气一跃，将手中的红绸与她的系在一起。退回来后，他看着那系在上面的红绸，笑道："我们走吧。去桃花林走走，那里的景色很是好看。"

"现在也不是桃花开的季节，这里怎么会有桃花？"她与他并肩往那片桃林走去。

"桃花季是在三月到四月，不过这月老庙里的桃花听说是从仙人之地移过来的特殊品种，一共也就十二株常年开花的，其他的则是只在三月到四月开花的普通桃树。"

两人边聊边往桃林走，只见十二株桃树上桃花错落有致地点缀着景色，不少人在桃花间观赏着。

正当两人往里面走去时，一道声音传来："两位请留步。"

听到声音，唐宁和南宫凌云皆停下脚步，看向朝他们走来、手里拿着一支幡、穿着灰色衣袍、戴着一顶黑色四角折帽、留着八字胡的中年男子。

中年男子一只手抚着八字胡，一副高人模样地看着两人，道："两位可要算上一卦？不灵不要钱。"

唐宁瞅了他那幡上的字一眼，不由得好笑地念出声："桃半仙？"

"在下正是这月老庙的桃半仙，专算姻缘，不灵不要钱。"他脸上笑眯眯的，一双泛着精光的眼睛却是不动声色地打量着眼前的两人，尤其是视线在南宫凌云身上停留时，更是带着诧异。

"不灵不要钱？这么说你很自信能算得准？"唐宁笑盈盈地问道。

闻言，他微微扬起下巴，自信地道："小姐有所不知，这一带的人都知道我桃半仙的本事，一算一个准，而且我收的卦费也不高，一人也就二百两。"

虽说这卦费不高，但普通人可算不起，因此他专挑那些衣着华贵的贵人来为他们卜算姻缘，二百两对于富贵人家来说微不足道。

南宫凌云听了，看向一旁的唐宁，问："宁儿，你觉得呢？"南宫凌云是觉得这人不太靠谱的，像是神棍。

唐宁笑了起来，道："可以让他试试啊！我也想知道我的姻缘是怎样的。"她自己算不出自己的姻缘，也无法卜算自己的命运，既然这桃半仙说得他那么厉害，那就让他试试。

"哈哈哈哈！两位，这边来，这边来。"他说道，带着他们往桃林中的一处亭子

走去，招呼道，“来来来，坐。这地方啊，是我专门为人算卦的。”

两人坐下后，南宫凌云看了他一眼，问：“你是怎么算？”

“就是刚才说的，一人二百两，你们两人一起算就四百两。要是我算得不准，不收你们的钱。”桃半仙说道，取出东西来摆放在石桌上，对南宫凌云道，“公子，你的生辰八字请写下来，待我细细帮你推测姻缘何时能成。”

“要生辰八字？”唐宁睨了他一眼，问，“你只会以生辰八字测吗？”

听了这话，桃半仙愣了一下，抚着八字胡笑了起来，道：“小姐有所不知，像我们这一行的，有观气看相的，也有测字卜卦的，更有推演八字的，若论到准，这几样是相互呼应的，半仙我观气、看相不算精通，但这推演八字，那是一算一个准。”

南宫凌云瞥了他一眼，也没有多说，提笔在红纸上写下自己的生辰八字，以及唐宁的生辰八字，道：“你算算吧。”

旁边的唐宁看了一眼南宫凌云写下的两个生辰八字，不由得目光闪了闪，问：“你还知道我的生辰八字？”

“你忘了我们是青梅竹马？”南宫凌云看着她笑道，“你的生辰八字我自然是知道的。”

“我来算算。”桃半仙接过那写了生辰八字的红纸，对一旁坐着的唐宁道，“这位小姐，不知你可否先移步去观一下桃花？我这有规矩，算卦只能当事人在，旁人是不能偷听的。”

闻言，唐宁愣了一下，继而笑道：“可以。”

南宫凌云则牵住她的手，看向那桃半仙道：“她的生辰八字也在这里，难道就不能留下听听？”

“呵呵呵，不能，这是规矩。”桃半仙摇了摇头，“这测算卜卦，本就是偷窥天机，旁人自然是不能在旁边的。”

“无妨，我看那边的桃花开得正好，我去看看，一会儿再来。”唐宁说道，抽回手便往那桃花盛开处走去。

见此，桃半仙这才看了看南宫凌云的生辰八字，又捏着手指算了算，拿出龟壳摇了摇，再将龟壳里的几枚铜钱倒了出来。

“这……”他微愣地看着卜出的卦象，捏着手指在那里念念有词，也不知说着什么。

半晌，他复杂地看了一眼南宫凌云，又从怀里掏了掏，摸出一个上面写着“大吉大利”的小红包塞给他，道：“来，拿着，像你这样的我还是头一回碰见，卦钱就不收了，再给你一个红包，大吉大利。”

南宫凌云看了那被他塞在手里的红包一眼，问：“既然算出来了，那就说说看吧。”

“真要说？”他捋着八字胡，看了南宫凌云一眼。

“说。”南宫凌云看着他，等着他接下来的话。

“是你让我说的啊！听了可不要动怒。”他先说了一声，这才道，“根据你的生辰八字推算出，你早期是命中自带桃花，却都是偏桃花，正桃花倒是有一朵，只可惜早早凋零碾落成泥，到了后面，却是断情绝爱的孤寡命格。你这命格啊，姻缘什么的就不用想了，不过你仙缘深厚，也许将来会有什么变数也不一定。”说完，他捋着八字胡的手一顿，瞄了去看桃花的那位少女一眼，又说道，“你与这位小姐的姻缘是百般曲折，到最后也是有缘无分，若非有前缘牵着，估计今日也不会同上月老庙了。所以说，世间万般皆有定数，年轻人，你还是要看开点儿。”

南宫凌云睨了他一眼，道：“不足取信。”南宫凌云的言下之意，并不相信他所说的话。

“世人啊，都想听好话，但有时候哪能事事如意？”他也不恼，只是摇了摇头，看向另一个生辰八字，这一看，却是微讶，“咦？”他看向南宫凌云，问，“这生辰八字当真是那位少女的？你没写错吧？”

南宫凌云因他先前的话，脸色微沉，此时见他拿着那写着生辰八字的红纸，便将之取了过来，道：“我心仪之人的生辰八字，我自然不会记错。不过我看你就是一个神棍，没什么真本事，纯粹是诓人的。”

红纸被抽了回去，那桃半仙却是摇了摇头，道：“不对，不对，你这生辰八字一定是写错了，这生辰八字显示的是客死异乡、夭折短命，断不可能是那位少女的。”

“荒唐！”南宫凌云听了这话，衣袖一拂站了起来，道，“你可知她是谁？她是青云城唐家的大小姐唐宁！唐家家主的掌上明珠！你若想活命的话，刚才的话就往肚子里咽，若是传出半点儿有损她名誉的事情，小心你性命不保！”

桃半仙捋着八字胡的手一顿，道：“我只是奇怪，并不会乱说，也许是我算错了。”

南宫凌云也没有跟他多说，将那红纸收起后便迈步离开，一大早的好心情皆因这算卦而弄没了。

那边，唐宁正看着桃花，见这桃花生得正好，闻着花香更是怡人，不禁在想，仙人之地连这种花开四季的桃花也有，不知还会有多少是这边所没有的东西呢？

“宁儿。”南宫凌云调整了心绪，来到她身边时已经看不出刚才生过气。

“嗯？可是到我了？”她笑了笑，想着走回那亭子里，谁知就被南宫凌云拉住了。

“那只是个神棍，莫要去理会他了，我们还是赏赏桃花吧！”

闻言，唐宁笑了起来，道：“他说了什么让你觉得他是个神棍？我见他敢说算不

准不要钱，应该是个有两下子的人。”

“就是胡说八道一通，不提也罢。”他并不愿意提起刚才的事，更不想那桃半仙先前说的话被她知道。

见此，唐宁耸了耸肩，道：“好吧！那就走走，赏赏桃花。”

桃半仙坐在亭子中，捋着自己的八字胡喃喃地道：“不应该啊？那生辰八字就是个短命夭折的，这会儿应该是已经死了的，怎么可能还活着？难道我真的哪里算错了？”

因从没碰见过这样的情况，他又记住了那个生辰八字，此时便拿出龟壳仔仔细细地再推算着。算了一遍又一遍之后，他终于啊的一声叫了起来。

“就是这里了！这命数已经发生了变化，这是死劫度了过去，化解了？”他呢喃道，又仔细地往深一步推算，然而就在这时，摇着的龟壳却咔嚓一声裂开了，几枚铜钱落在桌子上，猛地喷出了一口鲜血。

他震惊地看着桌上的卦象，伸出手的同时，整个人却瞬间苍老下去，从一个中年男子变成了白发苍苍的老头儿……

对于亭子里的一切，唐宁和南宫凌云皆不知道，他们在桃花林中转了一圈后便坐着马车回家了，毕竟今天是大年初一，家里还得回去帮忙应酬。

将唐宁送回家后，南宫凌云道：“那我就先回去了，等空闲了再来找你。”

“好，你先回家吧。”她应了一声，看着他坐着马车离去后，目光微动。

那个桃半仙跟他说了什么？虽然他没有提起半句，但她可以感觉到，他的心绪还是被影响了，以至于这一路他虽也在跟她聊天说笑，但时不时地有些走神。

敛起心绪，她迈步往府里走去——既然他不说，她也就装作什么也不知道，若是合该她知道的事情，她迟早也会知道的。

一进府里便听见厅中传来笑声，她走了进去，见原来是城中几个世家的人前来拜年，便进去打了声招呼，见了礼，这才先行回院。

然而没多久，她便听府里的人来报，说是公会的人送了一级世家的徽章来，因此刚回到院里的她又往前院走去。

此时，唐家大门处停靠着一艘飞船，引得城中的人都围在唐家大门前看着。

“看，那就是飞船，是直接飞进青云城落在唐家大门前的，听说是公会的人来给唐家送一级世家徽章的。”

“嗞！一级世家徽章？唐家被列为一级世家了吗？”

“刚才进去的人是这么说的，你们看那飞船，错不了。”

外面的人议论着时，城中其他家族的人也收到了消息，心中震惊不已。前不久皇城世家才来拜访，这大年初一的，公会的人居然就来送一级世家徽章了？唐家就算因唐啸筑基而强大了，但底蕴还是有所欠缺的，又是怎么被评上一级世家的？

要知道，那公会可是与仙人之地有关联的，这一级世家也不是谁想要就能评上的。

此时，南宫家。

“老祖，听说公会的人来给唐家送一级世家徽章了。”南宫家家主有些复杂地说道，看向主位的老祖，有些欲言又止。

“父亲，唐家被评为一级世家的消息，上回皇城的几个家族的家主来时不就已经透露过了吗？”南宫凌云说道，脸上露出笑意来，“这是好事，这样一来唐家的地位会越来越稳固。”

听了这话，南宫家家主看了他一眼，道：“那是唐家，不是我们南宫家，唐家越来越稳固又跟我们南宫家有什么关系？”

闻言，南宫凌云沉默着，没有开口。

“好了。”南宫家老祖看向南宫杰，道，“这里也没外人，你有什么话就直说。”

见此，南宫杰才道：“老祖，那欧阳家和袁家皆为一级世家，如今两家皆已败落，唐家又被列入一级世家的行列，我觉得我们南宫家也不差，所以想派人去公会提交世家评级申请。”

南宫家老祖听了这话，看了南宫杰一眼，道：“唐家能被列为一级世家，背后势必有人推了他们一把，你觉得我们南宫家又凭什么能被列为一级世家？”声音一顿，南宫家老祖看了一旁的南宫凌云一眼，道，“就因凌云拜入仙门，有一位元婴强者为师父吗？”

“难道这还不够吗？”南宫杰问道。他儿子如此优秀，他们南宫家崛起已然是绝对的事情，可眼下唐家都被列为一级世家，他们南宫家难道还会不够格吗？

“这世间有些事情不是你想得那么简单的。”南宫家老祖摇了摇头，轻叹一声，道，“这背后的关系牵连，以及靠山势力，皆牵动着一切，我们家凭的只是凌云出色，但眼下他还没去仙人之地，也并非筑基修士，很多事情还没有定下，你又怎么知道不会有变数？也只有等到将来他一飞冲天，到那时就算我们不去申请评级，公会的人也会将一级世家的徽章送到我们家门前来。”说完，南宫家老祖的眼皮一抬，瞥了南宫杰一眼，道，“就跟现在的唐家一样。”

南宫杰默然，所有想说的话都咽了回去，只是道：“老祖，我想起还有些事，就先退下了。”说完，南宫杰行了一礼后便先离开了。

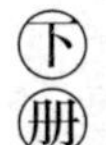

看着南宫杰出了大厅，南宫家老祖叹了一声，对南宫凌云道：“你父亲远不如你啊！南宫家在他手里，我还真担心会走不远。”

“老祖不用担心，凌云定会壮大南宫家的。”他开口说道，让老祖不必担心。在

他看来，以他如今的实力、天赋，以及坦荡的仙途，相信在将来南宫家会是凡人之地赫赫有名的世家贵族。

听了他的话，南宫家老祖示意他坐下，问道："凌云，你与唐家大小姐唐宁之间究竟怎么样？你可曾想过，你是天之骄子，年纪轻轻修为便已经到了灵师巅峰，将来的成就肯定会更好，你若去了仙人之地，你的妻子人选也将会有更多的选择，难道你就真的想娶一个无法修炼的凡人女子为妻吗？当你容颜依旧，你真的还会对一个年华老去的老妪深情不变吗？你真的能做到不惧世人的眼光，身边带着一个白发苍苍、满脸皱纹的老妪一起生活吗？"

南宫家老祖看到他张口欲答，却是抬手阻止了他，道："你别说，也不用告诉我，我问这些只是希望你自己好好想想，有时想象中的事情并不是现实，只有现实中真正去面对，才能知道这一切是否是自己能够面对的。"

看到老祖站了起来，准备迈步往外走去，南宫凌云当即站起来道："老祖，当初进天龙学院考核时，我突破到灵师，是因为我在幻境中经历了一些事情……"

他将当日幻境中发生的事情跟南宫家老祖说了，道："我认定她，我也相信我不会因她有朝一日变老、变丑而嫌弃她，老祖，我对宁儿是真心的。"

南宫家老祖听了，沉默了一会儿，道："我相信你对她是真心的，但幻境终究只是幻境，当幻境变成现实时，你真以为你能接受吗？"南宫家老祖来到他身边，看着他缓声道，"世事没有绝对，人心也是会随着时间而改变的，这世间能一直保持初心不变的人，很少。"

看着老祖迈步往外走去，南宫凌云微敛下眼眸沉默着，脑海中想着老祖的话，他想，就算不是幻境，他将来也一定不会嫌弃宁儿的。

另一边的唐家，此时府中上下都处于一股激动和欢喜的气氛中，就连几位长老也是喜不自禁，纷纷赶到前厅去招呼公会来的人。

厅中，从公会来的两名中年男子和唐啸道着喜，也不动声色地打量着厅中的众人。

这一番打量之后，公会的两名中年男子相视一眼，心中暗暗称奇：这唐家还真是奇怪，唐家家主唐啸是筑基修士这一点就不用多说了，前段时间已经传开，今日一见也是气势非凡，颇具威严，然而那三位长老却少了几分家族长老的气度，倒是那位唐家的大小姐唐宁，落落大方，言谈有度，很是让他们意外，只是这样一位作为家族少主的人，却通身没有灵力气息，只是一介普通人。

这样奇怪的一个家族，怎么就有那样的势力，能让公会上面的人将他们列入一级世家的行列？

他们家族的底蕴，除了唐啸的实力，就算再加上一些暗地里的势力，被评为一级世家也仍是不够的，可偏偏就被评选上了。

压下心绪，他们起身拱手笑道：“唐家主，如今我们已经将一级世家的徽章送上了，也该告辞了。”

“两位远道而来，这才喝了杯茶就要走了？我已经让厨房准备了饭菜款待二位，二位还是留下吃顿饭吧！”唐啸开口说道，也跟着站了起来。

“唐家主的盛情我们心领了，只不过我们还有事在身，不能多留，待日后有机会，再来拜访。”两人笑了笑，朝他拱了拱手。

“既然如此，唐某送送两位。”他说道，做出请的手势，亲自将两人送到府外。

唐宁和几位长老也跟着一起送他们出去。

看着他们乘坐飞船离开后，一行人才往府中走去。

大长老迫不及待地道：“真是天大的好消息，家主，一会儿就让人把我们唐家的新徽章换上，还得好好庆祝一番才行，我们唐家跃入一级世家，这地位就不同昨日了啊！”

“把徽章换上就好，其他的就免了吧。”唐啸说道，看向几位长老，以及跟在身后的一些主事，对他们道，“都到厅里来，我有事要吩咐。”

“是。”众人应道，跟着他往厅中走去。

“宁儿，你就不用过来了，回院里休息吧。”唐啸示意道。

“好。”唐宁应了一声，也没有跟进去，而是先回了房。

过完年，不久她也要准备回学院了，所以在此之前，她打算给爹爹调配一些药物留在身边，以备不时之需，至于家族这里的事情，有爹爹在，一切也就不用她担心了。

过完年，南宫凌云也没再来唐家，因为被他父亲勒令收心在家中修炼，说是放松了这么久，也该下些功夫在修炼上了。

倒是唐宁在调配好药物之后，准备离开家回学院之前，再度来到南宫家，可谁知她连南宫家的大门也进不去。

她看着拦在面前的两名护卫，目光微闪，清脆的声音带着一丝好奇：“这是不让我进去？”

“唐大小姐，我们也是听命令办事。”其中一名护卫歉意地看着她，道，“家主有令，在少主修炼期间不希望有人打扰他，所以……”

唐宁笑了笑，道：“那好吧。”她本想来道个别的，既然进不去，那就算了。

两名护卫见她转身就走，不由得相视一眼。其中一名护卫低声道：“日后少主知道我们拦下唐家大小姐，会不会责罚我们？”

“我们奉家主的命令执行，被责罚也没办法。”另一名护卫虽如此说，但心下也没底，毕竟他们知道，自家少主很是看重唐大小姐的。

唐家。

“这才过完年你就要走了？这次走了什么时候才会回来？”唐啸不舍地看着女儿。

唐宁挽着他的手在院中坐下，道：“爹爹，在家中我多少有些束手束脚，所以我打算早点儿动身，一则是此去路途不近，二则是在外面也可以修炼。再说，家中有你在，我也很放心。”

“唉！话虽如此，但是一想到你又要走了，爹爹心里舍不得啊！”他轻叹道，想着女儿才回来没多久，这又要离开了，还真是不舍。

“我有时间会回来的。”她笑盈盈地说道。

闻言，唐啸看了看她，问：“你这一走，你和凌云怎么办？你们之间……”

“他应该也不会在青云城停留太久了。”唐宁说道。

“爹爹是想问，你打算何时真正地接受他？什么时候将你的身份告诉他？”这才是重点。

她想了想，道：“下一次回来再看吧。”也许等到合适的时候，她会告诉他她就是唐师的。

“那你打算什么时候走？爹爹送你。”唐啸说道。

“不用。”她摇了摇头，道，“我傍晚就走，自己上路很方便的。只不过到时候凌云若是再来找我，爹爹帮我圆过去就好。”

唐啸点了下头，道：“好，我知道。那一会儿让厨房的人准备些糕点什么的，你在路上可以吃。”

“好。”她笑盈盈地应道。

到了傍晚时分，她收拾妥当之后，便将她爹爹给她准备的一些果子和糕点等干粮放进圆竹空间里，独自一人悄然离开了唐家……

两天之后，一条弯弯曲曲的山路上，一身简单的青衣、腰间斜挂着一根圆竹、顶着一颗光秃秃的脑袋的小和尚边走边哼着小曲。

比起待在唐家，她更喜欢穿着一袭简单的青衣，顶着一颗光头当个小和尚，更喜欢到外面看看广阔的天地，因为这种自由自在的感觉真的让她很舒服。

清晨空气中带着青草味，那是属于大自然的清新气息，还有那徐徐的微风拂面而来，让她舒服得忍不住眯了眯眼。

身后似有车轮的声音伴随着小调传来，她退至一旁看去，见是一名老汉拉着一马车稻草，高高的稻草堆积在马车上，如同一座小山，赶车的老汉戴着斗笠，还唱着不知名的歌调。

她看着老汉驾车往前行去，下一刻，脚尖一点跃起，轻轻地落在那稻草堆里，舒服地躺了下去，听着前面老汉哼着歌调，看着头顶上的蓝天白云，唇角微微扬了起来。

她闭上眼睛，运起了体内的灵力气息修炼起来……

空气间淡淡的灵力气息随着她的修炼被她吸入体内，随着灵力气息的运转，一点点佛光圣力也在经脉之间流动着，渐渐地弥漫在她身上，将她整个人包裹起来。

闭着眼睛的她并不知道，此时她身上弥漫着一层淡淡的佛光，而在空气中更有旁人看不见的一点点淡淡的功德之力从四方涌来，汇入她的身体。

她躺在稻草堆里，稻草的柔软让身体往下陷去，因此此时她身上散发出来的佛光也被周围的稻草挡住，并没被人看到。

半个月后。

在皇城中处理事务的墨烨，收到了拍卖行传递回来的消息……

书房外，黑风有些担心，不时地朝书房看去，道："唐师这么久没有消息，主子都差不多把他忘记了，可怎么突然又有他的消息传来了？主子该不会又把主意打回唐师身上吧？"

"主子的事情，你少议论。"暗一提醒道，"主子做事向来有分寸，怎么做都有他的道理，我们只需执行就好。"

"话是这么说不错，可主子不是对那唐家大小姐有意思吗，怎么就不把她抢过来呢？咱们主子要颜有颜，要钱有钱，实力还比南宫凌云强，要抢肯定是抢得过南宫凌云的，而且这段时间我看得很清楚，主子对那唐家大小姐是真的有那么点儿意思的。"

要是没有意思，他能替她吸毒？能亲自抱她回家？要是没有意思，他能一直关注她的事情，为她安排好所有的一切？

"主子做了那么多，那唐大小姐却不知道，我真替主子觉得吃亏。"黑风嘟囔道，实在是搞不明白主子到底是怎么想的。

暗一没有说话，只是朝书房看了一眼，神情微动。暗一想着，主子应该是对唐家大小姐动了真心的，要不然不会为她做那么多，只是又顾忌自己是天咒之子，活不过二十五岁的命数，若是真的将唐大小姐从南宫凌云那边抢过来，却无法厮守一生，岂不是害惨了他所爱之人？因此，他为她安排好一切，也守住了心中的感情，只愿看

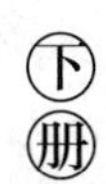

着她幸福。

世人都说他家主子冷血无情，却不知主子只是没遇到对的那个人而已，至少无论是唐师还是唐家大小姐，主子对他们都是……

不过……唐师和唐家大小姐？暗一脸上浮现出一抹古怪之色，脑海中闪过一个念头：主子特殊对待的两人，一个是唐师，一个是唐家大小姐，年岁相当，容颜相似，莫不是唐师真是唐家的什么人？主子是将对唐师的感情移到唐家大小姐身上去了？

若是这样也说得通，为何主子对唐家这般关注，还突然对唐家大小姐上心，想来是因为得不到唐师，所以把这份感情转移了？

一瞬间，向来沉默寡言的暗一仿佛在这一刻懂了什么一般，神情都变得古怪起来。

“愣着干什么呢？主子叫我们呢！快进去！”黑风见暗一愣在那里，脸上的神情还古古怪怪的，当下伸手一拽，将暗一拉进书房。

“主子！”两人进了书房，恭敬地唤了一声。

“收拾一下，把府里的事情都安排好后跟我走。”墨烨一边交代，一边处理着手头的事情。

“是。”两人相视一眼，当即应了一声，迅速出去着手安排。

将事务都处理好之后，墨烨才停下手来，把玩着腰间的白玉平安扣，想到底下的人说唐师现在就在拍卖行那边，便想过去一趟，好好跟她道个别，因为他已经决定，将这边的事情安排好后，便要起程去仙人之地了。

在城中静下心来修炼的唐宁不知外面的事情，她布了阵法和结界，因此并不受外界各种声音的打扰。

房间里，她盘坐在床上，身上涌动着一股纯净的灵力气息，淡淡的佛光圣力游走在她的经脉之间，推动着她体内的灵力气息，助她进阶。

与旁人的苦修不同，哪怕她不吃有助于进阶的药物，在她身体里的佛光圣力的相助之下，她也会进阶得比别人快。

此时，她的实力品级一阶阶地往上涨着，身上的灵力气息在佛光圣力之下更显纯净，身上淡淡的佛光渐渐隐去之时，灵力气息越发浓郁，更似染上了一层金光一般，自然而流畅地汇进丹田之处，实力一连进阶，直到灵师九阶巅峰时方才停了下来。

她将一身的气息尽敛，这才缓缓地睁开眼睛，抬手一握，感觉到手中力量的汇聚，不由得微微一笑——灵师九阶巅峰了，待寻得恰当的机会便可筑基了。

她起身撤了结界和阵法，对外面吩咐了一声，让他们准备沐浴的热水。

泡了个澡后，她穿上一袭新的青衣，走出院子。

“唐师。”胡管事连忙迎上前。

“怎么啦？”唐宁问道，目光落在胡管事身上。

“我家主子得知你在这里，已经赶过来了，说是有事要跟你说，让你到时别急着走，先在这里再等一等。”

墨烨？她心中微讶，却仍应了一声：“我知道了。”这地方是墨烨的势力范围，而她又借这拍卖行来收集灵药，墨烨会知道她在这里倒也不奇怪。

接下来的几天，她着手收购灵药，还送出了四枚平安符。几天下来，灵药也收集得差不多了，她便闭门不出。

不过还是有不少人拿着灵药想要来换丹药，因此经常堵在拍卖行外面。

这一天，墨烨也来到了拍卖行。

“你是走后门进来的？”唐宁看着他，发现他好像瘦了。

墨烨深深地看了她一眼，移开目光应了一声：“嗯，前门被堵死了。”说着，他走到前面的桌边坐下。

黑风让人迅速把桌面收拾干净了，本想退到院外，但看了看主子，又看了看唐师，想了想，还是静悄悄地站到了一旁——他绝对不是为了偷听，而是为了主子叫他时，他能更快地来到主子身边。

“你吃过了吗？要不让他们给你准备些吃的？”她也来到桌边坐下，看向端坐着的他，问，“你最近是不是很忙，怎么看起来瘦了？该不会没按点儿吃饭吧？”

“最近是有不少事情要处理，可能是没休息好，也没什么胃口，吃不吃都无所谓。”他应道，看向她问，“你下山要办的事情都办好了吗？可是要回学院去了？”

“嗯，办好了，是打算回学院了，我见这城里也挺繁华的，便想着用三瓶灵液换些世家珍藏的灵药，没想到引得各方跑来堵门。”她一只手托着脸颊笑了起来，道，“我这回借了你的地方易换灵药，这佣金多少，可还没算给你呢。”

“我也不差你那点儿佣金。”墨烨说道，端起面前的茶水抿了一口。

“这样啊！那岂不是又占了你的便宜？”她笑眯眯地看着他，问，“你怎么越来越大方了？”

墨烨抬眸瞥了她一眼，问：“我何时对你不大方了？你莫不是忘了，第一回见面时，我便让人赏了你满满一钵金币？”

“忘不了，忘不了。”她笑了起来，打趣道，“毕竟也不是谁都像你夜王一样有钱，一赏就是满满一钵金币的。”

墨烨唇角微勾，神情缓和了几分，道："知道就好。"

"你这一路过来累不累？用不用先去休息一下？"唐宁见他眉宇间带着几分疲惫，而且精神气也不是很足，便问道。

"不用。"他摇了摇头。

见此，灵动的眼睛一转，她想了想，道："那让厨房给你做点儿吃的？"

"没什么胃口。"他还是摇了摇头。

他本来就不是重口腹之欲的人，再加上这段时间忙起来，时常一天只吃几口饭就吃不下了。

"一顿不吃可不行！这样吧，反正我闲着也是闲着，就亲自给你做碗吃的吧！"她兴致勃勃地说道。

闻言，墨烨微讶："你？"他很是怀疑地看了看她。

"对啊！你坐一会儿，我去厨房看看，应该还有鸡汤。"她兴致一来，拍了拍他的肩膀让他在这里待着，便往厨房走去。

一旁的黑风不由得呆了呆，上前一步，道："主子，这唐师一个大男人哪会做什么吃的啊！这又不是烤肉什么的直接放火上烤就好。主子想吃什么，还是让厨房的人做吧？"

唐师做的东西能入口？黑风是真担心唐师做出什么黑暗料理，把他家主子吃坏了。

墨烨微怔，看着那道往厨房走去的身影，顿了一下，便站了起来，也跟着往厨房的方向走去。

墨烨在厨房外面停了下来，透过厨房的那扇大窗看到她在里面找着什么东西，没一会儿，便拿着面粉在那里搅拌着。

他在不远处的石桌边坐下，看着她在里面忙碌，目光微闪，也不知在想什么。

黑风见自家主子在石桌边坐下，便凑上前去，在窗口那里看着，好奇地问："唐师，你要做什么吃的？"

"做面。"唐宁头也没抬地道，"拉面。让你家主子等一会儿。"

黑风本来想问唐师到底会不会做的，但看唐师揉面什么的好像还挺熟练的，不由得把到了嘴边的话咽了回去，退回到自家主子身边。

"主子，唐师说他给你做面吃，说是拉面。"黑风说道，心下还是很怀疑，唐师做出来的东西能吃吗？

"嗯，我听到了。"墨烨淡淡地应道，目光落在那道忙碌着的身影上。

厨房里的人帮着打下手，唐宁的速度倒也快，她下了面之后捞起来，放在一个已经盛好鸡汤的海碗里，又夹了两根烫好的青菜，再放上一些卤肉，盖上一个鸡蛋，最后再放上一小碟子酸菜。

满意地看着自己做出来的成品，见卖相还不错，香味也足，她便端着往外走去，将那一大碗面放在墨烨面前，笑眯眯地道：“怎么样？看起来卖相还不错吧？”

墨烨看着面前的一海碗面，又看了看她，意外地道：“没想到你还有这手艺。”说完，他先用勺子喝了口汤，再夹了面就着肉吃着。

“色香味俱全。”他赞了一声，便继续吃。

她这一碗面确实做得极好，汤汁浓郁，配料又足，而且有酸菜搭配，原本没什么胃口的他一吃起来就停不下来。

“虽然像你这样的修为都可以辟谷了，但其实还是吃五谷好，至少比那辟谷丸好吃。”唐宁坐在旁边，一只手托着脸颊看着他，笑眯眯地道，“这碗面也算我给你的佣金了，不白占你的便宜。”

墨烨一边不紧不慢地吃着，一边听着她在那里说，一大碗面没一会儿就吃掉了一大半。

旁边的黑风见那一碗面实在是太多了，担心主子要是都吃完会不会太撑，于是想了想，道：“主子，适量就好，适量就好，饭只能吃七分饱，你要是把这么一大碗全吃了，肯定过量了。”

“嗯，黑风说得是，这一碗是两人的量，你吃下去估计会太撑，剩下的就不要吃了。”旁边的唐宁也开口说道。

她是因为做的面有那么多，就顺便全煮了，还特意拿了个超大的海碗来装，不过看他这会儿吃了面又喝汤，连肉和蛋也一并吃着，还没有要停下来的样子，也不由得有些担心起来——他可别真吃撑了啊！

墨烨没理会两人，依旧不紧不慢地吃着。他把面吃了，把肉和蛋也吃了，把两根青菜也一并吃了，这才放下筷子来。

见他终于停下来，黑风暗暗松了口气，正准备将碗端走，谁知……

“你做什么？”墨烨瞥了黑风一眼。

“属……属下把碗收一收啊。”黑风愣了下，被他那目光吓得说话都有些颤抖，愣是没明白自己哪里做错了——这面也吃完了，肉和蛋以及青菜也吃完了，不把碗收一收，难道还放这里摆着？

“放着。”墨烨说道，伸手松了松腰带，在唐宁和黑风错愕的目光中，神情自若地把那个海碗端了起来，直接把那大半碗汤给……喝光了！

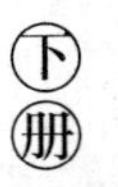

唐宁错愕地看着他，半晌无言。

黑风更是以手捂住眼，实在是没眼看了——这真是他家高冷又尊贵的主子吗？

墨烨放下碗，没形象地打了个饱嗝儿，看了眼对面呆呆地看着他的唐宁，耳朵

微微泛红，轻咳一声，有些不自然地道："这面很好吃。"

唐宁微呆地点了点头，目光则不由自主地往他的肚子瞄了瞄，看着那吃得都鼓起来的肚子，有些迟疑地道："要不你先去休息会儿？"

他吃得这么饱，估计走动都难吧？这会儿最好就是躺一躺了。

"好。"他应道，站了起来，对唐宁道，"我晚一点儿再找你聊聊。"估计也意识到自己吃太多了，尤其是面对她那错愕又惊呆了的表情，他也不好意思再坐下去，便先行离开。

黑风见自家主子走了，终于回过神来，忙快步跟上前。

唐宁看着他们离开后，又看了看那个海碗，端起来一倒，一滴汤汁也没了，喃喃低语："不是说没胃口吗，怎么还能吃这么多？"

她也往院中走去，又交代了一声，让小厮拿了点儿消食的给他送过去。

因墨烨回了房中休息，她闲来无事，在院中转了一圈后，便也回房了，拿出一些小玉器雕刻起平安符来。

第二十七章　忍痛放手

直到傍晚时分，墨烨沐浴过后才走出房门，见唐宁已经在院中坐着了，便走了过去，在她旁边坐下。

“你这一趟是特意过来找我的？是有什么事吗？”唐宁询问道，因为原本胡管事就说，希望她可以在这里等一等他家主子。

“也没什么，就是许久没见你了，听说你在这里，便想跟你聚聚。”目光掠过她白皙的耳垂处那枚紫色耳钉，落在她精致的眉眼处，墨烨问，“最近一切还好吗？近期有没有什么打算？”

唐宁想了想，道：“最近还不错，各方面也没遇到什么麻烦。至于打算，我想着这趟回学院后去藏书楼待一段时间，再到外面游历一番，提升一下自己的实力之后，再准备准备，去仙人之地看看。”

闻言，墨烨道：“灵师九阶巅峰，你这是刚进阶没多久？”

“嗯，这两天静下心来修炼才突破的，我想着先缓一段时间，再找恰当的时机筑基，等实力渐稳了，这边的事情也安排妥当了，就起程去仙人之地。”

她在凡人之地不会留太久了，唐家有她爹爹坐镇，她不用担心，所以她打算下一次回家便将唐师的身份跟南宫凌云说一下，同时也告诉南宫凌云她对日后的安排以及打算。

至于两人最后能走多远，还得看这缘分究竟有多深。

墨烨沉默了一下，似乎在想着什么，过了一会儿，才道：“你若要筑基，我建议你备三枚上品的筑基丹，做好一切准备之后再筑基，普通筑基多数只开八脉，但你若能开十二脉，则为天道筑基，不仅日后修炼实力会突飞猛进，而且实力远非同阶的筑基修士可比。”他看了她一眼，继续道，“不仅如此，天道筑基的修士在修仙路上可以走得更远，根基也会更为扎实。只不过筑基本身就是弃凡胎、淬仙骨的一个逆天改命的过程，若无筑基丹，修士从不敢轻试筑基，因为三道天雷不容情，没有筑基丹相助根本扛不住，而天道筑基更是万中取一，凶险也绝非普通的筑基可比，若能筑基成功也就罢了，若是筑基不成，轻则实力后退，重则当场殒命。”

闻言，她微讶，问道：“一定得筑基丹？筑基灵液不行吗？像这一次我拿来易换的灵液就是提升实力的。我提炼了药物中的精华汇聚成一滴灵液，效果也不错。”

“灵液对身体来说更容易吸收，但若是营养补给的话用灵液还可以，若是要助进阶，最好还是将之炼制成丹药，丹药中蕴含的灵力不会轻易消散，进入身体之后也会随体内灵力气息的转动而挥发，对修仙之人的筋骨更有用。”墨烨抿了一口茶水，道，“天龙学院的藏书楼里应该有炼制丹药的书籍，至于丹炉，我这里倒是有一个，你可以先将就着用。”

“你还有这东西？”她微讶地看了他一眼，接过他递过来的丹炉看了看，道，“看起来像香炉。”

听了她这比喻，墨烨瞥了那丹炉一眼，赞同地道：“确实挺像的。”

“对了，我把这边的事情处理完，就要起程去仙人之地了。”他似不经意般提起。

听到这个消息，唐宁愣了一下，问：“你要去仙人之地？不回来了吗？”

“嗯，把这边的事情安排好就动身，以后若是有时间会回来看看。”他敛下眼眸，静静地喝着茶。

听了这话，唐宁道：“我知道了，这趟过来你是来告别的，看来你确实是将我当成朋友的。”她笑了笑，伸手拍了拍他的肩膀，道，“那我就先祝你一路顺风，事事顺利。等将来我去了仙人之地，我们再好好聚聚。”

见她又伸手拍他的肩膀，墨烨有些无奈地道：“你这拍人肩膀的毛病得改一改。”

闻言，唐宁缩回手，讪讪地摸了摸自己光秃秃的脑袋，笑眯眯地道：“好好好，我下回一定注意。”

谁让她总是不经意间将自己当成男的呢？她女扮男装久了，男子的习性倒是学了不少。

墨烨把玩着面前的茶杯，道：“我听说你们学院的南宫凌云拜了元婴修士为师，而且他的实力也已经达到灵师巅峰。”

“不错，他应该是得了些机缘，才有如此神速的进阶速度。”唐宁点了点头，道，“作为学院的第一人，我觉得他日后在修仙这条路上会走得很远，再加上他还在学院就已经拜入仙宗，仙路更是平坦好走。”

“你觉得此人如何？”他询问道，目光落在她脸上。

闻言，唐宁笑道：“自然是不差的，无论是天赋还是品性，都极佳。”

墨烨敛下眼眸，道：“听说他有个青梅竹马，还对他的小青梅一往深情。”

“这事你也知道啊？”唐宁微讶，看了他一眼，笑眯眯地道，“看来你关注的各方消息还不少啊，连这种事情也知道。”

墨烨看了她一眼，不紧不慢地道：“那是因为我有一回走夜路顺便救了他们。”

听了这话，唐宁便知他说的是哪一回了，点了点头，道：“其实在学院里南宫凌云不是我手底下的学子，他的事情我也很少过问，所以知道得也不是很清楚，只听司徒南笙他们说过，他对他的小青梅确实挺上心的。”

墨烨听了，只是看了她一眼，没再问。

因墨烨在这里，又知道他再过不久就要去仙人之地了，原本准备去学院的唐宁就多留了一天。

这一天，她辞别了墨烨，准备离开。

“我送你吧。”墨烨说道，陪着她一同出了拍卖行。

两人一路有一搭没一搭地聊着。到了城门口，唐宁道：“好了，就送到这里吧。到时你去仙人之地，自己多加保重。”

“嗯。”墨烨应道，并没有多说。

唐宁看了看他，本想说些什么的，但最后也没多说，只是双手合十，眉眼一弯，笑眯眯地对他道：“阿弥陀佛，施主，此去仙人之地，还望多加保重，他日有缘，我们再聚。”

闻言，墨烨的眸子深深地凝视着她，唇角微微勾了起来，露出一抹似有若无的笑容，他道：“小家伙，照顾好自己。”话音落下，他的手也伸出，揉了揉她那光溜溜、一根毛发也没有的小脑袋，他眼中闪过了一抹宠溺的笑意。

这世间也就这么一个唐宁，身为女子，竟能给自己剃成光头，而他一直想要摸摸她这颗泛着亮光的小脑袋，今天倒是如愿了。

至于这手感……

“知道。我走啦！”她退开一步，摸了下自己的小脑袋，笑眯眯地道，“墨烨，你这摸别人脑袋的坏习惯也得改一改啊！”

她这颗光头，可不是谁都能摸的啊！

闻言，目光带笑，墨烨意味深长地道：“你的这颗脑袋，与旁人不同。”所以，他也只对她的这颗脑袋感兴趣，别人的他是不会伸手摸的。

她神情得意地扬起精致的下巴，笑眯眯地说道：“那是，我就是天空中不一样的

烟火。”说完，她朝他挥了挥手：“我走啦！谢谢你送我的丹炉！”话音一落，她便转身离去。

看着她那傲娇又得意的模样，墨烨目送她离去，看着那道身影渐渐地消失在视线里，低喃道：“是啊！你为何要如此与众不同呢？”

另一边，唐宁将圆竹往空中一抛，看着圆竹变大后停在面前，跃坐上去，道：“我们走吧，回学院去。”

本想回学院的她在半路上想到墨烨送她的丹炉，便又改变了主意，去了一处无人的森林，学着炼制丹药。

在无数次失败后，她终于炼制出筑基丹，还是极品筑基丹。

“吃一颗试试应该没关系吧？”她自言自语，看着面前这枚白得发光又溢着灵力气息的丹药，忍不住拿起便放入口中。

筑基丹一入口，浓郁的灵力气息便伴随着药香在口中弥漫开，她还没尝出是什么味，丹药就顺着喉咙滑了下去。她伸手顺了顺胸口，感觉着丹药下腹后的反应。

“不咸不淡，只有一股清香味，吃下后好像也没什么感觉啊？”她正疑惑，摸着自己的胸口，准备将丹炉收一下时，脸色却猛然一变。

“糟了！”她一拍脑袋，感觉到体内灵力气息暴涌，当即就地盘膝坐了下来，迅速调动体内的气息，梳理着体内暴涌的灵力。

神识释放开，她看到自己体内的每一条经脉都被那暴涌的灵力气息撑得极大，除此之外，还有一股佛光圣力流淌在灵力之中，随着灵力的涌动而涌向身体的每一条经脉。

“唑！啊！”哪怕她已经迅速盘膝梳理，仍无法将体内暴涌的灵力气息压下来，反而有一种越压越强的感觉，她只能改压为引，顺着灵力气息的行走而梳理。

可纵是如此，随着经脉被强行撑大，那种撕裂的剧痛感也袭来，充斥着她身体的每一寸经脉。

她痛呼出声，额头冷汗直渗，只能一边忍着经脉被撕裂的剧痛，一边引导着灵力气息汇入丹田之处。

随着灵力气息往丹田处凝聚，她体内的灵力气息有了一个宣泄的口子，不料一身的灵力气息并没有因此停下来，反而越聚越多，尽数朝丹田之中涌去。

这一刻，她不禁有些错愕：该不会现在就得筑基吧？

她原想着自己才进入灵师巅峰没多久，就算服下一枚筑基丹，顶多就是巩固一下体内的灵力气息，哪知筑基丹的威力居然这样厉害，丹药一入腹，便是一发不可收。

“死就死吧！自己挖的坑自己填！”她一咬牙，当即便准备冲击筑基级别。

如今她已经服下筑基丹，接下来就看是否能成功筑基了。

这一刻，她想起墨烨说的开十二脉的天道筑基。她想着，他若是知道她在这样的情况下冲击筑基级别，估计得气得脸色铁青吧？毕竟他可是让她准备这准备那的，而现在她是什么都没准备就赶鸭子上架了。

心下轻叹一声，她赶紧敛起心绪，摒弃杂念，静下心来引导体内的灵力气息……

森林中她设下的阵法之内，她浑身脏兮兮的，顶着一颗光秃秃的脑袋，盘膝坐在地上修炼着。她身上纯净的灵力气息涌动，弥漫在她周身，一层淡淡的光芒更是覆盖在她的身体上，灵力与光芒相互映衬，让她整个人透着一股祥和宁静之态，仿佛融入了整个森林之中。

轻风拂面，而她静静地盘膝修炼着，只为能一举突破灵师九阶巅峰，迈进筑基修为……

清晨到黄昏，一天的时间在不知不觉间流逝，次日东方依旧升起朝阳，如同佛光般洒落大地，普照万物。

阵法之内，唐宁依旧盘膝修炼着，阳光洒落在她身上，仿佛为她染上了一层金辉，让她看起来神秘而庄严。

随着时间过去，太阳西落，如同在外玩耍了一天的孩子，乖乖地回到家中。

天色暗下来，森林之中依旧有一道身影，身上散发着淡淡的光芒，如同黑夜中的一颗星星，不是很耀眼，却让人无法忽略。

一连过了数天，终于在这一天的清晨，宁静的森林被一声声轰隆作响的闷雷声打破，森林上方的天空中气流涌动，一片乌云越积越厚，伴随着狂风的卷动，盘旋在天空中。

“啊！”一声仿佛在强忍着的惨叫划过空气，在森林中传开。

已经缩回山洞里的猛兽惊得不由自主地缩了缩身体，呜呜低叫着。

“啊！”正处于开脉阶段的唐宁，仿佛一身的经脉都被撑开，甚至能听到身体里传来咔嚓咔嚓的声音，忍不住大叫着，借此减轻那种让人近乎崩溃的剧痛。

轰隆！咔嚓！天空中，闷雷声响起，乌云里，一道道闪电也在云层中穿梭，但它们就是不劈下来，而是还在凝聚，天空中的气息越积越强大、越凝越骇人。

也幸好她挑的这个地方是深山老林，纵然动静大，其他地方的人也注意不到，要不然这等动静势必引来强者一探究竟。

因为那种经脉被撕裂的剧痛，汗水从她身上渗出，却又被周身的气流烘干，随

着时间过去，她渐渐地忍住了那种剧痛，此时体内的经脉也寸寸打开，一条、两条、三条……直至八条时停了下来。

体内八条经脉泛着耀眼的白色光芒，神识一探，便能发现它们与其他经脉的不同，这八条经脉不仅灵力气息弥漫，还更加强韧、通透，隐隐还能看到一丝佛光圣力游走其中。

筑基多数只开八脉，若是要打开全身十二条经脉，在这一刻就得承受比之前更强烈的痛苦了。

她深吸了口气，调整着身体里的气息，准备打开余下的经脉，实现天道筑基！

“唐师。”

就在这时，一道轻缓又带着一丝忐忑的声音却传入她的神识之中，惊得她心头一震，险些走火入魔。

“谁！”唐宁以神识喝问道，同时迅速稳住因那道声音突然传入而带来的一瞬间的心神不稳。

“对不起，在这时打扰你，但我要是不出声的话，我怕筑基天雷劈下来，我就魂飞魄散了。”

当唐宁再听到那道轻缓又带着歉意的声音时，方察觉，那道声音根本不是从外传入她的神识之中，而是直接从她的神识里传出来的。

几乎是在一瞬间，她脑海中闪过一个念头，震惊而不可思议地脱口而出：“你是唐宁？唐家大小姐唐宁？”

她也叫唐宁，但她是药门至尊唐宁，而刚才出声的，是这具身体的原身，唐家的大小姐唐宁！

“是，是我。”那道声音再度传来。

“你怎么还会在？不，我是说，你的魂魄怎么还会在这具身体里？而我居然这么久都没察觉！”若非她心性超乎常人，只怕还真得走火入魔。

“这事容后再说，现在的情况是，你若筑基的话，三道天雷劈下来我必定魂飞魄散。唐师，我已经死了，可是我不想魂飞魄散。”这声音已经带上一抹哭意。

唐宁沉默了下，眼下这情况，且不说原身为什么还会在这具身体里，但原身说得不错，三道淬体天雷劈下来，什么魂魄都得被打散，还是无法转世投胎的那种。

单单凭她是原身，凭她是唐家大小姐唐宁这一点，唐宁就不可能在明知道她的魂魄还存在的情况下，让她魂飞魄散，不得超生。

“唐师，怎么办？我该怎么办？”那道声音再度传来，已经哭了起来。

唐家大小姐唐宁也不过就是个十四五岁的少女，在面对即将魂飞魄散的情况下，慌了心神倒也正常。

"虽然我不知这到底是怎么一回事，但既然你还在，你就听我说。"已经迅速冷静下来的唐宁缓声说道，声音中带着镇定自若，奇妙地安抚了那哭声。

"嗯，你说。"止住哭声的那道声音再度传来。

"如今我正处于筑基进阶当中，没有太多的时间说其他的。天雷淬体会淬炼一身筋骨和灵脉，任何魂体在这天雷之下都会被打散，眼下你唯有躲进我的神识当中，我以佛光圣力护住你的魂魄，你才有可能避过魂飞魄散的下场，你可明白？"唐宁冷静地以神识说道。

"唐师，你真要让我躲进你的神识中吗？"原身有些迟疑的声音传出。要知道，若是她心生恶念，那唐师可就活不成了。

"除了我的神识，你还有可以躲的地方吗？"唐宁反问道。眼下这情况，原身的魂魄无法从这具身体里离开，天雷一经劈落，原身的魂魄只会被打散，唯有进入她的神识之中，她再以佛光圣力相护，才能保原身不会落得魂飞魄散的下场。

闻言，原身感激地道："多谢唐师。"

唐宁用神识扫视了一下自己的身体，最终在丹田的一角发现那缩成丹药大小的光团，当下凝聚出一股佛光圣力将之包裹，护着那光团避开体内汹涌的灵力气息，一路来到她的神识之中。

她调整好体内的气息后，摒弃杂念，再度专注于体内开脉的情况。

八脉是开了，但还远远不够，她要开十二脉，要天道筑基，为日后的仙途大道打下稳固的基础！

轰隆！闷雷声不断，乌云似骇浪般在森林上方的天空中涌动着，狂风涌起，呼呼作响。

时间一点点过去，第九条经脉被打开，那种疼痛仿佛有人拿着刀子在挖着她的皮肉，让她痛不欲生。

"啊！"她双手握成拳头，仰头一吼，一身灵力气息暴涌，如同滔滔江水汹涌而下，冲击着体内未开的经脉。

轰隆！轰隆……雷鸣之声越发响亮，乌云也越逼越近、越压越紧，仿佛伸手可触一般。

这一刻的唐宁，强忍着那股椎心剧痛，借着汹涌的灵力一路冲击体内余下的经脉。

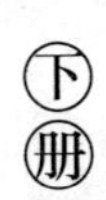

第十条、第十一条，直到第十二条经脉打开之时，她体内达到极致的经脉在这一刻发出咔嚓咔嚓的声音，十二条经脉寸寸断裂……

"啊！"她双手紧紧地握着拳头，仰天一声大吼，体内的气息在这一刻尽数涌向丹田处，刹那间，就如一片湖泊被那汹涌冲下来的江河之水填满、溢出，一身灵力气

息在这一刻涨到巅峰。

天空中涌动着似猛兽般发出咆哮的乌云，咔嚓一声电光闪过，整个天空都仿佛裂开一条裂痕一般，下一刻，凝聚了数天的乌云当中猛地劈下第一道天雷。

轰隆！砰！

雷霆之声响起，震得整个天空都回荡着这道天雷的声音，强大的天雷威压劈落在下方的唐宁身上，刹那间强大的天地之力在周围荡开，方圆十里树木东倒西歪，地面更是震动着，裂开一道道裂缝。

轰隆！不过喘了口气的时间，第二道天雷紧接着从天空中劈下，精准地落在唐宁身上。那天雷的威力传遍整个身体，流过每一条经脉，她原本寸寸崩裂开的经脉在这第二道天雷之中以肉眼可见的速度连接起来。

轰隆！第三道天雷间隔了半炷香的时间劈落。这一道天雷同样蕴含着强大的天地之力，淬炼着唐宁身体里的每一条经脉、每一寸筋骨，助她脱去凡胎，真正踏入修仙大道！

若是有人看得见，便会知道，她身体里的每一寸筋骨和经脉都仿若新生，纯净的仙气挟带着金色的佛光圣力弥漫其中，洗涤着她的每一寸身体，滋养着她的每一条经脉，带动着灵力气息的进阶，从初入筑基一直往上蹿，直到达到筑基九阶巅峰方平息下来……

天空中的乌云如潮水般退去，狂风也随之停歇，取而代之出现的是一片七彩霞光铺遍整个天空，仙乐从云层深处传来，在那七彩霞光之中浮现出一片仙气飘飘的海市蜃楼。

百花盛放的仙境之中，十二名身姿曼妙的仙子身穿七彩衣，有的素手拨动琴弦奏乐，有的罗袖舞动献上仙舞，仙鹤展翅飞翔，喜鹊在那七彩霞光中连成圈旋转着……

这一景象在这一刻分别出现在八个天之角，无论是凡人之地，还是仙人之地，在这一刻皆能看到天空中出现的那海市蜃楼，以及那片七彩霞光。

这海市蜃楼七彩仙境一出现，在凡人之地和仙人之地都引起了极大的轰动和震惊，尤其是仙人之地的各个宗门的人，在不可思议中皆坐不住了。

“百花盛放，仙娥奏乐，七彩霞光中现海市蜃楼，仙鹤、喜鹊相贺，这是有人开了十二脉，天道筑基成功！”

“传说中的天道筑基！这人到底是什么人？”

“这都多少年没有人天道筑基成功了？这个筑基的修士是在哪个地方？可有人知道？”

“这动静若是在仙人之地，必定引得各方强者前去探究，如今仙人之地各处皆没有异象，那就只能是在凡人之地了。”

“嘫！不可能吧？凡人之地灵力缺乏，筑基修士更是寥寥无几，又怎么可能会有人做到天道筑基？”

几位正聚在一起的修士议论着。

有人说道：“此子能做到天道筑基，必定是修炼奇才，得将他找出来，收入宗门之中培养，日后必定能成为一方强者。”

仙人之地的人在议论，而在凡人之地，对知之甚少的他们而言，看到七彩霞光、海市蜃楼，只当是天现祥瑞，议论着可能是有什么喜事发生。

凡人之地的人与仙人之地的不一样，纵然是世家的家主，也并不知道什么是天道筑基，他们接触得较少，知道得也较少，却知道天现祥瑞，必有喜事。

倒是天龙学院的院长，看着那天空中出现的祥瑞，惊讶地低语：“这是有人天道筑基成功了？天道筑基，脉开十二条，可不是一般人能办到的啊！也不知这个成功天道筑基的人到底是个什么样的人？”

与此同时，那带着两名宗门弟子、在凡人之地寻找妖星的成阳尊者，在看到那天空中出现的七彩霞光后便朝那处掠去，想看看这个天道筑基成功的人究竟是什么人，在凡人之地还能开十二条脉，成功天道筑基，此人必定是修炼鬼才，若能将之收为弟子，日后必定有大作为。

在那森林之中盘膝而坐的唐宁，在一身气息平稳下来后便睁开了眼睛，轻轻地呼出一口气，看到的正好是天空中出现的景象。

“进阶还有仙娥奏乐？”她不由得笑了起来，欣赏着那仙境一般的画面。

直到那画面渐渐消失，她才站了起来，迅速将周围的东西收拾好便转移了。

虽说是在深山之中，但这样的动静只怕也会引来一些不必要的麻烦，而她最不喜欢的就是麻烦了，迅速离开这里才是最要紧的事情。

更何况她的神识里还有原身的魂魄在，她还得弄清楚这到底是怎么一回事，怎么连一道魂魄藏在身体里她也没察觉？

在她收拾了东西，抹去痕迹离开后不久，成阳尊者便来到唐宁筑基的地方，只是已经找不到人了……

入夜之后，唐宁在一户人家借宿。

布下结界之后，她盘膝坐在床上，将神识里那个用佛光包裹着的光团移了出来。随着将那光团移出到手心，她才知道，原来这已经不是魂魄了，只是一缕残念，因为受她体内佛光的庇护，才能凝实成团。

“唐宁。”她唤了一声。

“唐师。”掌心的光团跳动了一下，也唤了一声。

听到这声音，知道这具身体的原身就在这里，这一刻唐宁心中百感交集，当初来到这具身体时，原身已经死了，却不想还有一缕残念留在这具身体里。

“我叫你小宁，可以吧？”她询问道。

“好。”光团应了一声。

唐宁看着手中的光团，满是歉意地道：“对不起，我占用了你的身体。”她不仅占用了原身的身体，还继承了原身的一切。

光团静静地待着，沉默着，过了一会儿才黯然地道：“唐师，我已经死了。”她已经死了啊！活生生被吓死的，唐师是在她死后成了她，替她活了下来。

唐宁沉默着，没有说话。是啊！原身已经死了，现在剩下的只是一缕残念而已。

“我已经死了，活生生被吓死的，我的三魂七魄也被吓离身体，不知去处，因此我无法投胎转世，只有一缕残念留在这具身体里，一直浑浑噩噩，像被困在一间黑色的小屋子里一样，就像那一夜那间可怕的小屋子。”小宁的声音轻轻的、幽幽的，带着一丝颤抖传来。事情过去那么久了，但只要想起，小宁仍感到恐惧、无助、绝望。

“直到有一天，这里面偶尔会有零星的佛光洒进来，我才渐渐地苏醒。只是我不敢出声，我怕你会将我除掉，所以我一直在角落里静静地看着，看着你为我报了仇，看着你带我回家，看到了我爹爹，以及凌云哥哥。我的凌云哥哥啊……唐师，我是真的很喜欢他，我看得到他，听得到他，却碰不到他。”小宁轻轻地说道，声音中带着落寞与惆怅。

唐宁没有说话，只是静静地听着。

“我看到他一次次地对你表白，看到你一次次地拒绝他，看到他每次失望地转身的落寞，我不明白，像他这么优秀出色的人，你为什么就不动心？”

目光微闪，神情带着一丝沉思，唐宁似乎也在想：像南宫凌云那样优秀出色的人，为什么她就不动心？

不过动心是怎么样的？她没经历过，并不晓得。

“所以我悄悄地出来了，我想让你喜欢他，他那样好的人，我想也只有你这么出色的人才配得上他，我利用我的执念试图影响你，让你慢慢地喜欢上他，但是……”小宁没想到，唐师的意志根本不是她的执念能影响得到的，但幸好后来因为凌云哥哥舍命相救，为唐师挡去致命的一剑，才让唐师终于动容，而她的执念也在那一刻起到了一点儿作用。

唐宁并没有计较她利用执念试图影响自己的事情，而是轻叹一声，问：“你那么喜欢他，难道就舍得将他拱手推给我？”

唐宁一直以为，那只是原身留下的对南宫凌云的一缕执念，没想到……竟是如此。

“唐师，虽然我已经死了，但你还活着，看到你活着，就如看到我活着一样，而且我知道你的一切，知道你有多么优秀出色，如果你们两人能在一起，也算成全了我最后的心愿。”

唐宁笑了起来，摇了摇头，道：“不，不一样的，我就是我，我并不是你，哪怕这具身体是你，但因灵魂的不同，也会有不同的人生、不同的未来，以及不同的选择。”唐宁笑了笑，继续道，“因为南宫凌云的舍命相救，因为他以为我无法修炼仍一片真心相待，所以我动容了，也是为了成全你的执念，我给他一个机会试着去接纳他。只是，我想更多的时候我应该是将他当成一个兄弟，当成我手底下的学子在看待吧。既然你还有一缕残念在这里，那到时候我找个机会，让你和他做个了断吧？”

“不，不要！”唐宁掌心里的光团连忙跳动起来，“不要，不要让他知道我已经死了，不要让他知道你不是我，不要……”

唐宁微怔，问：“为什么？”

光团沉默下来，静静地停在唐宁的手心处，良久，才带着一丝彷徨、一丝无助、一丝迷茫，以及一丝落寞地道：“我害怕，我害怕他喜欢的那个人是回城后在大街上遇到的唐宁，我害怕他喜欢的是那个在唐家大门前出现化解了唐家危难的唐宁，我害怕他喜欢的是那个洋溢着自信神采又古灵精怪的唐宁，我害怕从他口中听到……”

听了这话，唐宁便明白了：南宫凌云认识的是幼年时的小宁，却不认识长大后的小宁，当他从学院归来，遇到的已经不是小宁了。

“我明白了。”唐宁开口说道，只是脑海中在想，既然这样，那这事怎么解决？

“爹爹那里，我也不想让他知道我已经死了。”小宁小声说道，声音落寞，“他要是知道我是活生生被吓死的，一定会很伤心。像现在这样就很好，虽然我死了，但你代替我活着，代替我陪在爹爹身边，这样就够了。”

闻言，唐宁想了一下，道：“你现在这样藏在身体里也不是个事，这样吧，我先为你找一件可依附暂居的容器，将你放到万年观音竹的空间里温养，等我找个时间再为你将丢失的魂魄找回，送你去投胎可好？”

“可以不把我放进圆竹空间吗？我想跟着你，多看一眼外面的世界。”

“在身体外和身体里是不一样的，你又只是一缕残念，在我的身体里佛光不会伤到你，但若是在外面的话就不好说了。”唐宁摸了摸脑袋，想了想，道，“以前不知道你也待在身体里是一回事，现在知道了，自然就不能再让你待在里面了。”

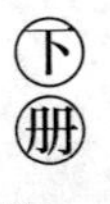

毕竟小宁若依旧待在身体里，那几乎可以说她对小宁来说就没有任何保留，什么都在小宁的眼皮底下了，这种没有秘密的感觉她并不喜欢。

“有了。”唐宁眼睛一亮，取出一个小小的玉葫芦来，在上面刻下一个符纹，再注入一道佛光，这才道，“你就先待在这玉葫芦上吧。我将这葫芦系在腰间的乾坤袋上，这样你就能看到外面的世界了，而这上面的符纹也可以温养你，待到日后为你寻齐魂魄，便可送你投胎转世了。”

“好，多谢唐师。”光团飘到那个玉葫芦上，依附在上面。

然后玉葫芦被唐宁系在腰间。

解决好这事后，唐宁轻呼出一口气，这才在床上躺下休息。

她并没有急着回学院，而是先在这里住了两天，将一身的筑基气息调整好之后，将修为敛起，这才起程往天龙学院走去。

天龙学院开学的时间也将到了，学院里的学子陆陆续续地归院。司徒南笙和叶飞白他们也都提前来到学院里。

这一天，几人从学院里来到天龙城小聚。

叶飞白抿了口酒，道：“说起来我们都好久没见到唐师了，本以为早点儿过来能见到唐师，谁知他到现在还没回学院。”

“也不知唐师去哪里游历了？我总觉得，要是跟着他一起去，一定会很热闹、很有趣。”高琛开口说道。

司徒南笙则瞥了他们一眼，一副懒懒散散的样子，道：“唐师连寒知和星瞳都没带，又怎么可能带我们去呢？你们就别想了。”

“对了，南宫凌云拜入仙宗一事，你们可都知道了？”叶飞白看向他们，问道。

“听说了，据说他现在的实力已经达到灵师巅峰。这小子怎么进阶得这么快？”司徒南笙口气微酸地说道。

一个实力原本比不上他的人，却一跃成为他们学院里最出色的一个，这风头真是盖过了所有人。

“没办法，有的人就是有仙缘，南宫凌云就是这样的人，我们啊，追不上。”叶飞白轻叹一声，摇了摇手中的扇子，往楼下的大街上看去。

“这趟回去，我家中的长辈还问起南宫凌云了，我离开时还听他们安排着要去南宫家拜访。哦，对了，还有个唐家，这唐家也是厉害，居然一跃成为顶尖世家了。”叶飞白说道，看向他们，“你们家族的人可去过青云城了？”

司徒南笙懒懒地道：“我家的人应该会去，就你说的这两家，听说都要去走一趟，反正我是没兴趣，由着他们折腾去吧。”

“嗯，我们家也派人送了礼过去。”高琛也开口说道。

“咦？你们看，那不是牛哥吗？”叶飞白看到大街上背着一个大包袱，腰间别着一把大斧头的牛大力，不由得笑了起来，拿起桌上下酒的花生米朝牛大力弹去。

牛大力看着熟悉的天龙城，正咧着嘴笑着，提了提背上背着的大包袱，突然感觉有暗器袭来，当即抽出腰间的大斧头便是一挡，同时厉喝出声：“谁？！敢偷袭你牛爷爷！”

锵！花生米击在他的大斧头上，发出一声细微的声音，然而他那中气十足又带着凌厉之势的厉喝之声，却是震得大街上的人一惊，迅速地退开，惊恐地看着手提大斧、虎背熊腰的他。

看到居然是一颗花生米，牛大力有些傻眼了，再看到周围的人正惊恐地看着手提大斧的他，他嘿嘿一笑，露出憨厚的神情，道：“没事没事，不用怕，俺不是坏人。”

楼上的几人看到这一幕笑了起来。叶飞白冲着牛大力喊了一声：“牛哥，这里。”

牛大力循着声音看去，才注意到不远处的酒楼二楼上的几人，连忙将斧头往腰间一别，快步往酒楼走去。

“是你们啊！俺还以为是谁偷袭俺呢！”他大步上了二楼，来到他们旁边，先取下包袱放在一旁，这才在桌边坐了下来。

“你们怎么这么快来天龙城了？去学院了吗？其他人都来了吗？还有，唐师回来没有？俺娘还让俺带了东西给他呢！”牛大力说道，也不跟他们客气，直接唤小二再拿一副碗筷来，坐下便开吃。

听到他的话，三人不约而同地朝他身边的包袱看去。

叶飞白笑道：“我们去学院了，学子回来得还不算多，主要是唐师也还没到，所以我们就先到城里来聚聚，倒没想到碰上你了。”说完，叶飞白看向那个大包袱，好奇地问：“你娘让你带给唐师的？什么东西啊？”

“嘿嘿，俺娘自己做的好吃的，你们这些公子哥儿估计是吃不习惯的，所以俺没给你们带，带来的这些全是给唐师的。”

听到他这直爽的话，司徒南笙似笑非笑地瞥了他一眼，道：“你怎么知道我们都不要？那我们要是想要怎么办？”

“就是，你带这么一大包东西，居然说没给我们带一点儿？牛哥，你也太不够意思了吧？”叶飞白也笑着逗他。

一旁的高琛也笑了起来，道：“像牛哥这般直爽的人也是少有，连客套都不跟我们客套一下。”

牛大力扒了一碗饭之后，又喝了一碗汤，这才放下碗筷，拭了拭嘴，哈哈一笑，朗声道：“跟你们客套什么？俺又不是你们那些世家大族的人，俺说话、做事就喜欢直来直去。再说，都这么熟了，再客套就显得虚伪了不是？”

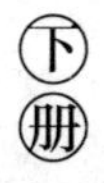

在几人说说笑笑间，唐宁也来到了天龙城中。

一进天龙城，看着这熟悉的地方，她不由得露出笑容来。她在这里待的时间可比在唐家待的时间还要长，还是觉得这里熟悉一些。

她来到城门口的一处小茶摊歇了歇脚，喝了两杯茶之后，这才想着，要不要顺便买点儿什么回学院去。

不料她还没想到买什么，就听见几道惊喜的声音传入耳中。

“唐师！”

她朝大街上看去，便见司徒南笙、叶飞白、高琛以及牛大力四人快步朝这边走来。

看到他们几个，她笑了起来，道：“是你们啊！离学院开学还有些时间，怎么你们这么快就到了？”

“唐师，你这一走走了许久，我们想着早点儿过来，看看你回来没有，没想到还真让我们碰到了。”叶飞白笑着说道，看着依旧是一袭青衣、腰间别着圆竹、顶着一颗光秃秃脑袋的唐师，觉得熟悉无比。

牛大力挤上前，一脸憨笑地道：“唐师，俺给你带了很多俺娘自己做的东西，你看，这满满一大包，都是俺给你带过来的。”

“这么多啊！”唐宁不禁笑了起来，清澈如琉璃般的眼眸一转，笑眯眯地道，“我来猜猜，一定都是好吃的！”

“对，都是好吃的，嘿嘿嘿。”牛大力点头应道。他就知道唐师喜欢吃的，尤其喜欢肉，所以带的这些东西他肯定唐师都会喜欢。

唐宁一拍手掌，笑道：“我就知道。”

“唐师，今天时间也不早了，我们要不先在天龙城住下吧？明天再回学院怎么样？”司徒南笙询问道。

唐宁想了想，便点了点头，道：“也好。”

司徒南笙露出笑容来，道：“我来安排。唐师一定还没吃饭吧？想吃什么？我们陪你去。”

“路上刚吃了个大饼，倒是不饿，先去客栈吧。”她站了起来，对司徒南笙道，“就近住下就行了，不用太麻烦。”

“好。”司徒南笙应道，便带着他们就近找了家客栈住下。

厢房中，牛大力把包袱打开，一边从里面拿出一个个罐子来，一一摆放在桌面上，一边说道：“唐师，这是香菇肉酱，这是酱肉，这是小菜，就粥吃很爽口的。还有这个是酱鸭，是可以直接吃的，放在这坛子里面可以吃很久。还有这些……”

唐宁看着桌上摆着的七八个小罐，以及几个小坛，不由得笑了起来。她打开那个装酱鸭的坛子，直接拿出一块吃着。

一旁的叶飞白和高琛以及司徒南笙看得都忍不住咽了下口水——怎么看唐师好像吃得很香的样子？

“小牛，你娘做的这酱鸭真好吃，平时要是嘴馋了可以直接拿来吃，省事又方便，要是再配上一壶酒，估计就更好了。”唐宁吃了一块仍觉不太过瘾，又拿起一块吃着。

“唐师，看你吃得这么香，分些给我们尝尝？”叶飞白凑上前说道。

“我去拿酒！”高琛说道，然后去楼下拿酒。

司徒南笙则更直接，上前便用筷子夹了一块吃着，边吃还边点头，道：“确实好吃，牛哥，这鸭子也是你家养的？”

“嘿嘿，村子里买的。俺娘做菜最好吃了，你们要是喜欢，下回俺让俺娘多做一些，给你们也弄几只。”看到他们都喜欢吃他带来的东西，他也是欢喜的。

“好啊，你到时候可别忘了。”叶飞白连忙说道，也凑上前夹了一块吃着。

唐宁夹了一些出来，便迅速将其他的全收到圆竹空间里，笑眯眯地道：“尝一点儿就好，别尝太多，这些都是我的。”

“你们都吃上啦？也不等等我。”高琛提着酒上前，给他们倒了一些，也夹起一块吃着。

“唐师，你说过要带我们再出去历练的，什么时候去啊？”高琛心里还是最惦记这事，想跟着唐师一起去外面游历。

又吃了几块酱鸭，唐宁拭了拭嘴角，这才道：“这事啊，估计得再过一段时间，等我安排好其他事情了，再说这事吧。”

司徒南笙抿了口酒，想了想，问：“唐师，最近各地都在传你炼制出一种可以让人进阶的灵液，是不是真的？”

听见这话，除了一脸茫然的牛大力，叶飞白和高琛皆看向唐师。他们也听到这个消息了，就是这段时间，各地传出关于唐师的传奇事情越来越多了。

他们听说，唐师去了一座叫寒山寺的寺院，还救了那寺院里被妖藤困了三年之久的和尚，唐师还在那里当了几天解签的师父，断人吉凶。

他们还听说，唐师救了被山洪所波及的一座城镇里的无数百姓，为他们除去了鼠妖，那里的人甚至为唐师建了一座唐师庙，里面有唐师的金身，受着那座城镇里百姓的香火。

除此之外，他们还听说了很多关于唐师的事情，其中就有最近在疯传的，唐师有起死回生之力，因为唐师救了一个已经断气的孩子，以及唐师炼制出一种可以助修士进阶的灵液，服下灵液的人实力或多或少都会增长，那拿到了灵液的三人，其中两

人因灵液而进阶成为灵师，另一人则步入炼气巅峰。

正是因为这一桩桩、一件件事情，以至于最近各地都在疯传唐师的事迹，猜测着唐师的来历。

他们这段时间虽没有跟在唐师身边一起经历这些事情，但各地传开的那些事情他们多少听说了一些，也正是因此，他们才更希望可以跟在唐师身边，跟着唐师一起游历，他们相信，若是跟在唐师身边的话，一定会遇到很多他们以往遇不到的事情。

牛大力一脸茫然地问："什么进阶灵液？什么消息？"他一路过来怎么没听说？

眉眼一弯，唐宁笑眯眯地应道："对呀！是有这么一回事。"她伸了伸腰，道，"回来时在一处拍卖行里待了几天，顺便拿三瓶新炼制出来的灵液换了些灵药。"

消息传开，他们这些世家子弟自然会收到消息，也没什么好掩藏的，于是她便直说了。

见司徒南笙已经问了，叶飞白便也好奇地问道："唐师，我听说你还有起死回生的能力？是不是真的？你真的将一个断了气的孩子救活了？到底是怎么办到的？"

"救活了个孩子是真的，不过起死回生就谈不上了，因为当时那孩子只是窒息性地喘不上气，也就是陷入假死状态，所以并没有死，只要抢救及时便能将他救回。"

当时要是她不救，估计那孩子就真的死了，不过这种举手之劳又在能力范围内的事情，不值一提。

听唐师说得简单，但他们知道，并不是谁都能将那样一个没了呼吸的孩子救回来的，由此可知唐师的医术已经堪称仙术！

"唐师，你怎么这么厉害？"叶飞白忍不住询问道。明明年纪比他们还小，可唐师怎么就这么厉害？唐师到底是从哪里蹦出来的？什么样的家族能养出像唐师这样的人？

唐宁听了，愣了一下，继而站了起来，拍了拍叶飞白的肩膀，一本正经地道："没办法，像我这样的鬼才百年难得一遇，你们是羡慕不来的。好了，都出去吧，我要先睡一觉，这一路累死我了。"

听了唐师的话，几人嘴角一抽——亏他们还以为唐师会说出什么有哲理的话，结果是一本正经地忽悠他们。

"那我们先出去，唐师先休息吧。等晚上我们再一起吃饭。"叶飞白说道，起身与司徒南笙他们一起走了出去。

唐宁伸了伸腰，往床边走去，躺下便睡。她这一路确实没怎么休息好，都到天龙城了，就先好好休息一下吧。

傍晚，几人一起吃了饭，又到城中游玩了一番，直到次日清晨才一起往学院走去。

到了学院之后，唐宁便自己先回了洞府，司徒南笙几人也先回了住所。

“哑！哑！主人回来啦！”小黑第一个发现她，拍着翅膀飞到她光秃秃的脑袋上，翅膀一张，仿佛趴在她的头上一样，欢喜地蹭了蹭，道，“主人，主人！想死我了。”

唐宁不由得轻笑出声，道：“我不在的时候有没有惹祸啊？”

“没有没有！我一直跟着他们，盯着他们，没让他们惹祸。”小黑一副得意扬扬的样子，仰起脑袋说道。

“主子！”

“主子！”

“唐唐！”

寒知和星瞳快步走了过来。沈星玥也快步走上前，来到唐宁身边。

“唐唐，你可算回来了，再不回来我都快无聊死了。”沈星玥欢喜地抱着唐宁的胳膊说道。

唐宁揉了揉沈星玥的脑袋，笑着问：“有没有听话啊？这些日子你都没回家吗？”

“有啊！我们过年回家了，前几天才回学院的，本来想着在城里等你，不过人太多了，也不知你什么时候回来，所以就到这里等你了。”

“嗯，听话就好。”唐宁点了点头。

“主子在外一切可还顺利？”寒知询问道。

唐宁笑了笑，对身边的小丫头道：“玥儿，你去给我倒杯茶来。”

“好。”沈星玥看到小和尚回来，满心欢喜，也没想是不是打发她离开，便乐颠颠地跑去泡茶。

唐宁来到前面的桌边坐下，看向寒知，眼中闪过一抹戏谑之色，笑道：“这一趟回去，我把我唐师的身份跟我爹说了，你猜他是什么反应？”

寒知一听，目光不由自主地落在她那光秃秃的脑袋上，暗忖：这么说家主知道主子成了光头的事情了？

想到当初家主的交代，不能让主子掉一根头发，现在主子顶着一颗光头回去，寒知简直不敢想象家主得知后的画面。

寒知迟疑了下，问：“家主没找属下吧？”

“不，找了。”唐宁笑眯眯地看着他道，“还一个劲儿地吼着，寒知呢？寒知在哪儿？怎么没回来？！”

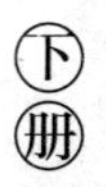

一旁的星瞳听了，忍不住露出笑容来。

寒知则眼皮跳了跳，硬着头皮道："待日后回府，属下一定到家主面前请罪。"

"放心，我爹也没怪你，而且我也跟他说了，你没到我身边时我就剃了头发，这本就不关你的事。"唐宁轻笑道，见他神色僵硬，便也没再逗他。

她从圆竹空间中取出两瓶药来，道："这里有两瓶灵液，可以助你们进阶，你们找个时间把它喝了。"

听她说是助进阶的灵液，两人一怔，不由得相视一眼。寒知道："主子，外面也在传主子炼制了可助进阶的灵液，而且万金难求，这样给我们……"

他们不过是主子身边侍候的随侍，这样珍贵的灵液外面抢疯了都抢不到，可主子拿出两瓶给他们，是不是不太好？毕竟这样的东西，只怕就是唐家的其他少爷和小姐都碰不到。

"给你们就是给你们的，哪来那么多话呢？！"唐宁说道，看了两人一眼，"再说，你们跟在我身边实力太弱也不行，把这两瓶灵液服下后赶紧进阶，要不然日后去仙人之地我可不带你们去。"

一听这话，两人脸上顿时露出错愕又惊喜的神情，问："主子要带我们去仙人之地？"他们没听错吧？主子居然说要带他们去仙人之地？

"怎么？不想去？不想去就留下好了。"唐宁笑眯眯地说道。

"不不不，我们想去，我们想跟在主子身边！"两人连忙说道，上前一步，将那两瓶灵液拿在手中，感激地朝唐宁行了一礼，"多谢主子！"

他们何其有幸，竟能跟在这么好的一位主子身边！

"唐唐，茶来啦！"沈星玥端着茶放在唐宁面前后，便在唐宁旁边坐下，眨着一双带着欢喜的漂亮眼睛盯着唐宁——好像许久没见到，唐唐变得更好看了。

"谢谢。"唐宁端起茶水抿了一口，又拿出一些路上买的东西递给沈星玥，道，"这些是给你的礼物，有吃的，也有玩的，你看看喜不喜欢。"

"这么多啊？谢谢唐唐，你送的我都喜欢！"沈星玥开心地将唐宁送的东西宝贝似的收了起来，只拿着一个泥玩偶把玩，道，"这个我要摆在床头！"话音一落，沈星玥便往洞府跑去。

看着沈星玥开心地跑开了，唐宁笑了笑，站了起来，道："行了，我要去藏书楼一趟，你们该干什么就干什么去。"

"是！"寒知和星瞳应道。

"主人，他们都有礼物，就我没有啊！你欺负鸟！"

小黑幽幽的声音传来，听得唐宁一愣。

"你的啊，你想要什么礼物？"唐宁笑着问道。她还真没给小黑准备礼物。

“哑！哑！真的没我的啊？”小黑幽幽地看着她，脑袋也垂了下来。

见此，唐宁想了想，从圆竹空间中取出一个小坛子来，道：“给你这个吧！酱鸭，别人都没份的。”

小黑一听是独此一份，不由得拍着翅膀飞了过去，停在桌面上，顿时乐了，道：“多夹点儿，多夹点儿。”

“两块，不能再多了。”唐宁说道，给它夹了两块后便收了起来，挥了挥手，“我去藏书楼啦！晚上不用等我。”

接下来的一段日子，唐宁多数是在藏书楼中看书，吸收着书中的知识。她的积分消耗得极快，但藏书楼中的书大部分她已看过了，毕竟真正有用的算得上是古籍珍藏的，也就那么一些，较多的只能算是普通的藏书，于她的作用不大。

在这段时间里，沈星玥因遇险受了伤，导致隐藏的人格出现，而被唐宁送回沈家调养。

在安排好其他事情后，她便准备着带学子出门游历一事。

次日清晨，因得了司徒南笙和叶飞白两人的通知，三十名竹林学子早早便来到唐师的洞府前等着。三十人聚在一起有说有笑，脸上尽是兴奋和期待之色。

“上回就听唐师说要出去游历了，然后这一次回学院，听说了很多关于唐师在外游历的事情，我就想着什么时候也能跟着凑凑热闹，总算是让我等到了。”

“年前唐师就先下山了，我也是后来才听说了很多关于唐师在外面遇到的事情，听说他还遇到藤妖和鼠妖了，怎么我们就没遇到呢？”

“哈哈哈哈，你？你要是遇到不就得被妖吃了？”

“对了，我跟你们说个事啊，你们知不知道，南宫凌云的那个小青梅，就是唐家的大小姐唐宁，跟我们的唐师长得有几分相似，初见时我都吓到了。”尹千泽开口说道，拍了拍胸口，“当时我还以为看到唐师了，真是吓出了一身冷汗。”

一旁的宋一修听了，笑了笑，没有说话。因为当时看到那位唐家大小姐唐宁时，他也被吓到了，那样相似的人，若不是一个是女的，一个是男的，还是个光头的男的，他真要以为是他们的唐师扮成女装了。

“南宫凌云的小青梅？你上他们家干什么去了？不会专门去看他的小青梅吧？”旁边有人笑着问道。

尹千泽声音一提：“怎么可能？我是跟着我爹去的。一修也去了啊！我们是去拜访唐家，所以才看到那位唐家大小姐的。原本我还想着调笑几句的，哪知看到她长得那么像我们的唐师，吓得我都不敢放肆了。”

“哈哈哈哈，那还真有趣，只可惜我们没能见着啊！若是以后有机会，我们也想

见一见，看看是不是真的如你所说，跟唐师那么相似。”

旁边的学子哄笑，然而余光瞥见那道青色身影出来时，顿时闭上了嘴。

“唐师！”

“唐师！”

“唐师来了！”

一道道声音响起。

众人敛了笑意，规规矩矩地站好，朝那道从洞府出来的身影恭敬地行了一礼，道：“见过唐师！”

“说什么呢？说得这么开心。”唐宁的目光从众人身上掠过，看到宋一修和尹千泽两人时，稍停顿了一会儿。

“没有没有，唐师，我们在说什么时候可以出发呢！”尹千泽连忙说道。尹千泽可不敢让唐师知道，他们拿唐师和唐家大小姐相比。

唐宁扫了尹千泽一眼，又看向其他人，问：“这段时间回家，都过得怎么样啊？有没有在外面惹是生非、为非作歹啊？”

众人看着比他们还要矮半个头的唐师，顶着一颗光秃秃的脑袋，负手在面前缓步走着，一副老成的样子，却又偏偏生得精致而稚嫩，不由得心中憋着笑，却也规规矩矩地回答道：“没有，我们一直谨遵唐师的教导，没有惹是生非，也没有为非作歹。”

惹是生非、为非作歹？他们敢吗？唐师可是跟他们说过，天龙学院的其他学子唐师不管，但是唐师手底下教的，也就是竹林学子，若敢在外面为非作歹，唐师可是要亲自处置，废掉他们一身修为的。

也正是因为唐师早就有言在先，所以他们对自己的行为多有约束，至少不像以前那样肆意妄为，他们做什么事都会想到唐师的教导，想到会不会给唐师抹黑，所以这一次回家，他们家里的长辈都说他们变化很大，对他们的改变感到很欣慰。

而这一切，皆要归功于唐师。

唐宁听了他们的话，点了点头，道：“你们当中，还有一些人没有进阶成为灵师的吧？”

这话一出，学子一静，尤其是那些还没进阶成为灵师的。他们记得上回唐师就说过，如果要跟着唐师出门游历，就得是灵师级别，可他们当中仍有少数人达不到灵师级别。

“唐师，达不到灵师的只有少数，可不可以一并带我们去？”其中一名学子询问道。

“是啊唐师，就带我们去吧！”

“唐师，都是竹林学子，只有三十人，既然要去游历，就带上一起吧！”

听其他学子也帮着说话，唐宁看了他们一眼，眉眼一弯，笑眯眯地道：“既然这样，这一次就都带着出门游历吧！”

“太好了！”

“多谢唐师！”

“多谢唐师！”

众学子欢喜地说着。

“两天，两天之后出发，你们准备一下，到时轻装下山，而这一趟回来的时间也是不定的，看到时候路上的安排。”唐宁交代了一声，然后朝一旁的寒知和星瞳招了招手：“你们两个过来，跟他们说一下其他的。”

众人听了一怔，不由得看向寒知和星瞳——还有什么要由他们来交代的？

“是。”寒知和星瞳应了一声，走上前，看着三十名学子道，“每个人要交五千金币，作为这次游历的保护费用。”

“什……什么？保护费用？”众人有些傻眼地看向一旁的唐师——还有这操作？

“对，这五千金币是你们这一路吃住穿行的费用，还有我家主子确保你们每一个都能平安回来的保护费用。因为带你们出去不在天龙学院导师的职责范围内，所以我家主子每个学子都要收五千金币的费用，当然，你们如果退出，也可以不交。”星瞳将费用的用途跟他们说了一下。

而听了星瞳的话，众学子倒也理解。五千金币而已，对他们这些世家公子来说是小意思，就算牛大力这个不是世家出身的人，凭着这些年各方面的收入，也是拿得出来的。

“没问题，我交。”

“我也没问题。”

“唐师，那要是其他学子也交五千金币，是不是也可以带上他们一起？”有人问出心中的疑问。

“不可能。”吃着果子的唐宁摆了摆手，“你们当这是去春游啊？交钱就行？要不是因为你们是我手底下的学子，我才懒得带你们出去。”

听着这直白又带着一丝嫌弃的话，众学子相视一眼，不由得笑了起来。

也只有唐师才会嫌弃他们，要知道，他们可都是天之骄子，一个个又都是世家子弟出身，再加上自身的实力也不弱，所以在外面还是很受追捧的，尤其是还有天龙学子这个名头，就更威风了，但这些在唐师这里，都入不了眼，甚至被嫌弃。

等他们陆陆续续地交了五千金币之后，唐宁又每人发了两套迷彩装备便将他们打发回去，让他们明天一早学院大门口见。

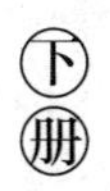

让唐宁没想到的是，被她送回沈府养伤的沈星玥居然又跑回来了，还说要跟他们一起出去游历，让她忍不住揉了揉眉心。

待他们离去后，唐宁看向蹲在一旁的沈星玥，问：“你真不打算回家去？”

“嗯嗯，不回去，我要跟你们一起去游历。”沈星玥连忙说道，快步走上前。

“跟我们出去很累的，而且我们不是去玩，甚至会遇到危险，你确定还要去？”唐宁再度问道。

“嗯嗯，我要去。”沈星玥依旧坚持。

闻言，唐宁手指在桌面上敲了敲，半晌才道：“星瞳，你给她拿两套小号的装备，再给她改小一些。”

“好。”星瞳应道，笑着招手唤沈星玥过去。

“太好了！谢谢唐唐！”沈星玥欢喜地跳了起来，这才小跑着往星瞳的方向而去。

唐宁摇了摇头，轻叹一声，上前也拿了两套小号的衣服放进圆竹空间里，这才对一旁的寒知道：“把剩下的先放在洞府里吧。”

“是。”寒知应了一声，将剩下的都收了起来。

“我要配些药，今天都不要打扰我。”她交代了一声，这才进了洞府，准备配制一些伤药之类的东西，以备不时之需。

到了次日清晨，司徒南笙等人早早便准备好，换上了迷彩服，绑上了头巾，背上了背包，一行人整齐有序地来到学院大门外面等着唐师。

唐宁带着寒知几人到来时，看了笔直地站着的三十人一眼，问道：“都准备好了吗？”

“准备好了！”众人齐声应道。

“很好，那你们就听清楚，也记清楚，从现在开始，将你们的身份和姓名暂时抛却，以数字为代号，从穿上这身衣服开始，你们就只有一个身份，佣兵！”

听了这话，众人相视一眼，皆微怔——身份和姓名都抛却？以数字为代号？该不会是他们想的那个意思吧？

“从我开始，我是一号，你们按照站位排号，从左到右，二号是司徒南笙，三号是叶飞白，依次算下去，记住自己的代号，记住自己身边的人是谁，代号将在历练期间作为你们的名字！”

“是！”众人沉声应道，看了一下身边的人是谁，又将自己的数字代号记住。

一行人当中，也只有寒知和星瞳以及沈星玥三人是不列入佣兵数字代号的。

“准备好就出发吧！”她说道，带着他们往山下走去。

在学院中一处较高的地方，院长和几位导师站在那里看着他们一行人渐渐地远去。院长不由得捋着长眉笑了起来，道：“你们信不信，唐师等人此去，必将闯出一番名堂来？”

闻言，几位导师一怔，其中古导师道：“他们不是去历练吗？怎么又跟闯名堂有关了？”

“呵呵呵，别人我不敢保证，但跟着唐师，绝对不是历练那般简单的！你们且看着吧，他们归来之时，必将与今日不同。”院长笑着道，转身迈步离开。

数月后。

山道上，一行人步伐匆匆地小跑着。司徒南笙加快脚步跑上前，来到唐师身边问道：“一号，我们接下来去哪儿啊？”

历练的这几个月，他们遇到了不少事情，有实战，也有大意吃亏，也有置身险境，一次次的危险换来的是他们脱胎换骨一般的成长。

“回程。”唐宁看着前方道，“出来也有几个月了，该回学院了。”这一趟历练的目的已经达到，也是时候回去了，更何况她打算带他们回去后，她便去当初睁开眼的那个地方找找有没有原身丢失的魂魄，待为原身收好魂之后，也好送原身投胎转世。

“这么快就要回去啊？”一听说要回学院了，众人心下不禁有些不舍——他们感觉还没当够佣兵呢！

比起在学院里的日子，他们更喜欢这种在外面隐藏身份当佣兵的日子，如今一听要回学院了，都有些不想回去。

“一号，我们出来才几个月，也不是很久啊！在学院也是修炼，在外面也是修炼，何不继续在外面呢？外面多有趣，多精彩啊！每天都能遇到不一样的事情，比在学院里有趣多了。”一名学子开口说道，想着不知能不能让唐师改变主意。

“是啊！一号，要不我们就在外面再多待一两个月吧？”

“我也觉得在外面历练比在学院里有趣多了。”

“一号……”

“行了，都不用说了，你们也该收收心了，带你们出来游历并不是让你们玩的，回去后都给我自行闭关修炼去。”唐宁开口说道。

听了这话，众人便知再说也是无用，唐师打定的主意，估计是不会改变的，只好乖乖地应了一声“是”。

前面的唐宁回头看了一眼，见他们一个个确定要回去后都一副没精打采的样子，便喊了一声：“加速前进！”话音一落，她已经提气往前掠去。

跟在唐宁旁边的沈星玥嘻嘻笑着，也拔腿就跑，追着唐宁而去。

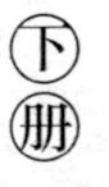

后面的众人一见，当即加快速度跟上。

半个月之后，他们经过一座镇子时，本想走山路的，却见唐宁盯着那座镇子看着。见此，司徒南笙等人不由得相视了一眼。

“走，进去看看。”唐宁收回思绪，笑着示意身后的众人跟上，迈步往镇子走去。

他们看不到的地方，点点功德之力朝她飘来，融入她的身体，这力量虽细小，却很多。

这地方她记得，就是当初遇到鼠妖的地方，后来听说这里的百姓在镇上那座神庙里为她立了一尊金身，供奉着香火。

这事她也只是听人提起过，自己也没想到还会再回到这里来看看。

众人进了镇子，只见镇里一片繁华，大街两旁摆着一个个小摊，小贩吆喝着，小孩儿跑来跑去玩耍着，一些妇人手里挽着菜篮子边走边聊。

也许是看到他们是外地人，不少人朝他们打量了几眼，便又移开了目光。也有一个老妇人手里挽着一篮子香上前问道：“各位爷，你们都是外地来的吧？买些香吧！我们镇上的唐师庙很灵的。”

听到这话，司徒南笙等人一脸错愕之色，连声音都因惊讶而变得有些尖锐：“唐师庙？”他们没听错吧？

一旁的唐宁听到老妇人的话时，也愣了一下，有些尴尬地摸了摸脑袋，嗯，没摸到滑溜溜的光头，只摸到头上的头巾。

叶飞白愣了一下后，拍了下额头，道：“对了，这事我知道，前段时间不是跟你们说过吗？有个地方为唐师修了金身在庙里供着香火。”说完，他看向老妇人，道：“老人家，这里就是当初闹鼠妖的那座小镇吧？”

他是听说过的，只是没想到这一趟走着走着还到这里来了，难怪先前在镇门口时唐师的神情略有怪异，原来是这样。

“对对对，不过现在已经不闹了，自从唐师帮我们除了鼠妖之后，我们镇上就一直太太平平的。”老妇人笑呵呵地说道，拿着一把香递上前，道，“这位爷，买一把吧！去我们的唐师庙拜拜，可以保平安。”

叶飞白笑了起来，看了一旁的唐师一眼，便应道：“好，老人家，这篮子里的香我全买了。”他取出钱来递给老妇人。

“哎呀，好好好，只是要不了这么多钱。”老妇人见他递过来的是金币，不敢去接。

“没关系，你连着篮子一并给我吧！”叶飞白说道，将金币塞到老妇人手里后，便接过老妇人那装着十几把香的篮子。

“多谢，多谢。你们不知道唐师庙怎么走吧？我带你们去。”老妇人得了一枚金币，相当于一百枚银币的钱，欢喜得不知该说什么好，想着他们是外地人对这里不熟悉，便想为他们引路。

叶飞白也想问一下这镇上的事情，便点头道：“好，那就麻烦了。”

“不麻烦，不麻烦。”老妇人笑呵呵地说道，边走边跟他们说，“我们镇上的唐师庙是很灵的，所以庙里的香火一直很鼎盛，尤其今天是十五，去拜的人就更多了。”

第二十八章　天道筑基

唐宁看着前方，随着她来到这镇上，那点点功德之力便如雪花般朝她而来。单单看这功德之力的数量，她就知道那庙里的香火是很旺盛的，要不然也不会有这么多。

往常她在天龙学院或者是其他地方时，功德之力不会像这样涌来，而是会在某一天的夜里，或者是在她修炼时，才会来到她的身体里，不像现在这样，从她一踏进这里，功德之力便仿佛感应到她的到来一般，纷纷涌出。

也幸好这些功德之力旁人看不见，要不然还不知得闹出什么样的事情来。

一路上，叶飞白不时地向老妇人打听事情。

司徒南笙等人也都侧耳听着，时而将目光落在前面的唐师身上，想着唐师还活着呢，就这么被供在了庙里，这样真的好吗？

"前面就是唐师庙了，各位爷，我还要回家再去拿些香来卖，就不进去了，你们快进去拜拜吧！"老妇人说道，把他们带到神庙前便离开了。

今天是十五，很多人会来上香，老妇人想着，得再回去拿些香来卖，今天的生意一定会很好。

此时仍是早上，可以看到那庙里的人很多，甚至排队排到外面来了。每个人手上都拿着香，有的在前面的软垫上跪下拜着，嘴里念念有词。

司徒南笙和叶飞白两人忍不住好奇地侧耳听了一下，听到有的求着能一家老小平安，有的求着能发大财，还有的求着能生个儿子……

听到这里，两人忍俊不禁，却又见唐师朝他们瞥来，强忍住笑意，忍得脸微微抽搐着，有些发酸。

求平安他们能理解，可求财不去财神庙，求子不去送子观音庙，怎么都跑到这里来了呢？他们家唐师还管这个？就是唐师有心，也无力啊！

“咯！那个，三号，给我香，我要进去拜拜。”司徒南笙轻咳一声，从叶飞白拿着的篮子里拿了一把香，分了一些给身后的众人，道：“来来来，你们也拿着。”

唐宁看了一眼周围，见这神庙外面有不少人摆小摊，一些在卖香，一些在卖风车，还有一些在卖水果，甚至有一个在卖佛珠的，各式各样的小摊看得人眼花缭乱。

她收回目光，往里面走去，入眼的是一个三脚大香炉，香火极旺，熏得她都有些睁不开眼了，再往里面走去，庙里正中间摆着一张供桌，供桌上有着各式水果，供桌的前面还有一个可以让人捐香油钱的箱子。

她再往上面看去，那神台上摆放着的是一尊依着她的小和尚模样塑造而成的金身，那尊金身面容祥和，闭目盘膝而坐，模样与她一样，就连她左耳上的那枚耳钉也雕刻得栩栩如生。

金身的右手做佛礼状，左手托着钵置于腹间，盘膝而坐的双膝上还摆放着一根圆竹，全然是依她的模样和佩戴来雕刻的。

她感觉到，这尊人像里蕴含着无数的功德之力，就像这尊人像是个收纳储存器一般，将一点点的功德之力存在里面。此时随着她进庙，那些功德之力尽数朝她涌来，融入她的身体。

她在里面站了一会儿，便走了出去。

司徒南笙等人上了香之后也出来了，一行人出了庙。

经过庙外的小摊时，唐宁在卖佛珠的小摊前停下脚步，给了一些碎银子，便拿起一串佛珠在手里把玩。

司徒南笙等人也拿不准唐师的心思，更不知唐师买那佛珠做什么，只是道：“一号，我们去镇上的客栈休息一晚吧。”

“嗯。”唐宁应道，便与他们一起离开。

他们在镇上找了家客栈，因人多，便直接包了下来。一行人在客栈里吃吃喝喝，说着镇上唐师庙的事情。

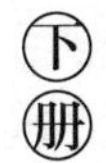

而唐宁则先回房休息，并没有与他们在楼下喝酒。

一天的时间在悠闲中悄然过去，入了夜之后，她便独自一人出了客栈。

司徒南笙等人见唐师出了客栈，道：“你们说唐师这是上哪儿去？怎么也没让星瞳他们跟着？”

“不知道，估计是出去办什么事吧？”

“反正也不会出什么事，我们就在这里等着好了。”

客栈里的众人又叫了一坛酒喝着，边闲聊边等唐师回来。

至于唐宁，出了客栈后便趁着夜色往唐师庙走去。

因是神庙，夜间也没有闭门，毕竟庙里也没什么值钱的东西，再加上会有人守夜，因此神庙的门一直是敞开着的。

香油钱什么的，则在日落之前便已经收好。至于香油钱去了哪儿，听说是由镇长收着，用于神庙的修建和维护，以及每个月的初二和十六都会布施，以帮助穷人。

她进了庙里，神识外放，只看到庙后有一名老者在扫地。见此，她直接进了里面，来到那尊金身前，取出了白天买的那串佛珠。

只见她手中凝聚出一道佛光圣力，同时分出一缕神识来，随着手心一转，那串佛珠飞出，套在上面的金身做佛礼状的手上，顺着手往下滑下，落在手腕处时，只见光芒一闪，定在了那里。

佛珠挂在手腕上，如同是与金身一同雕刻的一般，散发着淡淡的金色光芒，与那尊金身融为了一体，丝毫看不出那原本就是一串普通的佛珠。

然而随着这一串佛珠戴在手腕上，整尊金身在那一瞬间泛起一道金光，原本闭着的眼睛竟在这一刻仿佛有了生命一般睁开了，朝下方的唐宁看了一眼后，再度缓缓地合上。

唐宁看了那尊金身一眼，转身离去。

这里可以帮她收集功德之力，她自然也要留下一缕佛光圣力以及一道神识在这里，这样一来，这里发生的事情她便可以知道了。

她前脚刚出神庙，后面扫地的老者收拾好后也来到前面。他将那些燃尽的香都收了，只留下少许还未燃尽的香在香炉中，又进了里面将案台上的供果都收起来，准备明天分发给穷人。

收好供台上的水果，他又擦着供桌，最后才双手合十朝唐师的金身拜了拜，抬头望去时，顿时怔住了……

次日清晨，一支佣兵队离开了小镇继续上路。因走得早，他们并不知道，在神庙那里正渐渐地传开一个消息——唐师显灵了。

昨夜，唐师的金身上多了一串佛珠，那佛珠就像原本就存在着一样。消息一经传开，镇上的人都挤着去神庙看……

回学院的路上相对来说比较平静，再加上他们也没有接任务，所以在离开小镇后又过了约莫半个月的时间便抵达了天龙城。

一行人直接到聚仙楼休息，换回天龙学子的衣袍，也洗去了脸上画着的那些油彩，收起了佣兵服以及背包等东西。

“这些东西你们自行收着。今天就在这里休息，明天再回学院，回学院后我希望你们都静下心闭关修炼一段时间。”唐宁看着已经换回天龙学子衣袍的众人说道。

“是。”众人应道。

司徒南笙问：“唐师，那你回到学院后是不是也会跟我们一样闭关？”

听司徒南笙问起，其他人也不由得看向唐师，其实他们也想知道，在他们闭关期间，唐师是不是也跟他们一样会闭关不出？

唐宁瞥了他们一眼，似笑非笑地道：“当然不是。”她在一旁的石桌边坐下，道，“送你们回学院后，这次的历练也算完成了，我会去找院长交代一下这段时间你们的进步。然后我会下山一趟，去处理一些私人事情。”

听唐师说还要下山，众人不由得相视一眼，好想跟唐师一起去，可听唐师说是私人事情，他们就知道没戏了，毕竟唐师都当天龙导师这么久了，他们除了知道唐师这个名字，都不知唐师是哪个家族、哪个地方的人。

“好了，到了天龙城这地方，你们想干吗就干吗去吧！记得明天一早起程回学院就好。”唐宁交代道，让他们都散了。

“是。”众人应道，行了一礼后退了出去。

看到沈星玥蹦蹦跳跳的，也要跟着出去，唐宁便唤了一声：“玥儿。”

“啊？”沈星玥回过身来，眨着漂亮的眼睛看着唐宁，道，“唐唐，我也想出去玩呢！”

“你过来，我有话跟你说。”唐宁示意道，让沈星玥过来坐。

“哦。”沈星玥小跑着来到旁边坐下，看着唐宁问，“说什么？你说，我听着呢！”

唐宁看了沈星玥一眼，道：“刚才我对他们说的话你也听见了，明天回学院后我会再下山去处理一些事情，到时候我希望你可以回家，不要再留在学院里了。”

“你要赶我走吗？”沈星玥顿时垂下头，有些闷闷不乐。

“不是赶你走，而是因为可能再过不久我也会离开学院，到时候我是不可能将你带在身边的，所以我才希望你可以回家去。”可能再过不久她就要离开凡人之地，前往仙人之地了，到时可以带上寒知和星瞳，却不能带上沈星玥。

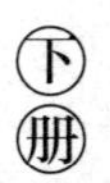

一听唐宁可能要离开学院不回来了，沈星玥猛地抬起头来，问：“离开学院你要去哪儿？我还能见到你吗？”

唐宁想了一下，道：“到时应该会去仙人之地。”至于能不能再见，谁又说得

准呢？

“仙人之地啊……”沈星玥喃喃地道，有些失魂落魄。仙人之地沈星玥是知道的，那是离这里很远的地方，而且要跨过很危险的地方，若不会御剑飞行，根本去不了那边，那是不是就代表着以后两人再也不能见面了？

“玥儿，”唐宁见沈星玥一副失魂落魄的样子，便道，“你听我说，当时你爹送你到学院里来，跟在我身边，是说你有病，担心你会发病，但其实这也不算是什么病，人格分裂只是因为现在你还太弱小，所以才会分裂出一个较强大的性格来保护自己。”见沈星玥看过来，唐宁继续道，“这段时间带你出去游历，你除了身手变强了之外，性格也比以前坚强了许多。等你成长到可以独当一面，可以勇敢地面对所有的困难和逆境时，你那分裂出来的人格也会消失，所以这一点你不用太过担心。”

“嗯。”沈星玥点了点头，看着唐宁，闷闷地道，“可是……可是我舍不得你，舍不得瞳姐姐，舍不得寒大哥，还有小黑。”

唐宁揉了揉沈星玥的头，笑道：“天下没有不散的筵席，如果有缘，也许我们还会再见的。”

沈星玥听了唐宁的话，眼睛亮了起来，道：“唐唐你放心，我回家后一定会努力修炼，以后我也会变得很厉害，到时我就去仙人之地找你。”

“好。”唐宁轻笑道，轻刮了一下沈星玥的鼻子，道，“那一会儿我送你回家。”

“好。”沈星玥乖巧地应道，暗暗下定决心，一定要好好修炼。

唐宁本想早点儿送沈星玥回家的，不过沈星玥说要等到晚上才回去，唐宁只好在天色暗了后才送其回家，交还给其家人。

次日清晨，唐宁带着三十名学子，以及寒知和星瞳他们回到学院后，便去找院长说了一下最近在外面历练的事情，同时也说了一下她要下山一事。

在得了允许后，她又在山上休息了几天。休息的这几天里，她又去了趟藏书楼，觉得藏书楼中的书籍对她已经没什么大用了，因此在休息好之后，安排好寒知和星瞳的修炼，便将圆竹空间里的小黑唤了出来，带着它一起下山了。

唐宁这一趟下山没有学子随行，依附在她腰间挂饰上的原身便问道：“你帮我收了丢失的魂魄之后，是不是就会送我去投胎呀？”若是投胎，应该就会与这一世的一切断绝了吧？

闻言，唐宁轻笑着问：“难道你不想去投胎吗？像你现在这样，投胎自然是最好的选择。”

投胎即新生，新生将会有属于原身的新的人生。也许原身的新生不会再记得今生的事情，也不会再与今生的人有什么牵绊，但这对已经死去的原身来说才是最好的。

她看着前方的路，缓声道："其实我觉得，送你投胎之前，应该让你见一见爹爹的。"

她打算去仙人之地，在去之前其实想将原身已经死了的消息告诉他，毕竟他是那样疼爱原身，现在原身的魂魄还在，可以让他们父女见上最后一面，日后若是原身投胎了，那就是想见也见不到了。

也许是因唐宁提起她爹爹，原身沉默着，没有说话。

虽然原身没说话，但唐宁知道原身在听，于是继续道："虽然没有说过什么，但我想爹爹是知道一些的，他也许察觉了我的不同，察觉了我已经不是当初的你，只是不敢去想，不敢去说，更不敢去戳破真相而已。所以我想着，找个机会跟他说一下吧，毕竟你还在这里！如果你的魂魄早已经消散，也许我就会永远守着这个秘密，不会告诉他。"

"你让我想想吧。"原身幽幽的声音传出，带着一丝落寞，然后再次静了下来。

唐宁也没再多说，而是继续赶路。

小黑则飞在前面，时而回头看看她。

一人一鸟掠行着，累了就直接御圆竹在空中飞。

又过了一些日子，坐在飞行器上的唐宁终于来到当初原身死去的那个地方。

"我们到了。"唐宁收起飞行器，从空中跃了下来，稳稳地落在山坡处。

"我……我有些害怕……"唐宁腰间的挂饰处传来原身带着一丝惧意的声音。

唐宁顿了一下，想到原身当初凄惨的死状，便道："你在葫芦里养养魂吧。我来找就好。"原身死得太惨，是受尽恐惧、绝望而死，这地方对原身来说，就是一个比地狱还要可怕的地方。

她伸手在腰间的挂饰上拂过，让原身在葫芦里面温养神魂，这才迈步往前方的小屋走去，想寻找原身丢失的魂魄。

只是她到了那小黑屋后，寻找了数遍，也没有发现原身的魂魄。

她只好扩大寻找的范围，在周围一带寻找着。

对魂魄而言，就算迷失在外面，应该也不会飘太远的，她觉得应该就在这一带。

然而让她没想到的是，她在这一带找了一整天，直至入夜，也没有找到原身丢失的魂魄。

"看来只能用招魂了。"她喃喃低语。

只是想到招魂势必会让方圆百里的阴魂都飘过来，她就不由得皱了皱眉。如果有原身生前的东西在的话，估计会简单一些，但原身的东西多数在唐家，她这里并没有原身的什么东西。

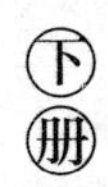

她看了眼夜色，此时刚入夜，夜色还不深，如果要招魂的话，最好还是等到子夜。

打定主意后，她便开始准备，在周围布下了一个招魂阵，安排妥当之后，便在阵法中间坐下，等着子夜的到来。

子夜一到，她以灵力启动阵法，只见地面上浮现出一个复杂而古老的阵圈，阵纹随着灵力气息的涌动而泛起一层亮光，淡淡的佛光圣力随着阵法的启动而涌现，在夜色间散发着祥和的光辉。

坐在阵法中间的她口中轻吟着招魂咒，只见咒语化成一个个字符从她口中而出，飞旋在阵法上方。

招魂咒的轻吟声传开，渐渐地，一道道幽魂朝阵法中飘来。它们仿佛无意识地飘着，却不约而同地向阵法中靠拢。

唐宁抬眸看去，只见一道道阴魂鬼魄飘荡而来，皆是身穿白衣，披散着头发，脸色惨白，双眼无神，有的残肢断头，有的只剩下半个身子，有的长舌垂胸，有的七孔流血……

唐宁的目光从它们身上一一掠过，在这些阴魂之中居然没有看到原身的魂魄。

不应该啊！她心下想着，看着那聚过来的上百只阴魂，一一找了过去，还是没找到。

最后她想了想，将原身唤了出来，道："没有找到你的魂魄，可能需要你来帮忙。"

原身从挂饰中飘出，落在她面前，问："我要怎么帮忙？"

"以你的魂来唤回你的魂魄。"唐宁说道，取出一张符箓来，手一动，符箓化成轻烟将原身包裹住，缓缓地在阵法中飞起。

随着那道魂魄飞起，原身仿佛陷入了沉睡一般失去意识。

只见招魂咒的字符围在原身身上，约莫半炷香的时间后，便有近乎透明的一魂三魄飘了过来。

唐宁看了一眼，确定是原身丢失的那几道魂魄，当下便将那几道透明的魂魄归位，融入原身的主魄当中。

将原身的魂魄收入挂饰中后，她又看了一眼那些残魂，想了想，便念了《往生咒》送它们往生。

折腾完这事，已经大半夜过去了，她将地上阵法的痕迹都抹去，低头看了一眼腰间的挂饰，眉头微拧——还差一魂一魄。

想着那一魂一魄应该是在唐家，她还得回去一趟。

她看了眼天色，觉得在天亮之前应该是能赶回唐家的，当下便抛出圆竹，御器往唐家的方向飞去。

唐家。

唐啸处理家族的事务忙到半夜，又因看到让暗卫收集、打听的资料后更是睡不着，便负手在府中走着。

不知不觉间，他便来到唐宁的院子。

他看了一眼院子，虽说女儿没回来住，但他特意命人寻了夜明珠分别镶嵌在院子的几个角落，以及她的主卧里，这样一来，就算她没住在这里，但光线亮着，就仿佛女儿也在家里一样，哪天她要是夜间回来了，也不会一进院就黑漆漆的。

他走进里面。

后面的青知静静地站在一旁，没有打扰他。

唐啸在院中的石桌边坐下，看着墙角处的那棵玉兰树，神色微动。他因担心女儿在外会遇到什么事情而他又不知，所以让暗卫收集、打听了关于唐师的一些事情。当暗卫将资料呈送上来时，他才知道，原来女儿在外面经历了那么多事情，也做了那么多让人意想不到的事情。

从小一手养大的女儿有多少本事他会不知道吗？她是一个什么样的人他自然也清楚。也正是因为这样，当看到那些资料时，他的心情变得有些沉重，因为那些事情并不是他的宁儿做得出来并会去做的，可现在真实地发生了，这究竟是怎么回事呢？

他在院中坐着，回想着当初她回来之后的一切事情，她的言行举止，她的神态以及性格，她的一切，越想，他的心越沉。

有那么一个念头是他不敢去深究，也不敢去想的。

见家主在院中坐着，不知在想什么，时而沉重，时而悲伤，时而又发出一声轻叹，青知想了想，便道："家主，你已经在院中坐了许久，要不回主院歇息吧？"

"不了，天亮了，不睡了，你去厨房交代一声，准备好早膳送到这里来吧。"他挥手示意道，让青知退下。

"是。"青知应道，退了下去。

唐宁御器直接进了唐家，来到她住的院子，正要跃下时，就见她父亲正坐在下面的院中。

她戴好假发，从天空中飞了下来，唤了一声："爹爹？"

正想着事情的唐啸冷不防听到声音，本能地回头看去，就见女儿不知何时出现在身后。他微讶，唤了一声："宁儿？你什么时候回来的？"

唐宁笑眯眯地走上前，道："我刚回来。爹爹，这会儿天还没亮呢，你怎么在这

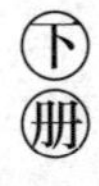

里坐着？也不多穿件衣服。”

闻言，唐啸心头一暖，笑道：“无妨，爹爹身体好着呢！不过你怎么回来了？是有什么事吗？”

唐宁在旁边坐下，想了一会儿，说道：“我这趟回来是有些事，只是……”这件事有些不太好开口，一时间她倒不知该怎么说才好。

“呵呵呵，不急，都回来了，先休息好再说。”唐啸笑了笑，道，“我让青知去交代厨房做些早膳送过来了，你陪我聊聊天，一会儿我们父女俩一起用早膳。”

“好。”唐宁应道，露出一抹笑容来，心下也暗暗松了口气。原本她已经想好了要开口，可当要说时，才知道是这么难开口。

她看了一眼院子周围，道：“爹爹，怎么在这院中镶嵌了这么多夜明珠？这得费不少钱吧？”夜明珠珍贵，这个头儿还不小，估计还是费了一番心力才寻到的。

“亮堂，好看。”唐啸笑着说道，又看着她道，“我最近听说了很多关于你的事情，唐师之名在凡人之地已经是一个神圣而响亮的存在。”

“名声而已，而且也就那样，主要是过得开心就好。”名声什么的，向来不是她所看重的，她这个人随心所欲惯了，对这些看得也淡，不过在外面时，这唐师之名，天龙导师的身份，倒是给了她很多便利。

听了她的话，唐啸感慨地道：“宁儿，你真的不一样了，这份心性就是为父也不如啊！”

唐宁目光微闪，想要说些什么，就见青知走了进来。

“家主、大小姐。”青知行了个礼，道。看到她突然出现在这里，青知微讶，毕竟青知可没见有人从外面进来，而且大小姐要是回来，府里的其他人不会不知道的。

“嗯。”唐啸应了一声，问，“早膳可备好了？”

“已经好了。”青知说道，回头对外面唤了一声，便见下人把早膳送了进来。

“宁儿，来，吃点儿东西，然后先休息休息。”唐啸帮她舀了碗粥，又将小菜移到她面前，道，“快吃吧！”

“好。”唐宁应道，便也没再说什么，而是安静地吃起粥来。

有女儿陪着吃早膳，唐啸胃口比前段时间好了不少，一连吃了三碗粥才停下，因见女儿是趁着夜色回来的，知道她昨夜定是没睡，便让她先去休息，自己也回了主院。

唐宁回房中睡了一觉，醒来时已经是傍晚时分。她一只手把玩着系在乾坤袋处的挂饰，道：“已经回到唐家了，要找那剩下的一魂一魄，估计也是瞒不了爹爹的，所以我想着一会儿把事情跟他说一下。等入了夜，你出来与他见见吧。”

沉默了许久，挂饰处才有声音传出：“好。”

见此，唐宁梳洗了一番，又换了一身衣服，出了房间，想去主院找她爹爹。哪知她还没出院子，就见下人端着酒菜进来，摆放在桌子上。

“大小姐，家主说一会儿过来陪你用膳。”婢女朝她行了一礼，恭敬地说道。

“嗯。”见状，唐宁没再出去，而是在院中等着。

唐宁腰间的挂饰处在这时又传出原身带着一丝惆怅的声音：“玉兰树犹在，而我已经死了……”

原身还记得，当年种下时它是那么小，是她天天照顾着，为它浇水，为它施肥，看着它一天天地长高，而如今物是人非。

唐宁沉默了下，看着那玉兰树道：“缘生时是你，缘尽时是空，缘生缘灭，皆有法。”

空气中静了下来，只有徐徐轻风拂面而过。

半晌之后，唐啸带着笑意的声音打破了院中略显低沉的气氛：“宁儿，今天爹爹让厨房准备的菜都是你喜欢吃的，我还让青知去地窖取了陈年老酒来，今晚我们父女俩好好喝几杯。”

话音落下之时，唐啸大步走了进来，身后跟着抱着一坛老酒的青知。

唐宁收拾好心情迎上前，笑道：“爹爹要是再不来，我都想偷吃了。”

“哈哈哈哈！”唐啸朗声笑道，“自己家里，你要是饿就先吃，又没什么的。来，坐。”他带着她来到桌边坐下。

青知抱着酒上前，倒了一小壶出来后，再为他们各倒一杯，而后退到一旁。

唐宁边吃边跟他聊着，因想着一会儿要跟他说的事，便道：“爹爹，酒不要喝太多，多吃些菜。”

“好。来，你也吃。”他帮她夹了一些，道，“你在外面是不是没吃好？怎么每次回来都感觉你瘦了？”

闻言，唐宁一笑，道：“不是瘦了，是我长高了，爹爹不觉得我比去年长高了很多吗？”

“长高是应该的，毕竟你还在长身体。”唐啸说道，吃了一口菜后问，“宁儿，你这回能在家里待多久啊？你看看你，在外面的时间比在家都多，爹爹一年也见不到你几回。”

“最近我也没什么要忙的了，所以我这段时间都会在家。”唐宁说道，看了一眼旁边的青知，道，“你去院外守着，不要让人靠近。”

青知怔了一下，应道：“是。”

唐啸见状，便知她是有话要说，问：“可是有什么事？”

唐宁抬手间布下一个隔音结界。

她的灵力释放而出时，坐在旁边的唐啸感觉到她身上外放的气息，不由得一怔，有些震惊地道："宁儿，你……你已经进阶筑基了？"

"我已经是筑基巅峰的实力。"唐宁说道，又看着他道，"是数月前进阶的，不过我今天想跟爹爹说的不是这事。"

听到她的话，唐啸心下震惊，道："真是不可思议，你进阶的速度竟这样快！"心中虽是震惊，但很快他就收拢了心神，问，"那你要说的是什么事？你说，爹爹听着。"

唐宁顿了一下，想着该怎么开口。

唐啸见她这样，脸色微凝，觉得事情可能比较严重，便道："你说，有什么事说出来，放心，一切有爹爹呢！"

一股暖流在心头涌起，唐宁抬眸看着他，深吸了口气，这才道："爹爹，你可知曾经的唐宁已经死了？"

哐！唐啸一惊，手一颤，手中的酒杯掉落在地上摔碎了，酒水洒了一地，整个人更是本能地站了起来，问："你……你说什么？"

"我让她来说吧。"唐宁说道，衣袖一拂，一抹轻烟在一侧出现。

下一刻，一道穿着白色衣裙的魂影便出现在院子中。

"爹爹……"原身看着近在眼前的父亲，悲从中来，眼中却无泪水落下——她已经是阴魂，眼泪于她已经是不存在的了。

"宁……宁儿！这……这不可能！"唐啸整个人一晃，只感觉眼前一黑，便要倒下。

唐宁见状，连忙上前扶他坐下。

而原身也上前去扶，伸出的手却穿过他的身体，根本碰不到他。

"爹爹……"原身唤道，声声带泣，看着眼前的父亲，有千言万语却无从诉起。

唐宁担心他受了太大的打击晕过去，便取出药油帮他揉着太阳穴，轻声道："爹爹，你先冷静一点儿，听我们慢慢说。"好在她让青知守着外面，这里也隔绝了声音。

听了这话，唐啸深吸了口气，目光在面前的两个女儿身上看了看，一个是活生生站在他面前，一个已经死了，只剩下一抹魂影，两人有着相同的面容，却有着不同的神态和气度，单单这样一打量，他的心揪疼着，因为他知道，这个死去的、这个只剩下一抹魂影的女儿，才是他真正的女儿。

想到这儿，铁骨铮铮的汉子也忍不住红了眼睛，眼泪也落了下来，面容悲戚，带着自责与痛苦，颤颤地把手伸向那抹魂影，他哭道："宁儿……爹爹对不起你……女儿……爹爹对不起你啊……"

号啕的哭声带着痛苦与自责，当他伸出的手穿过女儿的脸时，哭声一顿，紧接着他便猛烈捶打自己的胸口，痛苦地道：“是我，是爹爹不好，是爹爹没有保护好你……是爹爹害了你……是我……啊……为什么死的不是我？为什么……”

“呜……爹爹……”原身跪了下去，扑倒在地上哭着。

一旁的唐宁见到这一幕，心里也不好受，只是她也知道，这份悲伤若是不发泄出来，藏在心中只会更苦，因此她站在一旁看着。半晌，她才开口道：“其实这一趟回来，是为了到家里来找她的魂魄。”

唐宁的话一出，悲痛中的唐啸才渐渐地止住了哭泣。他抹了一把眼泪，看向一旁的唐宁，问：“怎么回事？这到底是怎么回事？为什么会这样？”

“这要从二房夺权那一次说起。”唐宁看了坐在地上的原身一眼，而后将目光落在唐啸身上，道，“其实在那一次，她就已经死了，而我，原本并不属于这个世界，却因缘际会进入她的身体活了下来。”

“我原本的身份是隐世家族的药门至尊，我也叫唐宁，上一世我的面容与她的是一模一样，我想这具身体也许是我的前生也说不定，也是因为这样，我才能越过时空重生在这里。”声音一顿，她继续道，“我得以活了下来，成了唐家的大小姐，此后的事情你也是知道的。原本我并不知道我的身体里还藏着一缕魂魄，直到后来才知道她的魂魄并没有散去，也没去投胎，而是因执念留在了这具身体里。”

“是，因为执念，因为不舍，我藏在身体的角落，我看到了她成为我之后所发生的一切，看到了她所做的一切，看到了她做到了我永远也做不到的那些事情……”地上的魂影接过唐宁的话，站了起来，看着父亲，哽咽地道，“爹爹，我已经死了，但上天又送了一个女儿给你，一个比我要出色的人。爹爹，女儿不孝，以后都不能陪着你了，爹爹……”

唐啸眼睛泛红，道：“傻孩子，爹爹从不盼你能有多出色，只希望你可以平平安安就好，可现在……”

父女两人将事情的始末说了个明白。

总算明白这是怎么一回事后，唐啸看向一旁的唐宁，问：“宁儿，要怎么招魂？招魂之后，就要送她去投胎了吗？”

“在回来之前，我已经在她当初死去的地方为她收了其他的魂魄，如今只差一魂一魄，要将她的魂魄收齐归位才能送她去投胎，否则日后出生便是魂魄不全的痴傻之人。”

听到这话，唐啸当即道：“要怎么做？你说。”

“一魂一魄丢失，成为无主之魂，会四处飘荡，最有可能的就是回到生长的地方，所以我准备今晚子夜为她招魂，先帮她的魂魄归位。”一顿，唐宁又道，“魂魄归

位之后，她还可以停留一个月的时间，一个月之后就得去投胎了，否则就会成为孤魂，无法再入轮回。”

闻言，唐啸心里还是揪疼着，不舍地看着女儿，千言万语皆化为两行苦泪。

“她生性纯良，不曾作恶，再入轮回之后会有一个好去处的，所以不用担心。”唐宁开口说道，将原身收回挂饰上，同时撤去了隔音结界。

想到唐宁为他们所做的一切，唐啸看着她道：“宁儿，多谢你为我们所做的一切。”

“这些都是我应该做的。”唐宁笑着说道，“从我在这具身体里重生那一刻，你便是我爹爹了，唐家也是我的家族，这些都是我的责任。”

她承继了这具身体，也承继了这一切，所以为唐家、为唐父、为原身所做的一切在她看来并没有什么，因为这一切都在她的能力范围内。

“好孩子。”唐啸拍了拍她的手，道，“其实在此之前，爹爹也猜测过，因为你在这么短的时间里发生的变化太大了，我知道自己的女儿，这是原来的宁儿所做不到的，但偏偏你做到了，我就知道你可能已经不是以前的宁儿了。”

“爹爹，以后我会代替宁儿孝顺你。”唐宁神色认真地看着他说道。

闻言，唐啸点了点头，露出欣慰的笑容来。上天带走了他一个女儿，却也送来了一个女儿，他看着她，就仿佛他的女儿一直在身边，并未离开。

到了子夜，唐啸屏退了院中的所有人，同时将府中的暗卫撤了下去，又命青知在外面守着，自己则来到院中。

唐宁在院中布下招魂阵之后，见已到子夜，便将原身的魂魄放出，让其在阵法当中待着，她则在阵法当中念着招魂咒。

当那招魂的字符弥漫开，盘旋在原身的主魂魄上时，一旁的唐啸忍不住提起一颗心——这院中当真会有宁儿的魂魄吗?

约莫半炷香的时间之后，他便看到从那院边墙角的玉兰树处飘出一缕魂魄来，那魂魄神情呆呆的，失了六识，只因招魂而出现。

唐宁没想到，原身的那一魂一魄居然会寄居在墙角的玉兰树上，此时看到魂魄出来，连忙帮其归位。

唐啸不敢打扰，只是看到女儿的魂魄是从那玉兰树中出来时，心中凄然，宁儿是真的爱南宫凌云啊!

过了好一会儿，唐宁撤去了阵法，拿着那挂饰走上前，道：“爹爹，这段时间你把腰间的玉佩先收起来吧。上面我注入了佛光圣力，一般的阴魂都是无法靠近你的。”

闻言，唐啸怔了一下，看了下腰间的玉佩，没想到宁儿当初送给他的玉佩还有这功效，当下他便点了下头，道：“好，我回去就先收起来。”难怪她当初交代他一定要一直佩戴着。

唐宁又跟他说了一些要注意的事情后，送他出了院子。看着他离去，她便也回房去休息。

如今将原身的魂魄都找到了，她就在家中住一个月，送原身去投胎之后再走。

在床上躺下之时，她不由得想着，还得找个时间跟她爹爹说一下，她打算过段时间就去仙人之地了。

若是在去之前，她可以助他将实力提升，突破至金丹修为，那就更好了……只是这突破金丹的灵药，似乎在这边很难寻到。

她想着这些，渐渐地睡了过去。

接下来的半个月里，她一直在府中没有外出，但府里的人也知道她回来了，只是不知道她总是跑去哪里，怎么一走就是几个月的时间。

而在这段时间里，那回到仙人之地去询问妖星究竟藏在哪里的成阳尊者，再一次来到天龙学院，找到了在闭关修炼的南宫凌云。

“师尊，怎么了？”南宫凌云有些诧异，不知道他师尊唤他出来所为何事。

“我记得你说过，你是青云城南宫家的少主吧？”成阳尊者询问道。

“正是。”南宫凌云应道。

“那正好，你跟我去青云城，我有些事情需要你帮我调查。”成阳尊者说道，转身往外走去，同时示意他跟上来。

南宫凌云微怔，应了一声后，道：“师尊，若是回青云城的话，可能需要跟院长或者导师说一声。”

“不用了，我过来时已经说过了。”成阳尊者说道，到了外面，直接唤出飞行器，示意他上去。

见此，南宫凌云脚尖一点，便跃了上去。

两人乘坐着飞行器往青云城而去……

青云城，唐家。

这一天，唐啸来到院子里，见唐宁躺在软榻上休息，一派悠哉，便唤了一声：“宁儿。”

“爹爹？”唐宁睁开眼睛看向他，笑着问，“爹爹怎么过来了？”

“你自打回来后也不出门，天天就待在这院子里，估计外面发生了什么事你也不知道。”唐啸摇头说道，来到桌边坐下，看向她，问，“你可知凌云回来了？”

“南宫凌云？”唐宁微讶，“他这会儿应该在学院里闭关啊！怎么会突然回

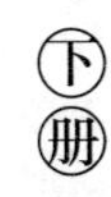

来了？”

“已经回来有两天了，听说是跟着他师尊一起回来的。”唐啸微顿了一下，神情微凝，道，“他回来后似乎在调查什么事情，这两天我听说南宫家派了不少人在搜集什么信息，好像说是他师尊在找什么人。”

“哦，反正也不关我们的事，不用理会。”她不甚在意地说道。

闻言，唐啸看了看她，问：“那你跟凌云……”

“既然他回来了，那过几天等他忙完了，我找他聊一下吧。”

这段感情终究是要无疾而终的，谁让早已物是人非了呢！

唐啸也知道了这当中的情况，因此没再多说，只是道：“好，你是个有主意的，这事你自己处理妥当就好。”说完，他将那挂饰递给她，道，“宁儿说你身上有佛光圣力，能温养她的魂魄，剩下的时间她想待在你身边。”

“好。”唐宁也没多说，伸手接了过来，将之系回乾坤袋处。

“那爹爹就先走了，我让人做了你爱吃的酒酿鸭，今晚过来一起吃饭。”他交代道，转身先行离去。

唐宁看着他离开后，继续闭上眼睛，享受着难得的宁静时刻。

这时，原身的声音传入她耳中：“唐师，到时你去见凌云哥哥，能不能带我一起去？”

“可以。”唐宁眼睛也没睁开，就应道。

“谢谢。”听到她的应允，原身忍不住欢喜地道。

唐宁仿佛感受到原身的欢喜，道：“不过你要记着，你与他已经阴阳两隔，是不可能的了，你还是趁早断了念想吧。要知道执念太深对你并没有什么好处。”

“我知道。”原身应道，没再说话。

唐宁也没再多说，毕竟有些事情得原身自己想通，她总说也不好。

而在南宫家，南宫凌云看着坐在亭子里的师尊，见其手里拿着资料在翻看，眉头还微拧着，似乎并不满意那些资料一般，不由得问：“师尊，这些资料里可有师尊想找的人？”

自回来后，师尊便让他在青云城中搜集信息，无外乎是有没有什么奇异、特别的人之类的，只是师尊说的信息少，他能找到的人自然也不多，更不知师尊找那些人做什么。

“没有。”成阳尊者摇了摇头，将手中的那些资料丢到一旁，站了起来，道，“上面一个符合的人也没有，都不是。”

“那我再让人去找。”南宫凌云说道。

成阳尊者站了起来，道：“不必了，这妖星隐藏得太深，只怕你们就是把整个青云城都翻过来，也找不到他。”

“妖星？”南宫凌云微愣，“师尊是说这青云城中有妖星？”

“不错。”成阳尊者点了下头，道，“为师过来就是奉了紫阳仙宗宗主的命令，想趁着妖星未壮大之时将之诛灭，避免其将来为祸世间，可不承想，寻了一年多也没有什么发现。这次为师又回了一趟宗门，宗主师兄为我指明了在这青云城中必能找到，所以我才带你过来，想着你熟悉青云城，也许能帮上忙也说不定，不料……”成阳尊者摇了摇头，道，“这妖星藏得太深，想要将他找出，还真是不易。”

“师尊，这妖星是男是女，是老是少，难道都不知道吗？”南宫凌云看向成阳尊者，道，“青云城中人口众多，若是有个方向，也许更好找一点儿。”

“等今晚我再观星看看吧。”成阳尊者挥手示意道，“你退下吧。”

“是。”南宫凌云应了一声，退了下去，想着回来后就一直忙着这事，今天应该可以抽出些时间去唐家看看宁儿了，如果可以，他希望这次可以定下亲，再把大礼过了。

这个念头一起，他脚步一顿，想着，要不要给宁儿一个惊喜？

如果他将天龙学院的院长请来为他说这个媒，他家无论是他父亲还是祖父，甚至是族老，应该都不会阻止了，到时他再让师尊为他们证婚，他觉得无论是他家，还是唐家，对这门亲事都应该不会有二话。

而且若能请到天龙学院的院长来说媒，再让他师尊主婚，这门亲事对唐家来说也是十分体面的，风光无限，日后宁儿嫁入他家，无论是他家里的人还是外面的人，都不会轻视了她。

想到这一点，他心头难掩激动，又折回院子去，来到他师尊面前，道：“师尊，徒儿有一事相求。”

成阳尊者正想着妖星的事情，见他又折了回来，便问：“什么事？说。”对这个徒儿，成阳尊者还是很看重的，难得他开口相求，自然没有不应的道理。

“师尊，徒儿想请师尊为徒儿主婚。”他将心中的打算说了出来。

“主婚？”成阳尊者愣了一下，问，“你想娶谁？你想娶这凡人之地的女子？”

“是，我想娶的是唐家的大小姐唐宁，她与我青梅竹马，自小一起长大，十五岁那年我去学院修炼时，曾许诺过她，玉兰树长成之日，便是迎娶她之时。”

闻言，成阳尊者皱了皱眉，道：“你如今拜入我门下，我本想着这次诛了妖星后便带你前往紫阳仙宗，日后在那里再为你择一门好亲事，可你若是在这里成亲……”

“师尊，我心之所悦者，便是最好的。”

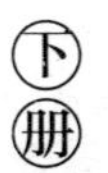

听到这话，成阳尊者微怔，笑道："既然如此，为师应你便是。"

"多谢师尊！"南宫凌云欣喜地道谢，朝成阳尊者恭恭敬敬地行了一礼，道，"师尊，我可能要回学院一趟，我想去请院长来为我做这个媒。"

"去吧！"成阳尊者示意道，没想到这个徒儿还是个痴情种。

"多谢师尊。"南宫凌云说道，行了一礼后退下。

从这里离开后，他去了一趟祖父和父亲那里，跟他们说他要回学院一趟，很快就回来，让他们替他照顾他师尊，这才御器离开，往学院走去。

对此，南宫家的人也没多问，只是让他路上注意安全。

而在唐家，唐宁派了人到南宫家来，想约南宫凌云见个面，说一下两人的事情，不料得知南宫凌云已经回了学院，并没有在家中，只好作罢。

南宫凌云御器而行，路上没怎么停下来歇息，所以只用了约莫两天时间就到了学院。

"你想请我为你做媒？"院长微愣，捋着长眉笑了起来，道，"我活了这么一大把岁数，还从没帮人做过媒呢。"

"其实我与唐家大小姐唐宁早有口头婚约，只不过后来她出了些事，一身实力修为尽失，沦为普通人，我担心家族的人会看轻她，所以才想请院长为我俩说媒，还望院长成全。"南宫凌云拱手朝院长行了一礼。

听了这话，院长捋着长眉的手微顿，面上带着一丝诧异，问："一身实力修为尽失，沦为普通人？"

"是，不过我日后若是去了仙人之地，定会为她找来可助她重新修炼的丹药。"南宫凌云说道。

院长看了他一眼，道："你自身实力、天赋出色，又拜得成阳尊者为师，有坦荡光明的仙途，日后去了仙人之地又何愁无妻？你的妻子若是能修炼还罢，若只是一介凡人，也就只有百年寿元可享。"

见他要说话，院长抬手制止了他，道："你别急着说，你这青梅竹马的事情，虽然我这老头儿子不常走动，却也听说过不少，像她那种情况，只怕此生都无再修炼的可能了。修仙之人与凡人的区别在于，前者寿元可增，容颜苍老缓慢，而凡人是一年比一年老。"

已经听说过太多这样的话了，南宫凌云仍是摇了摇头，道："我不在乎。"

"既然这样，那我这把老骨头便随你走一趟吧。"见他意志坚定，院长也没再多说，只是道，"你且先去学院大门那里候着，我交代一下事情后便过去。"

"多谢院长。"他感激地朝院长拱手行了一礼，这才往外走去。

苏言卿是来找严导师请教一些修炼上的问题的，不想在回去时竟碰到了南宫凌云。看到他，苏言卿不由得微讶，道："你不是跟你师尊一起回青云城了吗？怎么还在学院？"

"言卿，我正想找你呢！"南宫凌云看到苏言卿，露出一抹笑意，走上前道，"我这趟过来是请院长过去为我做媒的，这一次回去我想将我与宁儿的亲事定下来，把大礼也过了，也好了却我一桩心事，到时我还要请师尊为我主婚。你最近有没有时间？要不与我同去青云城，喝我一杯酒？"

闻言，苏言卿微怔，道："你还真要娶唐家大小姐？可我不是听你说过，她不愿意嫁给你，说你们小时候的口头婚约作罢了吗？"

"那是因为她一身修为尽废才会这样想，但自那次我为她挡了一剑，她知道了我的心意是不会变的，就已经答应给我一次机会了，后来我们还出去游玩了几次。这次回去我本想去看她，跟她说一下我们的亲事的，但想着倒不如给她个惊喜。"南宫凌云一笑，道，"由院长做媒，我师尊主婚，我想无论是她，还是唐家的人，抑或是我家的人，都不会反对的。"

听了这话，苏言卿一怔，道："你的意思是说，你请院长为你们做媒，请你师尊主婚，这些你都没跟她说过？"

"要给她惊喜，自然是不能提前让她知道的，要不然哪来的惊喜？"南宫凌云笑着说道，"院长已经答应随我前去青云城了，你我相识多年，我人生的大喜，我希望你也可以在场。"

闻言，苏言卿深深地看了他一眼，道："凌云，我觉得这是大事，你应该跟唐大小姐提前说一声，商量一下为好，毕竟我从你口中得知过不少关于她的事情，觉得她应该是一个极有主见的人，她给你一个机会试着接纳你，却并不是真的接纳你，你这次回去突然请院长去说媒，只怕不太好。"

也许是因为实力提升太快，又或者是因为拜入了仙宗，苏言卿隐隐感觉到他有些独断专行了，提亲、定亲、成亲这样的大事，本就是两个家族的事情，而他安排着这一切，另一方却并不知道，等另一方知道了，真的会是惊喜？

"这本是一件喜事，又有什么不好的？"南宫凌云说道，笑容敛了几分，负手看向远方的天空，道，"言卿，不瞒你说，我这是不想给宁儿退缩的机会。"

苏言卿沉默着，半晌才道："唐师下山之前交代我们闭关修炼，只怕我是去不了了，但等你大婚那日，我一定去喝一杯喜酒，送上一份贺礼。"

"既然这样，那我也不勉强了。"他说道，顿了下，问，"唐师的去向你们都不知道吗？"这一次他本也想请唐师同去的，只是不知唐师去了何处云游。

"不知道，唐师来去无踪，整个学院的人都不知道他去了何处。"

如果有人知道，估计也就只有寒知和星瞳了吧？

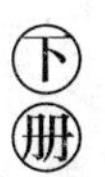

“嗯，那我先走了。”他点了下头，没再多说，转身往学院大门处走去。

看着他离开后，苏言卿便往唐师的洞府那边走去。

自唐师下山后，虽说交代了他们各自闭关修炼，但他们在外面闯荡了几个月的时间，又怎么可能这么快便能收心乖乖修炼呢？

这段时间，三十名学子多数是聚在唐师的洞府那里，有时切磋一下，有时盘膝静坐，有时闲聊，日子倒也悠哉。司徒南笙和叶飞白他们更是时不时地想从寒知和星瞳口中得知唐师的家族在哪儿、唐师家中还有什么人之类的事情。

只可惜寒知和星瞳半点儿都不透露。

这也让众人很无奈。

“星瞳，要不要我陪你过两招？”尹千泽坐在树下，看着在练武的星瞳，笑道，“像这种攻击的招式，最好是有对手，要不然打不出效果。”

一旁的司徒南笙睨了尹千泽一眼，道：“说得你好像很厉害似的。”

“哈哈哈哈，一般一般。”尹千泽朗声笑了起来，刚跃起，正准备朝星瞳那边走去，旁边的司徒南笙便一道腿风挟带着凌厉的气势横扫过来。

“居然搞偷袭！”尹千泽低呼一声，当即避开司徒南笙扫腿的攻击，同时也出腿朝司徒南笙踢去。

两人一来一往地打了起来，周围的众人见了，也只是看好戏般看着，反正这种戏码这段时间几乎天天上演，不出意外的话，十几招之后又是司徒南笙取胜。

然而，还未等他们看到两人分出胜负，就见苏言卿走了回来。

“言卿，怎么去那么久？不是说去找严导师请教吗？看你这样子，怎么感觉没见着严导师似的？”叶飞白笑着问道，斜躺在树下的阴凉处，一派惬意。

苏言卿看了他们一眼，走到一旁坐下，道：“见到严导师了，只不过回来时遇到凌云，跟他聊了几句。”

“南宫凌云？他不是跟他那师尊回青云城了吗，怎么又跑回来了？”司徒南笙踢开对面的尹千泽，示意不打了。

就连静坐着的寒知和练着武的星瞳听到这话，也不由得朝苏言卿看去。比起他们，两人知道南宫凌云跟主子是什么关系，所以自然会多几分关注。

“他这次过来是请院长去为他说媒的，我听他说院长答应了，这会儿他们应该去青云城了。”苏言卿说道，倒也没打算多说，翻开书籍看着。

其他人听了倒没什么感觉，见过唐家大小姐的尹千泽和宋一修两人微讶。

尹千泽几乎是本能地道：“他是打算娶那唐家大小姐了？她可是一个没有修为的普通人，虽然长得是真绝色，但他们家族的人应该不会同意他娶一个无法修炼的女子吧？更何况以南宫凌云现在的身份，这两人怎么看都不合适啊？”

星瞳看了尹千泽一眼，眉头微皱——什么叫以南宫凌云的身份跟她家主子不合适？说得好像她家主子配不上南宫凌云似的，明明就是南宫凌云配不上她家主子！

寒知嘴唇微抿，听着他们的话，也想着事情：南宫凌云打算娶主子？主子同意了吗？不可能吧？

“唐家大小姐答应嫁给他了？”宋一修问道。那名女子极有主见，他觉得她应该是能看清她与南宫凌云之间的差距的，以她的聪明，应该不可能答应这门亲事才对，毕竟当她年华老去、白发苍苍之时，对着的人却是容颜未变，那样的一幕于她何其残忍？

看着书籍的苏言卿诧异地看了他们一眼，似乎讶异于他们对这件事的关注度，不过觉得这也没什么不好说的，便道：“我听凌云说他请院长做媒，请他师尊主婚，想着给唐大小姐一个惊喜，所以这事他没事先跟她说。”苏言卿合起手中的书籍，道，“遇到他时，他让我同去青云城，只不过我婉拒了。不知为何，我隐隐觉得他这事办得不太好，只说日后他若成亲，我定去喝一杯喜酒，送上一份贺礼。”

司徒南笙不以为然地轻嗤一声，道：“他南宫凌云的喜酒有什么好喝的！”

“哈哈哈哈，他南宫凌云的喜酒不好喝，什么时候请我们喝你的喜酒啊？”陈道朗声笑道，朝着司徒南笙挤眉弄眼，一副打趣的神情。

司徒南笙挑眉一笑，道：“我是个专注于修炼的人，可不像南宫凌云一样顾得上谈情说爱，不过日后我若成亲了，定会请你们喝喜酒的。”

“好，那我们可记着了。”有人笑着说道。

他们这边还在说笑，那边寒知和星瞳两人已经悄悄地回到洞府里。

“主子这次下山可能是回家了，现在南宫凌云把院长都请过去了，还想让他师尊主婚，主子却被蒙在鼓里，我们得赶回去才行，免得到时候事情一发不可收拾。”寒知沉声说道。

“你也觉得主子不会答应南宫凌云吗？”星瞳问道。

寒知沉声道：“主子要是答应，估计早就答应了，还会等到现在吗？这事南宫凌云是瞒着主子做的，到时若是院长亲自到唐家为南宫凌云提亲，还有南宫凌云的那个师尊，只怕会让主子陷入进退两难的境地。所以我们得趁着这事还没发生赶回去。”

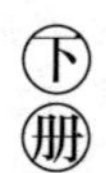

闻言，星瞳点了点头，想了一下，道：“可是我们没有飞行器，无论是骑马还是掠行，从这里回到青云城都得一个多月，到时什么都来不及了。”

“这就是我叫你进来商量的原因。”寒知看着她道，“我们要回去势必得有飞行器，但就算是司徒南笙他们也没有飞行器，可是他们没有，天龙学院却有。”

“你想让他们出面说动导师，让导师送我们回去？”星瞳微讶，略带迟疑地道，“可是这样一来，他们若问起，我们要怎么说？如果不说出个所以然来，只怕他们不会帮这个忙吧？”

“主子的身份肯定不能透露，但有一点可以利用。”寒知看向她，眼中闪烁着光芒，道，“他们跟着主子出去历练之后，回来也没能收住心静下来闭关修炼，司徒南笙对南宫凌云向来不屑，但宋一修和尹千泽去过唐家见过主子，再加上一个苏言卿，我觉得要鼓动他们下山去看个热闹什么的应该不难。”

听了这话，星瞳不由得睁大眼睛看着他，一脸诧异之色，显然没料到他连司徒南笙等人的心性都算计上了，半晌，才盯着他冒出一句：“没想到你竟是这样的寒知。”

与此同时，外面聊着的众人不经意间朝后面看去，才发现寒知和星瞳不见了，不由得微讶，道：“寒知和星瞳呢？刚刚还在这里的，怎么不见了？”

牛大力摸了摸鼻子，道：“俺刚才看到他们两个一副鬼鬼祟祟的样子进洞府去了。”

“哈哈哈哈，什么鬼鬼祟祟？瞎说什么呢！明明就是两人说悄悄话去了。”尹千泽笑着说道，话音一落，便示意他们看向洞府那里，道，“你们瞧，这不是出来了？”

寒知和星瞳一出洞府，就见众人用戏谑的目光朝他们看来，两人相视一眼，朝众人走了过去。

“有件事我们想跟大家商量一下。”寒知说道，目光落在司徒南笙和叶飞白两人身上——在这三十人当中，他们两人向来是拿主意的人，一般只要他们同意，其他人也不会有什么意见。

听了这话，不仅是司徒南笙和叶飞白两人，几乎是所有人都有些诧异，毕竟两人是唐师的亲随，平时只会听唐师的命令，也不会说有什么事情需要跟他们商量的。

“什么事？你们说。”司徒南笙开口问道。

“我们想借飞行器去一趟青云城，但凭我们的身份是借不到的，所以想请你们帮忙。”寒知开口说道。

司徒南笙一听怔了一下，紧接着便一连问出了数个问题：“去青云城？你们要去青云城干什么？还要借飞行器？这是赶时间？难道唐师这一次下山是去了青云城？”

“难道唐师是青云城的人，所以你们才想去找唐师？”叶飞白眼睛微亮，盯着两人，眼中精光一闪，道，“刚才听言卿说起青云城南宫凌云和唐家的事情你们才下这个决定的，难道唐师的家族就是那青云城唐家？”

尹千泽一拍手掌，惊呼道：“竟是这样吗？难怪我觉得那唐家大小姐长得跟唐师那么相似，如果说有血缘关系，就说得通了。”

“真的吗？唐师是那唐家的人？那这样一来，如果南宫凌云娶了唐家大小姐，他跟唐师不就成亲戚了？”高琛也是惊呼道。

“唐师姓唐，跟那唐家就算不是一家的，也一定是有关系的。”宋一修眯了眯眼，眼中闪过一道光芒，仿佛发现了什么大事一般兴奋。

苏言卿听了他们的话，不由得沉思着：唐师是唐家的人？是那唐大小姐的亲人？

寒知脸色都黑了——他才说了一句，他们怎么就脑补了这么多？

“走！我们去找严导师，借飞行器估计是借不成的，但他若是一同去的话，估计就没问题。”司徒南笙眼中泛着兴奋的光芒，拍了拍寒知的肩膀，道，“这事就交给我们来办！你们在这里等着。”

司徒南笙一脸笑意地看着他们，道：“反正最近我们也没闭关修炼，那就一起去青云城看看吧！有没有不想去的？不想去的说一声啊！”

“去！都去！这等事情怎么能少了我们？”

“就是，去！一起去！”

见众人兴致正高，司徒南笙便道：“那行，飞白、一修、言卿，还有牛哥，你们几个跟我去找严导师。”

“好！”几人应道，便跟着司徒南笙一同去找严导师。

后面的尹千泽喊道：“我也去！等等我啊！”话音一落，尹千泽连忙追了上去。

星瞳抿着唇看着这一幕，怎么感觉这发展跟寒知所预料的不太一样呢？不过管他呢，最后的结果是一样的就好。

“寒知，唐师真的是青云城唐家的人吗？”

“寒知……”

见众人围着寒知问，星瞳伸手一拉寒知，道：“我们去收拾东西。”

寒知并不想说话，只是在想，到时主子要是看到这么一大群学子跟过去了，会不会拍死他？

在唐家的唐宁并不知道这些事情，这段时间她是深居简出，在院中看看书，捣鼓一些药物，对外面的事情不是很上心。

如今的唐家有唐啸坐镇，已经不会出什么问题了，她在唐家虽有少主的身份，但因他们都觉得她无法修炼，所以就跟一个闲人一样，什么事也不用管。

就这样过了三天，南宫凌云回家后便准备着提亲的东西。

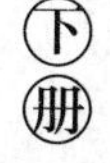

因为南宫家封锁了消息，外面的人只知道这段时间南宫家准备了不少贵重的东西，但又想到住在南宫家的那位尊者，倒也没多想，以为那些东西是为那位尊者准备的。

寒知和星瞳以及司徒南笙等人比南宫凌云他们慢了一天来到青云城，因不想太过高调，所以在离青云城有一段距离的地方下了飞行器，一行人往青云城飞去。

严导师是被他们拉来的，见到青云城了，便问道："进城后你们都有什么打算？要去哪里落脚？"

"严导师不用担心，我已经让人安排好住的地方了，在这青云城中也有我司徒家的产业，我们都住到别院去就好，也不用去住客栈了。"司徒南笙笑着转头看向一旁的寒知和星瞳，笑着问，"你们没意见吧？"

寒知和星瞳相视一眼，道："我们还有事。"言下之意，两人并不想去司徒南笙安排的别院。

"去唐家？可要我陪你们去？"司徒南笙笑着问道，心中有一丝期待——唐师是不是真是唐家的人？好想去探个究竟。

寒知脸色一黑，瞥了司徒南笙一眼，没有说话。

"好了好了，你就别逗他了。"叶飞白拍了拍司徒南笙的肩膀，道，"他们有事要做，我们就别瞎搅和了，这两天一直坐在飞行器上，你不累我可累了。"

"他们有要事在身，先让他们去办事吧。你把别院的地址告诉他们，他们办完事后也可以到别院歇息。"苏言卿也开口说道。

见此，司徒南笙没再多说，只是跟两人说了别院的地址。

两人与众人道了别，便匆匆先一步进城了。

进城后，两人担心他们会偷偷地跟着，还绕了一些路，最后确定他们没有跟着之后，才往唐家的后门走去。

唐宁穿着一身简单的衣服，正在院中研磨药，突然间就听到两道声音传来。

"主子！"

"主子！"

她怔了一下，回头看去，见还真是寒知和星瞳，不由得问："你们怎么来了？"她还以为听错了呢！不想居然真是他们。

"主子，属下可能把主子暴露了。"寒知内疚地低下头。

闻言，唐宁微讶，问："怎么回事？说说。"她将手头的事情停了下来，起身走到一旁洗了手，走到桌边坐下。

"主子，事情是这样的，你走后三十名学子也没有去闭关，而是都聚在洞府那里。前几天我们听说南宫凌云回学院了，而且是为了请院长随他一起来青云城才回去的，说是要找院长来说媒，要给你一个惊喜，我们……”寒知将事情的大概经过说了一遍，而后有些内疚、自责地垂下头，“所以他们都猜测主子是唐家的人。”

听了寒知的话后，唐宁皱了皱眉，道：“这么说南宫凌云是真把院长请过来了？”

“是。”寒知点头应道。

第二十九章　她是唐师

“嗯，我知道了。这样吧，你们先去司徒南笙他们那里稳住他们，别让他们乱来，南宫家那里我会去找南宫凌云说一下。”她开口吩咐道，没有想到南宫凌云在回来后居然暗中筹划着这事。

如果她是原身，也许真的会惊喜，可惜她不是，而且这一次她也准备跟他说清楚的，谁知他弄出这么些事情来。

“主子不怪罪属下吗？”寒知看向她，毕竟是因为他，三十名学子才跑过来的，而且才会猜测唐师可能与唐家有关，主子隐藏的身份若是因他而被发现，那……

闻言，唐宁摆了摆手，不甚在意地道：“无妨，这事也幸好你们回来说了，最近我一直待在府中没有外出，南宫家也有意瞒着这件事，所以我是没收到半点儿消息。至于司徒南笙等人，既然都来了，别让他们闹出什么事情来就好。”

“是，那属下去别院看着他们。”寒知这才松了一口气。

“星瞳，你也一起去。等事情告一段落，估计也差不多要去仙人之地了。”唐宁示意道，让星瞳也一起去别院。

“是。”星瞳应了一声，行了一礼后，与寒知一起悄然离开，往别院走去。

看着他们离开，唐宁弹了弹衣袍站了起来，回屋中换了一身干净的衣裙后，迈步往外走去，准备去南宫家找南宫凌云。

出了府，她便直接坐上马车往南宫家而去。

此时的南宫家中，气氛有几分低沉，南宫家家主在知道南宫凌云去学院请了院长来为他说媒之后，脸色便一直不好看，这两天也一直冷眼看着他自己在那里忙，准备着提亲的东西。

南宫家老祖则没理会这事，而是陪着院长下下棋、聊聊天。

“这么说你们家其实并不太赞同这门亲事？”院长落下一枚棋子后，看向对面的南宫家老祖。

“如果唐家那女娃是个能修炼的，我们自然是没有意见的，可惜啊！”南宫家老祖摇了摇头，落下一子后，又道，“不过我看凌云这孩子对她的执念也深，你瞧，这不是瞒着我们跑到学院去将您老请了过来为他说媒，还请他师尊主婚？都这样了，我们自然也不能拦着不是？”

闻言，院长捋了捋长眉，只是沉思着，没有说话。

另一边，南宫凌云听说唐宁来找他，当即放下手头的事情往前院走去。他大步来到前院的厅中，见她一袭水青色衣裙，长发披散在身后，端坐在那里喝茶，气质优雅出众，举止间更是自然而然地带着一股迷人的气息，他不由得目光微柔，面上露出笑意来。

“宁儿。”他唤了一声，大步走上前。

唐宁明显感觉到腰间的挂饰动了一下，放下手中的茶杯，一只手自然而然地按了下去，同时站了起来，看向走进来的南宫凌云。

虽然说同在学院里，但两人还真没什么机会遇到，如今见他意气风发，举止间自然而然地透出上位者的气势，她微微抿了抿唇，露出浅浅的笑意，道：“许久不见，你看起来很不一样。”

实力可以改变一个人，可以让一个人变得更加自信，也许他自己没有发觉，但今天再看到他，她终于明白为何他会暗中准备一切，请来院长做媒，请他师尊主婚了。

他眼中的光芒，周身的气势，举手投足间的自信，由里到外地散发着，这次见他，她发现他身上的气势已经隐隐压过他父亲。

他笑着上前，伸手握住她的手，道：“我还是南宫凌云，那个一心爱着你的南宫凌云。”

唐宁抽回手，道：“我这次过来是有话要跟你说，你能找个方便说话的地方吗？”

闻言，南宫凌云微讶，想了一下，道：“那我们去一品楼吧！这会儿也差不多是饭点了，我们去吃饭，边吃边聊。”府里正安排去提亲的事情，为免被她看到，所以他只能带她去外面。

“好。”唐宁只是笑了笑，便与他一同往外走去。

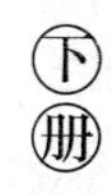

成阳尊者这几日正忙着找妖星，明明夜观星象就在这一带了，却总是没能将其找出来，因此这两天都是自己往外跑去寻找。

这会儿成阳尊者正好从外面回来，一进前院，就见他徒儿身边跟着一个穿着水青色长裙的绝美女子，看到那女子时，他眉头微拧，目光微凝，视线在她身上上下打量着。

“师尊。”南宫凌云看到他，唤了一声，走上前朝他行了一礼。

“嗯。”他点了下头，目光依旧落在唐宁身上。

“师尊，这就是唐宁。”南宫凌云介绍道，又对身边的唐宁道，“宁儿，这是我师尊成阳尊者。”

“见过成阳尊者。”唐宁落落大方地朝他行了一礼。

见师尊一直盯着唐宁看，南宫凌云便道：“师尊，我和宁儿要去一品楼，师尊可要一起去？”

成阳尊者这才道：“你们去吧。你回来时来我这儿一趟。”

“是。”南宫凌云应道，这才与唐宁一同离开。

唐宁往外走去时，一直感觉到那成阳尊者的目光落在她身上，似乎在看什么一般，让她觉得有些莫名其妙。

换回女装后，她身上的实力修为敛了起来，体内的佛光圣力也尽数敛起，别说是成阳尊者了，估计就是他们那紫阳仙宗的宗主，也未必能看出她身上敛起的实力修为，那么成阳尊者突然一直盯着她看，是在看什么？

两人坐着马车到了一品楼，上了二楼的一间包厢。

小二跟了进来，想要询问他们要吃什么菜。

就听唐宁的声音传出：“一会儿吧。要点菜时再叫你。”说完，唐宁示意小二先退下去。

“是。”小二应道，先退了下去。

南宫凌云见她一副认真的样子，似乎有什么重要的事情要说，便帮她倒了杯茶水，问：“什么事？弄得这般凝重。”

唐宁看了他一眼，道：“听说你回来后，有件事我便想找机会跟你说，只是上回派了人去你家，你家的人说你回学院了。”

南宫凌云微微一笑，道：“嗯，是回学院办一些事情。”

“我们就到此为止吧。”她直接开口说道，看到他脸色微变，脸上的笑容消失，又缓声道，“其实说起来，我们也不曾开始过，从最初开始，我就跟你说过我们是不可能的了，后来……”声音一顿，她又道，“看到你为我挡了一剑，说实话我当时是感动的，但这段时间我想得很清楚，感动并不是爱，我对你确实没有心动的感觉。所以这次你回来，我就一直想跟你说清……”

她的话停了下来，因为看到他生生将面前的茶杯捏碎了，茶水溅出，碎片刺入掌心，鲜血从伤口渗出，染红了桌面，也滴落在地上。

她微拧眉头，看着面色难看的南宫凌云，见他身上压不住的气势以及灵师巅峰的威压在周身弥漫着，整个人散发着一股低沉的气压。

半晌，他身上的气息尽数敛了起来，看着自己紧握着茶杯碎片的拳头，看着鲜血从指缝间流出，他用略显低沉的声音说道：“虽然它在流血，却没有我的心痛。”话音一落，他抬眸看向她，道，“你变了，当年的你明明是那样喜欢我，你说过，长大了要嫁给我，当我的新娘，而现在你却说感动不是心动，为什么？告诉我为什么？！”

唐宁站了起来，看着他的眼睛道：“其实很久之前我就告诉过你，我已经不是当年的唐宁了，你我之间终究是有缘无分。”她迈步往外走去，走了两步又停了下来，道，“那一次你为我挡了一剑，为我吸出体内的毒，这份恩情我会记着，算我唐宁欠你的，日后若是有什么需要我帮忙的地方，我义不容辞。”

她打开房门走了出去，到了外面时，脚步一顿，朝不远处的苏言卿看去，而后收回目光，迈步下了楼，坐上马车往唐家而去。

苏言卿怔在原地，看到那道水青色的身影时，险些要唤出一声“唐师”，但看对方是女子，而且长发及腰，这才生生忍了下来，想着她应该就是唐家大小姐唐宁了。

唐家大小姐在这里，那厢房中的人是谁他几乎不用想也能猜到。

他迈步走上前，来到那开着的房门外往里一看，见南宫凌云背对房门坐在那里，放在一侧的手却渗着鲜血，眉头一皱，走了进去。

“凌云。”见南宫凌云的手捏着茶杯碎片，血还在流，他无声地一叹，在旁边坐了下来，道，“你这手得包扎一下。”

南宫凌云站了起来，将手握着负在身后，道：“不用。”说着，南宫凌云便沉着脸往外走去，连他为什么会在这里也没有多问，此时脑海中有的只是唐宁说的那些话。

唐宁坐马车回去的路上，腰间的挂饰处传来原身有些低落的声音：“你这样对凌云哥哥太残忍了，为什么不让我出来呢？我可以跟他说清楚的。”

唐宁靠在马车上闭着眼睛休息，听到这话，连眼睛也没睁开，以神识传音道：“南宫凌云不是父亲，易魂重生这样的事情并不是对谁都可以说的，哪怕这人是南宫凌云。再说，你不是说你不敢见他吗？”

原身沉默了下来，良久，才问：“他会死心吗？”

唐宁睁开眼睛，眉头微拧，道：“以南宫凌云的性格，今天虽然说清楚了，但他

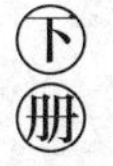

不一定会死心，他的执念并不比你浅。”

“那怎么办？”原身有些担心地问道。

顿了下，唐宁道：“先看看吧。”她也不知南宫凌云接下来会怎么做。

“那……”

原身的声音刚出，就被唐宁以神识喝断了：“别说话！”

神色一凛，唐宁感觉到一道神识正在窥探她。她压下自己身体里本能地想要攻击的气息，如同毫无所觉一般坐着，直到马车停了下来。

“大小姐，到家了。”车夫说道，停下马车在一旁等着。

“嗯。”她应了一声，起身走了出去，目光似无意地朝周围看了一眼，却无所察觉。为免被暗处之人知道她已经发现那道窥视的神识，她下了马车后便往府中走去。

在她往唐家走去后，暗处，成阳尊者负手走了出来，用若有所思的目光盯着她离去的身影，目光往上一移，视线落在“唐府”两个大字上。

进了院中，正好遇到父亲，唐宁便唤了一声：“爹爹。”

“我听说你出去了，怎么这么快回来？”唐啸问道，看了看她，“还没吃饭吧？想吃什么？爹爹让厨房给你做。”

唐宁挽着他的手往花园走去，笑道：“我就是出去跟南宫凌云说一些事，寒知和星瞳回来告诉我，南宫凌云去天龙学院请了院长过来……”

她简单地将事情跟他说了一下，道：“南宫家把消息封锁得很紧，目前也没有消息传出，为免到时候尴尬，我只好提前跟他说清楚了。”

“那凌云怎么说？他只怕不肯就此放手吧？”唐啸轻叹一声，道，“这孩子对你的感情都快成执念了，这对修仙的人来说是大忌，若是不能断了这情根，只怕他将来在修仙一途上走不远。”

她微拧眉头，道：“先看看吧。实在不行，到时候就将真相告诉他。”总不能因此而毁了南宫凌云的仙途吧？更何况此事她也是有责任的。

两人聊了一会儿，唐宁便先回了自己的院子。

回到房中后，原身的声音才传出：“刚才怎么了？”

“有一道神识在窥探。”唐宁坐了下来，道，“那道神识很强大，这青云城中能有这样强大神识的，不外乎那一两个人。”

“谁？”

“院长和成阳尊者。”手轻轻地在桌面上敲着，脸上带着沉思，她道，“先前去南宫家时遇到成阳尊者，他的目光就一直在我身上打量，像是在看什么一样，而刚才那道神识，我觉得应该是他的。”

“为什么不会是院长的？”原身询问道。

唐宁一笑，道："依我对院长的了解，如果是他，他会大方地走出来，而不是藏在暗处，而成阳尊者就不好说了。"毕竟她不了解，也不知道成阳尊者究竟是一个什么样的人。

"他是凌云哥哥的师尊，为什么要以神识来窥探你呢？"原身询问道，声音中带着不解。

"我也想知道他为什么要以神识窥探我，他究竟想干什么？"唐宁微拧眉头，神色带着一抹深思。

另一边，南宫凌云直接回房中清理、包扎伤口。他坐在桌边，想到唐宁刚才的话，脸色依旧十分难看。

他就不明白，为什么他一片真心，就是无法打动她？难道她的心真是石头做的吗？

"宁儿，付出的感情又岂是说收回就能收回的？无论如何，我都要娶你为妻！哪怕你会因此而恨上我！"他语带坚定地说道，眼中一闪而过的光芒带着志在必得！

有院长为媒，有他师尊主婚，他相信，这桩亲事没人会拒绝！

"凌云。"成阳尊者的声音从外面传了过来。

房中的南宫凌云听到师尊的声音后，当即站了起来。

"师尊。"他唤了一声，请成阳尊者进来坐，"我刚回来，正想着过去师尊的院子，没想到师尊就过来了。"

成阳尊者看了他一眼，目光落在他手上，道："为师有些话想问你。"

"师尊请问。"他开口说道，不知成阳尊者想问什么。

"这唐宁……"声音一顿，成阳尊者看了他一眼，问，"你对她有多熟悉？你清楚她的一切吗？"

没想到成阳尊者问的竟是唐宁的事，南宫凌云怔了一下，便道："我与她是青梅竹马。我十五岁之后去学院，分开后这些年比较少见到她，直到那一次得知她出了事赶回来，才知她一身修为尽失，无法修炼。后来她便一直在家中。"说完，他看着成阳尊者，问道，"师尊怎么问起她？是有什么事吗？"

这段时间他跟在师尊身边，见师尊一直忙着找妖星，可不曾对谁这般感兴趣过，而今特意来问，是有事？

"我想要唐宁从小到大的资料，你让人搜集一下拿给我。"成阳尊者交代道。

"是。"南宫凌云应道，看着成阳尊者离开后，便唤了人去搜集资料。

搜集唐宁的资料并不难，在次日的傍晚时分，厚厚的一沓资料便被送到南宫凌云的桌前。

他想知道师尊为何要他搜集唐宁的资料，也想知道这些年她是怎么成长的。

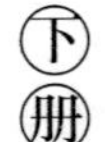

带着一丝探究的心理，他翻开了面前的资料，一页页、一行行认真地看着……

他翻开那些资料，从她出生到十岁，那一年他们种下玉兰树，一一记载在其中，再到后来她的修为尽失，她被掳走遇险，以及那一次她出现在唐家大门口，揭穿了唐家二房的阴谋……越看，他的心越沉。

以前的他从没想过去调查她，觉得她就是她，调查是对她的不信任，也是偷窥她的一切，直到这一次，他奉师尊之命调查，翻看这些资料，才隐隐察觉，似乎有哪里不一样，她被掳走回来后，手段更强势了，性格更独立了，做事更有主见和魄力了，她也没有经常待在家中，而是有时会去乡下的别院小住，要不然就是去外面游历，一走就是大半年。

他在房中坐了许久，见外面天色已经暗了，这才将资料收拾了一下，往他师尊的院子走去。

"师尊，这是今天搜集回来的资料。"他将资料递上前，道，"我已经看过了，就是记载着一些宁儿成长之类的事情，倒也没有什么特别的。"

成阳尊者接过资料，也没急着看，而是看向他，道："你是为师看重的徒儿，为师也不想瞒你，昨天跟唐宁打了个照面，我隐隐觉得要找的妖星也许就是她，所以你要有个心理准备。"

闻言，南宫凌云心头一震，几乎是本能地道："不可能！宁儿她怎么可能会是妖星！不会的！师尊是不是弄错了？"

"是对是错为师自有判断，但有一点为师要告诉你，如果最后查明她就是为师要找的妖星，那你和她之间也得趁早做个了断，免得让她耽误了你。"成阳尊者看到徒儿一脸难以接受，当下便沉声道，"为师的话你可听到了？"

看到师尊凌厉的目光朝他看来，南宫凌云敛下眼眸，压下心头的震动，应道："是。徒儿先行退下，不打扰师尊了。"说完，他行了一礼，往外走去。

出了师尊的院子，他回了自己的院子，越想越觉得不对劲。从资料上看，宁儿的变化很大，连他都看得出来，师尊不可能看不出来。

虽然他不知道这当中到底发生了什么，也不知为何会这样，但他绝对相信，妖星不可能会是宁儿！

可师尊一直断言妖星就在青云城，而且是奉了紫阳仙宗宗主的命令来将其诛杀的，如果师尊认为宁儿是妖星的话，那势必会将她诛杀，以师尊元婴强者的修为，如果要杀宁儿，到时候只怕没人阻止得了。

想到这一点，他在房中待不住了，当下大步往外走去——他是想娶她为妻不错，但他更希望她活着！平安地活着！

"凌云？天都黑了你还要去哪里？"南宫家家主看到他神色匆匆地往外走去，便唤住他。

“父亲，”南宫凌云停下脚步，道，“我出去一下。”

“你的手怎么了？”南宫家家主将目光落在他包扎着的手上，眉头微拧——儿子好端端的怎么伤着手了？

“没事，不小心划了一下。”他看向他父亲，道，“父亲，我还有事要去做，如果没什么事，我就先出去了。”说完，也不待他父亲应声，他便快步往外走去。

南宫家家主见状，摇了摇头，有些恨铁不成钢地说道：“这青云城除了唐家那个丫头片子，估计没人能让你这么焦急了吧？我就是不知那小丫头片子到底哪里好？”南宫家家主边说边往后院走去。

唐家那边，唐宁在院落里听见外面传来的声音，像是南宫凌云。

“是凌云哥哥！”原身欣喜的声音传入她的神识。

她伸手按了一下，道：“你不要出声，我去看看。”说完，她往外走去。

“不要拦我，我是真有急事要找宁儿！”南宫凌云看着挡在面前的那些护卫，神色带着几分着急。

“请南宫少主稍等，这会儿已经入夜，待我们去禀报大小姐之后，大小姐若要见你，我们再放你进去。”一名护卫说道，朝一旁的婢女打了个眼色。

“你们都退下吧。”唐宁走了出来，示意护卫退下，然后看向南宫凌云，道，“既然来了，就到院中坐坐吧。”

护卫退下后，南宫凌云大步跟着她朝院子里走去。

一进院子，看到墙角的那棵玉兰树，他抿了抿唇，而后看向已经在石桌边坐下的她，道：“宁儿，你快收拾一下跟我走。”

正倒着茶的唐宁听了这话，手微顿了一下，抬眸朝他看去，问：“走？去哪儿？”

“去哪儿都好，总之得离这里远远的。”他大步上前，来到她身边，声音中带着一丝祈求，“我们找个没人认识的地方生活，好不好？”

唐宁看着这样的他，神色微凝，问：“出什么事了？”

他知道，若是不将原因说出来，她是不可能跟他走的，所以只好将事情的始末告诉她：“我师尊奉紫阳仙宗宗主之令，来这边寻找妖星一事你应该也有耳闻，那日我师尊看到你后，便让我搜集你的资料交给他，我听他的意思你便是那妖星，若是最后确定了，他势必会将你诛杀，以他元婴强者的修为，如果他到时候真要杀你，谁又拦得住？所以趁着现在你赶紧跟我走。”

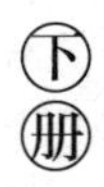

“妖星？”唐宁怔了一下，轻笑道，“为何说我是妖星？有何凭证？”

“我并没有问我师尊，但他若是认定了，谁还敢有二话？以他仙人之地元婴强

者的实力和地位，到时谁又敢站在你这边？”他看着她，沉声道，“宁儿，快跟我走吧！”

唐宁摇了摇头，站了起来，道：“谢谢你的好意，但我并不想走，若真走了，岂不是坐实了妖星之名？”

“宁儿！”

唐宁正色看向他，道：“你不要忘了，成阳尊者是你的师尊，你可有想过，若是与他对立，你将要面对的是什么？我已经跟你说过，我们俩就到此为止，所以你不用管我的事，更犯不着为了我而赔上你坦荡的仙途，失去唾手可得的一切。”

南宫凌云往后退了一步，因她的话而心神震动，脸色也微微泛白，但仍道：“宁儿，你知道我可以为了你放弃这一切的，只要……”

“我不需要。”唐宁打断他的话，站了起来，目光落在他身上，道，“我不需要你为我做什么，我也希望你可以就此放下。回去吧，趁着你师尊尚未发现，回去吧。”

“你难道就真的不怕死吗？”声音微提，夹带着一丝怒火，他道，“你的资料明眼人只要一看，就能看出你前后的变化和不同，我师尊一定会因此断定你就是妖星，难道你就甘心这样坐以待毙？”

眼睛微眯，看着他，唐宁没有说话。

南宫凌云深吸了口气，压下心头的火气，幽深的目光落在她身上，沉声道：“从我拿到的你的成长资料看，被掳后的你与被掳前的你，虽然还是同一个人，但行为举止判若两人。你多了以前所没有的魄力和冷静，变得自信而淡定，你的处事手段、行为作风，根本不是当年的宁儿做得出来的。”他看着脸色没有变化、神情依旧淡然的唐宁，继续道，“你以前说过长大了要嫁我为妻，玉兰树为证，到后来你告诉我，你已经不是当年的你，我大胆猜测，当年的宁儿也许在那一次被掳中就死了，而你趁机夺了她的身体，成了唐宁。”

腰间的挂饰微微动了一下，被她不着痕迹地用手挡住了。她看着南宫凌云，笑了起来，道：“然后呢？”

南宫凌云看到她绝美的脸上带着盈盈的浅笑，从容淡定，便道：“宁儿，你知道的。那一次大街上的相遇，我没认出你时就已经悄然对你动了心，然而当时想到青梅竹马的宁儿，我只好将这颗刚动的心压下，可后来得知原来你就是唐宁，你可知我当时心中有多欢喜？”

他的神情带着一丝回忆，唐宁静静地听着，就连腰间挂饰里的原身在听到他的话后，也终于静了下来。

“在此之前，我没打听、搜集过你的资料，只想着当年的宁儿，那个总是欢喜地唤我凌云哥哥的宁儿，已经长大了，我们当年的承诺可以兑现了。

“以前我不懂你的步步远离，不懂你为何对我如此绝情，不懂你为什么说我们是不可能的，直到我看到那些资料，我才终于知道，你已经不是当年的唐宁了，不是那个喜欢我、与我一同种下玉兰树、一同许下诺言的宁儿。

“但我不在乎！”他的声音骤然一沉，神色更是从回忆中抽回，他看着唐宁道，“我不在乎你原来是谁，我只知道你现在就是唐宁！你就是唐宁，那个让我动心、让我非娶不可的人！”

看到他神色中带着一丝疯狂，唐宁摇了摇头，道：“你心中的执念已成心魔，而你仍未能自知，何必呢？人总是要往前看的。”

他仰头大笑道：“哈哈哈哈！放手往前看？宁儿，那是你不知在我心中你有多重要！”

“她不知道，为师知道。”成阳尊者的声音从天空中传来，低沉而蕴含着强大的威压传入唐家，落在唐家的每一个人耳中，也清晰地传入南宫凌云和唐宁耳中。

听到那声音，唐宁目光微闪——来了。

早在那神识窥探她之后，便有一道神识暗中盯着她，而今晚，随着南宫凌云的到来，那道神识也悄然释放。南宫凌云没发现，但她早就察觉了。

成阳尊者是真的将她当成了妖星，而且不管有没有让南宫凌云搜集资料，估计都早已认定她就是妖星了。

只是不知成阳尊者的依据又是什么？

“师尊！”南宫凌云脸色微变，本能地朝天空看去，却没有看到成阳尊者的身影。

与此同时，唐家的众人在听到那声音时也微怔了一下。原本听说南宫凌云来了的唐啸，正往唐宁的院子走去，在半路就听到那成阳尊者的声音了，一时间脚步微顿，不知成阳尊者是何意。

成阳尊者的声音挟带着元婴强者的威压传出，几乎整个青云城的人都听见了，而成阳尊者并没有来到唐家，而是依旧在南宫家。

同样在南宫家的院长听到成阳尊者的声音时，也是微怔了一下，起身往外走去，才发现那声音是从南宫家的院子里直接传出的，也就是说成阳尊者还在院中。

既然成阳尊者还在院中，又为何这样传出声音？而且看样子是用神识笼罩了整个唐家，这到底是怎么一回事？

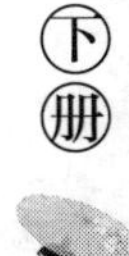

与此同时，青云城中的某一处别院中，三十名学子也抬起了头……

“出什么事了吗？”

“那是成阳尊者的声音？”

“怎么是以这样的方式传开？是出什么事了？”

听到那声音的寒知和星瞳两人也微微沉思着：该不会是唐家出什么事了吧？还是主子那里？

两人心下着急，却也没有办法。

而就在此时，在南宫家，成阳尊者直接从院中一个跨步迈至空中，负手迎风而立，看着唐家所在的方向。

“这是怎么了？出什么事了？”院长询问道，看着凌空而起的成阳尊者。

就连南宫家的老祖和家主也快步走出，惊诧万分地看着夜空中的成阳尊者，不知他要做什么。

成阳尊者看着下方的院长，也不隐瞒，道：“我不是说我本是奉宗主之命前来诛杀妖星的吗？找了这么久，终于让我找到妖星在哪儿了。”成阳尊者看着夜空中闪烁在唐家方位的那颗耀眼的星星，眯了眯眼，道，“如果早点儿让我看到唐宁，也许我早就完成宗主交代的任务了。”

听了这话，院长将眉头一皱，道：“你是说唐家的那女娃是妖星？那孩子不是一身修为尽散，无法修炼了吗？好端端的怎么会跟妖星扯上关系？你莫不是弄错了？”

他们的话都挟带着强大的威压，因此都在天空中传开，让城中的人都听了个明白，这才恍然，原来那成阳尊者说唐家大小姐唐宁是妖星！

“唐家大小姐怎么可能会是妖星？可别弄错了呀？”

“就是，她一个十来岁的小姑娘家，一身修为没了已经够惨的了，怎么还被说成妖星了？妖星怎么可能连修为都没有？真是乱来。”

“这成阳尊者可是南宫凌云的师尊，他这么做不会是因为不想南宫凌云娶唐家大小姐吧？”

“嗯，有这个可能。”

“但也有可能这成阳尊者说的是真的啊。他可是仙人之地的仙人，又怎么会无缘无故随便污蔑人呢？说不定他真的有什么根据。”

“谁知道呢？！”

别院那里，寒知和星瞳听到这话，心中憋着一把怒火——他们的主子怎么可能会是妖星？真是荒唐！

而司徒南笙等人听了，却是好奇地议论起来。

“哎，那成阳尊者说唐家大小姐是妖星，你们觉得可能吗？”

“成阳尊者是仙人之地的尊者，又有元婴修为，也许能看到一些我们看不到的东西也说不定，至于这唐家大小姐，没见过，不好评论。”叶飞白说道，摇着扇子，喝着小酒，一副事不关己、高高挂起的模样。

苏言卿想到那天无意间撞见的那位唐家大小姐唐宁，想起她那与唐师极为相似的面容，道："那唐家大小姐我见过一面，并不觉得她会是妖星，也许是搞错了。"

"嗯嗯，我赞同。"尹千泽点头说道，看向司徒南笙等人，"你们是没见过那唐家大小姐，如果见到了，你们就会觉得她那个人不可能是什么妖星，毕竟就她那身气质，啧啧。"

"我也觉得唐家大小姐不可能是妖星，这当中一定是有什么误会。"宋一修也开口说道，想起那个让他印象深刻的唐家大小姐，目光微闪——那样从容淡定、落落大方又优雅的人，身上干净得如雨后青竹，又怎么可能是所谓的妖星？

"我是没见过，但被你们说得我好想见一见这位唐家大小姐，看看这个能迷倒南宫凌云、又让你们赞不绝口的青云城第一美人，究竟是怎样一个绝色！"司徒南笙轻笑道，一弹衣袍站了起来，道，"走走走，别喝酒了，今晚一定会有热闹看，我们去看看热闹，说不定还能看到你们口中的那位唐家大小姐。嗯，要是能再碰见唐师，那就再好不过了。"司徒南笙语带期待，比起去看热闹，其实他更想偷偷潜到唐家去，瞧瞧唐师是不是真在里面。

"走，一起去看看热闹，能让成阳尊者弄出这等阵势，我也相信今晚会很热闹，说不定我们还能见到唐师呢！"叶飞白也站了起来，手里拿着扇子轻轻地扇着。

寒知和星瞳默默地起身——他们早就想去了。

见他们都说要去，其他学子便也笑着应了。

一行三十来人便出了别院，往唐家的方向走去。

路上，司徒南笙笑着问道："寒知，你说我们这么多人大晚上的去拜访，唐家的大门会敞开吗？"

寒知瞥了司徒南笙一眼，没有说话。

"这还用问？肯定不会啊！"尹千泽笑了起来，道，"这么多人，又是大晚上，唐家怎么可能放我们进去，我们就找个靠近一点儿的地方看看就好了。"

"咦？你们看，出来看热闹的人还挺多，不止我们。"高琛示意他们看向前面，那些人以有修为在身的居多，看样子应该是这城中的世家之人，却不约而同地往唐家的方向走去，那些人边走还边聊着，而高琛顺着他们的目光抬头看去，看到那夜色中的人时，不由得微怔，道，"你们看，是成阳尊者！"

成阳尊者凌空负手而立，长袍在夜风中飞扬着，一身元婴强者的气息释放开来，将唐家所在之地笼罩在其中。

而在不远处，一袭白袍、胖乎乎的院长则站在一处屋顶上，似乎正在劝说成阳尊者，隐隐还能听见他们的声音随着夜风传来。

"星空上那颗异星自出现后就一直四处飘藏，如今落在唐家上空，唐家大小姐唐宁定然就是妖星！她一介无法修炼之人，却能圈养阴魂，一头如墨的长发却无半分生

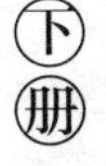

机，如此妖异之象，必是妖星无疑！”成阳尊者低沉而凌厉的声音夹着元婴强者的气息传出，清晰地传入每个人耳中，也让听到这话的众人陷入沉默与寂静之中。

唐家大小姐圈养阴魂？一头长发无半分生机？

天上那颗耀眼的星星果然是落在唐家所在的方位，难道唐家大小姐唐宁真是妖星？

与此同时，在唐家院中的唐宁听到成阳尊者的话，清澈的眼眸中闪过一抹讶异，本能地伸手摸了摸头发。

嗯，假发嘛！本来就不是她的，没有生机很正常啊！毕竟又不是从她的脑袋上长出来的。

不过这成阳尊者居然能看出她戴了一顶假发，也不简单啊！

“宁儿！”唐啸快步走了过来，担忧地看着她。

“爹爹。”唐宁上前握住他的手，轻轻地拍了一下，道，“不用担心，没事的。”

“我师尊誓要将你诛杀，又岂会没事？宁儿，你不要自欺欺人了。”旁边的南宫凌云开口说道，觉得她是在强撑着，只是眼下这情况，想走也走不了了。

唐宁看了南宫凌云一眼，没有说话，而是将目光看向伫立在夜空中的那道身影。

元婴级别的成阳尊者，她若是真要与之交手，胜算又有多少？不过眼下这种情况，应该不会弄到一定得打起来的那种场面吧？

她正想着，就听成阳尊者蕴含着元婴威压的声音再度传来：“唐宁，此时还不出来，你想躲到什么时候？”

听了这话，唐宁笑了笑，对父亲道：“爹爹，我出去看看。”说完，她便往外走去。

南宫凌云看着她往外走去的身影，顿了一下，也快步跟上。

唐啸是知道这其中的缘由的，生怕最后弄出什么事情来，毕竟那是元婴强者，以宁儿的实力，还远不是元婴强者的对手，如果元婴强者真要杀她，那就麻烦了，因此见他们往外走去，也大步跟了上去，想看看那成阳尊者究竟想要怎么样。

虽然已经入夜，但唐家的大门前和周围，此时围了不少人。

那原本伫立在半空中的成阳尊者，此时落在唐家的大门前，负手看着紧闭着的大门。

唐家的大门缓缓地打开，一位穿着水青色衣裙、长发披散在身后的绝美少女缓步走了出来。

当看到那道身影走出来时，外面的人沸腾了。

“看！唐大小姐出来了！”

“许久没见到她，她似乎又变美了。”

“她可是青云城第一美人，放眼整个青云城，找不出第二个容颜比她出色的了。”

“也是，要不然南宫少主怎么会为她倾心不已呢！”

“可惜啊！一身修为尽失也就算了，如今还被说是妖星。如果她真是妖星，只怕今晚是活不了了。”

“那成阳尊者想要杀她，谁护得了？”

比起那些议论着的人，司徒南笙和叶飞白等人在看到那出来的唐家大小姐唐宁时，几乎是本能地惊呼出声：“唐……”

“是不是跟唐师很像？所以我说唐师跟这唐家一定有关系。”尹千泽见他们一个个被吓傻了的模样，不由得咧嘴笑了——嗯，很好，上回他和宋一修、陈道看到唐家大小姐时，也是被吓得够呛，也该让他们尝尝那是一种什么滋味了。

司徒南笙看直了眼，道：“要不是唐师是个光头，而且妥妥是个男的，我还真以为这唐宁就是唐师呢！”

真是吓到他了，他们可是在唐师面前光过腚的人，要是唐师是女的……单单是假想一下，都让他打了个冷战，幸好唐师是个男的！

唐宁走出来，目光淡淡地一扫，便看到司徒南笙等人都在人群中看热闹，她扯了扯嘴角——真是一群闲不住的家伙。

目光落在前面的成阳尊者身上，她坦然地迎上成阳尊者凌厉的目光，笑了笑，道：“成阳尊者就这么笃定我是妖星？”

成阳尊者看了她一眼，然后视线往上一移，落在天上那颗耀眼的星星上——随着唐宁走出来，那颗星星仿佛跟着她走动一般，此时也移到她头顶的那片夜空，正对着她。

“这颗异星便是你！”成阳尊者盯着她，道，“无论你怎么狡辩都好，这颗跟着你移动的异星就是证明！你命中带异，有星为证！再加上你一身妖异之象，必是妖星无疑！”成阳尊者沉着脸看着她，目光又掠过她，落在后面大步出来的南宫凌云身上，道，“我的徒儿也绝对不可能娶你为妻！”

闻言，唐宁轻笑一声，道：“这个你可以放心，因为我也从未想过要嫁给他。”

南宫凌云快步走到师尊身边，正要说话，就听到唐宁说从未想过要嫁给他，这话如同一把利剑，刺得他的心揪疼，他握着剑的手紧紧地收拢成拳，嘴唇也紧紧地抿了起来。

“凌云，当断不断，必受其乱！她已经成为你心中的执念，今天就由你执剑，杀了她！”成阳尊者声音凌厉地道。话音一落，成阳尊者衣袖一拂，一道灵力飞出，南宫凌云握在手中的赤霄剑咻的一声脱鞘飞出，飘浮在他面前，等着他去拿。

“师尊！”他惊呼一声，生怕那把赤霄剑会飞出袭向唐宁，当即伸手握住，将之

斜指地面。

成阳尊者看着南宫凌云，沉着脸道："今天你不动手也得动手！唐宁是妖星，也是你的执念，你砍不断，为师便替你砍！去，杀了她！一可诛了妖星，二可断了你的执念，一举两得，而你也依旧是我成阳的徒儿！否则任你天赋再好，我成阳也不会要你做我的徒儿！"

南宫凌云听到这话，心头一震，生出一丝慌乱之意，道："师尊……"

"唉！成阳尊者，何必这样逼他呢！"一道轻叹传来，便见一袭宽大白袍的院长迈步走来。院长胖乎乎的形象，以及白发、长眉，面容又带着祥和，给人一种和蔼可亲的感觉。

"是院长。"

"院长也来了。"

"看样子，院长这媒是做不成了。"

"院长该不会也觉得那唐宁是妖星吧？"

"成阳尊者让南宫凌云动手杀了唐宁，也真是够狠的。"

"我就好奇，为什么现在还没看到唐师？唐家都出事了，怎么唐师还待得住？该不会唐师没在这里吧？"

三十名学子在那里低声议论，眼睛四处看着，也没发现唐师的身影，不禁心下纳闷：唐师就这么沉得住气？

成阳尊者凌厉的目光落在南宫凌云身上，话虽是对院长说，却是说给南宫凌云听的："他若无法断了这执念，再好的天赋也走不远，既然如此，我又何必在他身上费工夫！"话音一落，成阳尊者眯了眯眼，道："凌云，该怎么做，相信不用为师教你了吧？"

南宫凌云握着剑的手在抖，脸色也变得苍白起来。他敛下眼眸，看着自己手中的赤霄剑，脑海中回荡着师尊的话……

"凌云，你还愣着干什么？！你没听见你师尊的话吗？唐宁是妖星，是妖星！你们是不可能在一起的，你快动手杀了她！"南宫家家主喊道，焦急不已，生怕成阳尊者一个动怒，真的会将他儿子逐出师门，到时他儿子的一生可就真的毁了啊！

南宫家老祖看着开口劝说的南宫杰，摇了摇头，然后看向身边的院长，问："院长，那唐家丫头真的是妖星吗？她在青云城中风评极好，也从没做过伤天害理之事，怎么可能会是妖星？会不会是弄错了？"

他与唐家老祖好歹也是多年的老友，那老家伙不在这里，他总不能看着唐家被欺负吧？这事还关系到他家和唐家，真是一个弄不好，两家就真的翻脸了。

南宫杰见父亲居然跟自己唱对台戏，不由得急了，喊道："父亲，你老糊涂了啊？成阳尊者都说她是妖星，又怎么可能有假？我早说过唐家这小丫头片子不行，你们就是不信，你们看，现在都把我们凌云祸害成什么样了？要是早听我的断了，也不会有现在这些事情。”

“你闭嘴！滚一边去！丢人现眼的东西！”南宫家老祖喝道，衣袖一拂，一股力道将南宫杰推向一旁。

对这儿子，南宫家老祖是真的失望透了——就算唐家丫头真是妖星，也不能这样大喊着让凌云去杀她，哪怕凌云是迫于师命，要知道，若是凌云真出了这一剑，那岂不是成了无情无义之人？日后凌云又将如何立足？

可南宫家老祖也头疼，凌云若不出这一剑，成阳尊者又岂会就此罢休？到时成阳尊者将凌云逐出师门，一个被逐之人又将如何立足？

这可真是左右为难，因此南宫家老祖才向院长求救，想看看院长有没有办法阻止这事的发生。

院长把目光落在那一脸从容淡定、不惊不惧的唐家大小姐唐宁身上，看到她那张与唐师极为相似的脸庞，以及她周身的气度，院长睿智的目光中仿佛闪过什么。

院长仔细地打量着她，依旧看不出个所以然来，只能看到这确实就是一名十四五岁的花样少女，浑身上下也确实没有一丁点儿的灵力气息波动，所以一时间还真不知这唐家大小姐跟唐师究竟有着什么样的关系。

“成阳尊者，我观这唐家大小姐身上并无妖邪之气，也许……”

院长的话还没说完，就被成阳尊者不客气地打断了。

“不必再说！此人就是妖星无疑！今天无论是谁也救不了她！她必须死！”

唐宁听着成阳尊者一直在那里说她是妖星，说要她死，仿佛她的命在成阳尊者眼里就是那么不值一文，如同蝼蚁，听得她火气都冒了上来。

她冷笑着看着成阳尊者，道：“我倒是第一回见，原来仙人之地的仙人是这样视人命如草芥的，一条人命在你眼中竟是如蝼蚁一般，连查清楚、问明白都不用，仅凭你成阳一句话就判定生死？真是好大的威风、好大的权力。”

成阳尊者听到她的冷嘲热讽，衣袖一拂，重哼一声，道：“妖邪之辈，人人得而诛之！”

“所谓的仙宗正派就是如此？”她不屑地说道，无视成阳尊者难看的脸色以及压抑着的怒火，“你若是问上一问，查上一查，兴许我还能敬你一分，如今你以这种宁杀错、勿放过的姿态想要置我于死地，这等行事手段，恕我不能理解你们所谓的仙宗正派的作风。”

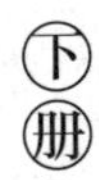

“宁儿！”南宫凌云喝道，不希望她激怒他师尊。

作为仙宗的一峰之主、元婴强者，又何尝有人敢这样挑衅成阳尊者？如果说成

阳尊者先前是因她是妖星想要杀她，那如今便是因为觉得她出言不逊、狂妄放肆想要她的命！

“你不用理解，你只需去死！凌云，给我杀了她！杀了她！”成阳尊者的怒喝挟带着雷霆之威，一声声的“杀了她”如同惊雷在天空中响起，在众人的耳边震开。

众人惊得心神俱颤，纷纷看向那唐家大小姐唐宁——如此激怒一位元婴强者，她是真的不想活了？

南宫凌云摇着头后退，道：“不，我怎么可以将剑对向她？不可以！我不能！”

一再被逆，成阳尊者怒火中烧，感觉尊严受到挑战，眯起眼，挟带着怒火的声音阴沉地传出：“为了一个妖星，你连为师的话也不听吗？好！很好！我真是收了个好徒儿！”目光一转，成阳尊者挟带着杀意的目光落在唐宁身上，道，“今天我还就要让你亲手杀了她！让她死在你的剑下！”

唐宁眉头微拧，觉得这成阳尊者做得真是过分，往她身上扣上妖星的帽子就想将她诛杀，还要让南宫凌云动手，不得不说，这人的心也真是狠，成阳尊者这是想让南宫凌云自己断了执念，亲手砍断这份情，只是这做法也太偏激了。

她正想开口告诉他们，她的另一个身份是天龙导师，身带佛光，不可能是妖星，就见那成阳尊者一个闪身，竟掠上前握住了南宫凌云持剑的手，将他持剑的手抬起，长剑蕴含着锋利的寒芒以及凌厉的杀气，竟就那样朝她刺来。

“不要！”南宫凌云脸色大变，想要挣脱他师尊，但手被握住，他整个人不受自己的控制，只能眼睁睁地看着自己手中的剑以迅雷不及掩耳的速度朝唐宁刺去。

“不可！”

“住手！”

“住手！”

几道惊呼声传出之时，几道身影也朝前掠去。

只是他们的速度再快，也快不过元婴修士的速度……

看到那长剑带着凌厉的杀机以及元婴强者的威压，以迅雷不及掩耳之势袭来，唐宁眼中闪过一抹冷意，步伐一移，侧退开之际才发现，她爹爹因担心她被伤，竟也朝她跑来，此时她一避开，那袭来的一剑对准的正是她爹爹的心口！

“该死！”她低咒一声，看到挟带着元婴威压的一剑已经刺来，她爹爹在那威压之下整个人无法动弹，而对方的速度之快，让她连出手阻挡的时间也没有，为免她爹爹被误杀，她当即扑过去将她爹爹推开。

嗖！

“宁儿！”

“宁儿！”

“主子！”

“主子！”

利剑刺入身体的声音传出，数声惊呼也在那一刻响起。

被推开的唐啸摔在地上，避开了致命的一剑，回头却看到女儿胸口处被刺了一剑，长剑此时还刺在她身上，而她以两指夹着剑刃，没让利剑穿透而过，但伤口处鲜血已经渗出，染红了她胸前的衣襟。

周围的众人看到这一幕，全都静了下来。

刚才如果不是唐宁推开她父亲，只怕那一剑就能要了唐啸的命！

在场的都是有修为的人，自然能看出，长剑刺出的那一刻，成阳尊者并没有收手，而其元婴强者的威压也让筑基修为的唐啸根本无法抵挡，甚至是整个人僵在那里，连闪避都做不到。

比起周围那些世家的人，以及修士和百姓的震惊，三十名学子此时错愕又震惊地瞪大了眼睛，看着刚才惊呼出声的寒知和星瞳。

主子？他们一定是听错了！断然不可能是他们想的那样，不可能……

可是，不可能吗？为什么这一刻他们有种想哭的感觉？

尤其是看到那唐家大小姐唐宁以双指夹住蕴含着凌厉气息的剑刃，不让那剑刃再前进半分的姿态，以及她手指间凝聚的那一抹灵力气息，他们觉得也许本来就没有什么是不可能的……

只是他们仍不敢相信，这个长发飘飘、穿着一袭水青色衣裙、身段玲珑有致、气质优雅出众的绝美少女，会是他们那个胸前平平、顶着一颗光头的唐师啊！

南宫凌云怔怔地看着她，看着自己手中的赤霄剑刺入她的胸口，看着鲜血染红她胸前的衣襟，看着她以两指夹着利刃，不让剑刃再前进半分……

成阳尊者眉头紧皱，脸色十分难看，锐利而蕴含着威压的目光盯着唐宁夹着利剑的那两指——仅仅就靠这两根葱白的手指，居然让赤霄剑无法再前进半分！

“妖女！受死……”

成阳尊者的话还没说完，就被唐宁的声音打断了。

“老东西！闭嘴！”唐宁冷声厉喝，蕴含着厉色和冷意的声音气势汹汹地压过了成阳尊者的声音，生生将成阳尊者的话打断了。

成阳尊者一口气憋着，似乎不敢相信有人居然敢骂他老东西，还敢叫他闭嘴！

“你……你……你……放肆！”

唐宁冷冷地瞥了成阳尊者一眼，夹着剑刃的两指一寸寸地往外移，将刺在胸口的剑拔出。她看着神情愣怔、一脸震惊的南宫凌云，道：“当日你替我挡了一剑，今日我受你一剑，我们两清了。”话音一落，她一身的灵力气息释放出来，生生将因过

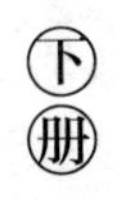

度震惊而导致心神震动的南宫凌云震开。

当她一身的灵力气息释放出来之时，周围的众人不由得倒抽了一口冷气，不可置信地看着那一袭水青色衣裙的唐家大小姐唐宁——她不是失了一身修为吗？怎么一身气息竟然如此强大？

尤其是唐家的那些长老以及主事，皆是震惊地瞪大了眼睛，险些惊呼出声。

镇定！稳住！他们好歹是唐家的人，如果让人知道他们都不知道自家少主有一身修为、本事，岂不是让人笑掉大牙？

"唐宁果然是妖星！居然隐藏了一身修为！"南宫杰惊呼道，换来的是他家老祖如刀一般的眼神，吓得他一屄，连忙闭上嘴。

南宫家老祖看着一身灵力气息外放的唐宁，轻叹一声，道："没想到我这活了这么些年头的老东西，居然也会有看走眼的一天。"

院长摇头苦笑，道："看走眼的又岂止是你啊！"

院长也压根儿没看出来啊！院长先前有所怀疑，但在唐宁一身灵力不再隐藏释放出来时，才知道原来唐宁就是唐师啊！

若不是亲眼看到，谁又能想到，一个光头小和尚，一名天龙学院的导师，居然就是唐家这个被传一身灵力修为尽失的小女娃儿啊？

"居然真是唐……唐……唐……师！"司徒南笙顿时舌头打了结，这一刻他想到的是他们出去历练时，在那森林之中，他们一个个脱得只剩下裤衩，屁颠颠地跑下水，甚至有的人还光着腚只用手捂着某个地方就跳下水的一幕，顿时脸上火辣辣的，好想找个洞钻进去……

"真是没脸见人了……"

"俺都让唐师看光了……"

"当时谁还喊着一起洗来着……"

"我这才明白，为何我们在森林里历练时，只要一到洗澡脱光的时候，唐师就会避开……"

这边的三十名学子震惊于唐师的身份居然就是唐家大小姐时，不约而同地想到的是他们穿着裤衩在她面前跑的事情，一时间一个个脸色变了又变。

苏言卿轻咳一声，一张俊脸也是泛红，神情略有一丝不自在，瞥了他们一眼，道："现在都什么时候了，你们还想着那事呢？还是想想眼下这情况吧！"

经苏言卿这么一提醒，他们才整了整心绪，看向前面的唐师，见她胸口受伤，鲜血染红了衣裙，独自站在那里面对着成阳尊者，众人心一揪，当即道："既然是唐师，我们就不能让她被人欺负了！"

"对！她是我们的导师，欺负唐师就是欺负我们！"

话音一落，三十名学子在周围众人错愕的目光中大步走了出来，朝前方的唐宁走去。

“唐师！你太不够意思了啊！要打架怎么能少得了我们呢！”司徒南笙有些别扭地说道，目光却是带着闪烁，涨红着脸不敢去看她。

“就是，我们好歹都是你带出来的，虽然实力比不上你，但胜在人多啊！”叶飞白脸皮较厚，此时大大方方地迎上唐宁的目光，冲着她露出一抹笑容来。

“唐师，唐师，还有俺！他们要敢对付你，就得先过俺这一关！”牛大力中气十足地说道，拍了拍胸膛，挡在了唐宁前面。

“不错，要打，我们随时奉陪！”尹千泽和宋一修也挡在她前面。

苏言卿则看向一副愣怔失神模样的南宫凌云，道：“凌云，你手中的剑若敢再对向唐师，休怪我不念往日的情谊。”

看着那一个个学子走了出来，挡在唐宁身前，院长又是欣慰又是感慨：且不说他们能不能打过成阳尊者，单单他们这份心意，就足够让人感动了。

周围的人听了他们的话，都在议论。

“什么唐师？他们说什么啊？怎么跟唐师又扯上关系了？”

“唐师我知道，是天龙学院的导师，唐师之名在凡人之地很是响亮。但唐师是个小和尚来着，怎么他们管唐家大小姐叫唐师？怎么回事啊？”

“就是，虽然都姓唐，但不一样啊！”

“不是，你们看那些人，一个个气势不凡，其中有几个我认识，一个是皇城尹家的少主，一个是宋家的少主，还有前面的那个好像是司徒家的少主，还有叶家的……”

“怎么都是少主？这些人是什么来头啊？”

“尹家的少主等人皆是天龙学院的学子啊！这三十来人估计都是天龙学院的学子，只是他们口中所称的唐师……”

一时间众人都没弄明白，唐家大小姐唐宁他们是见过的，但唐师不是谁都见过的，而这两人，一个是唐家大小姐，一个是光头小和尚，明明就是不相干的两人，此时怎么扯到了一起？

看着那些挡在前面的天龙学子，听着他们口中的称呼，成阳尊者眉头紧皱，凌厉的目光掠过众人，盯着后面的唐宁，高声喝问：“妖女！你究竟是什么人？！”

听了这话，唐宁轻笑，拍了拍挡在她面前的几人的肩膀，示意几人让开之后，便从后面走上前来，唇角微勾，好整以暇地看着成阳尊者，冷声嘲笑道：“连我是什么人都不知道，你就敢断定我是妖星？真是可笑！”

成阳尊者脸色难看地盯着她，看到她以灵力气息封住了伤口周围的大穴，止住

了血之后，便盯着自己露出诡异莫名的笑容。

“你不是说我的一头秀发没有生机吗？我就给你看看为什么会没有生机。”话音一落，她伸手取下了头上的假发，露出了泛着亮光的小光头来。

“嗞！”

“天啊！唐家大小姐居然是个光头！”

周围的人看到唐宁取下头上的假发，露出那光秃秃的脑袋后，一个个傻眼了，怎么也没想到，唐家大小姐唐宁居然是个光头！她居然没有头发！

“扶……扶……扶我一下……”后面的大长老看到唐宁那光秃秃的脑袋后，顿时眼前一黑、双腿一软就要倒下去——老天！谁来告诉他，为什么他们家族会出了一个没有头发的少主？她的头发呢？她的头发哪儿去了？

唐宁看着成阳尊者那错愕又震惊的神情，笑了，只是那笑意并不达眼底，道：“一头假发而已，何来的生机？妖星？那你再仔细看看我身上，除了一身灵力修为，还有什么？”

还有什么？成阳尊者盯着她看着，以他的修为自然能看到，除了她并没有隐藏的筑基巅峰的实力修为，她身上还有得道的高僧圣佛才会拥有的佛光圣力！

南宫凌云怔怔地看着她——唐师……原来她就是唐师……她竟就是唐师……

周围的那些家主此时脸色微凝，唐师他们是知道的，那是他们想请都请不到、想见都见不了的传奇人物，传闻唐师身带佛光圣力，传闻唐师可断吉凶，传闻唐师实力强大，传闻唐师……

有太多关于唐师的传闻，而到这一刻，他们只要想到那些传闻，再看着前面那顶着一颗光头的唐家大小姐唐宁，心里只有震惊。

唐宁若是唐师，那就断然不可能是什么妖星，唐家的地位也将因唐宁这唐师的身份而发生极大的变化……

还有就是，这成阳尊者要找、要杀的妖星，只怕是弄错了吧！

又或者是他们仙人之地的人只是想借这么一个借口除掉唐宁？毕竟十几岁的筑基巅峰修士，还有着一身本领，这样的一个人势必会崛起，而且风头是谁也盖不住的。

“成阳，她是天龙导师唐师，就算那颗星代表的是她，也不可能会是妖星的。”院长在这时开口说道，希望成阳尊者就此收手。

可谁知，成阳尊者在听到院长的话后，却是重重地哼了一声，盯着唐宁的目光依旧带着杀意，道：“不伦不类，非仙非佛，即为妖！断然不能让她活着！哪怕她是天龙导师，今天我也势要将她诛杀！”话音一落，成阳尊者衣袖拂动，一身元婴强者的气息骤然涌起，强大的灵力气息自身上涌出，挟带着铺天盖地的杀意汇聚着，准备朝唐宁袭去。

“你敢？！”三十名学子脸色一变，几乎是同一时间便移动步伐挡在了唐宁身前，将她护在他们身后。

“全部给我退下！”唐宁喝道。

“唐师！”他们回头看去，站着没动。

“退下！”唐宁冷声喝道，神情带着冷冽与威压。

那一瞬间，众学子仿佛回到了在外历练当佣兵的时候，在她的眼神之下，谁也不敢再开口，而是听从命令迅速退开。

“我倒要看看你想怎么杀我！”话音一落，她手中光芒一闪，万年观音竹出现在手中。

“都住手！”院长见情势一发不可收拾，当即掠上前，隔在两人中间。

院长面向成阳尊者，素来和蔼的脸色此时沉了下来，道：“成阳尊者，唐师是我天龙学院的导师，在凡人之地威望极高，更是身带功德之力，为圣人之尊，你这样不分青红皂白要将她诛杀，我不得不怀疑你的初衷和用心！”

“且不说其他的，单单她这冒犯之罪，就已经罪不可恕！让开！否则休怪我不念多年相交之情！”成阳尊者身上元婴修为的气息弥漫开，将唐宁和他自己笼罩在其中，让其他人无法靠近半分。

成阳尊者本以为自己的威压一朝她压下，她势必连站都站不住，哪知她根本就如同没感觉到那股强大的威压一般，就连脸色都没有变。

这种完全不受掌控的感觉从来不曾有过，让成阳尊者心头仿佛憋着一把火，想要将她毁灭！

“若是这样，那老夫也只好……”院长一边说道，一边提着衣袖往上卷，想要动手。

这时唐宁的声音传来：“院长，他想对付的是我。”唐宁走近，停在院长身边，道，“院长不必为了我置身于危险当中，他既然想动手，我奉陪就是。”

“他是元婴修士。”院长皱了皱眉——唐宁又怎么可能是成阳尊者的对手呢！

“我知道，他不就因为是元婴修士才如此欺人吗？”唐宁嘲讽道，把玩着手中的圆竹，“那就让我来会会这个元婴修士。”

院长看着她，见她微微朝自己点了下头，这才无奈地一叹，迈步走到一旁。

“你如此识相，我自不会伤到旁人，只要你一死，你的家族我也不会动半分！”成阳尊者沉声说道，觉得这已经格外开恩了。

不想，成阳尊者却听见对方冷笑道：“呵！那我可真是谢谢你了。”

“不识好歹！”成阳尊者重重地哼了一声，目光一闪，双手一捏，借着周围弥漫

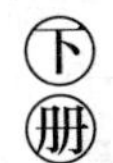

开的元婴威压，布下一个结界将两人包裹，以防有人过来阻止自己杀她。

“成阳！”当结界的光芒一现，被隔绝在结界外的院长怒喝一声，脸上不禁浮现出担心——这结界一经布下，只怕成阳尊者不杀了唐宁是不会解开的。

“不好！他布下结界将两人隔绝在里面了！”叶飞白惊呼道，脸上带着担心，“唐师只怕不是他的对手啊！”

“怎么办？唐师会不会被杀死啊？”牛大力不由得急红了眼。

“该死！这老东西真不是好东西！”司徒南笙怒骂道，用恶狠狠的目光盯着脸色苍白的南宫凌云。

而南宫凌云看着这一幕发生，心中尽是无力感——他阻止不了，也救不了她，他根本什么也做不了……

“我说了，她一定得死！”成阳尊者看了盛怒的院长一眼，五指凝聚一股灵力气息，下一刻，身影一闪往前掠去，手掌成爪挟带着元婴威压袭向唐宁。

他布下结界，将她困死在里面。他倒要看看，谁还救得了她！

看着那手掌成爪朝她袭来的成阳尊者，唐宁身上的灵力气息也在调动，握在手中的圆竹上泛起一层光芒，她没有闪避，而是握着手中的圆竹直接迎上他的攻击。

咻！

手爪挟带着的几道气流如同刀刃一般朝唐宁划下，却见唐宁手中的圆竹转了起来，挡住了他的攻击，两道身影一经碰撞在一起，便是凌空跃起，直接在半空中打了起来。

强大的气流以及威压的波动在结界里涌动，看得结界外的众人提着一口气，紧张得如同被一只手掐住了心脏一般。

他们没想到唐师居然可以跟元婴强者交手这么久，而且两人的速度都是那样快，让他们想要看清他们的攻击招式都做不到。

比起他们，院长则略有深思：就算唐师已经筑基，但筑基修为上面还有金丹，金丹之上才是元婴，她一个筑基修为的，且不说所修的功法以及所施展的招式、武技如何，单单这威压就绝非她可以承受的，除非……

院长目光四处寻找，也没看见那只会说话的黑色乌鸦，也许那并不是一只普通的乌鸦吧？

砰！轰隆！

一声重击响起，两股强大的气流碰撞在一起，在夜色中炸开，强大的气流威压冲击之下，两人都受到波及被弹开。

唐宁从半空中旋转而落，落地后身子不是很稳地往后退了几步，口中闷哼一声，一丝鲜血从嘴角溢出。

而成阳尊者受到的波及较小，从半空中稳稳地落地后，只感觉在那股冲击力之下，体内的气血有一瞬间的混乱，猛冲而起涌入喉咙，却被他生生压了下来。

他面无表情，丝毫不显此时内心的震惊，只是盯着前面不远处正抬手拭着嘴角血迹的唐宁，道："上古威压！你竟契约了上古神兽！"这样一个小小的女子，为何能契约传说中的上古神兽？

唐宁手中的圆竹光芒一闪，化成长剑，她看着他，冷声嗤笑道："怎么？我就不能契约上古神兽？我就不能身带上古威压？我只能毫无还手之力地被你杀死？"

第三十章　他来守护

“若能死在我的剑下，已是你的荣幸！”蕴含着杀意的声音一出，成阳尊者手中也多了一把长剑，周身的气息如骇浪翻滚般涌起，只见剑刃上凌厉的剑罡呼啸，随着他抬手一剑以迅雷不及掩耳的速度砍向前方的唐宁，那道剑罡迸射而出形成的气刃也随着他这一砍猛冲而出，朝唐宁劈去。

“元婴强者也不过如此！”唐宁冷哼道，手中的长剑一转，剑罡呼的一声蹿出一股火焰，熊熊火焰在气流中形成一条火龙朝前方劈来的剑罡扑去，气势之凶猛，如同一条巨龙咆哮着撞向另一头猛兽。

上古威压的气息一瞬间闪出，让凌空跃起朝唐宁袭来的成阳尊者只感一股仿佛来自天地的威压朝他压下，整个人险些从半空中栽落。

也就在这一瞬间，两道剑罡相击之时，唐宁也凌空跃起，手中的利剑朝成阳尊者刺去，她整个人就如同从火焰后面冒出来的一样，来得那样突然，让正受到上古威压的影响而心神微颤的成阳尊者措手不及被剑刃划伤，肩膀处渗出了鲜血。

未等成阳尊者反应过来，只见那道身影已经一个翻转，由上而下，一脚狠狠地踹了下来。

结界外，众人瞪大了眼睛，一脸不可思议地看着结界中的一幕，哪怕此时是夜间，但那火光蹿起几乎照亮了半边天，半空中两人的身影也可以看得很清楚。

“给我下去！”唐宁那一脚蕴含着筑基巅峰的力道，而且是借着在半空中翻转的力道往下击去。

当那一脚重重地击落在成阳尊者肩上时，成阳尊者整个人往下栽去，摔向下方的地面。

砰！强大的气流挟带着威压在地面荡开，灰尘、泥沙也在空气间弥漫开。

随着尘烟散开，只见地面被砸出一个半米深的坑。

成阳尊者缓缓地站了起来，伸手弹了弹身上沾染的尘沙，这才抬头看向那道凌空而立的身影，道："看来是我小看你了！"

这一击，若非他是元婴级别的，只怕一身骨头都得散了架，五脏六腑也得受伤，他没想到这个十四五岁的小丫头片子居然能跟他打成这样，而且久战之下还能处于不败之地！

话音一落，他的身影再度蹿起，直接朝唐宁袭去。

唐宁不敢大意，见他袭来，当即迎上他的攻击……

砰砰砰！咻！轰隆！砰！结界中战斗的声音不断，两道身影的速度也更快了。

结界外的众人根本看不出两人有没有受伤，只听到那气流呼啸的声音似猛兽在咆哮。

"赤鹰！"成阳尊者一声厉喝。

只见光芒一闪，一头全身赤金色的巨鹰鸣叫一声，拍着翅膀从天空中俯冲而下，朝唐宁袭去。

"你纵有上古神兽，也只是一只未成年的，我就不信这一击你还避得过！"成阳尊者眼中杀机一现，盯着唐宁的目光如同在看一个死人。

"宁儿！"

"唐师！"

"唐师！"

"主子！"

结界外看到这一幕的众人全惊了——那头巨鹰挟带着毁天灭地一般的强大气息，看其身上散发出来的气息，分明就是一头圣兽巅峰的契约兽！这一击不仅伴随着巨鹰本身的强大气息和威力，更有着成阳尊者元婴修士十成的实力在里面，成阳尊者是想着以这一击取她的性命！

"师尊！求你饶宁儿一命！不要杀她！"南宫凌云大喊道。看到这一幕，他想冲上前，却被他父亲按住了。

谁都以为唐宁肯定接不住这一招了，没想到竟看到了接下来的一幕……

看着那只巨鹰挟带着毁天灭地的气息朝她袭来，唐宁深深地看了成阳尊者一眼，下一刻，伸出手掌，一道金光从她手中飞出，渐渐变大之后，朝那只飞袭而来的巨鹰罩去。

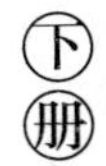

“圣天钵！困！”

只见飞转而出的圣天钵迸射出耀眼的佛光，光芒一闪，已经从小小的一个钵变成了一个巨大的碗，碗口正对着那只飞袭而来的巨鹰。

随着圣天钵的转动撞击，钵口在撞向那巨鹰之时将它装了进去，小小的一个钵此时如同一件仙家圣器，发挥着让人意想不到的作用。

当！撞击的巨响如同古寺中古老的钟声，悠远而绵长地传入周围的众人耳中。

随着那圣天钵一出，金色的佛光绽开，刹那间照耀着漆黑的夜空，让抬头仰望夜空中那一幕的众人看呆了。

砰！只见装着那只挣扎着的巨鹰的圣天钵从高处落了下来，钵口朝下渐渐收小的同时，也将那只巨鹰的灵力气息尽数吸收干净，将它从圣兽巅峰打回原形。

“噗！”本命契约兽被废的同时，成阳尊者因契约关系也跟着受了牵连，一口鲜血猛然喷出，身子更是不稳地从半空中栽了下来。

同一时间，他布下的那个结界也随着他一口心头之血的喷出而咔嚓一声破开，元婴气息随之消散在空气中。

成阳尊者本抱着要置唐宁于死地的心，用了十成的功力，然而这功力随着她拿出来的那个圣天钵的阻挡，竟尽数反噬回来，以至于他元婴碎裂，实力瞬间从元婴级别掉到金丹级别。

当摔落在地上，连站都站不住之时，他却见那个盖在地上的圣天钵飞起，露出了里面那已经被打回原形的赤鹰。

看到自己的契约兽被打回原形，废成这样，成阳尊者只感心头一揪，气血往上涌，又吐出一口鲜血来：“噗！”

而唐宁凌空而立，手里托着那个轻轻转动着的金色圣天钵，虽然穿着一身水青色的长裙，又顶着一颗光头看起来十分奇怪，但这一刻她身上释放出的佛光，她手中那个圣天钵所迸射出的耀眼金色佛光，让她整个人看起来神圣而神秘，也让那些百姓在回过神来之后，缓缓朝她跪拜下去。

“圣佛……”

“唐师……”

“身带佛光……谁敢说她非仙非佛？”

唐家的人看呆了，一个个说不出话来，等反应过来之时，双手已经不由自主地合在一起朝她拜了拜。

三十名学子也不是第一次见唐师身上的佛光出现了，只是看到这一幕的他们一个个还是心中激动不已，咧开嘴笑了——真好！

南宫凌云怔怔地看着夜空中那道神圣的身影，仿佛这一刻才想起，她是唐师啊！除了唐家大小姐这个身份，她的另一个身份是唐师啊！

院长看着这一幕，轻轻地呼出一口气，捋了捋长眉，缓声道："非仙非佛，即为神！"

破了成阳尊者布下的结界，也废了他的契约兽，让他元婴碎裂受到反噬，实力下降至金丹级别之后，唐宁从夜空中缓缓地落下，手中托着的圣天钵随着一道光芒闪过，消失在她的手心。

她站在成阳尊者面前，手中以观音竹幻化的利剑直指他的喉咙，道："你还有什么话说？"

"成王败寇，无话可说！"成阳尊者一张嘴，鲜血便溢了出来，脸色煞白，豆珠大的汗水自额头渗出，看着那指着他的长剑，眼中并不见惧意，只有不甘与愤恨——以他堂堂元婴之尊，居然会落得如此惨败！不甘心！他不甘心！

"真是没用的东西！"一道低沉而暗哑的声音突然传出。

周围的众人顿时一惊，纷纷朝四周看去，想看看是谁在说话。

而院长和唐宁则眉头微拧，盯着前面的成阳尊者。

"谁？！是谁？！"成阳尊者脸色大变，眼中有着错愕以及惊骇之色，因为那声音就仿佛从他的身体里传出来的一般，却又不是出自他的口。

"唐师，快退开！"院长喝道，上前拉着唐宁退开。

就在两人退开之时，一团黑气自成阳尊者身上弥漫出来，渐渐地将他整个人包围起来。随着这团黑气的弥漫，空气中渐散的气息再度变得压抑，隐隐比之前还要强大。

"黑暗气息！"院长看到这一幕，脸色大变，当即对周围的众人喝道："快走！全部快走！快离开这里！快！"

周围的众人也不知这是怎么一回事，但见成阳尊者身上冒出了黑色的气息，而且面容变得十分骇人，再加上周围的气息越发压抑，院长再一喊，他们当即迅速往后退着。

"快进府！快进去！"唐啸见情况有异，连忙让大长老他们带着人退回府中。

"快！快进府！把大门堵上！"大长老连忙喊道，提着衣摆往里面跑去，不时地回头看去，当看到外面那成阳尊者身上弥漫开的黑气时，吓得脸色一变，脚下跟抹了油一样，没一会儿便跑得无影无踪。

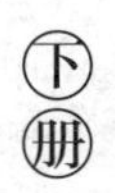

南宫凌云看到这一幕，整个人都有些愣怔，不明白他师尊怎么突然变成这样了。

"哈哈哈哈！跑什么？本尊既然来了，谁也跑不了！"阴沉狂傲的声音自成阳尊者口中而出。

只见此时的他面上弥漫着黑气，一抹似火焰一般的黑色印记浮现在他的眉心处，

他原本束着的头发因那一身暴涨的黑色气息被冲散，凌乱地披散在身后。

“院长，他这是怎么回事？”唐宁问道，看着那仿佛变了一个人一样的成阳尊者。

那黑色气息源源不断地涌出，好像将成阳尊者碎裂的元婴修补回来了一样，他整个人散发着一股比之前更强的元婴气息。

“他身上的是黑暗气息，看这样子应该是被魔修附体了，情况不容乐观。”院长沉声说道，没想到以成阳尊者元婴的实力居然也会被魔修附体。

只见成阳尊者忽地诡异一笑，手中好像从身上拿出了什么东西一样，抬手往四处一撒，道：“去！杀了他们！血越多越好！哈哈哈哈！”

只见从他手中撒出的豆子一落地便幻化成一个个魔修，掠向四处，朝那些奔跑逃离的人砍杀而去。

听见众人的惊呼，唐宁当即对司徒南笙等人吩咐道：“快救人！”

“是！”三十人迅速掠出，朝那些魔修袭去。他们的实力不足以对付那成阳尊者，但对付这些用魔力幻化出来的魔修还是可以的，他们可是唐师带出来的学子！

“杀！”

“啊！救命啊……”

“啊……”

“不要！”

惊呼声带着恐惧在夜色中传开，眼见那些魔修持刀要砍下，后面的天龙学子迎上前，长剑一劈，只听一声惨叫响起，那人形的魔修下一刻便化成黑烟消散在空中，地面上只余下一颗被劈成两半的黑豆。

“居然还真是颗豆子！”司徒南笙看着地上的那两片豆瓣，有些傻眼，没想到仙人之地居然真有人修炼这种仙术。

“这是撒豆成兵之术？没想到真有这等法术！只可惜幻化出来的皆是魔修！”叶飞白说道，手中的利剑一挥，袭向另一道黑色的身影。

而在前面，南宫凌云看着他师尊那副样子，不由得唤了一声：“师尊……”

他刚要往前走去，肩膀就被扣住了。

“他不是你师尊，他是魔修！”南宫家老祖扣住他的肩膀，道，“你看一下周围，那些魔修正残杀着城中的百姓！”

“啊……救命……”

那边传来呼救的声音，让原本想要上前的南宫凌云猛地回头看去，只见一名魔修正持刀朝一名妇人砍去，他当即身影一掠，朝那边而去。

院长看着这混乱的场面，见那成阳尊者还在撒豆，增加着魔修的数量，他脸色凝重地对身边的唐宁道："看来只有设法先将他控制住，驱散他身上的黑暗气息，赶出依附在他身上的魔修，否则是止不住这场混乱的。"

闻言，唐宁将手中的长剑一抛，分出一缕佛光圣力凝聚在长剑上，下一刻，随着她一声喝，长剑飞出，以迅雷不及掩耳之势朝前方的成阳尊者袭去。

"雕虫小技！"那低沉而暗哑的声音带着狠厉，成阳尊者衣袖一拂，一团黑雾弥漫出来，在他手中化成一道旋风迎上了唐宁袭来的那一剑。

只见长剑被卷入黑色旋风之中，两股力量相互较量着。在剑刃之上挟带的佛光圣力一寸寸地驱散那黑色旋风之时，成阳尊者再度注入一道更为强大的黑色气息，那气息来势汹汹，猛卷而上，猛地击退了唐宁的那把长剑。

长剑被击退，伴随而来的一股强大力量朝她袭去。

"小心！"旁边的院长惊呼一声，当即跨步上前，一双手凝聚灵力气息挡住那股汹涌的气势。

见院长挡不住那股气息步步后退，唐宁当即出手抵上他的后背。

谁知纵使有她相助，两人仍被对方再度袭来的一股强大力道击飞。

砰的一声，气流撞击在院长身上，院长被击飞的同时，唐宁也被气流击退，摔向一旁。

"噗！"院长猛地喷出一口鲜血，脸色苍白，想从地上站起来，却有些撑不住身体地往下倒去，口中的鲜血一直往外溢着。

"院长！"唐宁惊呼一声。她在后面，有院长帮她挡去了大部分的力量，却仍被那一击撞得胸口发疼，原本已止住血的那处剑伤，因这一击再度渗出血来。

只是她顾不得自己，而是迅速起身，来到院长身边，见院长连站都站不起来，而且口中还溢着血，当即取出一枚药丸塞入院长口中。

"院长，我扶你起来。"她试图将院长扶起，这时却有魔修持刀朝她砍来。

"宁儿小心！"那边挡在唐家大门前的唐啸见状，惊呼一声，手中的剑砍灭了前面的两个魔修之后，一个大步往前掠来，迅速来到她身边，挡下那魔修砍下的一击。

"宁儿，你怎么样？"唐啸问道，见她胸口处的伤口又渗出鲜血，当即道，"你的伤口又流血了，得先止血！"

"青知！"唐啸喊了一声，朝四周看去。

因这场混战，也因那撒豆成兵之术变幻出来的魔修太多，唐家的暗卫和护卫都出来迎战，只有一些老弱留在府中。

至于大长老等人，美其名曰守着唐家内宅，并没有出来。

"爹，我没事，先扶院长起来，那一击的力道全由他受了，他伤得很重。"唐宁说道，让她爹爹帮忙扶起院长。

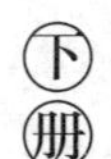

“好。”唐啸忙应道，将院长扶起。

这时青知也从另一边赶了过来，帮忙扶着院长退到唐家大门那里。

“没想到这小小的凡人之地，竟藏着这么一个身带功德佛光之人，真是踏破铁鞋无觅处，得来全不费工夫，你的一身功德，包括你的灵魂，本尊皆要了！”一道阴狠而带着一丝兴奋的声音响起，话音落下之时，那道弥漫着黑色气息的身影也朝唐宁袭去。

那袭来的手所蕴含着的威压是元婴巅峰的气息，又或是因为其中掺着一些黑暗能量，以至于那股气息威压极为强大，若非唐宁体内有上古威压，只怕在这股威压之下难以站着。

“痴人说梦！”唐宁冷哼一声，手掌一动，光芒一闪，一道金光闪过，圣天钵再度飞出，朝那道身影砸去。

“本尊可不是成阳那没用的东西！你这个钵奈何不了我！”阴沉的声音带着狂妄传出，原本朝唐宁袭去的身影在看到那圣天钵之时，化成一股巨大的旋风转动起来，这股旋风从地面卷入云层，连头顶上的那片天空都给搅动了一样。

“狂龙摆尾！”那道身影蕴含着强大威压的声音，如同从天际传来，低沉似惊雷从云层间传出，狂风卷动之间，搅动天地。

头顶的夜空风云涌动，没入云间的黑色旋风如巨龙摆动的龙尾，旋风的另一端在地面疯转，就连在对付那些魔修的三十名学子，以及唐家的暗卫等人，也在这疯狂摆动、旋转的强大风力之下无法站稳，隐隐有种要被卷入旋风之中的感觉。

“不好！站不住，快拉我一下……”

“先避一避！这股力量太强大了！”

“抱住那边……”

“啊……”

杂乱的声音响起。

看到一名护卫被卷走朝那黑色旋风而去，唐宁当即手心一动，一股力量凝聚抓出，抓住那名护卫推向安全的一边，同时她心念一动，收回因黑色旋风太过强大而无法靠近的圣天钵，下一刻，咬破自己的手指，把鲜血往眉心处一抹，一声低吟自她口中而出：“以吾之血，解你封印！以吾之名，命你现出真身！三足金乌，出来吧！”

随着她的话音一落，那抹在眉心处的鲜血仿佛一道燃烧的火焰一般活了起来，赤红色的火焰之中仿佛有一只展翅仰头鸣叫的金乌浮现。

下一刻，随着光芒一闪，耀眼的光芒从她眉心之处迸射出来，朝夜空中飞去。同一时间，一声金乌的鸣叫之声回荡在夜空中：“哑！”

那是一声尖锐而透着强大穿刺力的声音，仿佛从遥远的地方传来，悠远而古老的声音挟带着强大的上古神兽威压。几乎是此声音一出，整个青云城的人心神皆是一震，在那一瞬间感受到一股来自天地的强大威压。

他们本能地抬头看去，只见一道火光冲天而起，一只通体金色带着火焰的三足金乌在漆黑的夜空中展开了翅膀，鸣叫着扑向那股巨大的黑色旋涡。

一瞬间，两股力量、两种颜色相碰撞，熊熊的火焰仿佛与黑色旋涡融为了一体。但在下一刻，他们却分明听到了凄厉的惨叫声自那旋涡之中传来，丝丝黑色气息在那熊熊火焰之下被烧得无影无踪。

“啊……”

那是成阳尊者的惨叫声，也仿佛是那魔修的惨叫声，两种声音混杂在一起回荡在天空中。

火焰越燃越旺，三足金乌的身影渐渐地占据了整个旋风。而就在这一刻，那惨叫声中，一丝不甘的声音带着阴狠传来：“本尊岂能就此罢休！唐宁，本尊要生吞了你！”

阴狠的声音挟带着骇人的杀意传来之时，从那火焰之中，一团黑烟幻化出一张大嘴，以迅雷不及掩耳的速度朝唐宁扑去，仿佛想要一口将她吞下。

“宁儿！”

“唐师！”

“主子！”

众人看到这一幕，不由得惊呼出声，只感觉那张黑暗的大嘴蕴含着强大的力量，就似一个无底的深渊一样，想要将唐宁吞噬。

唐宁看到那黑暗气息幻化成一张大嘴朝她扑来时，心中焦急，却因唤出小黑的本体而导致整个人都动不了。

眼看那张黑暗大口就要将她吞噬，下一刻，她却被人抱走了……

唐宁整个人都蒙了，这个时候，这个场景，谁会救她？谁又能救她？还是这种直接拦腰抱走的方法，真是……简单、直接、粗暴得她都没回过神来。

搂在她腰间的大手强劲而有力，身后的胸膛更是温暖而宽阔，那扑入鼻息之间的冷冽气息隐隐有几分熟悉，她微微侧头看去，映入眼底的就是墨烨那张俊美又透着冷冽气息的面容。

近一年没见，他的变化有些大，气息变得更为冷酷、凌厉，实力似乎也提升了，尤其是在那一身黑袍的衬托之下，更显尊贵霸气。

只是这家伙一回来就冷着一张冰山脸，还有这身腾腾的杀气，谁招惹他了不成？

她正想着，就见他衣袖拂动，手掌一翻，掌心涌起一股强大的气息猛击出去，

朝前方那巨大的黑暗大口袭去。

强大的气流呼啸着袭出，击中那黑暗大口，两股力量相碰撞，发出一声轰隆巨响，墨烨袭出的那一击以绝对碾压之势将那黑暗大口瞬间摧灭。

惨叫声响起之时，威压与气流在碰撞的瞬间往外荡开，朝周围袭去，他当即带着唐宁往后退去，身上的黑色披风一扬，将怀中的人包裹住，为其挡去那股强大气流的波及。

唐宁只见他手臂一扬，披风就罩了下来，等披风再度掀开之时，面前已经恢复了平静，而夜空之中的三足金乌化成一道光芒钻进她的眉心之中，也在那一刻，她眼前一黑，仿佛一身的力量尽数被抽离，浑身无力地昏倒在墨烨怀中。

见她在自己怀中昏了过去，墨烨冷峻的面容上闪过一抹担忧，目光落在她胸口处的伤口上时，目光更是一冷，整个人散发着一股森寒的肃杀之气。

见危机已经解除，他当即将她抱了起来，也没理会其他人，迈步便往唐家大门方向走去。

“宁儿！”唐啸连忙上前，想要接过她，却被墨烨避开了。

看着女儿被夜王抱着，而夜王正面无表情地看着自己，迫于对方强大的威压和气势，唐啸连忙对身后的人喝道：“快开门！快请大夫！”

“唐师！”

“唐师！”

“主子！”

司徒南笙等人连忙朝唐家的方向跑去，紧跟着进了唐家。

随着那魔修被灭，以魔力凝聚而变幻出来的魔修全部消失，周围恢复了正常。

而那成阳尊者倒在地上，奄奄一息，不知死活……

南宫凌云看着唐宁被夜王抱走，本想跟过去的脚步在迈出一步后便停了下来，咽下心中的苦涩，迅速走向他师尊那里，唤道：“师尊！”

“快把他送回府上去，请大夫来为他医治。”南宫家老祖连忙说道，看着成阳尊者弄成这样，也是摇头叹息。

好好的一位尊者，怎么会弄成这样？为何会被魔修附体，弄出这些事情来？今夜幸好有唐宁还有那夜王制止，否则最后只怕会血流成河，惨不忍睹……

这一夜注定是不眠之夜，哪怕危机解除，但因目睹了那一桩桩不可思议的事情，这一夜所带来的震撼依旧在众人心头久久不散。

唐家之中，三十名学子围在唐宁的院子外，焦急地看着里面，担忧着唐宁的身体。

当听到后面传来声音说大夫来了时，众人连忙让出一条路来。

“大夫，快，进去看看！”唐啸将大夫带进房中，一进里面，就见夜王还坐在床边，当下连忙说道：“夜王，大夫来了，让大夫帮宁儿先看看伤。”

墨烨瞥了一眼被匆匆拉来的大夫，见其帽子都戴歪了，身上背着一个药箱，留着八字胡，看起来就一副不太靠谱的样子。

“她的伤普通大夫医治不了，至于胸口处的伤，让星瞳进来帮她上药就好，我一会儿为她输送灵力气息疗伤。”墨烨沉声说道，冷峻的面容透着一股刚硬。

刚被拉进来的青云城名医听到他的话后，八字胡不由得抖了抖。

普通大夫……他好歹也算是青云城中有名望的大夫，到了夜王口中，却只是普通大夫，偏偏夜王说得好像还挺有道理，让他连吱一声都没胆。

唐啸怔了一下，看向床上的女儿，又看向拉着的大夫，这才看向夜王，道：“宁儿的伤口好像不浅，还是先让大夫看看吧，再让星瞳上药也不迟。”

大夫就在这里，别的也许不在行，但对于这种刀剑造成的伤口，应该是没问题的。

大夫正要应声，就见夜王的目光冷冷地瞥来。被那目光一扫，大夫不由得抹了一把额间渗出的汗水，结结巴巴地道：“唐……唐家主……”

一旁的星瞳见状，便道：“我跟主子学过处理伤口，不如我来帮主子清理伤口以及包扎上药吧？”

见大夫一副紧张的样子，唐啸这才点了下头，道：“也好，那你赶紧帮她止血，先上药。”

“唐家主。”墨烨开口唤道。

“夜王，怎么了？”唐啸看向墨烨问道。

墨烨目光看向唐啸，道：“我刚才见天龙学院的院长伤得不轻，唐家主作为主人家，理应去看看。”末了，墨烨又瞥了一眼那大夫，道，“把大夫一并带过去给他看一下吧。”

“可是宁儿这里……”

“她这里有我，待星瞳帮她止了血，包扎好伤口，我要为她疗伤，旁人不能在这里打扰。”墨烨的声音低沉中带着淡漠，却一副理所当然的样子。

唐啸听得嘴角一抽——旁人……他也成旁人了？

瞥了一眼那面无表情的夜王，见他到现在还握着他家女儿的手，唐啸眉头皱了皱，道：“夜王，男女授受不亲，你这样……”

“唐家主多虑了，在我眼中她不过是个小和尚。”说话间，墨烨瞥了一眼昏迷着的唐宁，睁着眼睛说瞎话，那一本正经的样子还真让人信以为真。

唐啸看了一眼女儿那光秃秃的小脑袋，瞬间便妥协了，道：“那好吧。小女这里

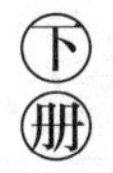

就麻烦夜王了。”

看着他们出去并关上房门后，墨烨对星瞳道：“把她的衣服脱了，先给她胸口处的伤口清理、止血。”

星瞳看了他一眼，问：“夜王不避一下吗？”

“快点儿！”他沉声说道，取出一瓶药来，“用这个。”说完，他转过身去。

见状，星瞳小心翼翼地解开唐宁的衣裙，将她染血的衣服脱了，又用被子帮她盖住身体，这才净手帮她清理伤口。

墨烨不知何时已经转过身来，当看到她胸口上方那处伤口时，目光冷了下来，那伤口的位置比心脏略往上一些，而且应该也没刺得太深，没有伤到要害，但这伤口在她那雪白如玉的肌肤上仍显得触目惊心，让他见了，心中隐隐涌起一股杀人的冲动——竟敢将她伤成这样，真是该死！

星瞳专注地帮唐宁清理着伤口，而后又撒上止血的药，要将伤口包扎，一人之力不好扶起她，这时就见一双大手伸了过来，将她家主子的身体微微扶起。

星瞳一怔，不由得看向夜王。

“愣着干什么？赶紧包扎。”墨烨吩咐道，让星瞳赶紧包扎。

见状，星瞳连忙绕过绷带，将伤口包扎好，打上一个结，这才道：“夜王，可以了。”

墨烨直接将唐宁扶了起来，对星瞳道：“你扶着她，稳住她的身体，我为她疗伤。”

“是。”星瞳应道，扶好她家主子。

坐在后面的墨烨手掌凝聚灵力气息，随着体内的灵力一涌，掌心便抵向唐宁的后背，输送灵力为她治疗。

在院中等着的司徒南笙等人见房中久久没有动静，不由得着急，道：“怎么这么久还没动静？唐师怎么样啦？是不是伤得很重？怎么会昏迷了呢？”

苏言卿想了下，道：“当时唐师用的应该是秘法，她的上古神兽三足金乌要现出真身需要极强大的灵力气息才足够支撑，唐师可能是灵力耗尽才会昏迷的。”

“不过唐家主都出来了，夜王怎么还在里面啊？”叶飞白说道，看着那紧闭的房门，“这夜王看起来跟我们的唐师关系匪浅啊！”

“别瞎说，唐师还昏迷着呢！”尹千泽用手肘撞了叶飞白一下。

“都别说了，先等夜王出来吧，看看唐师怎么样了？”宋一修说道，让他们都别吵了。

随着时间的过去，那扇紧闭着的房门打开了。墨烨从里面走了出来，瞥了守在院中的那些学子一眼，便道：“都散了吧，别打扰她休息。”

“夜王，唐师怎么样？她的伤要紧吗？”叶飞白询问道。

墨烨负手站着，看着他们道：“已经没什么大碍了，不过还没醒，你们要想看她，等明早再来。”

闻言，众人这才放下心来，道：“好，既然唐师已无大碍，那我们先散了吧。不要打扰她休息。”

“我带你们去客院吧。”寒知说道。

“好。”众人应道，朝夜王行了一礼后，这才跟着寒知一同离开。

在众人散去后不久，唐啸便再度来到院中，见夜王还在院中站着，便道：“今晚真是多谢夜王相救了，时候也不早了，夜王不如先到客房休息一下吧。”

“不用麻烦了，我过去看一下院长。”墨烨开口说道。

“那我让青知为夜王引路。”唐啸说道，然后吩咐身后的青知：“你带夜王过去。”

“是。”青知应了一声，做出请的手势，道，“夜王请。”

“嗯。”墨烨应了一声，朝唐啸点了下头后，这才跟着青知离开。

见墨烨出了院子，唐啸这才快步进了房间看他女儿，见她还昏迷着，旁边则有星瞳守着，唐啸交代星瞳好生照顾着，这才转身出了房，往前院走去。

今夜发生的事情太过突然，虽然一切已经平静下来，但里里外外还有很多事情要处理，尤其是府中的长老等人，一个个对今晚的事是震惊不已，估计正等着他一个解释吧。

另一边的院子里，墨烨看过院长之后便在院中坐着，想到今晚发生的一切，眼中杀机一现。

如果不是他正好从仙人之地回来，今晚唐宁的处境可想而知，而让他没想到的是，南宫凌云，一个说会把她放在心尖儿上的人，在那样的时刻居然半点儿用也没有，甚至她胸口处的那道伤，还是被南宫凌云和其师尊所伤！

他本想成全他们，退出远离，不想竟让她置身于险境，既然如此，那她以后便由他亲自守护！

次日清晨，墨烨早早便来到唐宁的院中。

而在房中照顾了一夜的星瞳推开窗户，让晨起的阳光洒进来，就见床上的主子悠悠醒转。

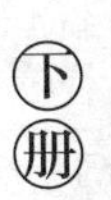

“主子，你醒啦？”星瞳一喜，连忙来到她身边。

唐宁睁开眼睛看向窗口处洒进来的那一抹阳光，眯了眯眼，抬手想要揉揉太阳穴时，扯动了胸口处的伤，让她不由得轻抽了口气。

“主子，你胸口处有伤，不能乱动。”星瞳上前扶起她，用枕头垫在她背后让她

靠着，道，“主子，你现在觉得怎么样？有没有好一点儿？”

“后来怎么样了？我怎么一点儿也想不起来了？”她靠在床边，抬起另一边的手揉了下太阳穴。

“当时夜王出现救了主子，后来那魔修的神魂也被夜王灭了。主子昏迷了过去，夜王就抱了主子回来……”星瞳将昨夜的事情大概讲了一下。

听了星瞳的话后，唐宁有些混乱的思绪才渐渐清晰，想起了昨夜看到的墨烨，怔了一下，道：“他怎么会突然出现的？”

“醒了？”房门被推开，墨烨走了进来，来到里间时，看到靠坐在床头的她，便停下了脚步，并没有走过去，目光也只是不经意般落在她露在被子外的雪白削肩上，微微停顿。

唐宁顺着他的目光低头看了一眼自己的身体，见被子下滑，自己身上只穿着抹胸、里衣，春光乍现的一幕让她眼皮一跳，端着一张一本正经的脸，不紧不慢地将被子拉高盖住身体。

“你要进来前，应该先敲个门，吱一声。”唐宁开口说道，目光落在他脸上，“好歹我也是个大姑娘，传出去我还怎么见人？”

听了这话，墨烨忍不住笑了，打趣道：“光着头的大姑娘？”目光在她那光秃秃的脑袋上看了一眼，他走到一旁坐下，道，“你不说你是女的，我还真看不出。”

唐宁一抽嘴角，也没在这个话题上纠结，而是问：“你不是去仙人之地了吗，怎么会突然回来了？”

“是过去了，闭关修炼了一段时间，进阶后便想着回来看看，不巧又碰上你遇险。”墨烨听到院子外面传来的声音，目光闪了下，看向她道，“你先把衣服穿上，一会儿他们应该会进来看你。”

见他说了这话还坐在那里，不动不移地盯着她，唐宁忍不住问：“你就打算坐在这里看我换衣服？”

闻言，墨烨好似后知后觉一般站了起来，面色如常地道：“你换吧！”说完，他这才往外走去。

唐宁看着他到了外面，这才重重地轻呼出一口气来，把被子一掀，道：“我不赶他还不准备出去了？什么毛病？！”

一旁的星瞳取来外衣，道：“主子，先穿上衣服吧。”

外面，司徒南笙等人早早便来了，一进院子见夜王居然也在，不由得诧异地问：“夜王，你怎么也在这里？你是昨夜没去休息吗？”

墨烨瞥了他们一眼，道：“刚过来。”

“哦。唐师应该醒了吧？那我们进去看一下唐师。”

他们说着就要进去，却让墨烨挡住了。

“怎么了？”他们一怔，有些疑惑地看着他。

“她刚醒，正在里面洗漱，你们稍等一会儿。”

听了这话，众人这才想到，唐师是女的，他们不能这样不管不顾地推门进去，于是便朝夜王拱手道谢，而后才敲门喊道：“星瞳，我们来看唐师。”

“来了。”星瞳在里面应了一声，帮她家主子穿好衣服后，扶着她坐好，这才去开门。

房门打开，众人便走了进去。三十名学子一挤进去，顿时让房间里挤满了人，满是热闹的感觉。

“唐师。”

“唐师你怎么样？身体好些了吗？”

“唐师，伤口还有流血吗？”

“唐师……”

听他们一个个担忧地询问着，唐宁笑了笑，抬手示意道：“都静一静，我没什么大碍，休养两天就好。”

“唐师，没想到你竟是这样的唐师。”司徒南笙看着靠坐在床头的唐师，依旧是那熟悉的模样，却多了一些女子气息，面容也更为柔和一些。

她身上穿着水青色的衣服，拥有少女该有的玲珑身段，只是顶着一颗光头，怎么看都觉得有几分奇怪。

“我还是我啊！”唐宁哂然一笑，脸上的神色带着随意与不拘，依旧是他们所熟悉的神采。

苏言卿看着她，笑道：“唐师不愧是唐师。”

她做的是寻常女子做不到、也不敢做的事，她不在乎世俗的眼光，活得是真的肆意潇洒。

“唐师，你既然是女子，怎么把头发剃掉女扮男装啊？还有，我们都相处了那么久，可就是没看出你是女的，你到底是怎么办到的？”叶飞白询问道，对于这一点很是好奇。

闻言，唐宁一笑，道：“因为当时躲避追杀，躲到一座寺院里去了，为了活命就把头发剃了，扮成和尚才避过一劫，后来又认识了个老和尚，老和尚特意去仙人之地为我寻来一件幻器，我戴上后就变成男的了，你们自然察觉不到。”

“唐师，俺怎么也没想到你是女的，看到你是女的，俺真的吓了一跳。”牛大力咧着嘴笑道。

“唐师，你的头发还会长出来吧？”尹千泽问道，觉得日后若是她穿女装，又顶

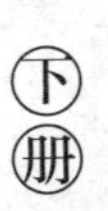

着一颗光头的话，估计走到哪儿都会被人盯着看。

“嗯，会长，只不过我用了药，现在不会长罢了。”她无所谓地笑了笑，道，“不长也好，还不用洗头。”

众人听了，皆是一愣，继而哈哈笑了起来——能有这种念头的，估计也只有唐师了。

他们在房中与唐宁聊了一会儿，叶飞白便道：“那我们就先出去吧，让唐师好好休息，养好身体。”

“嗯，唐师，那你好好休息，我们先出去了。”

“唐师，我们晚点再来看你。”

众人朝她行了一礼后，这才退了出去。

随着他们退出去，房间里顿时清静了不少，空气也流通了不少。

正当唐宁以为所有人都走了之时，却见一旁还有一人坐着没动。

“你怎么还在？”唐宁看向墨烨，问道。她以为他走了呢！他居然还坐在这里？

墨烨起身，来到床边的椅子上坐下，道：“我陪你聊聊。”

见此，唐宁便道：“也行，你想聊什么？”

墨烨的目光落在她脸上，问：“你和南宫凌云是怎么回事？”

“我和他？”唐宁一怔，继而笑了起来，道，“我和他只能说是有缘无分，从此以后也就没什么关系了。”

“你恨他吗？”他问道，看向她的眼睛。

唐宁一笑，摇了摇头，道：“有爱才会生恨，我对他没有恨。”她和南宫凌云走到这一步，只怕以后想做朋友都难了。

“对了，那成阳怎么样了？”她记得成阳尊者的实力倒退到金丹级别，再加上后来的事……

有爱才会生恨？墨烨正品着她这句话，就听她问起那个成阳尊者，便道：“他死不了，但也受了重创，元婴碎裂，实力跌至金丹之境，就算救活也没剩多少寿元了。”

“他一个元婴修士，怎么会被魔修附体？”唐宁询问道。

“他心中有阴暗的一面，魔气只是将他隐藏、压制的负面能量激发出来，至于他为何会被魔修附体，除了他自己，估计也没人知道了。”墨烨说道，然后看着她道，“此人不必过度去关注，他是紫阳仙宗的人，留他一命，紫阳仙宗的人也不会找你的麻烦。”

“既然他都废成那样了，只要他不来找我的麻烦，我自然也不会去找他的麻烦。”唐宁靠在床头懒洋洋地说道。

见两人聊着，一旁的星瞳便悄然退了出去，准备去厨房拿些吃的来。

“那你接下来有什么打算？”墨烨问，“你唐家大小姐的身份已经为世人所知，还准备回天龙学院去当导师吗？”

“不去了。”唐宁摇了摇头，道，“本来我就打算不去了，这次正好事情弄成这样，回头我跟院长说一下，天龙学院我就不再回去了。等过一段时间，我准备去仙人之地。”说完，她看向他，问，“你刚从那边过来，那边怎么样？是不是那里的人实力都很强？”

“仙人之地也有弱者，炼气期的修士也比比皆是，主要是因为就算是普通的修士背后也许也有一个大家族为靠山。”声音一顿，他看着她道，“不过你如今是筑基巅峰，以你的修为过去，应该也没什么大问题了。”

闻言，唐宁点了点头，道：“到时候我准备带着寒知和星瞳过去，老和尚还在那边等我，我应该会先去找他。”

“你如果要去，到时我可以陪你一起去，有我在的话，旁人不敢随意伤你。”他开口说道，深邃的目光落在她身上，“我可以当你的靠山，护你无忧。”

听了这话，唐宁一怔，抬眸朝他看去，对上他认真的黑瞳时，目光微微一闪，继而眉眼一弯，笑眯眯地摆了摆手，道：“不用，这世间没有谁可以永远当谁的靠山，正所谓靠人不知靠己，我还是喜欢靠自己多一点儿。”说完，她盯着他看了看，又好奇地问，“不过你现在是元婴巅峰修为，你在仙人之地又是什么样的地位？你有拜入仙宗吗？还是自己有什么势力？”她笑眯眯地看着他，道，“虽然我喜欢靠自己，但如果你真的很强大，我还是很愿意抱你这条大腿的。”

抱他的大腿？墨烨看了她一眼，耳根微红，问：“你真想抱我的大腿？”这似乎不太好吧？会不会太亲密了？

不过，难得她开口说要抱他的大腿，他总得成全她。

于是他站了起来，在她诧异的目光中走到床边坐下，低沉的声音带着动人的磁性道：“虽然我觉得不太合礼数，不过难得你开口，我就破例一次，你抱吧！”

唐宁看着这个走到她床边坐下、还示意她抱他大腿的男人，都看傻眼了，道：“你……你干吗呢？”是她想的那个意思吗？没搞错吧？

“你不是要抱大腿吗？嗯，这里。”他瞥了她一眼，伸手拍了拍自己的大腿，耳根泛红，一颗心扑通扑通急跳着，带着一丝紧张、一丝期待，以及一丝欢喜，面上却是一本正经地道，“只此一次，下不为例。”

唐宁眨了眨眼睛，愣愣地看了他一眼，下一刻，忍俊不禁地弯起了嘴角，眼中闪烁着狡黠的神色，道：“那我抱了。”

说话间，她伸手放在他的大腿处，就感觉他全身一僵，连头都不敢转过来，那

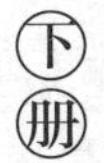

心跳如擂鼓的声音她不用靠近都能听见。

看着他的耳根越来越红，甚至那红色从脖子蔓延到脸上，她终是忍不住笑出声来，手也往他的大腿上一拍。

啪！

“哈哈哈哈！你想笑死我吗？抱大腿还能这样抱？哎哟，哈哈哈哈……”

因她这冷不防的一拍，墨烨几乎是本能地站了起来，就见她哈哈大笑着，笑声更是从房中传到屋外，也许是因为笑得太大声，扯动了胸口处的伤，只听她哎哟叫了一声，想止住笑，却又止不住。

墨烨后知后觉地感觉到自己好像被耍了，她口中的抱大腿也许不是他想的那个意思。

“宁儿？”外面传来唐啸的声音，显然是听说她醒了，过来看她的，只是一进院就听见里面传来的笑声，唐啸心下疑惑，大步走了进去。

见除了女儿，只有夜王站在床边，唐啸走上前，朝夜王拱手行了一礼，道：“见过夜王。夜王，你怎么在这里？”

墨烨本想跟唐宁说话，不料来了个唐啸，轻咳一声，道：“我过来找她谈点儿事情。”

“爹爹。”唐宁好不容易止住笑意，但脸上、眼中的笑意还是自然而然地流露出来，她唤了一声后，看向一旁神情略有尴尬的墨烨，忍不住又弯了弯眼睛。

“在外面就听见你在笑了，什么事情这么好笑？”唐啸问道，看着夜王和女儿，觉得两人之间似乎有些奇怪。

“没事，我刚刚听他说了个笑话。”唐宁笑盈盈地说道。

“我先去看院长吧，晚点儿再过来！你们聊。”墨烨说道，朝他们点了下头后，便大步往外走去。

看着逃一般离去的墨烨，唐宁笑着喊道：“代我向院长问声好。”

唐啸在旁边坐下，道：“宁儿，你的伤怎么样了？用不用再找大夫来看一下？”

“不用了，爹爹，伤口不深，也没伤到要害，休养两天就能恢复了。”她笑着问道，“这两天里里外外的事情都要爹爹处理，爹爹会不会很忙？”

“还好，交代了族中的人帮忙处理，也已经没什么大事了。就是这两天有不少人送了补品什么的过来，说是给你补身体的。”唐啸说道，将府里的事情大致跟她说了一下。

“嗯。”唐宁应了一声，看着他道，“爹爹，等过两天我的身体养好了，我们就送小宁入轮回吧？”

“好。”唐啸点了点头，道，“眼下你先养好伤，待伤好就送小宁入轮回吧。”

这一次的事情其实他也清楚，有一部分是因为他女儿的魂魄，如果不是因为被那成阳尊者看到宁儿身上有阴魂，也许就不会弄出这些事情来了。

过了这么久，也是时候送小宁入轮回了，只有这样，他们才能有各自新的生活、新的命运以及新的未来……

唐宁养伤的这两天，南宫凌云想上门探望，皆被挡在门外。

唐家态度强硬，南宫凌云心知已经无法挽回，唯有黯然离去。

这一天夜里，唐啸屏退了众人，与唐宁在院中送原身入了轮回。也许是因为终于知道南宫凌云心中所爱的并不是她，原身的执念便也放下了，可以说是了无牵挂地与唐啸拜了别。

“爹爹，女儿走了，爹爹要照顾好自己，以后不用再想女儿了，唐师会代替我活下去，也会代替我照顾爹爹、守护唐家。”她朝他缓缓地拜下，磕了三个头之后，又看向唐宁，也朝唐宁磕了三个头，道：“唐师，多谢你。”

唐宁微微点了下头，在地上画了个符阵。

随着符阵的浮现，一道佛光在阵法图纹上涌动，唐宁深深地看了她一眼，继而为她念诵往生咒，送她往生。

唐啸在一旁看着，看到在往生咒的吟诵中，符阵中的女儿面露笑容，缓缓地闭上了眼睛，院角处的那棵玉兰树在这一刻悄悄地盛开，花瓣又悄悄地散落、飞起，围绕着他女儿的魂魄飞转着……

淡淡的玉兰花香弥漫在空气中，夜色之中，丝丝佛光之下，玉兰花的花瓣飘转，随着魂魄的渐渐散去而落地，直到一切归于平静。